MORRENDO DE AMOR

Morrendo de Amor

IVY FAIRBANKS

TRADUÇÃO
Bárbara Waida

NOTA DA AUTORA

Morrendo de Amor é uma celebração do amor e da cura, e fala sobre encontrar o equilíbrio entre a luz e as sombras. Embora seja uma obra otimista e espirituosa, os personagens enfrentam situações de luto, incluindo a perda de um cônjuge. Também contém descrições sucintas, mas realistas, dos serviços realizados em funerárias. Tenha cuidado se você é sensível a tópicos como esses.

TÍTULO ORIGINAL *Morbidly Yours*

Copyright © 2023 by Melissa Elaine Loera
Todos os direitos reservados.
© 2025 VR Editora S.A.

GERENTE EDITORIAL Tamires von Atzingen
EDITORA Marina Constantino
ASSISTENTE EDITORIAL Michelle Oshiro
PREPARAÇÃO Bonie Santos
COLABORAÇÃO E REVISÃO Alessandra Miranda de Sá
REVISÃO Juliana Bormio
ARTE DE CAPA Dominique Jones
ILUSTRAÇÃO DE CAPA Epsilynn
DESIGN DE MIOLO Patrice Sheridan
ADAPTAÇÃO DE CAPA E DIAGRAMAÇÃO Pamella Destefi
PRODUÇÃO GRÁFICA Alexandre Magno

Dados Internacionais de Catalogação na Publicação (CIP)
(Câmara Brasileira do Livro, SP, Brasil)

Fairbanks, Ivy
 Morrendo de Amor / Ivy Fairbanks; tradução Bárbara Waida.
– São Paulo: VR Editora, 2025.

 Título original: Morbidly Yours
 ISBN 978-85-507-0593-4

 1. Ficção norte-americana I. Título.

24-234203   CDD-813

Índices para catálogo sistemático:
1. Ficção: Literatura norte-americana 813
Eliane de Freitas Leite – Bibliotecária – CRB 8/8415

Todos os direitos desta edição reservados à
VR Editora S.A.
Av. Paulista, 1337 – Conj. 11 | Bela Vista
CEP 01311-200 | São Paulo | SP
vreditoras.com.br | editoras@vreditoras.com.br

PARA MINHA MÃE.

*Preciso fazer uma confissão: durante a pré-adolescência,
eu roubei da sua mesa de cabeceira todos os romances
com caubóis sem camisa que você me disse para não ler.
Sinto sua falta todo dia, e espero que este livro seja uma redenção.*

GUIA DE PRONÚNCIA DE NOMES IRLANDESES

Saoirse / Sírcha
Deirdre / Dírdra
Pádraig / Pódrig
Tadhg / Táig
Aoife / Ífá

Para palavras e outros termos em irlandês, veja o guia de pronúncia e tradução na p. 353.

CAPÍTULO 1
Lark

CINCO SACOS PARA CADÁVER, tamanho adulto.

Pisquei e quase derrubei o estilete que usava.

Que isso?

Olhei à minha volta, tentando encontrar uma resposta nas pilhas aleatórias de caixas que me cercavam. Mas não. Só eu e os poucos pertences que considerei insubstituíveis o bastante para fazerem a viagem transatlântica. Era incrível, na verdade, eram poucas as coisas que compunham uma vida — especialmente quando se tinha que levar em conta os gastos com o envio do Texas para a Irlanda.

Minha atenção retornou para a caixa inofensiva e a pilha organizada de tecido de náilon preto dentro dela. Estava usando o estilete como um microfone, arrebatada pela voz cintilante de Dolly Parton e pela promessa de um novo começo enquanto desempacotava as coisas, quando o choque dos sacos para cadáver me arrancou rudemente do meu embalo.

Verifiquei a papelada da entrega em busca do destinatário pretendido: Refúgio do Salgueiro. A pousada ao lado.

Que. Isso?

A reputação da vivacidade de Galway era o que tinha me atraído para a cidade, e agora eu encontrava um pacote de suprimentos de morte na minha sala de estar. É claro que o espectro mórbido da culpa me seguiria de Austin para cá. O luto tinha sido um passageiro clandestino na minha travessia do oceano.

Espiei pelas cortinas do meu apartamento alugado semimobiliado. Nenhum sinal de vida no imóvel ao lado. As janelas em arco e a fachada de pedra eram um ótimo exemplo da arquitetura local. O Google Street View tinha me convencido sobre esse antigo bairro celta apenas duas semanas atrás, graças à sua linda vista da baía e à vibrante cena artística. Posso ser espontânea o bastante para pegar minhas coisas e mudar minha vida por causa de um trabalho em outro país sem muito aviso, mas sou prevenida o suficiente para pesquisar a taxa de criminalidade do local antes de assinar de modo desavisado um contrato em uma parte suspeita da cidade.

Meu novo lar em si era fofo e histórico, mas a mobília do apartamento não era nada de mais: um sofá puído de dois lugares e uma escrivaninha manchada que agora servia de lar para o meu fiel iPad Pro e minha caneta Stylus. Meu baú surrado fazia as vezes de mesa de centro. Só o básico para minha estadia de nove meses.

A caligrafia cheia de curvas da minha prima Cielo na lateral de uma das caixas me chamou a atenção. Já sentia falta dela. Quase 7.250 quilômetros se estendiam agora entre mim e todo mundo da minha antiga vida. Pela primeira vez em vinte e nove anos, estava sozinha. Por escolha… mas ainda assim. A entrega de sacos de cadáver no meu novo apartamento definitivamente não estava na minha lista de expectativas para o Recomeço na Irlanda.

Talvez a pessoa que pediu os sacos precisasse deles para algum tipo de projeto. Pessoas que planejam esconder corpos em geral evitam deixar registros. Certo? Galway era um paraíso para os tipos criativos, com sua faculdade e seus becos repletos de artistas de rua. Com certeza havia uma explicação.

Vinhas de hera se agarravam à construção georgiana ao lado. Salgueiros graciosos faziam sombra no jardim. Não parecia algo malévolo. Talvez o proprietário precisasse desses sacos de imediato, para uma peça ou filme estudantil. Essa poderia ser uma oportunidade de fazer meu primeiro amigo ali. Alguém que definitivamente *não era* um *serial killer*. Tirando a gerência e o RH do meu novo emprego, eu não conhecia ninguém na Irlanda. Até tinha tentado conversar com o entregador — pensando agora, provavelmente fora isso que havia causado a confusão com o pacote. Eu precisava conhecer o vizinho antes que minha imaginação saísse do controle. Pelo amor de Deus, este lugar foi votado como a cidade mais amigável do mundo mais de uma vez.

Calcei minhas botas de caubói favoritas da Ariat e um suéter para me proteger do friozinho de novembro. A curiosidade me pinicava conforme eu me aproximava da pousada com a caixa debaixo do braço.

A mesa da recepção estava vazia. O saguão tradicional, mas aconchegante, tinha uma energia sombria. Uma operação pequena gerenciada por uma matrona viciada em toalhinhas de crochê, alguém poderia supor. Infelizmente, é provável que não fosse minha nova melhor amiga. Havia uma campainha sobre a mesa, redonda e prateada, tão brilhante quanto uma gota de mercúrio. Uma nota satisfatória preencheu o espaço quando a pressionei.

Nada.

— Oi? — Eu me sentia como uma personagem de um filme de terror que sai vagando sozinha, chamando por alguém na escuridão em vez de sair correndo.

Grata por não ter encontrado um assassino, deixei o pacote no balcão. Mas, antes que pudesse escapar, uma voz grave respondeu de algum lugar que eu não conseguia ver.

CAPÍTULO 2
Callum

A BOCA DA MULHER morta estava aberta como a de uma cantora de ópera no meio de uma nota. Passando a agulha pelo septo da srta. Murphy, empurrei o aço inox curvado pela narina direita dela antes de perfurar o céu da boca. A sutura contornou o maxilar antes que eu a retornasse para o ponto inicial, fechando o circuito. Com um puxão gentil no filamento, fechei a boca dela e amarrei o fio em um laço, que foi enfiado em uma narina. Pronto. Muito melhor.

Coitada. Trinta e quatro anos — a minha idade. Sem marido, sem filhos. Um parente distante cuidou dos trâmites. Depois de se engasgar com um caroço de azeitona e perder um turno no trabalho, a srta. Murphy foi demitida sem que ninguém se perguntasse o motivo de sua ausência. Doze dias depois, o vizinho reclamou do cheiro. Tirando o meu punhado de funcionários, ninguém notaria minha ausência também.

A campainha do saguão de entrada tocou, e a voz delicada de uma mulher chamou:

— Oi?

Clientes sem hora marcada não eram comuns, mas acontecia. O relógio marcava sete da noite. Durante o horário comercial, Deirdre recepcionava os fregueses, explicando a eles o processo enquanto avaliava a possibilidade de um upgrade para o pacote mogno ou bronze. Atendimento ao cliente não era o meu forte.

Empurrando a porta, gritei na direção da entrada:

— Eu já v-v... Só um momento, por favor.

Ansiedade social e gagueira eram meus obstáculos pessoais. Quando era criança, eu morria de medo de ter que dizer *presente* na chamada da escola. Os professores me escolhiam para ler em voz alta ou responder perguntas de supetão sempre que podiam ("amor exigente" foi como eles batizaram essa tortura), ou me ignoravam. Meus colegas eram piores. Morando em uma funerária e quase nunca falando, eu era um pária no ensino médio. Mesmo que o tratamento com um fonoaudiólogo tenha enfim melhorado a minha fluência, isso não acabou com o bullying.

Resmungando, tirei as luvas e o protetor facial que resguardava meu rosto e meus óculos. Assim que o processo de embalsamamento começava, era importante ir até o fim sem perder tempo, então eu estava contente por ainda não ter começado. Os conservantes químicos endurecem rápido, congelando membros e expressões no lugar. Levaria só um minuto para agendar para a visitante um horário com Deirdre no dia seguinte. Então poderia voltar para o trabalho.

Preparando os nervos e ajustando a gravata, fiz a aproximação.

Delineada pelo brilho vermelho do vidro jateado, uma mulher pequena de cerca de trinta anos e rosto em formato de coração segurava uma caixa grande. O cabelo loiro caía sobre os ombros, e ela usava um suéter casual e uma calça jeans. Atraente. Não que fizesse diferença.

— Oi. Acabei de me mudar para a casa ao lado e estava organizando uma montanha de caixas. Será que esse pacote é seu? — O sotaque arrastado não era local. Botas de caubói rosa-claras sapateavam no taco. — O correio entregou na minha casa por acidente.

Eu não tinha notado que os inquilinos anteriores haviam se mudado. Culpa de passar a maior parte do meu tempo na sala mortuária. Como proprietário da Refúgio do Salgueiro, eu delegava as chamadas relacionadas ao trabalho para meus colegas. Evitação e rotina eram meus confortos.

— *Fáilte* — consegui dizer, e limpei a garganta. — Bem-vinda.

— Obrigada. Todo mundo é tão legal aqui. Dá para ver como a cidade ganhou a reputação de amigável. Quer dizer, estou acostumada com a hospitalidade do sul. Dos Estados Unidos, é claro.

— Obrigado. — Peguei a caixa oferecida e violada. Ela tinha enfiado as abas para dentro para mantê-la fechada.

— Eu estava desempacotando e não notei que essa não era minha até que a abri. *Ops*. Mas está tudo aí. Prometo. Eu não espiei de propósito. — As palavras voavam enquanto suas mãos gesticulavam. — Meu nome é Lark. Significa cotovia. E antes que você me pergunte, sim, minha mãe tem cheiro de patchouli e lê auras. Eu não. Leio auras, quero dizer. Nem uso patchouli.

Auras? Patchouli? O silêncio se estendeu entre nós enquanto eu procurava uma resposta ao bombardeio verbal.

— Callum Flannelly. — Sim, isso foi o melhor em que eu consegui pensar.

Apesar da minha resposta abrupta, um calor genuíno invadiu o sorriso dela enquanto apertava a minha mão. Então ela franziu o nariz. Formaldeído e *eau* de decomposição não eram os aromas mais agradáveis, não importava quantos arranjos florais lotassem a mesa da recepção. Depois de trabalhar na sala de preparação, eu sempre tomava banho, mas não havia contado com uma interrupção. Murchei quando ela retirou a mão.

— É um prazer conhecê-lo — disse ela.

Ela passou um dedo pelos painéis de madeira. Poltronas confortáveis se agrupavam ao redor de uma lareira onde um bloco de turfa fornecia calor. Caixas de lenços repousavam em cada mesinha. Catálogos e panfletos pertinentes ficavam guardados entre os agendamentos para comunicar uma ênfase em conexão, não consumismo — meu avô Tadhg sempre acreditou que era de mau gosto mantê-los à mostra durante um velório. Considerando tudo, o efeito criava um ambiente reconfortante e acolhedor.

— Há quanto tempo você trabalha aqui?

Envergonhado, esfreguei o sulco vermelho que o protetor facial tinha deixado na minha testa e ajustei meus óculos antes que eles escorregassem pelo meu nariz.

— É difícil dizer. Eu cresci nesta casa e ajudo aqui desde que comecei a andar.

— Deve passar todo tipo de pessoa interessante por aqui, né?

Meu bisavô tinha comprado e convertido a pousada em uma funerária havia quase um século. Desde então, enterramos cidadãos de Galway de todas as estirpes. Um tatuador que solicitou que uma seção da sua pele fosse retirada e preservada para ficar disposta na vitrine do seu estúdio. Um cinéfilo colocado para descansar agarrado a uma réplica fiel de um sabre de luz, ao som de um tema de John Williams. Uma pintora cuja família transformou nossa capela em uma exposição de arte póstuma.

A implacavelmente simpática nova vizinha caminhou até o piano vertical, dedilhando o "Bife" nas teclas gastas, sem se importar em pedir permissão. Ela folheou o hinário. As partituras esvoaçaram sob seus dedos.

— Você sabe tocar alguma dessas? — Ela deslizou para um canto do banco acolchoado e bateu no assento ao seu lado.

Com base na sua audácia amigável de entrar na minha casa e pedir alegremente uma performance, o nome combinava com ela: parecia um passarinho alegre.

— Ah, eu não poderia...

— Por favor! Não precisa ser Mozart. Como uma pessoa não musical, qualquer coisa mais complexa que "Mary tinha um carneirinho" vai me impressionar. — Ela sorriu para mim. Embora cada fibra do meu ser gritasse para me esconder na sala de preparação clínica, cruzei a sala até o piano.

Sentei e sequei as mãos suadas na calça. Eu não lhe devia nada. Ela não era nem uma cliente. Mas alguma coisa na presença caótica e energética dela me fez querer atender ao seu pedido.

— Todas são músicas de amor tradicionais e tristes?

Suponho que fossem todas músicas de amor, de certa maneira. Luto, rebelião e fé tinham suas raízes no amor. Havia algumas do tipo romântico. Mas nem todas eram tristes.

Meus dedos se moveram pelas teclas enquanto tocava a ponte e o refrão de "Galway Bay" de cabeça. Familiar como a névoa. E imbuída da mesma magia misteriosa.

A admiração descarada no rosto da minha nova vizinha me encheu de orgulho. Os olhos de Lark foram se fechando conforme as notas ricas e calorosas cascateavam a partir do antigo instrumento. Pela visão periférica, pude ver que os olhos dela permaneceram fechados por um momento depois que minhas mãos cessaram. Eu me senti paralisado, toda a minha atenção naquela desconhecida ousada.

— Gostei. — Lark escavou um caderno de baixo da pilha de partituras. — O que é isso? Umas letras de música escritas à mão...

Limpando a garganta, arranquei o caderno das mãos dela, agarrando protetoramente as páginas gastas.

— Isso é particular.

— Ah. Sinto muito. Você canta também?

— Não. — Minha resposta foi curta e grossa.

Ela franziu a testa enquanto eu agarrava o caderno, então recuperou o sorriso simpático. Lark balançava os pés sob o banco do piano. Ajustado para minha altura considerável, ele mantinha as botas dela suspensas acima do chão de madeira. Isso me lembrou de quando eu era um menino aprendendo a tocar, e tudo que eu queria fazer era ver os veleiros na baía.

— Entãããão, preciso perguntar, mesmo que não seja da minha conta: para que servem?

— As partituras?

— Não, seu bobo!

Bobo? Entre todas as provocações e crueldades atiradas em mim ao longo da vida, ninguém nunca me acusou de ser bobo. *Lento*, com frequência. *Assustador*, de vez em quando. *Bobo* sugeria uma leveza que eu sempre fui sério demais para atingir.

— Você sabe... os sacos para cadáver. Para que eles servem?

— Para pôr cadáveres — respondi, não entendendo a pergunta.

A boca de Lark se repuxou em um sorriso desconfortável e plastificado. Não como antes.

— Eu entendo para que eles servem. Mas por que você precisa deles?

A indagação de Lark não era diretamente acusatória, mas cautelosa. Apreensiva. Eu umedeci o lábio com a língua.

— Ocasionalmente, temos algum desenterramento. Isso pode fazer bastante bagunça.

Foi a vez dela de piscar.

— O quê?

— Obrigado por vir até aqui. Sinto muito pela confusão com o pacote — falei, lembrando que a srta. Murphy ainda estava deitada na mesa, esperando para ser embalsamada.

— Estou sendo enxerida. — Ela deu uma risada nervosa. — Fiquei um pouco assustada quando percebi o que eram. Tive essa ideia louca de que você estava prestes a matar todos os seus hóspedes ou coisa assim. Ridículo, né?

— Não precisa se preocupar. Eles já estão todos m-mortos.

Ela empalideceu.

— É melhor eu ir. Estou indo agora. Hum, boa noite.

Lark saltou do banco e recuou em direção à porta sem tirar os olhos de mim. Eu me levantei e dei um passo para trás deliberadamente, para que ela não se sentisse acuada. O que eu havia dito?

— Também preciso ir. Os hóspedes não vão embalsamar a si mesmos.

Ela congelou. Seu foco passou ao redor do saguão como se o visse pela primeira vez. Então ela voltou o mesmo escrutínio enervante para mim.

— Espera. Isso é uma funerária?

Com medo de assustá-la novamente, assenti com a cabeça. O choque se espalhou pelo seu rosto, e ela pareceu se encolher para dentro de si mesma, como se os estofados estivessem manchados de fluidos corporais e houvesse cadáveres acionados por molas pulando de caixões.

— Ah. Ah, caramba! Então, você está… você estava embalsamando alguém antes de atender à campainha?

— O que você achou que fosse?

— Uma situação tipo Norman Bates. Não sei, sofro de uma imaginação superativa. Como eu disse… ridículo.

O nome vagamente familiar ricocheteou pelo meu cérebro. Inclinei a cabeça.

— Você sabe. — Lark fez uma mímica me apunhalando com uma faca invisível enquanto fazia um barulho agudo. — Hitchcock.

Ah. *Psicose*. Mas por que ela...

— Você achou que eu fosse um dono de pousada homicida?

Pela reação dela, a minha ocupação legítima não estava muito acima da categoria de assassino.

— Sim! — A justificação queimava em seus olhos cinzentos. — Você não pode me culpar por imaginar você usando o vestido da sua mãe.

Eu espremido em um vestido floral daria uma bela cena, de fato.

— Pensei que aqui poderia ser uma colônia de artistas, com os sacos sendo pedidos para uma performance ou talvez uma instalação. Talvez uma demonstração política. Eu tento dar às pessoas o benefício da dúvida. Não sabia que você era um... agente funerário. — Ela abaixou a voz nas últimas duas palavras, como se fosse uma coisa obscena. — Eu odeio começar as coisas com o pé esquerdo. Você deve estar pensando que sou uma tonta, além de uma ladra de pacotes.

Bem, sim. Um pouquinho. Ofereci a ela o que eu esperava que fosse um sorriso empático.

— Só me pergunto como alguém se m-m-muda para o lado de uma funerária sem saber. — Eu me preparei para a careta dela diante da gagueira, mas ela não fez nada.

— Em minha defesa, Refúgio do Salgueiro parece o nome de um casa geriátrica ou uma pousada. E sua placa está em gaélico.

Nunca entendi por que os estadunidenses usavam aquele termo para irlandês. Aqui ele era sinônimo de escocês. De qualquer forma, a placa estava lá fora havia décadas, e sua tradução era: "Funerária — negócio familiar em operação desde 1931". Incontáveis camadas de tinta fresca mantiveram-na intacta sob o clima implacável. A tradição era importante — eu não tinha nenhum interesse em adicionar o inglês. Uma atualização não estava nos planos.

— Nós chamamos apenas de irlandês. Ou *gaeilge*.

Ela me lançou um olhar cético.

— Coelho? Como o bichinho... — Lark levantou as mãos sobre a cabeça, imitando duas orelhas.

Não. Não estava nem perto, considerando que começava com *G*. Pensei em repetir, mas me segurei.

— Nada nos irrita mais que nossa língua sendo chamada de gaélico, exceto ouvir os ianques se gabando da porcentagem de sangue irlandês que eles têm de acordo com algum site.

Divertindo-se, Lark mexeu na bainha do suéter. Ela parecia não conseguir ficar parada.

— Você é bem rabugento, não é?

— Você faz muitas perguntas. — Eu tinha um corpo me esperando.

— Pensei que vocês todos fossem super-hospitaleiros com estrangeiros. "Terra das Mil Boas-Vindas", certo?

Dei uma bufada de desdém.

— Estou no ramo dos adeuses, não dos olás.

— Bem, a localização explicaria por que o apartamento estava disponível. Preciso admitir, você não seria minha primeira escolha de vizinho... Ah, Deus... Não você pessoalmente, quero dizer uma funerária. Isso saiu errado. Vou sair da sua cola, agora que insultei você duas vezes. Me desculpa.

Depois que Lark foi embora, fiquei lá parado, pasmo. Tanto por causa da mulher quanto pela minha reação estranha e relativamente cordial a ela. Tranquei a porta e voltei à esterilidade familiar da sala de preparação, vestindo meu equipamento de proteção como uma armadura. Eu gostava da organização impecável dela. Do silêncio.

Fiz uma incisão no pescoço da srta. Murphy e procurei com o gancho para aneurisma até achar a artéria. Como ela era saudável até o fatídico caroço de azeitona, a textura da sua carótida era como a de uma massa *al dente*, acomodando facilmente o tubo arterial que se ligava à mangueira da máquina de embalsamento. A formalina borbulhava no reservatório transparente como uma ameaça, e estourei uma bolha rosa. A maldita máquina não estava funcionando direito. Mais uma complicação desnecessária na minha vida. Ela começou a zumbir e ganhou vida, criando pressão no sistema circulatório para desalojar o sangue parado com conservantes químicos.

Refleti sobre a interação inesperada com a vizinha loira. Tocar piano para Lark tinha sido... agradável. Na maior parte. Não conseguia me lembrar da última vez que tivera uma conversa com um estranho que não tivesse a ver com trabalho. Especialmente uma da qual eu tivesse gostado.

Talvez houvesse vizinhos piores para um agente funerário ranzinza do que aquela ladra.

CAPÍTULO 3
Lark

HAVIAM-SE PASSADO DEZ MINUTOS do horário previsto para a chegada do meu ônibus. Meu visto dependia de manter esse emprego, e eu não ia voltar para Austin com o rabo entre as pernas. Tirei o celular da bolsa e tamborilei sobre a tela para chamar um táxi.

Chegando mais perto da rua, eu me inclinei para a direita para procurar o ônibus. Uma ciclista passou voando, espirrando água com o pneu traseiro e encharcando meu rosto e meu cabelo. Atrapalhada com o choque da água de esgoto gelada, minha pegada afrouxou e o celular caiu pelo buraco de uma grade de bueiro. *Não!*

Espiei naquele ralo escuro, esperando que o aparelho não tivesse afundado, mas naquele momento o celular estava surfando no esgoto. Fantástico. Era o meu primeiro dia de trabalho, e o universo não estava cooperando.

Por sorte, tinha estudado o caminho até o estúdio quando estava descobrindo qual ônibus pegar. Enquanto a brisa do outono soprava folhas caídas no meu caminho, apertei o sobretudo em volta do corpo e parti a pé.

Antes que a minha manhã virasse uma merda, eu tinha caminhado sensualmente em frente ao espelho como a Jessica Rabbit para me dar aquela dose de confiança para o meu primeiro dia no trabalho novo. Brincos grandes em formato de cereja completavam meu visual composto de uma saia lápis rosa-choque, uma blusa vermelha de gola alta por baixo do sobretudo e meus sapatos de salto vermelhos favoritos. Não era tão maluco quanto parecia: o fundador da Pixar era famoso por revezar camisas floridas. Animadores podiam ir trabalhar parecendo personagens de desenho. Algumas pessoas até esperavam por isso.

Meus saltos derraparam até pararem diante de portões de cemitério enormes se estendendo para ambos os lados da rua. Um beco sem saída, literal e figurativamente. Cruzes celtas salpicavam a grama cortada com precisão. Fechei os olhos, me lembrando de uma bola de basquete esculpida no granito.

Reese Thompson. Marido. Filho. Irmão. Treinador.

Se eu atravessasse o terreno sagrado e enevoado, poderia ser que chegasse a tempo. Uma retroescavadeira rugiu em algum lugar à distância. Não. Não valia a pena. Reese e eu podemos ter pulado de paraquedas e praticado windsurfe, dois aventureiros que amavam aquela descarga de adrenalina prazerosa, mas, desde que era criança, nada fazia meu coração acelerar como o silêncio sombrio de túmulos. Eles sempre me apavoraram, e agora não podia ver um sem me lembrar do homem que havia perdido tão subitamente. Sem atalhos para mim. Além disso, com a sorte que estava tendo naquela manhã, eu ia acabar tropeçando e lascando um dente em uma lápide.

Voltando pelo mesmo caminho, passei pelo ponto de ônibus enquanto descia a rua em marcha. Poucas lojas estavam abertas àquela hora, embora um carrinho de rosas bloqueasse a calçada em frente a uma floricultura, o vermelho brilhante contrastando com a neblina matinal. Parei em frente à vitrine da floricultura para examinar meu reflexo encharcado. Meus cachos tinham murchado até se tornarem algas empapadas, e meu rímel "à prova d'água" escorria pelas bochechas.

A porta se abriu de repente.

— Desculpa... — Um homem de ombros largos desviou de mim, e as palavras evaporaram na língua dele. Seus lábios cheios e sensuais se entreabriram, balanceando a arquitetura aguda das maçãs do seu rosto. Olhos verde-arsênico inteligentes me estudavam por detrás das armações redondas de casco de tartaruga. — Ah. É você.

— Oi... — ... *cara que eu acusei de ser um* serial killer? *Cara que eu ofendi em sua própria casa?* Decidi ir com: — ... vizinho.

Vestindo um colete de lã preta sobre uma camisa branquíssima e calças ajustadas que faziam suas pernas parecerem sequoias, ele segurava um arranjo de copos-de-leite. Sem casaco, apesar da manhã gelada de novembro. Se o estúdio me pedisse para desenhar um personagem "agente funerário", ele usaria terno risca de giz e teria olheiras escuras dignas do Gomez Addams. O estilo daquele homem tenso batia com o estereótipo, mesmo que seu rosto e seu corpo não batessem.

— É Callum, né? — Estendi a mão. — Lark.

— Sua anca está ótima.

— Como é que é? — Parti logo para cima.

— Sua anca. — Ele gesticulou para o próprio rosto, imitando a minha cara.

Ah. Carranca. Precisava me acostumar com aquele jeito estranho de falar.

— A manhã foi caótica. Meu ônibus não apareceu, então fui chamar um táxi, mas uma ciclista espirrou água suja em mim e eu derrubei o celular. *Plop!* Bem na grade do bueiro. Por isso estou parecendo o monstro do pântano e correndo até o trabalho a pé como uma louca para não ser demitida no primeiro dia.

Callum franziu o nariz. Se tinha sido para a minha menção à água suja ou para o disparo supersônico dos meus problemas, eu não sabia. Por um instante, seu olhar desceu para o meu calçado, que, apesar de lindo, não era prático.

— Nada de b-botas de caubói hoje.

— Não. Troquei por um par de sapatos de salto que não são brincadeira para andar. — Esfreguei a máscara de guaxinim ao redor dos meus olhos. — Ei, posso usar seu celular para chamar um táxi? Esperar o próximo ônibus vai me atrasar.

Ele ficou quieto por um longo momento e, quando abri a boca para dizer *deixa pra lá*, fez um movimento com a cabeça indicando que eu deveria acompanhá-lo.

— Vou colocar você na estrada.

— Você está me ameaçando ou me oferecendo uma carona?

Ele deu de ombros como se estivesse em dúvida, o rosto permanecendo neutro. Para ser justa, ele tinha motivos para me querer sob seus pneus depois que achei que ele fosse um *serial killer*.

Eu tinha escolha? Na verdade, não. A menos que quisesse ligar para a KinetiColor e dizer a eles que ia me atrasar na manhã da primeira reunião de equipe do novo projeto. A reunião era importante — eu seria apresentada para o tipo de animadores e designers que ia supervisionar.

Estreitei os olhos para Callum.

— Tem certeza? Você parece ocupado.

Callum continuou andando sem responder, conduzindo-me a um reluzente rabecão vintage cor de ébano na esquina seguinte. Um rabecão de verdade. Meus saltos derraparam pela segunda vez.

— Não sei o que estava esperando — murmurei para mim mesma.

— A finada sra. Higgins vai nos acompanhar, se você não se importar.

— Haha. Você quase me pegou. — Com um movimento de mão, afastei a ideia. É claro que ele não estava ocupado se havia me oferecido uma carona.

— É troça. Está vazio.

Troça?

Depois de um instante, ele sorriu. Com cautela, como se vestisse uma peça de roupa diferentona com a qual não estivesse totalmente confortável. Parecia genuíno, talvez até natural. Que bom descobrir que aquele cara tinha senso de humor, afinal.

Então, através das janelas emolduradas por aquelas estranhas cortininhas, notei o passageiro.

— Tem um caixão no banco de trás!

— Ele seria arranhado na van de transporte. Não tem ninguém dentro. Ainda.

— Desculpe a linguagem, mas isso é uma puta mentira — retruquei, surpreendendo um pouquinho a mim mesma. Os lembretes indesejados do passado me deixavam à flor da pele.

— Quer abrir e ver? — Uma sobrancelha grossa se arqueou, me desafiando a pagar para ver o blefe.

— Não, obrigada! Sério, não posso ocupar seu tempo, mas agradeço a oferta. Só vou ver se a floricultura tem um telefone que eu possa usar.

— Pensei que você estivesse com pressa.

— Tudo bem. Não se preocupe comigo. — Eu me virei na direção da floricultura enquanto ele destrancava o rabecão e colocava o arranjo floral no banco de trás. — Foi bom encontrar você.

Eu me forcei a parar. Nada de mal ia acontecer se andasse em um rabecão por alguns minutos. E não queria ofender Callum depois que ele se oferecera para me levar. Sem o GPS do meu telefone, nem sabia direito para onde ir, de qualquer forma. Ele era a melhor opção que eu tinha, e, bem, a cavalo dado não se olham os dentes.

Com o seu um metro e oitenta e não sei quanto, ele se encolheu no banco do motorista e ajustou o nó complicado da gravata no espelho.

— Você vem?

Eu me permiti uma bufada incrédula, esperando que nenhum dos meus novos colegas visse a minha chegada.

— Isso é superestranho.

— Só entra — respondeu ele em um tom monótono.

Entre no bugue da morte, a menos que queira chegar atrasada no primeiro — e provavelmente mais importante — dia do seu novo trabalho. Com um gemido, sentei no banco do passageiro antes de mudar de ideia. Deus, o que Cielo diria quando comprasse um celular novo e contasse a ela sobre isso?

— Para onde?

— Estúdios KinetiColor.

Ele não conhecia o lugar, mas o encontrou no Google Maps bem rápido.

Depois de viajar alguns quarteirões, minha pulsação e minha claustrofobia ainda não tinham se acalmado. Dei uma inspirada revigorante e, lamentavelmente, enchi o pulmão de purificador químico de ar. Ou será que era o formaldeído que persistia? Piña Colada era o aroma que eu preferia no meu amado Volkswagen antigo. Meu peito doeu com a memória de Reese me mostrando o adesivo que dizia *Normalizem Raspar na Guia*. Ele o colara levemente torto, como seu sorriso. Meu marido sempre me provocava por causa do meu apego àquela lata-velha. Sentir falta do carro que me carregava pelo trânsito de Austin era muito mais fácil que sentir falta de Reese. Era muito mais seguro me distrair lamentando por Loretta, o WV Jetta, se quisesse evitar que meu rímel borrasse de novo.

As carteiras de habilitação, como acabei descobrindo, eram um privilégio caro na Irlanda e tinham uma janela de tempo específica. Como nova imigrante, eu levaria meses para me qualificar para fazer o teste. Meu chefe me garantira que o transporte público seria suficiente em Galway. Mas, pensando bem, duvidava que o sr. Sullivan pegasse o ônibus.

— Emprego novo, então? — perguntou Callum, me puxando de volta ao presente. Hoje não se tratava de corrigir o passado; era um novo começo.

— Sim. Sou diretora de arte de animação.

Ele me lançou um olhar surpreso.

— Você faz desenhos animados?

— Aham. Eles me chamaram para o primeiro projeto grande do estúdio.

— Você trabalhou em alguma coisa que eu possa conhecer?

— A maior foi um lançamento em streaming sobre um estudante do quinto ano do fundamental excluído pelos colegas. *Cadarço?* — Listei outros projetos menores, tagarelando como se isso pudesse me distrair do fato de que inúmeros corpos haviam sido transportados neste veículo. De todas as tragédias que ele já vira. O homem silencioso mantinha-se concentrado nas ruas estreitas. — Em meia hora, vou apresentar minhas ideias em uma reunião conceitual com a equipe sênior de design. Que ainda não conheço.

Callum estremeceu. Movimentos eficientes, quase mecânicos, conduziram o carro suavemente por uma curva à direita.

— Nervosa, então?

Soltei uma risadinha que revelava minha tensão. Nada como uma viagem espontânea em um carro da morte para acalmar os nervos de alguém.

— Um pouquinho. Estamos trabalhando em cima de um roteiro lindo, tipicamente irlandês. Chegar ao tom certo no visual vai ser crucial.

Ele assentiu com empatia.

A água ainda escorria do meu cabelo para o meu colo.

— Sabe, nunca estive em um destes antes.

— Eu nunca tive um passageiro tão falante.

— Para de falar essas coisas pra eu poder fingir que é uma limusine e que estamos indo a um casamento chique.

— Sabe qual é a diferença entre um casamento e um enterro na Irlanda? — perguntou ele.

Esperei o desfecho da piada.

— Um bêbado a menos na festa. — Metade da boca dele se repuxou para cima, depois voltou a ficar reta. — Desculpe. É uma piada horrível.

Era mesmo, mas ri ainda assim. Abri a janela do carro, dando uma olhada furtiva de soslaio para o motorista. O sorriso relutante de Callum era como um raio em uma tempestade. Breve, mas brilhante. Será que ele estava tão acostumado a reprimir sua alegria perto do luto de outras pessoas que inconscientemente sufocava suas emoções positivas?

O aplicativo de navegação anunciou que estávamos a um quarteirão do nosso destino, e reconheci o prédio dos Estúdios KinetiColor da foto no site. Alguns dos meus colegas estavam reunidos na calçada.

Ótimo. Exatamente a primeira impressão que eu queria causar.

Notei Wendy, do RH, que tinha conduzido minhas entrevistas via Skype. Sobrancelhas esculpidas dispararam pela testa dela quando ela me reconheceu e andou até minha janela aberta.

Um homem de barba gritou para alguém no grupo:

— Que conveniente. O agente funerário veio buscar os restos mortais da sua carreira!

O animador que fora o alvo não sorriu e entrou apressado sem olhar para trás, enquanto o outro homem ria da própria piada.

— Lark? — disse Wendy, sorrindo. Assim que conseguiu me ver melhor, ela se encolheu diante do meu cabelo e da minha maquiagem arruinados.

Eu sorri, me forçando a fingir tranquilidade.

— Wendy, oi!

Um grupo de jovens profissionais ficou boquiaberto com o meu transporte. Lancei um olhar para Callum, esperando ver um brilho conspiratório reluzindo nos olhos dele, mas não encontrei nada. A conexão que descongelava entre nós voltou a se congelar diante da curiosidade de Wendy.

— Quem é o seu homem?

— O quê? Não, não, não. Wendy, este é o Callum. Ele é... Callum é meu vizinho. Só um vizinho. Não é... — Engoli em seco e bati as mãos. — Bem! Já vou subir. Grande dia hoje, estou superanimada.

Alguém colocou a cabeça para fora da porta e acenou para Wendy, então ela pediu licença com a promessa de me encontrar lá dentro para orientações e apresentações.

— Sua chegada vai ser o assunto da cidade — disse Callum, evitando olhar para mim.

Minha declaração atrapalhada de que ele era só meu vizinho deve ter sugerido vergonha. Mas não estava com vergonha de ser vista com ele. Meu desconforto se baseava no próprio rabecão e no faminto caixão vazio, esperando para ser o lugar do descanso eterno de alguém. As lembranças dolorosas que isso tudo conjurava. Depois da bondade demonstrada por Callum, eu me sentia grata.

— Este é o Uber mais estranho que já peguei. Obrigada.

— De nada. Disponha.

Sem pensar demais, eu me inclinei sobre o console central e dei um beijinho na bochecha dele. A loção pós-barba sutil de Callum lembrava o cheiro de chuva.

Uma cor fúcsia nuclear queimava em seu rosto e suas orelhas quando me afastei. Os dedos dele apertavam o volante, como se ele estivesse dirigindo por uma ponte estreita com uma só pista sem grades de proteção. Passei o dedão pelo batom rosa que eu havia deixado e piorei tudo. Callum engoliu pesadamente. *Merda*. Será que ele interpretaria aquele beijinho amigável como um sinal de interesse? Não era. Quando tinha amigos, eu os beijava na bochecha com frequência, mas é claro que Callum e eu não estávamos naquele nível. Bom trabalho elevando o nível de estranheza para onze numa escala de um a dez.

— Você vai economizar alguns minutos de caminhada se cortar caminho pelo cemitério da próxima vez — disse ele.

Abri a porta e hesitei na calçada.

— Agradeço a dica, mas vou fazer o caminho mais longo e não assombrado.

Antes de entrar no prédio, eu me virei e vi que Callum tocava a bochecha corada. Nossos olhos se encontraram, e ele baixou a mão abruptamente. Ok. Ele era meio bonitinho. Antes de arrancar com o carro, ele murmurou "Boa sorte" para mim. Eu ia precisar.

CAPÍTULO 4
Callum

FIQUEI ENCARANDO O TABULEIRO de xadrez, intocado havia um ano, desde que o primeiro derrame transformara meu avô. Do dia para a noite, aquele empresário astuto, mas empático, tinha perdido sua habilidade de funcionar com independência, então eu assumira tanto suas tarefas diárias do trabalho quanto seu cuidado pessoal. A solidão permeou a casa ainda mais profundamente nos dias silenciosos que se seguiram ao segundo derrame, que o enviou para o hospital. Ele nunca voltou.

— Era para a Refúgio do Salgueiro ser minha herança — a voz rude de Pádraig enunciou do viva-voz do meu celular. Independentemente do DNA compartilhado, eu me recusava a pensar nele como "pai".

— É para ela continuar na família. A família que você abandonou — disparei em resposta. Apertei mais o punho, os nós dos dedos embranquecendo ao redor do aparelho. Ele não tinha nenhum direito. O testamento do meu avô dizia o contrário. A Refúgio do Salgueiro ficaria sob custódia temporária. Se eu ainda fosse solteiro no fim do prazo — meu trigésimo quinto aniversário, em julho —, Pádraig se tornaria o proprietário. Contudo, se pudesse fornecer uma certidão de casamento válida, ela seria minha.

Oito meses para encontrar uma esposa. Ou melhor, seis meses, considerando o tempo de espera obrigatório para conseguir uma licença de casamento.

Tudo porque meu avô tinha a ideia fixa de um herdeiro para o negócio da família. No seu leito de morte, ele fez um esforço para se reconciliar com o filho afastado, e foi assim que eu acabei no meio dessa confusão.

— Não faz sentido adiar o inevitável. Só assine o contrato.

— Não! Esta é a minha casa. A minha vida. Não vou entregá-la para ninguém. Muito menos para você.

— Olha, a O'Reilly e Família me fez uma oferta. Não quero dar tempo para que mudem de ideia.

— Você tem p-p-procurado um comprador entre os nossos concorrentes?

Ele citou um número que me pareceu astronômico.

— É isso que eles estão dispostos a pagar. Inclui o negócio em si, a casa, o cemitério, o rabecão, a van de transporte. Todos os produtos em mãos. É um valor justo.

Então aquela era a verdadeira razão para ele vir de Edimburgo. Ele havia feito sorrateiramente um inventário, esquematizando tudo enquanto eu lamentava a morte do vovô e o preparava para o enterro.

A casa georgiana ostentava uma localização pitoresca de primeira, e o fato de sermos donos do cemitério nos dava uma vantagem sobre a concorrência. O valor alto da propriedade significava que eu tinha pouca chance de conseguir um empréstimo suficiente, e as reformas recentes haviam secado nossos recursos líquidos. Eu não tinha nenhuma garantia pessoal para oferecer exceto meu próprio Peugeot, nenhuma experiência profissional significativa além das minhas funções na Refúgio do Salgueiro. Eu não tinha a menor chance de conseguir comprá-la de Pádraig.

— A O'Reilly prometeu considerar mantê-lo na equipe. E eu lhe daria uma porcentagem.

Dei uma risada de escárnio.

— Devemos atacar agora, enquanto há uma oferta lucrativa em jogo. Isso não é pessoal. São só negócios.

— Não sou um vendido — cuspi para o celular. — Não era isso que o vô queria.

— Você é tão teimoso quanto o próprio bode velho, não é? Bem, ele não está aqui, então, não importa. — Pádraig abaixou a voz. — Seja realista. Nós dois sabemos que você não vai estar casado até julho.

— Me aguarde.

Desliguei.

O que eu estava dizendo? Solitário como era, a ideia de namorar ainda era um pesadelo. Eu mal conseguia falar com as mulheres. A conexão me escapava e sempre chegava muito devagar para mim, o que resultava em encontros frustrantes que não iam a lugar nenhum. Meu tempo era diferente do da maioria das pessoas. Mesmo aquelas que insistiam que queriam levar as coisas devagar ainda esperavam um beijo de boa-noite. Eu havia tentado me forçar mais de uma vez, e o tiro saíra pela culatra quando eu as ofendera com um selinho seco nos lábios. Romance tem a ver com se sentir desejado, e eu não conseguia me forçar a fingir isso.

Depois de descobrir sobre a cláusula do casamento no testamento, entrei em pânico e baixei um aplicativo de namoro. Dei *match* com uma professora de aparência saudável. Nós nos encontramos, e minha gagueira criou um obstáculo que piorou quando ela me perguntou sobre o meu trabalho. Cometi o erro de descrever em minúcia a reconstrução facial de uma morte por acidente industrial durante o jantar. A professora disse que ia ao banheiro e nunca mais voltou.

Passei os dedos na bochecha em que Lark tinha me beijado mais cedo; quase tive um infarto quando os lábios dela encostaram minha pele... Mas eu conseguia falar com ela. Talvez o falatório interminável dela ajudasse. Talvez fosse o modo exuberante como ela seguira com seu dia, mesmo encharcada em água de esgoto.

Em uma carta que acompanhava o testamento, uma caligrafia trêmula revelara as motivações de vovô. A condição tinha o objetivo de me empurrar na direção de construir uma família com um chute no traseiro. E ele esperava que meu pai e eu pudéssemos ter um relacionamento. Sem chance. Pádraig era egoísta aos dezesseis anos, quando ele e minha mãe me abandonaram e fugiram para a Escócia, me deixando aos cuidados dos meus avós. Nossa conversa era uma prova de que ele não tinha mudado. Com um rosnado de frustração, arranquei os óculos e pressionei os olhos com as mãos até começarem a doer.

Boas intenções à parte, como o vovô podia ter feito isso comigo? Depois de eu ter cuidado dele após os derrames e colocado cada gota restante de energia nos negócios para mantê-los funcionando. Não só a Refúgio do Salgueiro precisava de mim — eu precisava dela. Cuidar dos mortos e guiar as famílias durante o luto era meu propósito de vida. Não só era algo de que eu gostava e em que era bom, mas quem eu era senão outro Flannelly de terno tocando um hino para falecidos?

Com uma careta, abri o aplicativo de relacionamento. Seis meses. Considere meu traseiro chutado.

CAPÍTULO 5
Lark

MURAIS DE *POP ART* me receberam no saguão da KinetiColor. Wendy me deu as boas-vindas junto com o dono do estúdio, o sr. Sullivan. Eles me olharam de cima a baixo e imediatamente me falaram onde eu poderia me limpar.

Quando minha aparência já condizia mais com "profissional competente" do que "guaxinim afogado", atravessei o labirinto de mesas até a sala de reunião. A mesa de cada animador era um tumulto de inspiração, desde quadros de visualização com curadoria até brinquedos vintage batalhando em prateleiras acima dos monitores dos computadores. Enquanto esperava a equipe chegar, passei por um PowerPoint de cenas-chave. Um estagiário serviu uma bandeja de donuts. Fato: ao fazer uma apresentação, é mais fácil se sentir confiante quando seu público tem granulado colorido grudado no queixo. É menos desconfortável que imaginar seus colegas pelados.

O sr. Sullivan sorriu calorosamente e apontou para mim.

— Gostaria de apresentar nossa mais nova diretora de arte, Lark Thompson.

Minha mão disparou para cima em um aceno alegre.

— Lark trabalhou no *Cadarço*, dos Estúdios Blue Star — continuou ele, enquanto algumas pessoas soltavam murmúrios de animação. — Fiquei tão impressionado que a convidei para vir lá dos Estados Unidos até aqui para se juntar à nossa pequena equipe para este projeto. Vamos fazer o que pudermos para que ela se sinta bem-vinda.

O cara de barba que tinha zoado o colega lá fora cruzou os braços e me perfurou com seu olhar enquanto eu dava um passo à frente.

— Muito obrigada, sr. Sullivan. — Escaneei rapidamente a sala, guardando cada novo rosto na memória. — Bom dia. Estou ansiosa para conhecer cada um de vocês enquanto começamos nosso trabalho em *A princesa pirata*. Fazer um filme é um esforço colaborativo, e quero que todos saibam que minha porta está aberta se tiverem ideias ou preocupações em relação à produção.

Aquilo disparou uma rodada animada de apresentações antes de passarmos ao storyboard. Anvi, uma mulher indiana e gorda com uma trança elaborada que ia até a cintura de seu vestido da moda, compartilhou um punhado de amostras de esboços para o storyboard, que ela havia desenhado em casa. Lindos e dinâmicos, eram dramáticos ao mesmo tempo que mostravam as partes principais da história.

— Desculpe — disse ela. — Não pude evitar mergulhar de cabeça assim que li o roteiro. Claro que isso é só uma ideia inicial.

— São incríveis! Também não pude evitar me jogar no trabalho quando li o roteiro — falei. — Fico contente que vamos poder começar logo de cara.

Anvi e eu éramos almas gêmeas. No geral, a equipe da KinetiColor era muito amigável e talentosa. Os artistas de fundo, com seus ambientes imersivos, os artistas de personagem, com seus esboços conceituais. Como eu tinha sentido falta da camaradagem de meus pares criativos.

Levar alegria às pessoas por meio da arte sempre fora meu objetivo, desde que eu era criança. Eu me sentava no chão do estúdio de joias da minha mãe, que colocava para tocar alto um mix eclético de Fleetwood Mac, Donna Summer e Kenny Rogers, e fazia pequenos folioscópios para passar o tempo, que depois dava para meus colegas da escola. Logo comecei a aceitar encomendas pagas com o dinheiro do almoço. A magia da imagem em movimento unia as pessoas, e eu gostava de ser aquela que dava a elas essa sensação de encantamento. A arte era uma forma tanto de escapar da monotonia do dia a dia como de me conectar com os outros.

Eu tinha subido rápido na hierarquia da Blue Star, começando como designer de personagens para a bagunçada start-up fundada por colegas de classe. Trabalhar com minha melhor amiga da faculdade e depois cunhada, Rachel, era incrível. O que faltava ao nosso pequeno grupo em orçamento e experiência, nós compensávamos com dedicação e entusiasmo. Eu e ela discutíamos nossas ideias uma com a outra e com o resto do nosso time superunido, e o estúdio se tornou um segundo lar... até que ela não suportava mais olhar para mim, e o antes receptivo grupo de colegas se calava sempre que eu entrava na sala. Eu não podia ficar, apesar de precisar desesperadamente de algo em que focar durante o luto. Qualquer coisa para devolver as cores para minha vida quando tudo parecia cinza após a partida de Reese. A maneira como eu o perdera significava perder Rachel também, e por extensão a equipe que considerava quase uma família. Trabalhos freelance de design pagaram as contas depois que me demiti, mas dezoito meses de solidão garantiram que eu valorizasse a oportunidade na KinetiColor. Meus novos colegas não saberiam sobre o meu passado. A Irlanda seria uma página em branco, a menos que saíssem remexendo a minha vida. Mas eu não facilitaria a vida deles.

Depois da minha apresentação introdutória, reuni meus materiais, salivando ao olhar para o último donut. Antes que pudesse alcançá-lo, o homem de barba ruiva o pegou.

— *Howya*. Seán Fitzgerald.

— *Howdy*. — Não era uma saudação que eu costumava utilizar, já que eu era de Austin, não do interior do Texas, mas pareceu a resposta adequada. Até agora, eram as pequenas diferenças que havia no lugar que me encantavam, como as variações linguísticas.

Seán deu uma mordida. Meu estômago roncou; estivera nervosa demais para comer antes de sair de casa.

— Então, você é a nova chefe.

— Você é um animador sênior, certo?

Ele se empertigou. Olhos cor de mel me analisaram da cabeça ao dedão do pé sujo de esgoto, pausando nos meus brincos espalhafatosos de cereja.

— Nosso último diretor de arte não era tão jovem.

— Vou encarar isso como um elogio. Há quanto tempo você trabalha aqui?

Um flash de dentes brancos, como um aviso.

— Desde o primeiro dia. Se estiver em dúvida sobre alguma coisa, pode me ligar diretamente. — Abaixando a voz para um volume discreto, ele acrescentou: — Você sabe, para que o resto da equipe não pense menos de você.

Meu sorriso vacilou, mas o coloquei de volta no rosto rapidinho.

— Agradeço.

— Sabe aquelas renderizações que você quer na quarta? Não sei se consigo entregar. — Ele olhou com pesar para o tapete. — Minha filha tem uma consulta na terça, então vou ficar fora o dia inteiro... péssimo timing.

— Família em primeiro lugar. Sempre. — Eu tinha aprendido essa lição tarde demais. De jeito nenhum esperaria que minha equipe priorizasse o trabalho em detrimento das necessidades médicas de seus filhos. — Acho que não tem problema, contanto que você me entregue na sexta de manhã.

— Vou fazer o possível. — Ele me lançou mais um olhar antes de desaparecer pelo corredor. — Bem-vinda à KinetiColor.

Os granulados rolaram pela caixa de donuts vazia quando eu a joguei no lixo. Ele tinha mesmo me ludibriado para conseguir uma extensão de prazo durante nossa primeira conversa ou estava sendo honesto? Um aperto no estômago me dizia para não confiar em Seán Fitzgerald.

—†—

POR DETRÁS DAS CORTINAS, espiei o jardim do meu vizinho. A janela da minha sala de estar se abria bem para o jardim atrás da Refúgio do Salgueiro, onde Callum estava podando e cobrindo o solo com folhas. Suspensórios cruzavam seus ombros largos e a calça ajustada parava logo antes do tornozelo, o que lhe dava uma aparência entre sofisticado e antiquado. Rosas vermelhas exuberantes floresciam em arbustos precisamente aparados.

Algumas pessoas querem que suas cinzas sejam espalhadas sob roseiras ou carvalhos: é por isso que o jardim de Callum é tão vibrante?

Em todo caso, a ideia do meu vizinho cuidando de flores era mais reconfortante do que o modo como eu havia imaginado que ele passava o resto do seu expediente.

Minha única experiência com um agente funerário envolvera técnicas de venda agressivas, fazendo-me optar pelo caixão caro com bronze escovado na base da culpa. Eles me empurraram upgrades e o granito premium para a lápide depois de eu ter encarado fontes serifadas idênticas por dez lacrimosos minutos. Meu falecido marido merecia o melhor, não merecia? Sua lápide era o último presente que ele receberia, eles disseram, então eu concordara com uma bola de basquete gravada no granito. *Marido. Irmão. Filho. Treinador.* O memorial de Reese não o trouxe de volta. Nada o traria.

O velório aberto tornou tudo pior. A escola inteira estava presente. O choque e a vergonha me deixaram praticamente catatônica depois. Cielo me acolheu quando eu não conseguia mais aguentar as frases vazias da minha mãe. Sempre estável em uma crise, Cielo me alimentava à força entre suas aulas preparatórias para o curso de medicina e me fazia tomar banho semirregularmente. Lo era a única pessoa no Texas inteiro que me senti mal por ter deixado para trás.

É claro que eu reconhecia a necessidade do serviço executado por Callum. Esgotos precisam de tratamento. Tratamentos de canal precisam de um furo com uma broca. Corpos precisam ser enterrados. Apesar dos ecos dolorosos que sua profissão causava, ele era interessante. De fala mansa e voz baixa. Misterioso e estoico, embora suas mãos elegantes, ao tocarem o piano, tivessem revelado uma profundidade emocional. Era preciso usar o coração para tocar daquele jeito.

Deus. Eu não podia acreditar que tinha beijado Callum na bochecha como uma velha amiga. Naquela manhã infernal e com o nervosismo pelo trabalho novo, eu não estava pensando direito. Nós éramos vizinhos de porta, e lhe dar a impressão errada seria mais que desconfortável. Eu não queria beijar ninguém. O cara provavelmente pensava que eu era uma completa cabeça-oca, de qualquer forma, depois de achar que ele era um *serial killer*.

Uma mulher alta se aproximou do jardim. O cabelo preto escorria como uma cachoeira noturna pelas costas dela, complementado por um atemporal vestido godê safira e meia-calça opaca. Uma van de floricultura aguardava no meio-fio entre as nossas casas. Narcisos formavam um logo familiar — o mesmo da loja onde Callum me dera uma carona para o trabalho.

Flannelly, seu canalha.

A ideia daquele homem severo flertando com alguém aguçou minha curiosidade. Com base na furtividade do seu olhar durante a conversa deles, ele parecia mais nervoso que encantador. Depois de alguns minutos, a bela florista gesticulou para a van. Ele limpou a terra das mãos e não fez menção de tocá-la, mas a observou ir embora.

Como se sentindo minha presença, Callum voltou a atenção para a minha janela.

Merda.

Pega no flagra, cambaleei para trás e tropecei na barra da cortina. Agarrei o tecido para me equilibrar e consegui puxar o varão da parede, caindo de bunda com um gemido forte.

Eu queria morrer. Convenientemente, agora morava ao lado de uma funerária.

Antes que pudesse me levantar e pegar o varão da cortina do chão de madeira, uma chuva de batidas assolou minha porta. É claro. Considerei me esconder sob a piscina de tecido até que meu pretenso salvador fosse embora, mas me forcei a atender.

Com um sorriso cheio de culpa, ergui os olhos para ele quando a porta se abriu. Ele devia ser uns trinta centímetros mais alto que eu.

— Não veio pedir uma xícara de açúcar emprestada, veio?

— Tudo bem com você? — Callum levantou o queixo para a pilha de cortinas atrás de mim. Seu peito largo arfava, como se tivesse corrido até a minha casa.

— Só estava pendurando uma cortina e o parafuso deve ter se soltado.

— Com certeza tem um parafuso solto.

Esfreguei o cóccix.

— Você é terrivelmente galanteador, mas estou bem.

— Nossas janelas ficam bem de frente uma para a outra. — Callum abaixou o olhar para as próprias mãos. Havia terra em volta das unhas e nos nós dos dedos.

— E você me acusou de ser eu a assustadora.

Um traço de diversão passou pelo rosto dele. Tínhamos uma piada interna. Meio que às minhas custas, mas era um começo.

Inspirei fundo.

— Li sobre um clube de comédia que tem aqui, chama Que Gosto Engraçado. Quer conhecer?

— Juntos? — disse Callum bruscamente. — Como um encontro?

— Como amigos. Para agradecer a carona do outro dia.

Percebi a atenção dele no contorno pálido deixado pela minha aliança. Eu a havia tirado na manhã em que pegara o avião para Galway. Quatro anos com Reese. Vinte e um meses desde que ouvira sua risada escandalosa e o tilintar do apito ao redor de seu pescoço nos dias de jogo. Demorei um pouco para me acostumar com a sensação de nudez.

— Casada?

— Eu era. — Deixe que ele pense em divórcio. Não suportaria a piedade de mais uma pessoa. — A florista é sua namorada?

— Não. — Suas orelhas se tingiram de rosa. — Por quanto tempo você ficou assistindo?

— Não sei do que você está falando. Estava cuidando da minha vida, pendurando uma cortina.

— Aham.

Assisti o bastante para ver a mulher brincando com o cabelo enquanto o observava cuidar do jardim, foi o que eu não disse.

— Olha, não seria um encontro, mas, se acha que vai arruinar suas chances se ela ficar sabendo… — Callum inclinou a cabeça. — Ela gosta de você. — Ele bufou de leve em autodepreciação. — Então… o que me diz?

— Você quer que sejamos amigos — ele disse com ceticismo.

— A fila de espera é grande? — Eu sentia que ele precisava de um amigo. E eu aproveitaria o clube de comédia cem vezes mais com uma companhia. Ganha-ganha.

— Ah, sim. As pessoas estão m-morrendo de vontade de passar o tempo comigo. — O humor dele era mais seco que o deserto de Mojave.

Soltei um gemido.

— Está tentando provar que odeia comédia ou algo assim?

— Está funcionando?

— Na verdade, você só provou que precisa de uma noite de *stand--up* decente. Mas, se é esse calibre de humor que posso esperar na sua presença, talvez eu devesse retirar a oferta.

— Não, eu vou.

CAPÍTULO 6
Callum

— "QUE GOSTO ENGRAÇADO" — Lark leu na placa enquanto as botas dela saltitavam na calçada. — Nome inteligente, né?

— Propaganda encorajadora para um café.

Sentia o suor nas mãos enquanto a fila caminhava, embora fosse uma tarde fresca de novembro. Repetindo as palavras na minha cabeça várias vezes, ensaiei meu pedido. Interações com estranhos sempre faziam minha pressão subir.

Uma mulher entediada cuidava do balcão. Ela mal escondeu a irritação quando me atrapalhei tentando pedir um chá. Clientes impacientes resmungavam atrás de nós. Lark não se importou com eles e proferiu seu pedido de bebida e um doce, junto com um elogio ao estilo da barista.

A caneta Sharpie da barista deslizou pelo copo.

— Latte de lavanda gelado para Clark...

— *Lark*. Não tem *C*.

— Entendi.

Quando nosso pedido apareceu no balcão, estava rabiscado "~~Clark~~ Klark" em uma caligrafia confusa no copo de papelão.

— Toda. Vez.

— Sem *C*, pelo menos — observei.

— De que lado você está, hein, *Colm*? — Ela deu um sorrisinho, pronunciando deliberadamente o nome errado no meu copo.

Quando criança, eu desejava que meus pais tivessem grafado meu nome da maneira irlandesa correta — Colm —, mas a ideia era se distanciar da tradição. Para esfregar na cara dos meus avós, eles escolheram a grafia escocesa.

Lark escolheu uma mesa perto do palco. Eu teria preferido me sentar mais para trás. Diabos, teria preferido estar em casa, mas havia prometido a mim mesmo que me esforçaria. Interagir com uma mulher fora do trabalho. Não devia ser tão difícil. Eu nunca tinha sido um mestre dos encontros, mas precisava desesperadamente praticar. Puxei a cadeira para ela, e a mão de Lark voou para a boca; o assento simulava uma "almofada de pum".

— Sofisticado — disse Lark, batendo na cadeira antes de se sentar para garantir que não fazia barulho. Ela tirou o casaco roxo e revelou um vestido arco-íris. A mulher parecia uma caixa de giz de cera espalhada. Fiz um gesto para o quadro negro na parede.

— Bem, o menu deles é... — Um silêncio ficou suspenso entre nós quando minha frase parou no meio. Para minha surpresa, Lark esperou as palavras saírem. A maioria das pessoas não era tão paciente. — ... escrito em Comic Sans.

Ela sorriu e mordeu a tortinha de cereja.

— Desculpa. É um congestionamento no meu cérebro. Eu sei aonde ir, como chegar lá, mas às vezes fico preso no caminho. Especialmente se estiver me sentindo desconfortável ou estressado.

— Não precisa se desculpar. Parece frustrante. Está se sentindo desconfortável por minha causa?

Vozes dispersas aumentavam e diminuíam ao redor.

— Minha garganta fecha no meio de uma multidão.

Lark engoliu a torta com um gole de café.

— A sair da zona de conforto, então.

— *Sláinte*. — Nossos copos de café se tocaram. O chá quente e calmante ajudava a soltar o nó no meu peito. — Assisti ao seu filme.

— "Filmi"? — A boca de Lark se repuxou para cima enquanto ela imitava meu sotaque. — O que você achou?

— Não sabia se ria ou chorava. Você inventou aquilo?

— Não, não fui eu que criei, mas tive a palavra final sobre a linguagem visual. A coisa toda do *Cadarço* era a paleta supersaturada sem contornos.

— Quando eles empurraram o menino na piscina e a superfície da água ficou com o mesmo padrão do caleidoscópio quebrado dele... fiquei arrepiado.

O sorriso dela ficou mais brilhante que o holofote no palco ainda vazio.

— Essa é minha cena preferida.

Essa cena, que não era nem o clímax do filme nem a escolha óbvia, ainda assim havia capturado a alienação da minha juventude. Eu não assistia uma animação havia anos, relegando inconscientemente o gênero a um entretenimento infantil, mas *Cadarço* era tocante. Imaginativo. Merecedor da miríade de prêmios que recebera.

— Você me procurou no Google? Mais um tique na coluna "assustador".

— Só o filme. Sobre o que é o novo projeto?

— Grace O'Malley. Vamos recontar a vida dela de maneira amigável para famílias. Nunca tinha ouvido falar nela antes de me candidatar a esse emprego, mas ela era incrível! A filha de um chefe de clã que se tornou rainha pirata, comandando uma frota de galeões contra os britânicos? Fala sério, isso é muito foda.

— Ela até se recusou a se curvar à Rainha Elizabeth I e de algum modo não acabou presa nem foi executada — acrescentei. História era um tema que eu conseguia discutir, e é claro que estava familiarizado com a guerreira navegante do século XVI.

— Li algumas biografias da Grace O'Malley e estudei a arte local do período para desenvolver a assinatura visual do filme. — Para uma pessoa tão extravagante, Lark levava seu trabalho a sério. — Você disse que a Refúgio do Salgueiro é um negócio familiar?

— Meu bisavô foi o primeiro agente funerário em Galway a fornecer um lugar para as famílias que não podiam fazer o velório em casa. — Os velórios tradicionais, que viram a noite, desde então tinham se tornado um pedido incomum, mas os negócios permaneceram estáveis. — Então ele passou a funerária para o meu avô, e ele me ensinou.

— Uma dinastia da morte. Seus pais não seguiram os passos deles?

Lark notou que eu tinha pulado uma geração.

— Meus avós me criaram.

— Ah. Vocês devem ser bem próximos, então.

— Eles eram rígidos, mas justos. Minha avó faleceu há alguns anos. Ela era da Connemara do Sul, onde o irlandês é o idioma principal. Veio para Galway para lecionar e conheceu meu avô. Ele morreu há três meses e me deixou o n-negócio.

Se ao menos a questão da herança fosse fácil assim. Um solteirão sem perspectivas no horizonte, a tradição poderia acabar em mim. Meu avô presumira que era isso que aconteceria sem a interferência dele. Embora eu jamais fosse pressionar um hipotético filho adulto a entrar nesse ramo exigente de trabalho. Trabalhar em uma funerária é uma vocação; não conseguia me imaginar fazendo outra coisa. Tirando a parte do legado da família, era recompensador oferecer uma pequena dose de conforto e encerramento ao processo de luto.

— Sinto muito. Parece que você teve de lidar com muita coisa. — Lark colocou o cabelo atrás da orelha. — Você me parece um perfeccionista. Meticuloso. Aposto que é excelente no seu trabalho.

— Minha recepcionista, Deirdre, lida com os telefonemas, as visitas e os arranjos. Eu cuido da parte prática. Preferiria tirar minhas medidas para um paletó de madeira a fazer uma eulogia.

Lark sorriu.

— Acho que você não odeia humor tanto quanto diz.

Eu não estava acostumado a socializar. Em geral, passava as noites isolado na sala de preparação, na companhia de um cadáver. Mas ali estava aquela mulher dos Estados Unidos, extrovertida o suficiente para nós dois, me convencendo a sair da funerária e entrar no mundo dos vivos. Era aterrorizante e prazeroso em porções iguais.

— Então, qual é sua animação preferida? — perguntou Lark.

Apoiei os cotovelos na mesa.

— Não assisto a desenhos animados.

— Adeus! — Ela deu um sorriso que me esquentou mais que o chá. Não pude evitar uma risada.

— Eu gostei muito de *Cadarço*, na verdade.

— Puxa-saco. — Lark revirou os olhos. — Mas quem perde é você. Obras de animação não são só para crianças.

— Então me dê uma recomendação, por favor.

— *A viagem de Chihiro*. Uma obra-prima da animação. É o filme que me fez dizer: "Preciso ser animadora". Basicamente, quero ser como Hayao Miyazaki e criar mundos oníricos imersivos também.

— Ah. Você me convenceu.

Com um sorriso triunfante, ela sacou um caderno e uma caneta da bolsa. Sua mão livre escondia a imagem que nascia enquanto ela desenhava. Quando Lark terminou, arrancou a página da brochura e a deslizou através da mesa. Pernas longas saíam de um uniforme escolar preto enquanto um rapaz agarrava melancolicamente um balão em formato de caveira.

— Eu? — perguntei, com um peso repentino na garganta.

— Sua criança interior privada de desenhos. Pode ficar.

— Ninguém nunca me desenhou. — Tracei reverentemente a imagem com o dedo indicador.

Uma microfonia surgiu no sistema de som, cortando a resposta dela com eficiência. Um apresentador metido subiu no palco, anunciando que o show ia começar.

CAPÍTULO 7
Callum

— OLHEM SÓ PARA esses dois. — O comediante apontou o dedão na nossa direção. Assobios e gritinhos vieram da plateia. — Temos a Barbie aqui… mas alguém trocou o Ken pelo Drácula. Eu adoraria saber qual aplicativo deu este *match*.

Ok. Então éramos um casal estranho, com o vestido em Technicolor dela e meu traje monocromático.

— *Come on Varvie, let's go party! Ah! Ah! Ah!* — cantou ele, em uma péssima imitação de Béla Lugosi. Embora tenha soado mais como o Conde da *Vila Sésamo*, a plateia riu ao ouvir a icônica música dos anos 1990.

Enquanto circulava entre o conjunto de mesas, ele distribuiu alguns golpes em membros aleatórios da plateia, então voltou a mira para nós de novo, como uma mosca irritante em um piquenique.

— Só curioso, querida. Ele pegou você em meio a uma revoada de morcegos?

— Viemos até aqui no Rabecão da Barbie — respondeu Lark com uma doçura desarmante.

As sobrancelhas dele, e as minhas, pularam diante da resposta rápida dela.

— É, tipo, completamente rosa.

Ora, vejam só.

— Bastante espaço atrás, suponho, se o Vlad se der bem — retrucou ele.

Minhas bochechas e orelhas queimaram com o fluxo sanguíneo; qualquer sensação de vergonha ou raiva me deixava parecendo um tomate.

— Corado! Talvez o Conde tenha um coração pulsante, afinal.

Chega. Raspando a cadeira no chão, eu me levantei abruptamente. Meu coração disparou quando a atenção do salão caiu sobre mim. Sem saber exatamente o que fazer, ajustei minha gravata e me joguei de volta na cadeira. Uma flatulência violentamente audível emergiu do assento. E durou vários segundos agonizantes. O lugar explodiu em risadas. Porra de cadeira com almofada de pum. Com os olhos bem fechados, fiz uma prece silenciosa em memória da minha dignidade.

— E com isso — disse o apresentador —, vamos começar o show de improvisação.

A plateia mudou o foco quando os atores entraram no palco, mas a atenção de Lark continuou em mim.

— Vamos para algum lugar mais tranquilo — disse ela, os lábios cheios curvados para baixo.

Assenti com a cabeça e guardei o desenho dela, que retratava com precisão até meus óculos redondos e minha cara inexpressiva, em segurança na carteira. Ela pegou a bolsa e o casaco, então segurou meu braço enquanto navegávamos pelas mesas muito juntas. Conseguimos sair antes que o apresentador nos dirigisse mais atenção indesejada.

Lark riu desconfortável quando saímos do clube de comédia para a rua, mas eu estava nervoso demais para me juntar a ela. Em segundos, a vivacidade do Bairro Latino nos envolveu. Bandeiras internacionais ondulavam na brisa fresca do fim da tarde, cruzando o espaço entre os estreitos prédios de tijolos como numa brincadeira de cama de gato. Observei Lark absorvendo aquela cena, das fachadas coloridas a um artista de rua movimentando uma marionete. Eram os mesmos prédios pelos quais tínhamos passado na ida, e ela ficou tão mesmerizada por eles quanto agora.

— Faz muito tempo que não sinto vontade de dar uma surra em alguém, m-m-mas quando ele começou a provocar você...

— Não foi nada de mais. Ser comparada com a Barbie? Já ouvi coisa muito pior.

Pensar no que ela poderia querer dizer fez o chá coalhar no meu estômago, mas ela deu de ombros.

— Mas você parece um vampiro mesmo. E mantém caixões convenientemente à mão para suas sonecas. Ainda não descartei a possibilidade de que você seja um sugador de sangue.

Balancei a cabeça para a provocação carinhosa dela.

— O sol já vai se pôr. Vamos andar no canal e ver os pesqueiros. — Com os nervos à flor da pele, queria desesperadamente estar em algum lugar familiar, longe das multidões. Mas ainda não estava pronto para terminar a noite. *Hum.*

O queixo dela caiu.

— Desculpa. Você falou... ver os *puteiros*?

— Pesqueiros.

— Você não consegue evitar me zoar com esse sotaque, né?

— Não é culpa minha que você nunca tenha ouvido falar nos pesqueiros de Galway.

— Mais um ponto para o choque cultural. Você primeiro.

Os paralelepípedos gastos faziam barulho sob as botas dela enquanto caminhávamos até o rio Corrib.

— O que está achando daqui? Tirando seu vizinho assustador.

— Estou gostando, mas ainda não acredito que sou vizinha de uma funerária. — Ela jogou algumas notas em um balde quando passamos por um músico de rua cantando. — Quando eu morrer, não quero um funeral. Façam uma maratona de filmes em minha homenagem. Com um bufê de sobremesas. Minha família sabe que se eles planejassem algum evento deprimente em minha homenagem, eu os assombraria pelo resto dos seus dias. E se eles ousassem tocar aquela música "nos braços dos anjos", eu me certificaria de que eles tivessem o pior sinal de internet do mundo possuindo uma marmota e a fazendo roer os cabos deles.

— Vingativa. Criativa, mas vingativa.

— Sabe, "Stairway to Heaven" seria uma boa escolha musical.

Minha boca se contorceu.

— Melhor que "Highway to Hell".

Lark riu enquanto passávamos por uma parede coberta por um mural.

— De onde você é?

— Austin, Texas: a terra dos estranhos.

— Você não conhece ninguém aqui, conhece? — perguntei.

— Não. Um estúdio promissor me ofereceu um emprego, e eu não podia recusar a oportunidade de conhecer um lugar novo.

— Como pôde se mudar para um lugar a milhares de quilômetros de casa, do nada?

— Pela aventura! Amo novas experiências, novos lugares. — Lark mexia na manga do casaco, sem me olhar nos olhos. — Apesar de umas poucas ocorrências notáveis de uma leve barreira linguística, tem sido um aprendizado interessante até agora.

Ela deu dinheiro a todos os músicos de rua em nosso caminho e aceitou com gratidão todos os panfletos de futuros festivais que lhe foram entregues. Eu desviava de qualquer um enfiando papéis de cores berrantes na minha cara. Quando passamos por uma banda animada de música tradicional, meu sorriso se alargou. Bodhráns, flauta celta e rabeca combinados em uma batida contagiante. Minha avó Gráinne me ensinara os passos enquanto eu me preparava para o baile de formatura aos dezessete anos. Nunca os usei. Não conseguia suportar a ideia de ser rejeitado, então não convidei ninguém para o baile e fiquei em casa enquanto o resto da turma aproveitava a festa. Lark tentou me fazer me mexer, mas eu já tinha atingido minha cota de humilhação pública da noite sem demonstrar meus dois pés esquerdos. Ela me deu um aceno de cabeça empático, mas detectei um traço de decepção. Eu podia imaginar Lark arrumada como uma formanda, a rainha da formatura em todo filme estadunidense sobre a entrada na vida adulta.

Cinco minutos depois, chegamos no rio. Barcos de pesca com velas triplas voltavam para as docas em uma corrida contra a luz que diminuía. Lonas vermelho-ferrugem tremulavam no vento salgado, e um betume preto cobria o casco dos barcos à moda tradicional.

— Que beleza de puteiros. Nível *Uma linda mulher*. — Lark se apoiou na grade. O sol poente dourado refletia na água, pintando o mar e o céu. Cada mecha do cabelo dela brilhava no calor.

— Meu avô e eu gostávamos de jogar xadrez aqui.

— Você sente muita falta dele, né? — Ela não tirou os olhos da vista pacífica. — Na primeira vez que nos encontramos, parecia que você tinha medo de sorrir. Escolhi o lugar de comédia porque pensei que você precisava rir um pouco. Desculpe se o tiro saiu pela culatra de modo tão espetacular.

Eu me ericei. Minha família pensava que eu precisava de uma intervenção social, como demonstrado pelos termos do testamento do meu vô. É claro que Lark concordava. A verdade doeu fundo.

— Lark, me poupe da sua piedade, pode ser?

— Piedade? Não. Nada de piedade. — Ela tocou meu braço, com os olhos graves; meu estômago deu uma cambalhota. — Pensei que poderíamos encontrar um pouco de companheirismo um com o outro. Matar dois coelhos e tal. — Ela poderia entrar em qualquer pub e começar uma conversa com qualquer um, mas havia me escolhido.

— Não tenho ideia do que fazer com você.

Lark deu de ombros.

— Faça de mim uma amiga.

Pego de surpresa, amoleci. Eu tinha colegas de trabalho. Conhecidos. A matronal Deirdre... o rapaz que me acompanhava na remoção dos corpos... o legista... o zelador do cemitério... dois colegas de sala do curso de agente funerário com quem mantinha contato via e-mails esporádicos, em sua maioria relacionados ao trabalho... Saoirse, a florista. Mas amigos?

— Acho que gostaria disso. — A evidência pálida de uma aliança de casamento na mão esquerda dela passou pela minha cabeça. — O divórcio também deve ser solitário.

O sorriso dela sumiu. Merda. Ninguém gostaria de um semidesconhecido se intrometendo no seu casamento fracassado.

— Sinto muito. Eu...

— Tudo bem. — Lark se virou para a água. — Obrigada por vir comigo hoje.

Caminhamos de volta até o meu carro em um silêncio amigável.

— Acho que você deve escolher aonde vamos da próxima vez. Já que hoje foi um sucesso tão grande, agora vai ter que me aguentar. Sou o equivalente humano de glitter em pó. — Ela fingiu espalhar um pouco ao meu redor, como uma fada possessiva.

Feliz por ver que seus modos relaxados estavam de volta, me permiti um sorriso modesto.

— Ou uma casquinha de pipoca enfiada impossivelmente entre meus m-m-molares. — Meu estômago se contraiu enquanto eu repetia a consoante, mas ela continuou andando ao meu lado, sem se abalar.

— Quer dizer suas presas, conde Flannelly? — Lark me olhou de cima a baixo com uma expressão desafiadora, depois simulou um sotaque da Transilvânia: — A *noitchi* é uma *crriança*. Ou você pode ir para casa e passar o fio dental.

— Uma cerimônia matinal ao lado da sepultura exige o meu melhor. — O pragmatismo era natural para mim, mas eu ainda estava um pouco dividido em relação a encerrar a noite ali.

— Agradeço por não ter me buscado de rabecão de novo — disse ela enquanto eu dirigia meu Peugeot preto de volta para casa.

— Da última vez você deixou marcas de unha no assento, como um gato nervoso. Não posso pagar pela reforma do banco da frente de novo.

Quando encostamos na frente de casa, eu me virei para dizer boa-noite. Lark mordeu o lábio, e não pude evitar me lembrar do sussurro de sua boca na minha bochecha. Mesmo que não fosse um encontro, nosso programa fora melhor do que qualquer um que já tinha arrumado em um aplicativo. Eu me perguntei se ela me beijaria de novo. Qual era a etiqueta para um tchau entre amigos?

Em vez disso, ela me deu um abraço rápido. Com exceção de Deirdre me amassando no seu amplo colo depois do velório do vovô, eu não conseguia me lembrar da última vez que alguém tinha me abraçado. Um aroma sutil, cítrico, misturado a baunilha, envolveu meus sentidos, recendendo um *scone* de laranja. Ele me fez reprimir um sorriso enquanto a observava destrancar a porta.

Talvez pudesse sentir algo além de amizade por Lark Thompson. Um dia. Talvez ela pudesse até ser a resposta ao problema da herança.

CAPÍTULO 8

A MULHER ATRÁS DA mesa da recepção da Refúgio do Salgueiro se iluminou quando percebeu que eu viera atrás de Callum num âmbito pessoal, e não profissional. Perto dos setenta, com uma nuvem de cabelo fofo prateado, ela me estudou com o olhar afiado.

— Sinto muito, querida. Ele está enfiado até o pescoço — *ah, minha senhora, por favor não diga em um cadáver* — nos livros-caixa no momento.

Ufa. Eu me apresentei.

— E eu sou a Deirdre. Então você é a vizinha nova. Ouvi um bocado sobre você.

— Elogios, espero.

— Ele não daria a mínima atenção para alguém de quem não gostasse.

Em uma voz cantada, Deirdre gritou:

— Callum! Tem alguém aqui pra ver você.

Limpando os óculos no colete, ele parou subitamente no corredor ao ouvir meu "olá" e levantou a cabeça. Enfiou os óculos de volta no rosto.

— Oi.

O cheiro de pasta de amendoim exalou pelo ar quando levantei o prato de biscoitos.

— Trouxe um presentinho para você.

— Sério?

— Já comeu um biscoito de caubói?

Callum balançou a cabeça e passou em frente à mesa da recepção. Deirdre fingiu estar absorta na tela do computador.

Eu me aproximei um pouco.

— O ingrediente secreto é cereal de milho. Dá a crocância perfeita para balancear a textura do coco.

— Isso é... muita bondade sua. Obrigado. O cheiro é d... o cheiro é ótimo. — Ele piscou quando gaguejou, mesmo tendo contornado com sucesso a palavra problemática. Então aceitou o prato e me ofereceu um sorriso tímido.

— Preciso pedir um favor. Lembra quando você me deu uma carona até o trabalho, e, quando agradeci, você disse *disponha*?

— Sim?

— Eu queria comprar uma cômoda. A mulher que está vendendo mora perto daqui. Será que talvez você poderia me ajudar a buscar? O GPS diz que é uma viagem de cinco minutos. Por favor? É claro que eu pagaria pelo seu tempo.

Callum parecia ter engolido a língua, quieto e com os olhos arregalados.

Eu me repreendi por ter sido presunçosa. Ele só tinha sido educado. Mais uma vez, estava louca para sair daquela funerária.

— Deixa pra lá! Com certeza você está ocupado. Não se preocupe. Aproveite os biscoitos. — Dirigi a Deirdre um aceno animado. — Prazer em conhecê-la.

— Mas ele não está fazendo nada, está, Callum? É claro que ele adoraria.

Ele olhou feio para ela, então colocou o prato no balcão.

— Não seria problema nenhum.

— Sério. Você não precisa...

A irritação que ele tinha dirigido à funcionária já se fora.

— Preciso mesmo de um descanso da contabilidade. Agora?

— Posso ver se ela está disponível. Não vai caber em um táxi, e ainda não posso tirar a carteira de motorista daqui para alugar um caminhão — falei. — Só conheço uma pessoa com um veículo grande, e por sorte ele é muito doce.

— Doce? — Ele recuou como se fosse uma ofensa.

— Salgado, picante, temperado, azedo. Escolha a descrição culinária que preferir. Diabos, escolha umami.

Callum cruzou os braços enquanto seu sorriso reservado surgia.

— Então agora você aprova o rabecão?

—✝—

— OI, MAEVE? NÓS nos conhecemos no mercado.

— É claro. Lark, não é? — Parada no vão da porta, os olhos dela se estreitaram para o rabecão estacionado, então passaram ao meu acompanhante. — Ainda não estou pronta para ir embora com o agente funerário. Mesmo ele sendo tão bonito.

— Ah! Este é só meu amigo Callum.

— Boa noite. — Callum tirou a boina, revelando uma cabeleira preta brilhante. Ele era tão antiquado. Com a boina e o colete, ele poderia ter saído do set de *Peaky Blinders*.

Ela fez um gesto com a mão.

— Já tenho um terreno perto do de Charlie, e não vou gastar meu tempo precioso com um maldito vendedor ambulante.

— Senhora...

Implacável, ela continuou:

— Pode acreditar que vai me colocar no meu descanso final em breve, e ganhar muito bem por isso, então, com toda a bondade, pode meter a porra do pé por enquanto. Obrigada!

— Isso não é... Estamos aqui por causa da cômoda. Só ia caber neste carro.

Os olhos cansados dela avaliaram o terno escuro dele.

— Então você *não* é um agente funerário?

— Sou. Na Refúgio do Salgueiro Memorial.

— Ah. Achei que você parecia familiar. Eles cuidaram do meu amor, Charlie. Fizeram um ótimo trabalho.

— Que bom saber que ficou satisfeita. — Callum endireitou os ombros com orgulho, ficando ainda mais alto.

Maeve colocou a mão no quadril e levantou uma sobrancelha para mim, cheia de expectativa.

— Ah, não tenho nada a ver com isso — garanti. — Sou só uma garota comprando móveis.

Maeve e eu tínhamos começado uma conversa no mercado no dia anterior, na qual mencionei minha mudança recente para a área e meu apartamento deploravelmente pouco decorado. Ela perguntou se eu gostaria de dar uma olhada em uma coleção de móveis antigos que precisava tirar de casa e me deu seu telefone.

Maeve recuou para dentro da casa, desaparecendo atrás de uma cristaleira. Quando ficou evidente que ela não diria mais nada, Callum limpou os sapatos no capacho com um sorriso irônico.

— Enérgica.

— Quando eu crescer, quero ser que nem ela — falei, seguindo o exemplo e limpando minhas botas. — Não consigo enfrentar ninguém. Só consigo sorrir e sofrer por dentro, porque confrontos me causam brotoejas.

Entramos no chalé e meu queixo caiu. Antiguidades enchiam a casa modesta como uma coleção de tesouros. Placas vintage e recortes de jornal emoldurados preenchiam as paredes. Arquivos de papelão empilhados até uma altura precária balançaram quando Callum passou se espremendo. Câmeras quadradas com flashes acoplados do tamanho de antenas parabólicas repousavam sobre caixotes empoeirados. Uma escultura gigante de uma máscara tiki nos fazia careta de cima de uma pilha.

— Fico feliz que alguém vá usá-la — disse Maeve. — Está lá fora no barracão do jardim há uma década.

— É como uma cápsula do tempo aqui — falei, maravilhada, enquanto olhava com paixão para a decoração dos anos 1960 e 1970.

Na garagem, teias de aranha pendiam do teto enquanto Callum trocava itens de lugar e Maeve dava instruções. Ele puxou sem querer a lona de cima de uma scooter antiga azul-bebê. Detalhes cromados brilhantes, um para-brisa alto e meia dúzia de espelhos tinham sido adicionados à moto customizada.

— Uau.

A memória emprestou aos olhos de Maeve uma expressão distante.

— Foi como conheci o amor da minha vida.

— Era dele?

— Dele? — O sorriso irônico de Maeve apareceu. — É minha.

Aí sim. Uma mulher das minhas. Tive uma sensação imediata de conexão.

— "Sociedade da Lambretta de Dublin" — murmurei, lendo o adesivo esmaecido sob o lustre quadrado.

— Uma Lammy sx de 1968 — disse a idosa. — Com a minha pensão e o seguro de vida, tenho tudo de que preciso. Charlie quase poderia estar naquele programa *Acumuladores*. Apegando-se a todo tipo de lixo por décadas. É hora de abrir mão de tudo. — Ela deu um sorrisinho melancólico quando sua atenção se voltou para a Lambretta. — Mas ela não está à venda.

Quem poderia culpá-la? Era linda. Design italiano atemporal, cheia de curvas, sexy. Mesmo desconsiderando o valor sentimental, era uma máquina maravilhosa em condição perfeita.

Com um nó se formando na minha garganta, me lembrei de como havia doado meus pertences a lojas de coisas usadas apenas dois meses antes. Relíquias do passado confortavam algumas pessoas, mas assombravam outras. Eu fazia parte do último grupo, incapaz de olhar para a *memorabilia* esportiva de Reese, um pesadelo estético que havia tolerado alegremente durante nossa vida juntos porque lhe traziam prazer. Quando tudo foi para a garagem dos pais dele, a ausência dos *bobbleheads* cafonas de jogadores de basquete serviu como lembrete de uma perda maior.

— Vou fazer um chá enquanto vocês terminam aí. Tomam com açúcar?

— Sim, por favor. Obrigada, Maeve.

Seu olhar compreensivo se demorou em mim antes que ela partisse em direção à cozinha. Limpei a garganta e espantei os grãos de pó que flutuavam. Solidão reconhece solidão.

Callum e eu colocamos a cômoda no rabecão e, ao voltar, encontramos Maeve sentada em um sofá com um bule, três xícaras pelando, uma pilha de *scones* de groselha e um álbum de fotos com capa de couro.

Como ela tinha feito tudo tão rápido? A mulher tinha ao menos setenta anos. Senti que a sua hospitalidade não se devia apenas à simpatia irlandesa inata, mas também a uma relutância em voltar ao silêncio imóvel da casa. Eu me sentei, derrubando uma almofada bordada com ponto-cruz onde se lia *Fazer Isso Demorou a Porra de uma Eternidade*.

O álbum de fotos com páginas de plástico tinha cheiro de guardado quando Maeve o abriu para revelar polaroides em sépia antigas e esmaecidas. Sob a imagem pintada à mão de um querubim, uma caligrafia cursiva rebuscada dizia: *Maeve, junho de 1945*. Algumas páginas mostravam adolescentes mal-humorados em trajes *mod*. Garotas com cílios à la Twiggy, garotos em ternos e parcas sobre scooters reluzentes.

— Foi lá que conheci Charlie — disse Maeve. — Linda ela, não era? Naquele verão, fomos de Dublin até as falésias de Moher.

Ela nos entregou uma foto de duas mulheres sobre a mesma scooter que tínhamos acabado de ver — na época, novinha em folha — com sorrisos combinando, tão brilhantes que rivalizavam com os detalhes cromados. Uma era ruiva e parecia esquentadinha. Ambas usavam ternos masculinos, e a mão da jovem Maeve estava dentro do bolso da outra mulher. Uma afeição inconfundível emanava do rosto delas. Charlie era sua esposa.

— Esses ternos! — gritei. — Vocês eram totalmente fodonas!

— Totalmente. — Maeve empurrou para Callum mais três *scones* empilhados em um pires. — Já pilotou uma?

Os olhos de Callum se arregalaram.

— Eu? Nunca.

Com a boca cheia de *scone* amanteigado, falei, relembrando:

— Um menino que namorei no ensino médio tinha uma moto. Ele me levava para andar nela. Aí roubei a moto e bati em uma cerca tentando pilotar sozinha. Depois disso, ele me ensinou a pilotar, em defesa própria.

Pela expressão no rosto de Callum, você pensaria que eu tinha pulado sobre o Grand Canyon com o Evel Knievel. Na realidade, José era só um rapaz de dezessete anos com a ambição de participar dos X Games e uma trilha de lama no quintal.

— Que foi? Eu usava capacete. Às vezes. Amassava o meu cabelo, tá? Ele era bonitinho.

Maeve e eu compartilhamos um risinho de cumplicidade. Ela folheou o álbum e nos presenteou com histórias sobre sua entrada na vida adulta como lésbica na Dublin pós-guerra. Ela e Charlie eram sobreviventes. Crianças marcadas por um mundo cruel.

— Quantos anos vocês tiveram juntas? — perguntou Callum a Maeve. Ele colocou a xícara no pires.

— Quarenta no total. Por um longo período me perguntei se ela era a pessoa certa para mim, e perdemos tanto tempo. Nós nos separamos, vivemos afastadas por décadas, depois encontramos o caminho de volta uma para a outra. Nos casamos em 2015, assim que se tornou legal. Charlie disse que já tínhamos esperado o suficiente.

— Que romântico! — Abracei sonhadoramente a almofada bordada em ponto-cruz que havia demorado a porra de uma eternidade para fazer contra o peito. O fato de ter desistido dos relacionamentos não significava que não conseguisse apreciar uma boa história de amor.

— Você tinha setenta anos no dia do seu casamento?

— Foi isso que você tirou dessa história? E você *não pode* fazer essa observação. Não é educado mencionar a idade de uma mulher. — Minha mãe incutiu em mim um forte senso de decoro sobre o tema. Em grande parte, por uma superstição de que reconhecer sua idade faria com que seu rosto derretesse como o do vilão no filme do Indiana Jones, porque "o que dizemos se manifesta". Colocando a almofada para o lado, dei mais uma mordida no *scone*.

— Que foi? — perguntou Callum. — Não tem nada de errado em ser velha.

Comecei a tossir e bati no esterno para não me engasgar.

— *Ou* lésbica — acrescentou ele quando me recuperei. Estremecendo, tomei um gole de chá.

— Callum, meu bem, você *não pode* chamar nossa linda anfitriã de velha! — Lancei um olhar apologético para a imperturbável Maeve.

— Está tudo bem. Uma fala precisa. — De algum modo, ela continuou encantada mesmo depois desse quase insulto.

— Você ia mesmo me deixar engasgar, não ia? — falei, limpando as migalhas do peito.

— Você não estava se engasgando.

Os olhos dela se franziram enquanto ela assistia à nossa interação.

— Ele é um *agente funerário*, querida — disse ela. — Não pode esperar que o rapaz saia por aí salvando vidas e sabotando o próprio negócio.

— Obrigado. — Ele parecia não ter um pingo de arrependimento.

— E é por isso que não confio nele — concluiu ela, brincando. — Quanto à sua observação, Charlie era ainda mais velha. Setenta e quatro!

Callum olhou com ternura para Maeve.

— É uma história maravilhosa — falei.

Eu ansiava por confidenciar a eles sobre a minha perda, mas já tinha deixado Callum presumir que eu era divorciada. Ainda era difícil dizer a verdade em voz alta: *meu marido morreu*. Manter aquelas palavras afastadas me permitia ficar em negação mais um pouquinho. Às vezes, quase me deixava acreditar que Reese estaria me esperando em Austin.

Se contasse a minha história de viúva agora, correria o risco do julgamento de Callum. Se ele soubesse de tudo, se soubesse que tinha sido minha culpa, ele viraria as costas para a nossa amizade que florescia? Uma parte de mim queria dizer a verdade. O resto queria deixar aquele capítulo doloroso da minha história pessoal em solo estadunidense.

— Ei. Você me adotaria, Maeve? — falei, brincando.

— Se você precisa de um Green Card, case-se com ele.

O chá escapou dos lábios de Callum. A maior parte caiu na gravata, que sequei com um guardanapo enquanto Maeve gargalhava. Minha palma roçou no peitoral firme dele... poderia muito bem ser um tijolo embaixo daquela camisa. Com a postura rígida, ele ficou olhando enquanto eu esfregava a seda.

— Não! Não! Meu emprego garante meu visto de residência. É só que toda a minha família está no Texas, e uma tia irlandesa viria a calhar. — O chá embebeu o guardanapo enquanto eu continuava dando batidinhas. — Eu poderia vir aqui ouvir suas histórias.

— E o que você ganharia com isso?

— Entretenimento, conselhos, companhia? Mais *scones* de groselha.

Ela me lançou um olhar incrédulo.

— Depois que seu homem mediu você para um caixão por causa de um dos meus pãezinhos rápidos há apenas alguns minutinhos?

— Melhor fazer creme de limão, então — falei, e Callum riu.

Nós nos levantamos para ir embora.

— Espero ver você de novo em breve — disse Maeve para mim. Ela lançou um olhar para Callum. — Receio que não possa lhe dizer o mesmo, rapaz.

Ele reprimiu um sorriso e respondeu na mesma moeda.

Assim que voltamos ao meu apartamento, Callum e eu arrastamos a cômoda para dentro.

— Maeve talvez seja a mulher mais descolada que já conheci. Vou me tornar protegida dela.

— Ela é engraçada. — Ele coçou a nuca. — Não p-posso acreditar que ela sugeriu um casamento pelo Green Card.

— Isso foi meio engraçado mesmo. Ela só estava brincando, é claro.

— É constrangedor.

— Você está constrangido? — perguntei, gesticulando para o apartamento vazio. — Parece que aqui mora um campeão de *beer pong* de dezoito anos. Prometo que sou muito melhor que isso em decoração, mas só estou planejando ficar para esse filme, até acabar a pós-produção. Vou ficar aqui um ano, no máximo. — Empurrei a cômoda dois centímetros para a esquerda. — De qualquer forma, casar novamente não está escrito nas estrelas para mim. Com ou sem Green Card.

Embora tenha amado o meu marido e sido fiel, não fui a melhor das esposas. Pelo menos não a esposa que Reese merecia. E depois que ele morreu e minha vida implodiu, prometi a Reese que nunca mais falharia com ninguém como tinha falhado com ele. Permanecer solteira era a única maneira de manter minha promessa e me proteger daquele tipo de dor novamente.

Callum apertou os lábios até quase desaparecerem. Certo. É claro. Eu já tinha monopolizado o tempo dele o bastante, e ali estava eu, tagarelando. Minhas bochechas coraram e peguei minha bolsa.

— Obrigada por me ajudar hoje. Vou ficar feliz de recompensá-lo pelo incômodo. Os biscoitos eram só para amolecer você.

Ele recusou as notas de euro levantando a mão.

— Não é necessário nenhum pagamento. Embora não fosse reclamar de mais biscoitos caseiros. — Ele hesitou um momento, torcendo as mãos. — Já viu muita coisa da cidade?

— Só o Arco Espanhol, as lojas na Kirwan's Lane. Estive ocupada tentando me estabelecer. Fico imaginando ver tudo em uma scooter nos anos 1960.

Trocando o peso de um pé para o outro, ele parou um momento para reunir as palavras, ou talvez a confiança.

— Estou pensando em ir visitar as falésias de Moher. Se quiser ir junto.

— Sim! Vamos! — Comecei a dar pulinhos enquanto batia palmas. — Como, hum, amigos.

QUANDO A PORTA DO meu escritório se abriu na segunda-feira de manhã, meu queixo caiu. Minha escrivaninha de um metro e meio de comprimento, generosa o bastante para exibir meu conjunto caótico de rascunhos e meu monitor tamanho jumbo, tinha desaparecido. Computador, telefone, teclado, tudo. Tudo tinha sumido.

No lugar, havia uma mesa de plástico da Fisher-Price, completa com uma cadeirinha amarela minúscula, um computador de plástico e um telefone azul brilhante com um adesivo de arco-íris na lateral.

Memorandos escritos com giz de cera em um papel timbrado da KinetiColor tinham substituído os de verdade no quadro de avisos acima da escrivaninha infantil. Em algum lugar, um alto-falante tocava uma melodia simples e divertida em um piano de brinquedo: o tema de *Rugrats: Os Anjinhos*.

Caí na gargalhada e voltei à área principal do escritório, balançando a cabeça com descrença. A dedicação da equipe a essa pegadinha tinha sido impressionante. Trolagem corporativa na sua versão mais fofa.

Colocando a mão na cintura, simulei uma atitude rígida e autoritária.

— Ok. Quem substituiu meu escritório pela versão da Little Tikes?

Anvi, a líder fashionista dos criadores de storyboards, tinha um sorriso malicioso e um blazer com modelagem larga. Apoiando-se na mesa de Anvi, Rory, cuja fama se devia ao seu amor por sapos e seu chocante cabelo platinado, ria. Hannah se esforçava para sufocar uma risada.

Saí rapidinho do personagem e sorri. Uma pegadinha significava que eles estavam começando a me aceitar.

Anvi levantou uma mão.

— O crédito é todo meu.

— Ei! Nós ajudamos! — protestou Rory, acenando para Hannah.

— Você não teria conseguido carregar aquela mesa sozinha.

— Então... onde está minha escrivaninha de verdade?

NA TELA DE PROJEÇÃO da sala de reuniões da KinetiColor estava Grace O'Malley, poderosa e delicada, segurando um sabre reluzente. Ondas estilizadas se enrolavam ao redor do casco do seu navio, e o vento bagunçava seu cabelo acaju. Vestida em roupas práticas, de estilo mais masculino, mas que abraçavam sua figura feminina, ela era a imagem da rebelião.

Nossa equipe tinha imaginado um punhado de maneiras diferentes de representá-la, mas por fim o diretor e eu escolhemos uma inspirada pelos manuscritos iluminados do século XVI. Contornos amarelos finos eram uma maneira de preencher a lacuna entre a sensibilidade da animação moderna e a arte religiosa de antigamente. O efeito banhado a ouro dava a cada personagem uma luminosidade régia, apesar de muitos deles serem literalmente piratas, portanto um pouco distante de serem majestosos (ou majestosas).

— Veem o peso da linha mais fina no rosto, mas mais grossa nas roupas? — Apontei para a arte de conceito.

O grupo de animadores assentiu, tomando goles de seus cafés e chás.

— Vamos mantê-los dinâmicos. Quero que eles quase brilhem conforme os personagens se mexem.

A sala de reunião se encheu de murmúrios em concordância. Por trás dos óculos divertidos, os olhos de Hannah se iluminaram. Ela não falava muito, mas sua aprovação não precisou ser vocalizada.

Rory rabiscava em seu *planner* diário, num claro rompante de inspiração ao ver a imagem, e falou:

— É realmente singular.

— Ficaria melhor com contornos grossos — disse Seán.

A troca livre de ideias era encorajada entre a equipe… mas essa era a terceira vez que ele me contradizia só por *prazer* durante a reunião. O calor se espalhou pelo meu peito.

— Eu gosto do dourado. — Anvi lançou a Seán um olhar de soslaio impecável. — Piratas e mercenários dourados são inesperados…

Seán pegou o controle do PowerPoint de cima da mesa.

— Dourado é delicado demais para Grace. — Ele passou os slides até chegar a um *mock-up* alternativo com contornos pretos pesados. Uma ilustração incrível, sem dúvida, mas radicalmente diferente da estética distinta que eu havia desenvolvido. — Precisamos de uma coisa assim.

Meu coração se debatia como um animal encurralado. Grace O'Malley era corajosa, mas eu não.

Limpei a garganta, desejando que minha voz não vacilasse e escondendo as mãos para que ninguém percebesse que tremiam.

— Entendo seu ponto, mas esse estilo ajuda a ancorar *A rainha pirata* na época correta.

— Sim, sim. Todos ouvimos os seus argumentos.

O tom de desdém doeu bastante. Eu tinha lidado com discordâncias criativas antes, mas nunca encontrado tanta grosseria. Olhei em volta da mesa oblonga para os rostos da nossa equipe. Hannah encarava seu copo de chá. Rory balançava a cabeça, fazendo uma careta para Seán antes de olhar para mim com... aquilo era pena? Ou empatia? Fosse o que fosse, ninguém queria bater de frente com o animador sênior.

Ninguém exceto Anvi, que parecia a um comentário de distância de arrancar as argolas chiques das orelhas e arrumar uma briga ali mesmo na sala de reunião. A baixa tolerância para a merda alheia era uma das coisas de que mais gostava nela.

Posicionei minha boca no formato de um sorriso falso, me esforçando para manter a compostura diante das réplicas constantes e contrárias dele.

— Por favor, hum, volte a se sentar, Seán. Já foi decidido, e temos muita coisa para discutir hoje.

Bufando, Seán caiu de volta na cadeira e arremessou o controle remoto do projetor na mesa.

CAPÍTULO 9
Lark

ANTES QUE CALLUM PUDESSE escolher uma trilha sonora melancólica para a jornada até as falésias de Moher, tomei conta do *bluetooth* e conectei minha biblioteca musical. O som da guitarra havaiana preencheu o carro do tamanho de uma lata de sardinha. Preto, é claro, e tão limpo por dentro que era surpreendente que não tivesse aquele cheiro de carro novo. Além da cidade, nossa aventura aguardava. Fazia tanto tempo que eu não curtia uma viagem de carro. Reese, Rachel e eu costumávamos descer até South Padre Island para praticar windsurfe toda primavera, mas não participava de uma excursão ao ar livre fazia dois anos.

— O que estamos ouvindo? — perguntou ele.

Se ele não conhecia, eu tinha uma maratona educacional multimídia para preparar.

— Por favor, me diga que conhece Dolly Parton.

— Aqui é a Irlanda, não Marte. — Callum olhou de relance para o meu celular, que exibia a capa de *Honky Tonk Angels*. — Mas o que é *honky-tonk*?

— Um bar que toca esse estilo de música. Divertido para dançar o chamado *two-step*.

Pegamos a Wild Atlantic Way. As lojas coloridas e o alvoroço comercial de Galway deram lugar a cenários pastoris enquanto o sol penetrava o céu nublado de novembro. Colinas verdejantes subiam e desciam como ondas, e a luz da manhã acariciava cada folha de grama que reluzia na brisa gelada.

Chalés com telhado de palha formavam um povoado pitoresco. Cada um parecia ter séculos, os lares de bruxas e fadas em vez das pessoas modernas de hoje em dia. Não pude deixar de imaginar caldeirões fervendo sobre fogões de pedra e feixes de ervas secas pendurados nas cozinhas. Durante todo o caminho, paredes de pedras assentadas se retorciam em meio à paisagem exuberante. Callum me disse que os fazendeiros reposicionavam as pedras conforme a necessidade para cercar seus rebanhos. O gado pastava nos canteiros ao lado da estrada, me lembrando dos Longhorns onipresentes da minha terra natal.

— Dolly construiu a carreira dela sobre o fato de ser subestimada. As pessoas a julgavam por seus longos cabelos, a maquiagem forte e seu corpo, mas ela tinha inteligência e talento para bancar tudo isso. Ela riu por último, mesmo que a tenham tratado como uma piada. — Gostaria de não ligar se os outros gostam ou não de mim. — As pessoas fazem suposições sobre a minha inteligência também. Tem esse cara no meu trabalho, Seán. Ele finge que está querendo me ajudar só para plantar a semente da dúvida na minha cabeça. Esta semana, ele fez o possível para me diminuir na frente da equipe de animação durante uma reunião.

— O que você disse?

— Nada, na verdade. Não quero causar nenhum problema. — A forasteira era eu, como Seán ficava encantado em ressaltar. — Todos os outros são ótimos. Só queria que ele não me atropelasse na frente da equipe.

— Tem um motivo para eu ter escolhido trabalhar principalmente com pessoas que não falam. — Callum considerou meu dilema enquanto uma guitarra havaiana chorava. — Talvez esse tal de Seán possa tirar umas "férias estendidas".

— Puta merda. Você acabou de fazer uma referência a *Como eliminar seu chefe*? — Empurrei o braço dele suavemente. Só que ele não era suave. Por baixo da blusa de tricô irlandês havia músculos tensionados que não deveria ter notado. — Gosto do jeito como você pensa. Porém, sequestrar meu inimigo do escritório pode criar uma nova gama de problemas.

— Lembre-se: eu transporto corpos o tempo todo, e a cremação elimina qualquer evidência.

Um breve desvio nos levou até as ruínas de uma abadia remota do século XII. Arcos graciosos se elevavam em direção ao céu, enquanto vinhas e musgos ancoravam a arquitetura colapsada à terra. Só nós estávamos ali, aproveitando o silêncio reverente daquele lugar sagrado. Quando fechei os olhos, quase pude ouvir a reverberação de preces antigas.

— É um lugar encantador. Cinco arquitetos o construíram para um rei — disse Callum. Um suéter cinza grosso se esticava pelos seus ombros largos, complementado por calça jeans preta e botas de trilha. Rústico e aconchegante, mas ainda combinava com ele. E lhe caía muito bem.

— Cinco?

— Ele executou todos quando a construção estava completa.

Callum desviou de uma cama de flores silvestres, as mãos enfiadas nos bolsos. Quantos moradores locais sequer conheciam a história macabra sem precisar ler uma placa ou um guia turístico?

— Bela recompensa por um trabalho bem-feito.

— Ele queria impedi-los de fazer algo mais bonito em outro lugar.

— Homens e seus egos. — Não pude deixar de pensar no orgulho tóxico de Seán.

Um arco em ruínas ao fundo emoldurava Callum com perfeição. Cruzes celtas decoravam o cemitério anexo, e mesmo eu podia apreciar a atmosfera gótica romântica da gigantesca propriedade.

— Fique parado. Quero uma foto de você no seu hábitat natural.

Levantei meu celular e capturei um raro sorriso tímido. Rugas se formaram nos cantos dos olhos dele. Ele não parecia mais esculpido em pedra, mas acessível. Bonito. Um pouco de felicidade o tornava cativante.

— Agora se apoie naquela lápide, incline o quadril e me dê uma piscadinha atrevida por cima do ombro, assim — brinquei, demonstrando uma pose digna de Bettie Page. — Vamos lá. Podemos começar nosso próprio site, chamado MorteHub.

— Vamos ficar ricos.

Tirei mais uma enquanto os dentes dele ficavam à mostra. Arrancar uma risada de Callum parecia uma conquista valiosa.

—†—

FALÉSIAS GRAMADAS DRAMÁTICAS ACOMPANHAVAM o litoral, o chão mergulhando direto no mar inquieto. Enquanto a queda era abrupta, a costa era irregular, formando uma borda quase recortada que se estendia a uma distância longínqua sobre o espumoso Atlântico.

Ao pé das falésias, cada onda prestes a quebrar era coroada por um halo de luz do sol. Alguns carvalhos com galhos retorcidos pelo vento salpicavam a área, e uma torre solitária se elevava à distância. Minhas mãos coçaram para desenhar a paisagem. Talvez tirasse o Moleskine da bolsa para uma sessão de desenho ao ar livre, mas não tinha levado as aquarelas. Capturar toda a glória desse lugar com uma caneta esferográfica não parecia possível quando havia uma explosão de azuis e verdes, do verde-caçador profundo ao verde-abacate, passando pelo verde-limão e pelo azul-cerúleo.

— Não vamos até o centro de visitantes? — Apontei o dedão pela janela quando passamos por uma placa que dizia *Vivência das falésias de Moher*. — A placa dizia para virar à esquerda.

— Não precisamos afastar turistas a cotoveladas. Vamos fazer a Trilha de Guerin.

Callum parou o carro em uma área afastada das falésias, e eu desci, me segurando para não correr até o penhasco e a trilha de terra sinuosa. Caminhamos até chegar a pouco mais de um metro da borda abrupta da falésia. Não havia nenhum tipo de barreira entre nós e uma queda espetacular na água gelada.

— Reese, você ia amar isso — murmurei, apertando mais a jaqueta no corpo. Falar em voz alta com ele era um hábito que eu não tinha mais, mas a beleza selvagem daquele lugar tinha arrancado o nome dele dos meus lábios de surpresa.

— Oi?

Mantive os olhos no horizonte.

— Nada. Só pensando em voz alta.

Callum me analisou em silêncio e, para minha gratidão, não insistiu. Eu precisava mudar de assunto.

— As pessoas se deitam para olhar pela borda, certo? É muito assustador?

— Tenho medo de altura — admitiu ele. — Pedaços das bordas já caíram, sabe.

— Você nunca se inclinou para trás para beijar a Pedra de Blarney?

Os traços dele se contorceram como se ele tivesse pisado em alguma coisa macia. Justo. Estar cercado por multidões de turistas devia ser a ideia dele de inferno, e eu não achava que essas atrações tivessem muito apelo entre os locais.

— Meus avós me levaram ao castelo uma vez quando eu era criança. Disseram que ajudaria com a gagueira. Mas eu não consegui. — Ele tirou um fio solto da bainha do suéter.

Supus que fazia sentido que eles quisessem o dom da eloquência para seu neto dolorosamente quieto.

— Então você nunca viu as falésias e o oceano daquela perspectiva?

Callum balançou a cabeça. Seria de pensar que eu tinha sugerido pular de *bungee jump*, não começar aos pouquinhos.

— Você não bate bem.

Agarrei a mão dele e o puxei para o chão, me surpreendendo ao ver como as coisas tinham mudado. Não parei para pensar no que suas mãos levemente calejadas haviam tocado antes, no trabalho que elas estiveram fazendo. Seus dedos longos só aqueceram os meus.

Logo além da trilha, uma península de pedra se projetava sobre a água como um cais de pesca. Perfeito.

— Vamos nos arrastar de barriga até a borda. Nosso peso vai ficar distribuído.

— Ah, Jesus! Não tenho certeza se consigo. Não sou ousado como você.

— Bom, você não precisa ser. Mas vou estar com você. Vai ser emocionante!

Ele hesitou, mordendo o lábio, então ficou de joelhos e apoiou as mãos no chão. Uma careta surgiu em seu rosto quando o orvalho gelado da manhã encharcou sua calça.

— Vamos, Callum. Lembre-se do Álamo!

— Quem?

Em vez de explicar o grito de guerra histórico, canalizei minha melhor voz de guerreiro enquanto apontava o cotovelo para a frente.

— *Atacaaaaar!*

Avançamos de barriga no chão, rastejando até a borda como soldados presos numa terra de ninguém.

— Meu coração está acelerado — disse ele.

O meu também.

Para reconfortá-lo, apertei sua mão. Tão grande e quente. Um pouco suada.

— Vamos. Modo lesma pelo resto do caminho. Centímetro por centímetro até conseguirmos olhar diretamente para o mar lá embaixo.

A grama manchou a frente do meu casaco enquanto rastejávamos até a borda. Finalmente, colocamos a cabeça para fora. Era uma queda vertiginosa de mais de duzentos metros até o Atlântico congelante. Ondas batiam no platô de folhelho, a água espumosa e o vento esmurrando a ilha sem parar. De tirar o fôlego, no sentido mais literal da expressão.

Enchi os pulmões de ar salgado e soltei um grito primitivo. Callum se assustou, mas depois entendeu. *Catarse, não medo.*

Os nós dos meus dedos ficaram brancos enquanto espremia a mão de Callum e berrava para o oceano. Um berro que expressava prazer, dor, luta. Vida e morte, e injustiça. Solidão. Culpa. Minha garganta tremia, os pulmões queimavam. Ele soltou um rugido gutural, enquanto a mão que não estava na minha segurava os óculos no rosto. Acima das ondas, forçávamos o pescoço contra a gravidade. Ficamos em silêncio então, exceto pelo latejar da nossa pulsação.

Uma gargalhada incontrolável saiu da minha boca. É. Eu não bato bem. Rugas se formaram nos cantos dos olhos de Callum e logo uma onda de gargalhadas o envolveu também. Nossos peitos balançavam enquanto estávamos lá deitados de bruços, precariamente pendurados. Eu me senti... renascida. O mar e as risadas e o pico de adrenalina me fizeram sentir como eu mesma de novo.

Com o cabelo preto bagunçado, as bochechas redondas com a risada e a estrutura forte envolvida em um suéter macio, Callum tinha uma aparência totalmente sexy. Um caleidoscópio de verdes se refletia em seus olhos, que se iluminaram quando ele se permitiu sentir prazer. Olhar para eles me deixou mais tonta que a altura do penhasco.

Ele engatinhou para trás até chegar em chão sólido, então se deitou de costas.

— Jesus, Maria e José!

Executei a mesma manobra. Deitados lado a lado, arfávamos como dois amantes cansados. As nuvens prateadas passavam lá em cima enquanto compartilhávamos um silêncio fácil. Bem, não totalmente: eu imaginei estar ofegante por causa de uma excitação diferente... e ele estava se recuperando de uma taquicardia induzida pelo pânico.

— Desculpe por ter assustado você quando gritei — falei.

— Acho que nós d-dois precisávamos daquilo. — Ele pressionava as palmas no peito para acalmar o coração.

Suas palavras invocaram outra coisa de que eu precisava. Uma coisa igualmente primitiva e catártica que envolvia um tipo de grito prazeroso. Um motivo diferente para o cabelo dele estar bagunçado. Por uma fração de segundo, foi como se a saliência da falésia tivesse se quebrado, me deixando flutuar em um espaço de desenho animado com uma placa que dizia "ops". Suspensa antes da queda inevitável, assim como o Coiote.

— Se essa saliência ceder, você acha que vamos pairar no ar até olharmos para baixo e percebermos onde estamos?

Mais próximo do seu eu inexpressivo, ele apertou os olhos para mim. Talvez ele não tenha apreciado o lembrete jocoso da possibilidade de um colapso na falésia e o meu uso da lógica da animação na vida real.

— É um comentário filosófico sobre como a observação altera um fenômeno. Sei como funciona a inércia — falei. Pensar em estar deitada na cama com Callum havia transformado o momento. Culpa do meu cérebro privado de sexo. — Acho que vou me levantar.

— Cuidado. Engatinhe para mais longe primeiro.

Um sorriso malicioso repuxou minha boca.

— Devo começar a pular?

Ainda ardendo de adrenalina, ele me analisou deitado de costas na grama.

Plantei os pés e abri bem os braços. O vento do oeste transformou meu cabelo em um frenesi. Mais para baixo na costa, pequenas figuras pretas rodeavam as pedras.

— Estou alucinando ou aqueles são papagaios-do-mar?

Callum me observava sem irritação ou julgamento.

— Tem uma colônia nas Ilhas de Aran, que ficam a uma curta viagem de balsa daqui.

— Ahh! Que fofos. — Ficamos assistindo enquanto as aves marítimas mergulhavam na água, enchendo seus bicos coloridos de peixes que se contorciam.

Ainda nervoso por estar tão perto da borda, ele se arrastou como um caranguejo para mais perto da trilha. Eu ri. Foi bem ridículo. Ele também sabia disso, revirando os olhos enquanto se afastava. Assim que retornamos à trilha a pouco mais de sete metros dali, ele se levantou.

Eu estava focada na vista e ainda desorientada pela onda inesperada de atração animal quando minha bota afundou em um pedaço mole de chão. Com um grito, sacudi os braços para tentar me equilibrar. De repente, estava nos braços de Callum. O aroma de lã limpa se misturava com o amadeirado de especiarias quando senti o cheiro do seu suéter manchado de grama.

— Você está bem?

— Estou, meu pé ficou preso em uma toca de coelho ou algo assim.

O enlace dele me estabilizou no chão... até ele me levantar da grama para tirar meu tornozelo do buraco. Meu estômago mergulhou como um pássaro marítimo. Ao me abaixar de novo, ele passou os dedos pelo meu braço. O membro traidor formigou enquanto ele dava um passo atrás com um sorriso envergonhado que apontava para baixo. Mas não era uma expressão de desagrado... era definitivamente um sorriso.

Órgãos acrobatas e aromas sedutores à parte, não estava interessada em nada além de amizade. Além disso, a proximidade de Callum ao meu apartamento transformava uma noite casual em uma ideia terrível. Mulheres inteligentes não vão para a cama com seus vizinhos. Não que eu estivesse planejando dormir com alguém, mas o lembrete pareceu pertinente.

— O Texas não se parece em nada com isso. Temos praias, mas não... — Acenei com a cabeça para a grandeza do Atlântico.

— Tem alguém esperando por você lá?

Acima da nossa cabeça, uma gaivota grasnou, *cuáaa-cuáaa*.

— Minha mãe e minha prima Cielo.

— E a outra pessoa que você mencionou? Reese?

A história estava na ponta da língua, mas a ignorância de Callum me fazia sentir que sua companhia era segura. Não conseguia me obrigar a sacrificar aquele santuário. Meus olhos se abaixaram, e minha voz se perdeu.

— Fomos casados por quatro anos. Não acabou bem. Não quero falar sobre ele.

Callum passou uma mão pelo cabelo escuro bagunçado pelo vento.

— Sinto muito.

— E você? — perguntei, desesperada para desviar a curiosidade. — Alguma ex-mulher malvada? Filhotinhos da morte correndo por aí em algum lugar?

— Filhotinhos da morte? — repetiu ele, ligeiramente perplexo. — Não. Você?

— Nunca tive filhos. E não saio com ninguém. Ponto-final. Mais do que contente em ficar solteira. — As noites eram solitárias, mas conseguia manter minha resolução de não me apegar mais a ninguém. Tinha feito uma promessa a Reese enquanto o baixávamos na terra e não o decepcionaria de novo. Não se tratava apenas de arriscar meu coração: tratava-se de proteger o de outra pessoa. Meus defeitos tinham me custado tudo, incluindo a vida do meu marido.

— Não tive muita sorte nos aplicativos. A última garota com quem saí queria um tour pela sala de embalsamamento.

— E você não a pediu em casamento?

Callum bufou de leve.

— Não depois que ela me perguntou: "Qual foi a pior coisa que você já viu?". Estudo fotos dos meus clientes enquanto remonto rostos ou recrio o penteado favorito deles. Escrevo os obituários. Eles são mais que anedotas macabras. — Enquanto alguns explorariam o valor chocante do trabalho para se mostrarem ousados, Callum não era assim. As pessoas importavam para ele.

— A decência está em falta nos dias de hoje — falei. — Especialmente em aplicativos de relacionamento.

Respirando profundamente, ele fixou a atenção na vista espetacular.

— Quando era jovem, achava que tinha alguma coisa errada comigo. Todos os outros rapazes pensavam em sexo o tempo todo, e eu… não conseguia me identificar com isso. Sei quando uma mulher é b-b-bonita. — Os olhos dele encontraram os meus. — Mas não me apaixono por elas nem sinto necessidade de levá-las pra casa.

Uma dezena de perguntas ricocheteou na minha mente. Esse homem atraente era celibatário? E o mais preocupante: por que tinha sentido uma pontada de decepção com essa revelação?

— Eu fiz exames para testar meus níveis de testosterona para ter certeza de que não era hormonal. É só… raro que eu sinta desejo.

— Não tem nada de errado com isso, mesmo se você nunca sentisse. A sexualidade é complicada. Mas fiquei curiosa: se você está usando os aplicativos, isso significa que você quer um relacionamento? Ou a ideia toda é meio *meh*?

Callum riu sem alegria.

— É sempre *meh* no começo. A atração pode aparecer depois que conheço bem uma mulher. Às vezes crio sentimentos, depois de muito tempo. Mas junte isso com uma fobia de conhecer pessoas e vai ver por que é tão difícil.

— A parte física não vem primeiro pra você. — Reconheço que eu não sabia muito sobre o assunto. Mas sair com um interesse romântico sem aquela fagulha de flerte parecia uma tortura.

— Criar sentimentos é a parte difícil. Depois disso, a... hum, intimidade física é legal. — As pontas das orelhas dele brilharam vermelhas, combinando com as bochechas.

A intimidade com Callum seria preciosa e conquistada. Eu não queria romantizar sua frustração com o mundo dos relacionamentos, mas a sinceridade dele estava fazendo meu coração inflar.

— Você precisa se apaixonar primeiro.

— Não, não preciso. Mas, hum, eu quero isso. Gostaria de poder pular para a parte em que já estou casado e feliz.

— E perder todos os momentos que fazem borboletas voarem no seu estômago? Sem chance. Primeiro encontro, primeiro beijo, primeira dança lenta. Também é importante se apaixonar. Não só o "felizes para sempre".

Um carrossel de lembranças girava na minha cabeça. Reese enlaçando meu dedinho com o dele enquanto assistíamos a milhares de morcegos saírem voando de baixo da ponte da Congress Avenue no nosso primeiro encontro. Seu braço envolvendo meus ombros durante um jogo dos Spurs, seus lábios na minha orelha me fazendo esquecer da multidão. Acionei a alavanca de parada de emergência antes que as lembranças me sugassem para um vórtex. Estávamos ali falando de Callum, não de mim.

— Mas entendo — acrescentei. — Conhecer pessoas novas não é divertido para ninguém. Ainda mais se você já teve algumas experiências ruins.

Callum suspirou.

— Eu preciso me casar ou vou perder a Refúgio do Salgueiro. Meu avô a deixou para mim com a condição de que me casasse antes dos trinta e cinco anos. Se eu ainda estiver solteiro no meu aniversário, vou ter que abrir mão do negócio.

— Mas isso é burrice! Você não pode forçar...

— Meu avô queria que a funerária continuasse na família. A tradição era importante para ele. Embora eles não se falassem havia anos, meu pai pode ficar com ela. Porque eu não tenho ninguém para passá-la adiante...

— E seu pai não deixaria você continuar fazendo parte dela?

— Ele já procurou um concorrente para comprá-la. Eu não tenho dinheiro para fazer uma contraproposta adequada.

— Talvez você possa encontrar alguém que precise de um Green Card. Aí vocês se ajudariam. E depois se divorciariam?

— Não vou entrar num casamento falso com uma desconhecida. E não vou arriscar tudo cometendo fraude de imigração.

As palavras brincalhonas de Maeve pareceram ecoar entre nós. *Se você precisa de um Green Card, case-se com ele.* A irmã de Reese, Rachel, me dissera que eu merecia ficar sozinha, e ela tinha razão, depois de tudo que acontecera. Eu não conseguia me imaginar repetindo aqueles votos, mesmo que fosse só um meio para um fim. Um casamento fajuto ainda significaria quebrar minha promessa de não me envolver com ninguém. Que bom que a KinetiColor garantia meu status de residente.

— Seus avós chantagearam você para que entrasse correndo em um relacionamento que envolve votos sagrados. *Sagrados!* Sem mencionar as implicações legais. É tão errado.

Por mais irracional que fosse colocar um prazo em um casamento, quase conseguia entender a motivação deles. Eles sabiam que Callum precisava de um empurrão. Será que queriam um herdeiro para sua dinastia da morte ou se tratava de assegurar que seu neto não ficasse sozinho quando eles se fossem?

— Quanto tempo você ainda tem?

— Oito meses. Bem, na verdade seriam *seis* meses, por causa da papelada.

— Merda — murmurei. Apenas trinta e quatro anos, com a responsabilidade total pelo negócio da família jogada no seu colo junto com um prazo para encontrar o amor da sua vida ou então perder tudo, tudo isso enquanto enfrentava o luto pelo homem que o criara?

— De fato. Só este mês, me forcei a ir a cinco encontros, um pior que o outro. Deirdre me diz que eu deveria simplesmente escolher alguém cuja descrição pareça boa. Torcer para que sentimentos mais profundos apareçam depois que eu a conhecer. Talvez ela tenha razão.

Aquilo parecia um risco para ambos os corações. E ele merecia alguém que soltasse suas borboletas.

— E a florista?

— Saoirse? — Ele deu de ombros. — Não consigo conversar com ela de verdade. Com ninguém. Esse é... geralmente o maior problema.

— Odeio te contradizer, mas você está se saindo muito bem conversando comigo. — As borboletas no meu próprio estômago levantaram voo quando Callum me olhou nos olhos. Eu precisava cortar aquelas asinhas.

— Isso é uma anomalia.

— Uau, obrigada. — Dei risada, torcendo para que os malditos insetos internos ficassem parados. — Vamos fazer assim. Meus colegas saem toda sexta-feira. Você deveria ir junto. Vai ajudá-lo a se sentir mais confortável interagindo, e você pode até ver se tem alguém com quem se dá bem. Coisas mais estranhas já aconteceram. Vou ficar de olho em alguém no estúdio que seja legal, se quiser que te arranje um encontro.

— Não! Isso seria pior que balançar a saliência do penhasco — disse ele, jogando as mãos para o céu.

Fingi me ofender.

— O quê, está com medo de namorar uma artista?

— Artistas são apenas assustadoras. Pubs barulhentos cheios de desconhecidos são aterrorizantes.

— Penhascos também, mas você fez aquilo. Eu nunca jogaria você aos leões. Um ambiente de grupo bem tranquilo para você molhar o dedinho e praticar a socialização — falei. — Você confiou o bastante em mim para levá-lo à beira do penhasco e não vai confiar em mim em um pub? Vamos lá. Você me chamou do quê? Ousada? Talvez esteja na hora de você correr algum risco.

CAPÍTULO 10
Callum

UMA SEMANA DEPOIS DA viagem até as falésias, Lark estava sentada de pernas cruzadas em meio a almofadas coloridas no seu sofá minúsculo. Tirando isso, o apartamento com mobília esparsa era um lembrete de que suas acomodações eram temporárias. A luz nebulosa do inverno entrava pelas janelas voltadas para a minha casa.

Da primeira vez que saímos, argumentei comigo mesmo que ela era uma mulher linda e simpática com quem eu podia manter uma conversa de verdade e que preenchia muitos dos requisitos sobre os quais Deirdre tinha me importunado, como ter ambição em relação à própria carreira. Eu imaginei se poderia me apaixonar por alguém como ela com o tempo. Mas desde então Lark deixara seus limites muito claros. Nosso relacionamento não passaria de amizade.

Embora minha linha de trabalho seja terrivelmente movimentada na época das festas de fim de ano, eu tinha acompanhado Lark durante uma visita a Maeve alguns dias antes para ajudar a erguer sua esquelética árvore artificial. Álbuns de meados do século XX tocavam enquanto Lark recuperava uma coleção de ornamentos de vidro soprado do barracão e eu tentava desfazer um nó no pisca-pisca. Foi o estímulo perfeito durante uma temporada fatigante, faltando ainda três semanas para o Natal.

Agora, no apartamento dela, ela explicava que havia encontrado um site de relacionamento nichado quando pesquisava mais sobre o espectro assexual. Devo admitir, foi bom ver alguém se esforçando para me entender. Lark virou o notebook para me mostrar meu novo perfil no site DemiDate. Na foto tirada nas ruínas da abadia, eu mostrava os dentes. Mal me reconheci, o que fazia sentido: estava feliz naquele dia. Lark tinha insistido que eu substituísse a selfie borrada usada no aplicativo mais conhecido. Por precaução, ela havia atualizado aquele perfil também. Há muitos peixes no mar, ela dissera, melhor ampliar a rede.

Lark havia ficado animada ao achar um recurso para pessoas no espectro assexual e arromântico, mas continuei cético. Por causa das restrições de tempo, fomos diretos em relação ao meu trabalho. E embora eu não tivesse vergonha dele, revelar essa informação online não tinha funcionado bem para mim no passado. Ou isso afastava potenciais *matches* ou atraía grandes sinais de alerta.

— Procurando… relacionamento sério? Parceria de vida? — ela lia de uma lista de opções no site. — Casamento? Selecionar todos?

— Hum, claro.

— Como se sente em relação a filhos?

— Quero uma família antes que seja velho e antiquado demais.

— Não há nada que você possa fazer quanto a isso, todos os filhos veem os pais dessa forma.

Eu nunca tinha admitido para ninguém que queria filhos. Nem para Deirdre, nem para os meus avós. De alguma forma, Lark me deixava à vontade para ser vulnerável e honesto.

— Veja, quinze *matches* em potencial na área. Esta aqui toca piano… — A tela mostrava uma assistente administrava morena usando uma blusa de gola alta preta. Ela era bonita, mas parecia severa.

— Ela parece alguém que trata os garçons de maneira condescendente.

Lark clicou no próximo perfil.

— E esta? É uma "designer de moda sustentável".

Apontei para uma foto dela cercada de felinos.

— "Amar gatos não é suficiente. Deve idolatrar gatos!". Meu Deus. Aqui diz que ela faz tricô usando os pelos que caem dos seus doze "bebês peludos". *Doze.*

— Ela poderia ser a futura sra. Flannelly. Você deixaria uma coisa tão trivial quanto uma dúzia de gatos se colocar entre você e uma vida inteira de felicidade? Tem um link para o site dela…

Nós caímos na gargalhada quando apareceu na tela uma foto da fashionista modelando um vestido de feltro com péssimo caimento e um chapéu com orelhas de gato combinando. De acordo com a legenda, era feito com "pelo tigrado eticamente coletado".

— Só me ouça: ela é bonita. Tem um hobby e, hum, talento. Obviamente se importa com o meio ambiente — disse Lark, contando as qualidades nos dedos. — Ela vestiria você em um colete de siamês feito sob medida para a cerimônia do casamento, com certeza. Eu precisaria mastigar meio quilo de Claritin, mas não perderia *isso* por nada nesse mundo.

Meus mamilos coçaram com a mera sugestão.

— Seria menos esquisito se casar com um gato.

— Os padrinhos seriam gatos em gravatas-borboleta e vestidos! Pense nisso. Seria adorável.

— Lark. Não.

— Ok, ok. Seguindo em frente. — Lark limpou as lágrimas dos olhos. Pela próxima meia hora, analisamos todos os *matches* locais.

Nada especialmente promissor.

— Não consigo olhar mais nem um perfil. — Eu me levantei do sofá e me espreguicei, já me arrependendo do dinheiro gasto em uma assinatura do aplicativo. — Quer tomar um ar?

Em vinte minutos, estávamos no coração do mercado de Natal da Eyre Square. Eu tendia a evitar a praça lotada, mas a reação de Lark às luzes festivas, às barraquinhas de comida com cheiros deliciosos e à roda-gigante reluzente me convenceu.

— Me faz lembrar de Austin. — Ela enrolou o cachecol amarelo-brilhante mais apertado em volta do pescoço. — Temos um festival de arte chamado Armadillo Christmas Bazaar.

— Eu não venho aqui com frequência.

— Mas você gosta de música, não gosta? Ninguém toca piano tão bem sem ser um amante de música.

Eu gostava. Mesmo que o elogio dela tenha me feito evitar instintivamente olhar para o seu rosto. Um enxame de turistas se amontoava como uma nuvem de gafanhotos, se espremendo para dar uma olhada no malabarista que jogava pinos no ar ao som de músicas natalinas horríveis e remixadas no volume máximo. A "música" fazia meus dentes zumbirem.

— Eu preferiria assistir aos navios entrando na baía. — Um universitário especialmente *festivo* esbarrou em mim, arrotou e seguiu cambaleando sem pedir desculpas. — Ou amarrar uma pedra na cintura e pular.

— Da próxima vez vamos assistir aos navios. — Ela deu um empurrão carinhoso no meu ombro. — Clássico. Canceriano contemplativo.

Que diabos?

— Puxou a minha ficha então, hein?

— *Pff*. Só fiz as contas. Mas, também, isso aqui — Lark fez um gesto para minha figura inteira — grita "crustáceo". Carimbei você como signo de água na primeira vez que nos conhecemos.

— Não acredito nisso. E, por favor, evite sugerir que me carimbou, por favor.

— Você me deixaria fazer seu mapa astral? Você deve ter a Lua em Escorpião, aposto.

Minha avó acreditava que astrologia era coisa do diabo. Pessoalmente, achava aquilo um monte de baboseira, mas uma baboseira inofensiva. Se Lark tirava conforto da ideia de que as estrelas regiam sua vida, quem era eu para contradizê-la?

— Pessoas com Lua em Escorpião mantêm um fosso ao seu redor, mas, quando deixam alguém se aproximar, isso desperta um senso de lealdade profunda. — Lark desceu a atenção para os paralelepípedos sob as botas que eram sua marca registrada. Ela limpou a garganta. — E paixão.

Meu coração fez uma dancinha de ansiedade.

Gritinhos atravessaram o barulho quando uma garotinha parou na nossa frente. Listras laranja e pretas decoravam suas bochechas rechonchudas. As duas mãos dela estavam levantadas como garras, então ela soltou um rugido agudo.

Cambaleando para trás com um toque shakespeariano, Lark agarrou meu braço.

— Um tigre assustador!

De modo valente, estufei o peito e dei um passo à frente para protegê-la da ameaça minúscula.

— Vou salvá-la!

— Eu não como meninas. — Os dois dentes da frente estavam ausentes do seu sorriso. — Sou um tigre comedor de homens!

— Ah, não! — lamentou Lark.

Fiz uma performance e tentei me proteger da pequena fera enquanto sua família a alcançava. A mãe conduziu adiante a menininha, que acenou para nós antes que elas desaparecessem na multidão. Lark ficou olhando na direção delas por um momento, algo inescrutável em seu rosto. Não era surpresa que ela levasse jeito com crianças, com seu senso inato de encantamento e sua imaginação vívida. Mas eu havia me surpreendido comigo. Aquilo renovou uma pontada familiar de vontade de começar uma família.

— Pensei que eu já era, com certeza.

— Você *é* um belo petisco. — Ela estava flertando comigo ou era só o seu tipo de humor? Ela me puxou na direção da barraquinha de pintura facial montada ao lado do trem Expresso do Papai Noel. — Está pensando a mesma coisa que eu?

Pintura facial? Eu?

— Onde estão a pedra e a corda quando se precisa delas?

— Ninguém vai se afogar hoje. — Lark balançou a cabeça. — Que tal isso: você escolhe um desenho para mim, e escolho um para você. Depois vamos andar por aí desse jeito pelo resto do dia. Não importa o que aconteça.

Estreitei os olhos.

— Não confia em mim? — Ela piscou os olhos, fazendo charme.

Derrotado, suspirei. Lark saltitou, triunfante.

Ela me empurrou no banquinho de armar em frente à pintora.

— Ele disse que eu podia escolher o desenho — explicou ela à artista.

Uma revoada de mulheres com chapéus de festa passou por nós. A líder usava uma faixa com a gravação *Vadia Aniversariante*. Lark se inclinou para a frente para guiar meus óculos para fora das minhas orelhas e tudo virou um borrão barulhento. Ela sussurrou sua escolha no ouvido da mulher e não me devolveu a armação confiscada.

— Eu vou me arrepender disso.

A felicidade reluzia no rosto de Lark enquanto a artista trabalhava. Não pude deixar de sentir um formigamento de antecipação em relação ao resultado. Estendi o braço para o espelho de mão ao lado de esponjas, estênceis e tintas.

Lark bateu na minha mão.

— Há-há. Nada de espiar! Você concordou em usar qualquer coisa que eu escolhesse. Agora feche os olhos.

Elas ficaram batendo papo sobre o "Estado da Estrela Solitária". Abri uma pálpebra enquanto a tinta fria era espalhada na minha pele. Em algum momento, Lark tinha colocado meus óculos, que haviam escorregado pelo seu nariz. Não pareceu incomodá-la que as pessoas virassem a cabeça boquiabertas, atraídas a princípio pela sutil vibração da sua voz ou pelo seu rosto deslumbrante, e que depois se demorassem por causa da sua energia contagiante. Ser notado de qualquer maneira era a morte para mim; não conseguia imaginar ser tão imperturbado pela atenção. Ou me alimentar dela.

Lark levantou o dedo num gesto para pedir "um minuto" e saiu trotando em direção à multidão. Ela voltou quase imediatamente com alguma coisa atrás das costas.

— Feche os olhos.

Fiz isso, e ela afixou alguma coisa sobre o meu nariz e esticou uma cordinha em volta da minha cabeça. O que ela estava fazendo?

— *Voilà!*

Autorizado finalmente a ver meu reflexo, pisquei, estupefato. A artista girava um pincel, verificando a minha aprovação. Preto. Branco. Dois círculos vermelhos nas minhas bochechas. Um chapéu de festa laranja preso no lugar por um elástico como um bico. Encantado, perguntei:

— Sou um papagaio-do-mar?

— O pássaro mais fofo do mundo. — Ainda usando meus óculos, ela se virou para a artista. — Ficou perfeito.

— Ninguém nunca tinha pedido um papagaio-do-mar — falou a artista.

— Obrigada por fazer isso, mesmo não estando na sua lista. A textura ficou tão realista. Você é muito talentosa.

Lark era a única pessoa que, sem estar flertando, disparava mais elogios que insultos. Desde que tínhamos começado a vagar pela rua em polvorosa do mercado, ela havia comentado sobre as habilidades de diversos artistas, distribuindo moedas e elogios sem economizar. A positividade irradiava dessa mulher.

Quando chegou a vez dela, considerei vários desenhos coloridos, mas acabei escolhendo o mesmo que o meu, porque Lark amava papagaios-do-mar. A artista observou com um sorriso que as aves acasalavam com o mesmo parceiro a vida inteira. Não tive coragem de dizer a ela que não íamos fazer aquilo; apenas coloquei uma gorjeta na latinha dela quando nos afastamos devagar.

— Sabe — falei para Lark —, em um dado período, papagaios-do-mar e seus ovos eram considerados iguarias.

Sem aviso, ela agarrou meu braço, tirou seu bico de papel e me mordeu com um som exagerado de mastigação. Aquilo me pegou tão de surpresa que gritei quando os dentes dela rasparam no tecido do meu suéter. Eu me recompus imediatamente.

— O que diz a crítica culinária?

Ela cuspiu algumas fibras de lã.

— Amargo. Seco. Precisa de umas gotas de pimenta.

— Vamos voltar p-p-para as falésias; vou fazer para nós uma bela omelete.

— Não! — ela gritou, como se eu fosse cozinhar um ninho inteiro, o som estranhamente amplificado conforme ela recolocava o bico.

— Se está com fome, podemos conseguir alguma coisa que não seja adorável nem esteja ameaçada.

O lugar onde sua boca quente havia se fechado no meu antebraço ainda pinicava com arrepios. Não ousei tocá-lo.

Fizemos um zigue-zague até uma barraca de pretzels macios decorados como guirlandas que Lark tinha notado. Achando divertidos nossos rostos pintados, o proprietário soltou uma risada amigável. De alguma maneira, capturado pela comoção inesperada do contato brincalhão, eu havia me esquecido da minha transformação em papagaio-do-mar. Surreal. Todos os momentos com Lark tinham essa qualidade.

— Você meio que me surpreendeu com a sua resposta sobre filhos — disse ela, com seu prêmio salgado em mãos. — Mas você se saiu bem com aquela menininha lá atrás. Dá para ver você como pai.

— Algumas gagueiras são genéticas. Existe uma alta probabilidade de que meu filho herde isso também.

— E daí? No máximo você saberia como apoiá-lo.

Removi com cuidado o bico de papel.

— Odiava ser filho único. Morar em uma funerária e ter dificuldade na fala tornavam tudo mais difícil. Sempre quis um irmão mais velho. O aconchego familiar que nunca tive, acho.

Não havia ninguém lá para me defender dos valentões antes que a puberdade chegasse e eu ganhasse quinze centímetros de vantagem sobre os meus colegas. Ser criado por avós rígidos de uma geração anterior à dos pais dos meus pares também não me ajudou a entender as normas sociais modernas. Eu me sentia dolorosamente alienado.

— Isso faz sentido — disse ela. — A coisa da herança é esquisita, mas você está levando a sério e eu respeito isso.

— Não estou feliz com isso, mas jamais conseguiria mentir para os meus avós, nem suportaria desapontá-los.

Embora eles já tivessem partido, era meu dever cumprir a obrigação. Já havia me debruçado sobre o testamento várias vezes, procurando uma saída. Eu queria uma família, mas essa pressão parecia um laço se apertando no meu pescoço. Não era possível respirar quando cada dia me deixava mais perto de perder meu lugar nos âmbitos pessoal e profissional.

— Você é um cara legal. Tem sua própria casa e seu próprio negócio. As mulheres vão fazer fila para uma chance de chamar você de "papai" e ter seus bebês.

Por sorte, a tinta camuflou minhas bochechas coradas.

— A Refúgio do Salgueiro ainda não é minha.

— Vai acontecer.

— Você vai ser uma mãe divertida. Se quiser.

— Crianças são ótimas! Reese e eu... — Ela quebrou o contato visual, como sempre fazia quando falava o nome dele. Eu já vira aquela expressão em tantos rostos. Ela ainda estava de luto pelo relacionamento deles. — Eu trabalho muito, e gosto da liberdade e da espontaneidade que tenho. Você não pode se mudar por impulso para outro continente quando tem filhos.

— Você daria um jeito. — Nada poderia impedir Lark de sugar o néctar mais doce da vida. Ela seria o tipo de mãe que constrói fortes de almofadas elaborados para mostras caseiras de produtos Disney. Cria datas comemorativas fictícias para usar fantasias feitas em casa. É voluntária para ler na escola fazendo vozes engraçadas. — Seu ex não queria um bebê?

— Ele queria, mas não fui programada para esse nível de responsabilidade. — Seu tom conclusivo sinalizava o fim do assunto. Ela entregou o pretzel para mim e lambeu os cristais de sal do dedo antes de recolocar o bico.

A declaração dela parecia contrastar com o seu trabalho. Um estúdio de animação confiara nela para supervisionar uma produção. Isso não era uma demonstração de responsabilidade?

— Desculpe por me intrometer.

— É só um assunto dolorido, mas é minha culpa por ter falado nele. Você não fez nada, Cal.

Cal. Ninguém nunca tinha abreviado meu nome, nem quando eu era criança. A maioria das pessoas, com exceção de Deirdre, me chamava de sr. Flannelly, o que ainda conjurava imagens do meu avô. Mas saiu da boca de Lark tão naturalmente. Talvez eu também pudesse ser Cal. Meio bobo e vulnerável. Uma versão mais corajosa de mim mesmo.

— Você está com uma mancha...

Sem pensar, estendi a mão e esfreguei com cuidado uma pincelada marota de tinta no queixo dela. Olhos cinzentos arregalados subiram para me encarar, e minha boca secou enquanto meu dedão tocava sua pele macia. Mesmo coberta de tinta preta e branca com bochechas rosadas de papagaio-do-mar e um bico de papel, Lark era linda.

E não só objetivamente, com base em geometria facial ou consenso social. Linda *para mim*. Totalmente cativante. Merda. Meus sentimentos tinham passado correndo pelo platônico e se aproximado inconsequente e perigosamente de algo mais profundo antes que eu sequer percebesse. Tirei a mão abruptamente e a enterrei no bolso pelo resto da tarde.

CAPÍTULO 11

Lark

NO NATAL, LIGUEI PARA minha mãe pelo FaceTime. Eu nunca tinha passado essa data longe da família. É claro que a ausência de Reese foi visivelmente evitada durante a conversa cheia de alegria forçada. Fiquei grata por ela acabar quando Cielo me ligou. Ainda um pouco de ressaca, ela me animou ao me contar sobre a escandalosa celebração da *Nochebuena* com sua família por parte de pai.

Callum e eu entregamos uma bandeja de biscoitos caoticamente decorados a Maeve, cujos olhos se encheram de lágrimas ao desembrulhar o enfeite de Natal em formato de Vespa que encontramos no mercado de Natal. Quase me descontrolei e chorei com ela. Callum me deu uma vela de oração a Santa Dolly, que eu agora exibia com orgulho em minha escrivaninha, e eu dei a ele um modelo 3D impresso do Jaguar modificado para virar um rabecão de *Ensina-me a viver*. Sem eles, acho que não teria conseguido encontrar nem uma pequena porção do espírito natalino.

Passada a primeira semana de janeiro, as luzes de Natal ainda estavam entrelaçadas nas placas da Kilkenny e da Smithwick e enroladas nos frisos de madeira detalhados do pub Toca da Lebre. Passei o olhar lentamente pelo grupo de trabalhadores da KinetiColor relaxando. Os encontros de sexta ali eram o território de Seán, que estava no bar lançando olhares de reprovação desde que Callum e eu chegáramos, mas ele tinha enviado um convite aberto a toda a equipe. Callum enfim havia concordado em me acompanhar, e era a oportunidade perfeita para apresentá-lo a Hannah, a ruiva bonitinha e nerd. Ele estava conversando com algumas moças no aplicativo, mas ainda não tinha tido nenhum encontro. Eu havia me declarado seu cupido moderno, e ele tinha aceitado prontamente um pouco de ajuda.

Rory, Anvi e eu estávamos em uma mesa com sofás confortáveis, discutindo poeticamente *Avatar: a lenda de Aang* e rindo das melhores e mais icônicas falas.

Anvi interrompeu sua rapsódia sobre a perfeição da atuação vocal de Dante Basco como o príncipe Zuko (como se eu discordasse) e se levantou do sofá.

— Você fica olhando para eles. Troca de lugar comigo ou o seu ciúme vai te deixar com torcicolo.

Eu, com ciúme? Absurdo. Será que precisava lembrá-la de que eu tinha apresentado Callum e Hannah e saído de cena? Desde então estivera fazendo uma análise do casal, completa com uma narração interna ao estilo David Attenborough sobre o macho hesitante se aventurando numa perigosa taberna, cortejando uma fêmea que não estava impressionada com sua plumagem escura. Exigia todo o meu esforço não intervir.

— Eu só estava assistindo ao jogo de futebol que está passando no bar. — Meus olhos saltaram para a televisão ali. — O Madrid está dominando.

Madrid era um time de futebol, certo?

— Aham. Falando nisso, melhor eu passar o número do meu massagista pra você — falou Rory, mexendo em um bóton que explicitava os pronomes *Elu/Delu* na sua camisa com estampa do Keroppi. — Ele é de Barcelona. Totalmente gato. Você vai precisar dos serviços dele se continuar se contorcendo pra assistir ao seu amigo flertando com a Hannah. Além disso, aquilo é futebol gaélico, então sabemos que você está mentindo.

— *Callum está flertando?* — Eu me virei tão rápido que dei um gemido de dor. Ok. Então a ideia de juntá-lo com alguém do trabalho me deixava tensa, mesmo que eu tivesse dito a ele que havia zero expectativas. Em Austin, eu fora responsável por múltiplas apresentações bem-sucedidas entre amigos. Relacionamentos de longo prazo, até um noivado. Agora me sentia pressionada e estava deploravelmente enferrujada no jogo da formação de casais... e nunca havia apresentado duas pessoas que não sentissem uma atração imediata.

Do outro lado do pub, Callum mordia o lábio. Ele o estava mastigando desde o momento em que chegáramos. Ambas as mãos seguravam a bebida com o comprometimento de alguém descongelando os dedos gangrenados no fogo. Quando perguntei o que Callum tinha achado da foto de perfil de Hannah nas redes sociais, ele respondera: "Ela é atraente de uma maneira convencional". Considerando a fonte, o comentário morno era o mais perto que chegaríamos de uma declaração de interesse.

— Tem um homem lindo com mãos mágicas que posso apresentar a você, e tudo que você ouviu foi Callum está flertando? — Na opinião de Rory, eu tinha provado o argumento de Anvi. Eu me rendi à lógica e troquei de lugar, agora posicionada para ter uma vista livre do bar.

— *Num* tô com ciúme, tô investida. Eu o arrastei até aqui hoje porque esperava que eles se dessem bem.

Do nada, Seán se inclinou sobre nossa mesa e bufou.

— Num não é uma palavra.

Pense em um pulo de susto. Há quanto tempo ele estava bisbilhotando? Eu tinha parado de monitorar seus deslizamentos pelo pub.

Minha boca se recusou a formular uma réplica inteligente. Callum havia descrito a sensação de gargalo quando tinha um bloqueio com alguma palavra. Eu geralmente sofria do problema oposto, as palavras vazando de mim como a espuma de uma cerveja sacudida. A não ser em um confronto, quando a resposta perfeitamente cortante sempre chegava muito depois que o momento havia passado. Normalmente enquanto lavava o cabelo.

Anvi limpou a garganta.

— Está no dicionário. Embora tenha uso informal. Tente ficar mais ligado.

Ele revirou os olhos.

— Vou precisar de mais dois drinques para pensar tão devagar quanto ela fala.

Que. Babaca.

Satisfeito por ter a última palavra, Seán deslizou até o bar para se parabenizar com outro pint.

— Você acabou de se tornar minha colega favorita — falei para Anvi, limpando espuma de cerveja do meu nariz.

Rory pôs a mão no peito.

— Assim você me fere, Lark Thompson!

— Lembre-se deste momento quando chegar a hora dos aumentos e das horas-extras — falou Anvi, rindo. Ela mostrou a língua para nós, como uma irmã provocando.

— Receio que tenha pouca influência sobre isso. Mas vou pagar a próxima rodada, e você tem minha gratidão.

— Seán é um mala sem alça. — Rory olhou feio para ele no outro lado do salão. — O nepotismo permite que pessoas como ele se livrem até de um assassinato.

Anvi chamou um garçom para fazer valer a oferta de uma nova rodada.

— O Sullivan é tio dele, sabe.

Ah. Isso explicava muito da dinâmica do escritório que eu ainda não tinha entendido. Fazia sentido, dada sua atitude arrogante.

— Não fazia ideia.

— É por isso que a maioria de nós fica relutante em dizer qualquer coisa, com exceção da Dona Culhões de Aço aqui. — Rory apontou o dedão na direção de Anvi.

— Ele não está acostumado ao saco *dele* sendo enchido — respondeu ela. — Você precisa se defender ou ele vai pisar na sua cabeça.

— Nunca enchi o saco de ninguém. Nem que quisesse eu saberia como fazer isso! — Não queria ter nada a ver com o saco de Seán. De nenhuma maneira. — Podemos falar sobre qualquer outra coisa?

Distraída, desenhei um rosto sorridente na condensação do meu copo de cerveja muito cheio, observando Callum e Hannah. Rory desenhou um par de testículos mal-humorados no seu.

— Qual é o negócio com o caladão que você apresentou a Hannah?

Ele é gato num estilo meio "música do Damien Rice". — Rory notou que minha atenção ainda estava dividida. — Deixa eu adivinhar: ele gosta de você, mas não para de tentar sair do território da amizade, então você está tentando apresentar a ele uma distração antes que fique esquisito demais.

Balancei a cabeça.

— Nem perto.

A sobrancelha impecavelmente traçada de Anvi se arqueou.

— Então vocês transaram, mas agora você está saindo com outra pessoa. Se ele arrumasse alguém, ficaria menos estranho vocês continuarem amigos?

— Não. Acredite em mim. Callum me vê como uma irmãzinha tonta. Ele não está desejando isto aqui.

Um olhar desconfiado foi trocado, e Anvi franziu os lábios.

— Tem namorado, então? Namorada?

— *Nope* — falei, estalando bem o *p* antes de tomar um gole farto da minha bebida. Quanto mais tranquila parecesse, menos as pessoas insistiam.

Dei mais uma olhada furtiva para o bar.

Acontece que duas pessoas com ansiedade social não grudam uma na outra como botes em um mar de Guinness. Ambas preferem se sentar sozinhas em suas respectivas ilhas desertas até serem resgatadas a começar uma conversa de verdade. Embora Callum *estivesse* tentando, pobrezinho. Duas vezes eu o vi lançar um sorriso de canto e murmurar algumas palavras. Mas, depois de algumas trocas curtas, cada um estava sentado em seu banco encarando seu pint, em posturas idênticas de desconforto.

Callum me deu um olhar suplicante. Fiz um biquinho pedindo desculpa. Ele devolveu uma expressão severa que se traduzia como *nunca mais*.

A minha dizia: *veremos*.

Hannah notou nossa conversa sem palavras, então apitei o fim do jogo e andei até lá. Alívio invadiu o rosto de Callum quando me enfiei entre eles no bar. Aquilo me esquentou muito mais que a bebida que eu estivera pajeando. Seán me olhava, escrutinando cada movimento meu.

— Finalmente entendi o nome deste lugar. — Fiz um gesto para a placa redonda acima do bar mostrando três coelhos emaranhados em um nó celta. — Toca da Lebre. Como em "O bartender vai deixar você a um pulo de ir para o buraco com apenas dois drinques".

As sobrancelhas de Cal se juntaram.

— Quantos você bebeu?

— Eu não bebo muito. Mas os caras da textura de fundo já estão no fogo.

Seán estreitou os olhos ao lado de Hannah.

— O que você disse?

— *De* fogo — murmurou Callum bem baixinho, se aproximando de mim.

O som grave da voz dele, tão perto do meu ouvido, fez com que os pelos da minha nuca se levantassem. Esfreguei os braços distraidamente, desejando que o arrepio fosse embora. Notas leves do perfume dele adicionaram uma camada indesejada de distração.

— De fogo — falei, me corrigindo com uma confiança artificial. Embora Callum estivesse no bar atirando flechas oculares em mim apenas um instante antes, ele não hesitou em vir ao meu auxílio. Obviamente, sentia empatia por alguém tropeçando nas palavras e sendo julgado por isso. — Pelo menos amanhã é sábado. Algum plano?

Callum reconheceu o sinal invisível de "vamos embora" que eu acabara de inventar. Ele virou o restinho do pint.

— Tenho que trabalhar amanhã cedo, na verdade.

Hannah, já focada em um *hipster* parado ao lado da jukebox, murmurou uma despedida educada.

— Boa noite. — Mandei um beijinho para o grupo. — Até segunda procês!

— Procês? Sinto muito, não falamos *caipira* aqui. — Satisfeito consigo mesmo, Seán cutucou Hannah, que se encolheu diante do toque. Seán não pareceu notar.

— Para vocês. Até segunda para vocês — falei, mais baixo. Havia esperado que as visitas até o Toca da Lebre, para aumentar o moral, construíssem uma ponte sobre as diferenças e cimentassem um senso de camaradagem, mas, não importava o que fizesse, não conseguiria conquistar o respeito dele.

Callum tocou meu ombro, e seu maxilar se contraiu.

— Se você fosse para o Texas, a Lark ia te receber bem. Não ia caçoar do seu sotaque ou da sua apreensão imperfeita das gírias regionais.

Seán bufou de desdém.

— Eu não iria ao Texas nem morto. Alguns de nós têm padrões elevados.

Tudo que consegui fazer foi murmurar um adeus. Acenei fracamente para Rory e Anvi, que já estavam até o pescoço em outro debate. Callum pegou minha mão e projetou o ombro para a frente para nos guiar para fora da multidão.

Uma explosão de ar gelado nos atingiu no segundo em que nos vimos livres do grave pulsante, da massa de corpos e do cheiro azedo de cerveja derramada. Cruzei os braços bem apertados sobre o peito, me arrependendo de não ter colocado um suéter debaixo do casaco fino para me proteger do frio de janeiro. Meu sapato *peep toe* favorito mergulhou em uma poça congelante que eu estava distraída demais para ver, e sibilei um xingamento.

— Você está bem? — Callum se inclinou para analisar meu rosto.

— Seán é um cara desagradável.

— Era eu que estava tentando salvar você. — Gotas de água voaram quando sacudi meu pé. — Mas obrigada por me defender.

— Pode parar.

O veneno gratuito de Seán ainda queimava nos meus ouvidos.

— Parar de quê?

Callum tirou o casaco e o entregou para mim. Então tirou o suéter, revelando uma faixa de barriga tonificada por um momento. Meus olhos se arregalaram, ávidos por mais.

Será que ele sentiria cócegas se minhas unhas roçassem gentilmente seu caminho da felicidade? Ou ele prenderia a respiração e sussurraria alguma coisa safada? O que ele faria se eu beijasse a área de pele pálida e fosse descendo... descendo...

Eu me dei uma bronca assim que percebi por que ele estava tirando a roupa no meio da rua. Claramente era um cavalheiro. E, dados os meus pensamentos, eu não era nenhuma dama.

Por baixo do suéter, uma confortável camiseta cor de carvão deixava os braços musculosos dele à mostra, sugerindo um peitoral similarmente malhado. Não que eu estivesse olhando. Não mesmo. Devolvi o casaco, e ele enfiou os braços nas mangas de novo. Depois segurou o meu, enquanto eu passava o suéter dele pela cabeça. O tricô irlandês me envolveu com o cheiro amadeirado e marcante de Callum.

— Parar de tentar ser alguém que você não é. Não precisa provar nada para eles.

Eu me ericei enquanto colocava de volta o casaco sobre o suéter dele.

— Eu sei quem sou. Mas Seán está ressentido porque o trabalho que ele queria foi para uma estrangeira. Ele odeia qualquer lembrete de que sou dos Estados Unidos.

— Quem se importa? Seán não manda em nada.

— Eu me importo! E não preciso te dizer como é. Você também evita certas palavras de propósito. Não faz isso comigo, tá bom? Só diz o que está pensando, mesmo que demore um pouquinho para sair.

— Só se você parar de tentar não dizer *procês* e *num* quando estiver comigo.

— Combinado.

Antes de pegar minha mão, ele deu um sorrisinho.

— C-c-combinado.

Tomada pela gratidão, passei meu braço pelo dele. Bandeirinhas coloridas ziguezagueavam na avenida acima da nossa cabeça, balançando na brisa noturna gelada.

— Então... me desculpe por apresentar você à única mulher imune a um homem alto e taciturno de voz grossa. Hannah não estava dando muito material para você trabalhar.

Enquanto meus dedos se curvavam sobre o seu bíceps, tentei não pensar em como o músculo era firme. Tentei não inalar nenhum feromônio no suéter dele e me intoxicar. Callum ficava tão lindo ao luar. Meu dedão doía querendo traçar seu maxilar sutilmente sombreado. Sentir a aspereza nos meus dedos. Apesar do tempo que ele tinha passado com Hannah naquela noite, a caminhada juntos para casa parecia a conclusão de um encontro.

— Prometo que da próxima vez vai ser mais fácil.

Ele rosnou, soando mais como um urso irado do que como um homem.

Uma senhora com uma cesta de rosas sacudiu seu buquê para nós.

— Uma rosa para a moça?

Callum me surpreendeu ao dizer:

— Sim, por favor, senhora.

— Tenho *todas* as cores — falou ela, sorrindo. — Rosa para admiração, amarela para amizade, branca para encantamento... E vermelha para amor apaixonado, é claro.

Ele me lançou um olhar por cima do ombro.

— Qual?

— Qualquer cor. Eu adoro todas. — Eu estava brincando com as mangas compridas do suéter dele que cobriam as pontas dos meus dedos.

— É claro. — Ele limpou a garganta e girou um dedo. — Então vire de costas.

Obedeci. Quando ele chamou meu nome, me virei e o encontrei segurando não menos que uma dezena de rosas sortidas, amarelas e rosas e brancas. E vermelhas. Eu dissera qualquer cor; ele me deu todas as cores. Não era simbólico... mas meu estômago ainda deu um mergulho. A mesma sensação que eu tivera nas falésias de Moher.

— Não deixe escapar. — Ela fez um gesto para o ramalhete, mas estava obviamente se referindo a Callum. Nós realmente parecíamos um casal apaixonado, andando de braços dados.

— Não vou — respondi. Não deixar o quê escapar, exatamente? Não tinha certeza. O otimismo em ajudá-lo a encontrar uma parceira, talvez. A sensação de não me sentir mais sozinha neste país?

— Obrigada. Elas vão animar meu apartamentinho triste. — Levei o buquê ao nariz. Ele fez a mesma coisa, as pálpebras se fechando enquanto inalava.

— Está tarde, e a mulher tinha um grande estoque encalhado. — Não era tão tarde assim, se considerarmos que fomos os primeiros a sair do Toca da Lebre. A voz de Callum ficou mais baixa. — E queria te agradecer por me forçar a sair.

— Você estava praticamente derretendo de infelicidade no banco.

— Não estou infeliz agora. — Significando: sozinho. Comigo.

— Você deve ficar orgulhoso por ter saído da sua zona de conforto esta noite.

Continuamos andando, uma energia estranha se estabelecendo entre nós. Os postes de luz refletiam no Corrib e nas lentes dos óculos dele. Callum ficou em silêncio por um longo tempo, até que disse:

— Conhecer pessoas novas é a pior coisa do mundo. O site de relacionamento é um fracasso.

— É um pouco prematuro encerrar a partida agora, não é? Essas coisas levam tempo, e você precisa continuar se arriscando.

— Certo. O tempo está passando.

Eu não conseguia imaginar a pressão.

— Não posso te culpar por querer desistir. Eu já seria uma daquelas solteironas cheias de gatos se não fosse horrivelmente alérgica. Mas um bichinho de estimação seria bom.

— Sem vestidos de madrinha feitos de pelo tigrado, então?

Estremeci com a lembrança e cutuquei o ombro de Callum, dando risada.

Chegamos ao meu apartamento e paramos em frente à porta.

— Então... eu fico aqui. — Fiquei me balançando para a frente e para trás, segurando minhas rosas em uma mão. A curva tímida da boca sensual de Callum chamava minha atenção como um ímã. Quão macia ela seria se eu ficasse na ponta do pé e me afundasse nela?

Ele acenou a cabeça na direção da Refúgio do Salgueiro.

— E eu fico ali.

Estava empoleirada no segundo degrau, e nossos olhos estavam no mesmo nível. Minha mão livre se estendeu aparentemente sozinha para acariciar o topo da cabeça dele. O cabelo escuro e farto fez cócegas na minha mão, e ele se inclinou para o meu toque como um cão de rua carinhoso. Os olhos dele procuraram os meus. Me perguntei o que ele via ali. Por um momento, achei que Callum fosse colocar as mãos enormes no meu quadril, mas ele as colocou nos bolsos do casaco... como se elas não fossem confiáveis.

Passei os braços ao redor do pescoço dele, tomando cuidado para não o acertar acidentalmente com as rosas. Foi um erro. Ombros largos, aquele peitoral sólido. *Humm.* Eu sentia orgulho dele. Gratidão por ele. Estava consciente demais do seu cheiro fresco. Eu me mexi para lhe dar um beijo na bochecha, mas ele se virou, roçando o nariz no meu.

Eu congelei, a milímetros dos seus lábios. *A um pulo do buraco de fato.* Apertei a pegada nos caules das flores.

A risada desconfortável dele dissipou um pouco da carga iônica.

— Desculpa. Eu, há...

— Não tem problema.

As mãos dele pairaram no ar, emoldurando minha cintura, mas ele me deu um tapinha nas costas em vez disso. Alívio e decepção colidiram dentro de mim. Ele não tinha quase tocado meus lábios de propósito. Tinha?

— Boa noite, Lark.

— Bons sonhos, Flannelly.

E cada um foi para a sua casa.

Com o buquê em um vaso improvisado a partir de uma jarra de água, fui tirar a roupa para ir para a cama e percebi que ainda estava usando o suéter de Callum. Ele não o pedira de volta. Contrariando meus instintos, fiquei usando só ele e mais nada... além de uma calça de pijama térmica para dormir. Inspirando o cheiro residual, peguei no sono, imaginando seus braços protetores em volta de mim em vez do tricô irlandês.

CAPÍTULO 12
Lark

— ESSES GRADIENTES DE cores subaquáticas estão lindos. — Acenei com a mão na frente do monitor e inspirei para me equilibrar. — Mas a opacidade precisa ser configurada a sessenta por cento para casar com o resto da sequência. Eles estão escuros demais.

A rainha pirata abria com uma Grace O'Malley de onze anos clandestinamente a bordo do navio do pai. Quando ela era descoberta, um membro da tripulação lhe informava que o mar era inadequado para mocinhas, pois seu cabelo longo ficaria preso nas cordas. A jovem Grace, de modo desafiador, arrancava a faca do cinto dele, cortando suas mechas ali mesmo no estibordo da proa e jogando-as sobre a amurada. Nosso roteiro tomava algumas liberdades com a história, mas diziam que aquilo havia acontecido de verdade.

— Todos eles? — Seán apertava sua caneta Stylus com tanta força que pensei que o equipamento fosse quebrar. — Já fiz três cenas desse jeito.

E a culpa era de quem? Estava no manual de estilo, um arquivo abrangente compartilhado que detalhava pinceladas específicas para elementos distintos, paletas de cor e outros marcos visuais de cada filme. Como um animador veterano, ele devia ter pensado em confirmar lá. A produção estava acelerada porque o sr. Sullivan queria o filme de quarenta e cinco minutos exibido no Galway Film Fleadh em julho, nos deixando sem tempo a perder. No âmbito da animação, isso era uma velocidade quase vertiginosa.

Forcei alguma cordialidade na voz.

— Sei que é tedioso refazer, mas, se não consertarmos agora, simplesmente vamos ter que refazer essas cenas depois. — Refilmagens eram basicamente minha responsabilidade pessoal. E, claro, toda produção precisava de ao menos algumas refilmagens, mas não ia deixar Seán criar trabalho extra para mim no futuro já que agora isso era responsabilidade dele. Quase parecia que ele estava tentando me sabotar.

— Você mesmo disse que estavam *lindos*. — Ele imitou sutilmente minha inflexão na última palavra.

Anvi me chamou de sua mesa; fiz um gesto de *um minuto* antes de me voltar a *Seán* outra vez.

— Por favor. Está tudo no manual de estilo. É desse jeito que todo mundo está fazendo as sombras.

— Sem chance de eu terminar isso até sexta-feira.

— Seán.

— Tudo bem, vou pedir a ajuda de um estagiário.

— Isso é responsabilidade sua.

Girando a cadeira de costas para mim, ele clicou em uma seleção sem dizer mais nada. Reprimi a necessidade de me desculpar. Afinal, não tinha criado trabalho extra para ele. Ele mesmo fizera aquilo.

— Humm, ok. Tirando isso, está excelente até agora.

Aquele sanduíche de elogios já era menos que apetitoso, mas de qualquer forma era uma boa prática.

— Ela delira — Seán murmurou enquanto eu me afastava.

Durante o almoço, Anvi e Rory me encurralaram na sala de descanso. A colher no *chai* de Anvi tilintava na caneca com o formato da cabeça da Betty Boop. Faixas de luz vespertina atravessavam as janelas com molduras grossas de aço, dando uma vibe industrial ao cômodo.

— Não deixe Seán afetar você. Todos nós sabemos que ele é mãozinha curta — disse Anvi. Eu já tinha ouvido falar em *braço curto*, mas nunca em *mão curta*. — É por isso que você está em uma posição de liderança, e ele não. Ele é preguiçoso.

Então ele já havia reclamado de mim por esperar o mínimo do mínimo. Fantástico. Antes do desentendimento na Blue Star, o pior que tivera que suportar havia sido um pintor de fundo que trazia marmita de salmão *teriyaki*.

Canela e cravo aromatizaram o ar quando me servi uma xícara.

— Ele é um artista brilhante. Contanto que faça o trabalho dele, não precisa gostar de mim.

Se isso era verdade, por que levava donuts toda segunda? Por que tinha feito repetidas tentativas de achar algo em comum com Seán? Eu havia perguntado sobre as fotos dos filhos dele dispostas sobre sua mesa e elogiado o trabalho dele de forma quase agressiva para cair em suas graças. Nada funcionava.

— Na opinião de Seán, você é uma *bully* que o persegue com punições não merecidas — disse Anvi. — Aliás, obrigada. Seu predecessor não valorizava nem de longe a justiça como você. Ele sabia que Seán empurrava as responsabilidades para novatos inocentes e ainda assim o deixava levar os créditos.

Rory balançou a cabeça.

— Tome cuidado. Da última vez que alguém o enfrentou, a pessoa foi demitida. Motivo não divulgado.

— Seán quer que todo mundo acredite que ele teve alguma coisa a ver com a demissão do último diretor de arte, mas não acredito nisso. — Anvi deu outro gole de sua caneca, sem parecer impressionada.

— Prefiro não arriscar — argumentou Rory. — A Wendy do RH come na palma da mão dele. Além de o tio dele comandar o estúdio.

Se ele havia recebido tratamento preferencial do último diretor de arte, fazia sentido que Anvi não acreditasse que ele tinha alguma coisa a ver com a demissão do homem. A menos que ele quisesse o cargo de diretor de arte… cargo que eu acabei ocupando. Até onde Seán iria para conseguir o que ele acreditava ser dele por direito?

— Ele não pode esperar que outros consertem os erros dele — falei. — Não é justo explorar novatos ou qualquer outra pessoa só porque eles têm medo de dizer não para o sobrinho do chefe.

Como alguém com uma necessidade crônica de agradar os outros, eu tinha algum conhecimento sobre o assunto. A ideia de confrontar Seán de novo me deixava enjoada, mas meu senso de justiça era mais forte que minha apreensão, pelo bem da equipe. O que eu suportaria pessoalmente e o que toleraria em nome dos outros eram duas coisas diferentes.

Com uma olhada para o relógio, dei tchau a Rory e Anvi e me retirei para o meu escritório. Uma batelada de cenas precisava de aprovação, e e-mails aguardavam resposta. Minha caixa de entrada estava lotada depois do fim de semana; estalei os dedos ao me ajeitar à mesa.

Meu sangue virou gelo nas veias quando passei pela lista de remetentes e vi um nome que me causou um completo desalento: Rachel Thompson.

A culpa azedou o *chai* no meu estômago. Uma trepidação apertou minha garganta até a espessura de um alfinete. Eu me forcei a respirar fundo várias vezes e deletei o e-mail sem abrir. O instinto fez com que eu agarrasse o celular, pronta para ligar para Cielo, mas ela tinha um exame importante naquele dia. Eu lhe enviara uma série de emojis encorajadores pela manhã. Descarregar isso nela não seria justo; ela precisava de foco, não de mensagens emotivas da prima. Ao longo do último ano, me distanciara de quase todo mundo consciente da situação entre mim e Rachel, mas agora precisava falar com alguém que a entendesse. A foto da minha mãe sorriu para mim na minha lista de contatos. Ficaria tudo bem; eu só precisava ouvir uma voz familiar. Rezando para não me arrepender, apertei o botão de ligar. A sensação foi de ter quebrado o vidro de um botão de emergência.

— Alô? Lark? — Ela parecia distraída. Só haviam se passado duas semanas desde que nos faláramos pela última vez, mas parecia muito mais.

— Oi, mãe. — Com uma leveza forçada na voz, repuxei os cantos da boca, mas o sorriso não chegou aos meus olhos.

— Como está a Irlanda ultimamente? Mágica, né?

Não era o adjetivo que escolheria no momento, considerando o atrito corporativo e o e-mail que fraturara minha sanidade ao ponto de me fazer ligar para ela.

— Está.

— Você sempre foi uma daquelas plantas que rolam pelo deserto — ela disse com carinho.

Minha mãe me chamava assim porque eu sempre rolava para longe de tudo, sem me prender, exceto à animação. Eu lhe assegurara que a mudança temporária alavancaria minha carreira, mas ela não tinha noção de quanto minha saúde mental dependia daquilo. Austin estava cheia de minas terrestres de memória, ameaçando detonar meu luto a qualquer momento. Vivia evitando as coisas do dia a dia: o restaurante de taco favorito de Reese; o parque onde eu tinha montado a caça ao tesouro para o nosso aniversário de casamento; o cemitério que suportei visitar apenas uma vez.

— Você está... quieta hoje. — Podia ouvir as unhas dela tamborilando o amuleto de ametista que ela levava no pescoço, um hábito inconsciente sempre que se sentia desconfortável. — Algum problema?

A estática pairava entre nós, atravessando o Atlântico enquanto eu decidia se contava a ela.

— Recebi um e-mail da Rachel hoje.

— Ah! Como ela está?

— Deletei sem ler.

Ela estalou a língua, desapontada. Uma faca invisível penetrou entre minhas costelas e se torceu. Outro fracasso.

— Vocês eram tão próximas. Você tem que deixar o passado para trás. Guardar rancor é um veneno para a alma.

— Queria que fosse assim tão fácil — falei com os dentes cerrados. Guardar rancor? Era isso que minha mãe achava que estava acontecendo?

Frustrada, fiquei olhando para o rio Corrib pela janela. Não queria ouvir nada que Rachel tivesse a dizer; ter ouvido uma vez era o suficiente. Suas palavras furiosas, incriminadoras, ainda reverberavam na minha mente como uma maldição, quase dois anos depois.

Meu irmão ainda estaria aqui se não fosse por você.

O sotaque arrastado da minha mãe penetrou aquela lembrança amarga.

— Você nunca vai adivinhar quem encontrei no balcão da delicatéssen do H-E-B ontem. — Ela continuou tagarelando como se eu me importasse com uma velha conhecida do seu círculo social, qualquer coisa para evitar mencionar a cisão entre mim e Rachel, e o que a tinha causado.

Não que eu quisesse falar sobre o assunto, mas esperava algo mais caloroso que um falatório sem sentido sobre o presunto fatiado de uma desconhecida. Eu havia aprendido como evitar conversas difíceis com a melhor. Ligar para minha mãe em busca de conforto era uma má ideia.

Minha mãe e eu nunca fomos boas em lidar com emoções negativas. Ela era adepta de todo aquele *mindset* de energias positivas. Insistia que limpássemos as energias ruins da casa com vários rituais apropriados. O cheiro de sálvia e os tons graves das tigelas tibetanas pairavam em nossa casa todos os dias. Durante a infância, minha mãe nunca permitira que eu chorasse sem me sentir fraca.

Tristeza e depressão eram uma escolha consciente, de acordo com ela; ela se envolvia apenas o suficiente para distrair a pessoa em sofrimento. Era assim que lidava com a tristeza quando eu era criança. Um sorvete quando os filhos dos vizinhos me baniram da piscina deles. Comédias românticas empoderadoras quando experimentei uma desilusão amorosa adolescente.

Em certo momento, Rachel fora a pessoa que me encorajara a me abrir sobre aqueles sentimentos ruins. Ela me apresentara a Reese... a última pessoa para quem eu me abrira de verdade. Agora ele estava morto, e ela me culpava por isso, e não havia ninguém com quem pudesse conversar quando a escuridão batia à minha porta.

— Minha hora de almoço está quase no fim — falei, grata pela desculpa honesta para desligar.

— Bom saber que está bem, querida. Eu me preocupo com você, totalmente sozinha aí. — Minha mãe riu com leveza, seu tom demonstrando claramente o alívio pela ligação terminar antes que eu pudesse me dissolver em lágrimas e estragar a tarde dela. — Mas acho que não deveria. Fazer amigos é o seu superpoder.

Um amigo veio à minha mente. Eu me imaginei em casa à noite, assistindo a um filme de aquecer o coração e comendo massa crua de biscoito... com Callum ao meu lado. Uma presença silenciosa e estável, como se pertencesse àquele lugar. *Uau*. De onde tinha vindo *aquela* imagem?

— Não se preocupe comigo. — Minhas unhas se cravaram nas palmas enquanto nos despedíamos.

Antes que pudesse pensar duas vezes, escrevi uma mensagem para Callum convidando-o para assistir a um filme em casa. Isto é, se ele não estivesse ocupado saindo com alguém do DemiDate. Em minutos, ele respondeu aceitando. No mesmo instante, me senti mais leve.

CAPÍTULO 13
Callum

COMEÇARAM OS ARQUEJOS. CADA convidado nos bancos se virou, procurando a fonte dos aviões de papel bombardeando a capela. Meu piano produziu uma nota discordante quando me levantei do banco para pôr fim ao pandemônio.

O neto do falecido deve ter pegado cada programa que sobrara e os dobrado furiosamente enquanto os adultos estavam ocupados. Um aterrissou na peruca penteada de uma senhora enrugada. Outro passou zumbindo por um retrato do falecido ostentando uma cartola e flanqueado por assistentes de mágico vestidas em lantejoulas. Um avião especialmente ágil planou direto até o caixão aberto.

Uma mulher gritou:

— Rato!

Rato?! Por favor, que não seja dentro do caixão. Nada pior para uma funerária que roedores se alimentando dos cadáveres.

— Pelo amor de Deus, Barbara! Tão dramática — resmungou um homem.

— Não precisa bancar o herói — ironizou ela. — Por favor, salve a si mesmo.

Deirdre entrou correndo no cômodo, os punhos em riste como se planejasse brigar com alguém. Se com o roedor ou algum enlutado, eu não tinha certeza. O rosto dela se contorceu quando notou a aflição no meu, e aproveitei a oportunidade para pedir ajuda.

— Toque alguma coisa, por favor?

Ela assentiu com a cabeça. Um momento depois, "The Parting Glass" começou, como se o caos não tivesse tomado a capela.

— Vida! Longa! A Houdini! — Um menino levado sorria, triunfante. O merdinha havia soltado a praga deliberadamente enquanto seus pais estavam distraídos. A veia teatral devia correr em toda a família.

Enlutados vestidos de preto abriram caminho como um mar da meia-noite, revelando um pequeno camundongo branco correndo pelo taco. Um homem com boina de tweed tentou acertá-lo com uma bengala irlandesa de espinheiro-negro, arrancando ainda mais gritos. Arregaçando as mangas, me apoiei nos joelhos e nas mãos e engatinhei até ele conforme se escondia entre os tornozelos de uma dama geriátrica usando uma meia-calça frouxa.

— Com licença.

— *Meu Senhor!*

Fechando uma mão em torno do rabo da criatura, peguei o camundongo assustado. Sem pensar, segurei-o no ar pela cauda. Ficou pendurado na minha mão como um ornamento de Natal guinchante. A mulher com o aviãozinho na peruca parecia prestes a desmaiar. Eu envolvi o animal com as mãos. Pés minúsculos arranhavam minha palma com gentileza.

— Prossigam.

— Ele o pegou!

Uma comemoração emergiu, e minha pele começou a pinicar com toda aquela atenção. Eu precisava respirar um pouco no jardim das rosas.

Nunca vou me esquecer da vez em que os dedos de um homem foram comidos depois que um rato entrou pela janela da sala mortuária, que meu pai tinha deixado aberta para aproveitar um pouco de ar fresco. Eu tinha quinze anos. Apenas minutos antes do velório, notamos o osso aparecendo através da carne rasgada dos seus dígitos devotos. Havia preenchido freneticamente as lacunas com cera cadavérica e aplicado maquiagem para uniformizar a cor enquanto meu avô distraía a família. Felizmente, eles não perceberam. Eu acabara com o estoque do mercado local de armadilhas adesivas, cianeto e glacê durante a cerimônia, prometendo que "nunca mais".

Depois daquela bagunça, os convidados detiveram o ofensor juvenil em uma poltrona no saguão. Com petulância nos olhos, seus *brogues* reluzentes raspavam o chão enquanto ele dava coices.

— Não a machuque — disse ele, de braços cruzados, quando abri a porta para soltar o camundongo. Os olhos dele se suavizaram enquanto caíam para as minhas mãos, que ainda seguravam o roedor. — Ela é legal. Nem morde.

— Você não pode pregar peças aqui. Funerais são um n-n-negócio sério.

Sabendo como as crianças podiam ser cruéis em relação à minha dificuldade, eu me preparei para o inevitável.

— Vai machucá-la?

— Vou libertá-la.

O ar desafiador sumiu dos seus olhos injetados, substituído por resignação. Mais castigos não trariam nenhum conforto, e ele seria punido pela família muito em breve.

— Posso segurá-la? Dizer adeus?

— A pobre criatura está assustada, depois da gritaria e de quase ser pisoteada.

Eu me sentei e estendi as mãos em concha, para que ele pudesse verificar que ela estava ilesa. Uma criatura dócil, considerando todo o estresse.

— Um dos seus tios queria fazer um churrasquinho com ela.

Ele engoliu uma respiração trêmula.

— Aguente firme — falei. O garoto acariciou suavemente as costas do camundongo com um dedo. — Às vezes ficamos chateados quando alguém se vai. Com muita raiva. É normal ficar bravo quando perdemos alguém de quem gostamos, não só triste.

— Não estou bravo com ele. Estou bravo com meu pai. Ele disse que precisamos soltar Houdini antes de sair da cidade. Eu quero ficar com ela.

— Sinto muito pelo seu avô. Foi muito difícil para mim perder o meu. — Levantei o queixo. — Houdini é o camundongo?

O menino estalou a língua para o animal a fim de acalmá-lo.

— Harriet Houdini.

— Nome excelente.

— Eu sei — respondeu ele. — Meus pais não vão me deixar ficar com ela. Ela vai ser solta no jardim antes de voarmos para casa. E se um gato a pegar?

Meu coração se solidarizou com o rapaz. Perder um avô, depois sentir culpa pelo seu amado animal de estimação. E ele tinha razão. Quanto tempo um camundongo branco domesticado sobreviveria em uma cidade cheia de gatos de rua e raposas? As chances da sua sobrevivência do lado de fora eram pequenas. Eu não podia deixar de sentir empatia por sua revolta e seu desejo de dar à criatura uma despedida triunfal.

— Qual é a sua lembrança favorita do seu avô?

— Ensinamos juntos um truque pra ela na Páscoa. Ela sabe muitas brincadeiras e truques. Ela era assistente dele no ato de mágica. Ele conseguia fazê-la desaparecer. Olha... — Ele colocou o camundongo no chão e fez um arco com os dedos para ela atravessar em um padrão de zigue-zague.

— Ratinha inteligente. E um neto inteligente. Ele devia te amar muito.

O queixo do menino começou a tremer.

— Talvez possamos achar um novo lar para a Houdini, que tal?

— As pessoas têm que ser legais.

Solenemente, coloquei uma mão sobre o peito.

— Já tenho a pessoa perfeita em mente. Ela é a mais legal que conheço. Agora vá e peça desculpas à sua família pela cena que causou. Bom garoto.

Com a bênção do rapaz, depositei o camundongo em um velho vidro de geleia da cozinha com buracos na tampa para o ar entrar. Meu celular vibrou no bolso. A foto que Lark tinha escolhido para o seu próprio contato, fazendo o sinal da paz nas falésias de Moher, trouxe um sorriso ao meu rosto. Digitei com rapidez uma resposta ao convite dela antes de me juntar de novo à cerimônia para liberar Deirdre. Um filme seria a maneira perfeita de relaxar depois daquele dia caótico.

Mais tarde, o pai do menino se aproximou de mim.

— A aparência do velho estava boa. Quase esperamos que ele se levantasse e perguntasse por que diabos estávamos todos lá fungando.

— Obrigado, senhor.

— Peço desculpas pelo garoto. Contei para todo mundo que ele soltou o camundongo e que você não tem nenhum problema com roedores — disse ele, parecendo envergonhado. A esposa dele estava tão perturbada pela perda do pai que eles escaparam lá para fora para um cigarro tranquilizador enquanto o filho aterrorizava a capela. Torci para que ele não fosse punido com severidade excessiva.

— Ele está sofrendo muito, e não houve nenhum prejuízo real. Ele mencionou que está preocupado com o camundongo.

— Mais uma coisa com a qual preciso lidar, ele se apegando. — Os familiares dos mortos reclamavam com frequência de animais de estimação do falecido.

— Você n-n-não tem nenhum lugar aonde possa levá-lo? — Aonde uma pessoa poderia levar um camundongo indesejado? Um abrigo de animais?

— Não tenho tempo para ver isso. Tem uma gaiola e mais um monte de lixo para tirar da casa. Forragem para a loja beneficente.

— Vou ficar com o camundongo, se não fizer diferença para você. Consideraria me vender o restante dos suprimentos?

— Venha buscar esta noite, para que eu não precise enfiar no cesto de lixo, e é tudo seu. Para compensar pela confusão de hoje.

LARK ABRIU A PORTA com um sorriso cansado e me convidou a entrar. Unhas do pé pintadas de uma cor viva espiavam por baixo da calça de pijama, contrastando com seu rosto limpo. A intimidade da pele não maquiada fez meu coração confuso se apertar. Uma camiseta desbotada da Alamo Drafthouse Cinema se esticava sobre o seu peito, semicírculos esmaecidos haviam se estabelecido sob seus olhos e mechas loiras se soltavam aleatoriamente do coque bagunçado. Usando calça de trabalho e camisa, eu estava arrumado demais.

Lark apontou para a gaiola em minha mão. Sob o braço eu carregava meio saco de serragem e alfafa peletizada.

— O que é tudo isso?

— É para a Houdini. Bem, para você. — Aromas divinos exalavam pelo ar. Seguindo Lark até a cozinha, me peguei observando seus quadris balançarem a cada passo. Pigarreei. — Você disse que queria um bichinho, e ela precisa de um lar.

Ela limpou uma mancha de farinha no balcão.

— Hum, Callum, não sei se isso é uma boa ideia.

— Você não gosta de camundongos? Eu posso ficar com ela...

— Não, não. Eu gosto. É só... Quando eu voltar para casa, você provavelmente vai ter que pegá-la de volta. Não acho que as companhias aéreas permitam animais de bolso em voos internacionais.

Murchei com o lembrete do retorno eventual dela aos Estados Unidos.

— Tudo bem.

— Eu gostaria de ficar com ela — insistiu Lark, espiando a gaiola. — Ela é adorável. É só que... pode não ser permanente. Você entende.

— É claro. Ela pertencia ao mágico que enterrei hoje. O neto dele me disse que a família planejava soltá-la no jardim... então ele a soltou na capela para uma última performance.

— Não!

— Logo depois de atirar um avião de papel que entrou voando no caixão. — Detalhei como havia mergulhado entre os tornozelos de uma cidadã sênior para pegar o camundongo e contei sobre o garoto ignorado pela família depois de anunciar sua necessidade de atenção. — O menino só estava sofrendo e se rebelando.

— Você é mais sentimental do que imagina.

— Não sou...

— Você é um ótimo ouvinte e ótimo observador. Você afasta os outros para se proteger, mas quando se permite conectar... significa alguma coisa. Significou alguma coisa para aquele garoto.

— Qualquer um teria feito o mesmo.

— Foi você que o consolou em um dia cheio de tristeza. — Lark tirou o batedor da tigela sobre o balcão e deu uma lambida. — Massa?

Meu cérebro deu uma pane, mas consegui soltar um fraco:

— Há?

Ela tirou uma colher da gaveta.

— Experimente antes que eu lave a tigela. Não vai se arrepender.

Eu ainda segurava a alfafa peletizada e a bola de exercício transparente, me perguntando o que tinha acontecido comigo. Sem esperar uma resposta, ela levou a colher até minha boca. Açúcar e baunilha. Gotas de chocolate. *A boca de Lark tem esse gosto agora*, sussurrou minha libido inútil.

— Humm. — Não confiava na minha voz, achando que ela pudesse falhar.

Fazia tanto tempo que tinha de fato *gostado* de uma pessoa o bastante para reagir fisicamente a ela. Lark havia não só ocupado um lugar na minha vida, mas também aberto um espaço no meu coração. Eu me sentia um pouco culpado em relação a esses pensamentos novos e pouco saudáveis sobre a minha amiga... e me preocupava com o que isso significava no âmbito maior do nosso relacionamento.

— Então você a salvou de virar sem-teto? — Ela continuou arrumando a cozinha, sem perceber o efeito que tinha em mim. O fato de ter me dado a massa de biscoito na boca não significava nada. Lark só se sentia confortável com pessoas.

— Não podia deixá-la circulando pelo salão, e pareceu inumano lançá-la aos gatos da vizinhança. Ela é tão d-d-dócil, não teria a menor chance. E sabe alguns truques. Consegue pular através de um rolo de durex e correr num circuito de obstáculos.

— Vamos construir um para ela.

— Agora? Você não acabou de fazer biscoitos?

— Eu gosto de fazer coisas quando estou estressada. Esses biscoitos são para Anvi. Você se lembra dela do pub, a de cabelo como o da princesa Jasmine do *Aladdin*? Os pais dela implicavam com o fato de o trabalho dela não ser tão "nobre" ou algo assim, porque a irmã acabou de se tornar uma advogada de direitos humanos. Então pensei em tentar animá-la.

Lark era gentil. Com todo mundo. Levava compras para Maeve para que a senhora não precisasse ir por si mesma ao mercado. Tudo que ela queria em troca era amizade.

— De qualquer forma, já acabei os biscoitos. Está a fim de uma apresentação da Guerreira Ninja Roedora?

— Você quer... conversar sobre isso por que está estressada?

Pela ironia daquilo — *eu* a chamando para conversar —, a ruga entre as sobrancelhas dela desapareceu.

— *Nah*. Só estou contente por ter você aqui comigo esta noite. Obrigada por ser tão atencioso.

Ela estava com saudade de casa? Com saudade do ex? Então me dei conta de que eu não sabia quase nada sobre o relacionamento prévio de Lark... nem mesmo o motivo da separação. Eu mencionara Aoife, a última namorada que eu tivera, seis anos antes, que havia conhecido no curso de agente funerário. Aoife tinha mantido a boca fechada sobre um ex que mais tarde descobri que era emocionalmente abusivo. O que era tão dramático sobre o divórcio de Lark para garantir a solteirice permanente como resultado? Tirando isso, ela era tão otimista; devia ter mais coisa nessa história.

Estimulados pelo pico de açúcar, nós nos sentamos no chão e construímos um circuito em miniatura com caixas de papelão e fita adesiva. Contei a Lark sobre Emma, uma mulher com quem tinha dado *match* no aplicativo. Nosso primeiro encontro estava planejado para domingo, e eu tentava reunir alguma esperança. Sentimentos não correspondidos por Lark não me levariam a lugar nenhum, e meu prazo para obter uma licença de casamento se aproximava rapidamente.

Lark detalhou seus problemas no trabalho e me mostrou algumas artes conceituais. Cada quadro de um desenho era o resultado de centenas de decisões, geralmente, aprendi, ignoradas pelo espectador. Não só isso, mas ela lutava pela coesão de uma equipe grande de criativos teimosos. Mais que apenas uma visionária: uma líder. E uma santa, para lidar com Seán sem violência. A cada dia ela me impressionava mais.

— Não posso estragar tudo. — Lark não tirava a atenção da tesoura que recortava uma caixa da Amazon. — É a estreia da KinetiColor. Até agora eles só fizeram comerciais. É muita pressão.

Uma ansiedade compreensível. *Cadarço* tinha criado um burburinho sobre Lark como uma jovem diretora de arte estreante.

Antes que eu pudesse pensar demais, coloquei minha mão sobre a dela, que ainda segurava a tesoura.

— Odeio vê-la duvidando de si mesma. Eles têm sorte por ter você.

— Eu tive sorte de me mudar para a casa ao seu lado.

Sem saber mais o que fazer, dei tapinhas desajeitados em sua mão. Se ao menos pudesse puxar Lark para os meus braços. Abraçá-la até suas dúvidas desaparecerem. Traçar dedos reconfortantes pela sua pele macia. Dar um beijo naquela boca assombrosa. Molhei os lábios, mais me iludindo do que me preparando. Os olhos dela mergulharam para acompanhar o movimento, e uma pontinha de excitação eletrizou meu corpo.

— Minha bunda está dormente de ficar sentada no chão — disse ela.

E, num piscar de olhos, o momento tinha passado. Ela se levantou para admirar nosso trabalho manual, e me forcei a não dar uma espiada na dita bunda na calça de pijama. Ótimo: agora eu a estava objetificando.

— *Voilà!* Hora da verdade.

Com o labirinto completo, enfiei a mão na gaiola, arrulhando para Houdini antes de pegá-la na mão e tirá-la dali. Quando voltei minha atenção novamente para Lark, peguei uma expressão doce em seus olhos.

— Espera, espera... a Houdini precisa do clima certo — disse ela. Um momento depois, os acordes iniciais de "Rat Race" saíram pelos alto-falantes do celular dela.

— Eu esperava a música de *Rocky*.

Houdini correu pelo labirinto de papelão com facilidade, então o tornamos progressivamente mais complexo com a adição de obstáculos feitos com copos de iogurte recuperados da lixeira.

— Quarenta segundos! Quero ver o babaca do Stuart Little superar isso! — gritou Lark.

Tomado de afeição, ri enquanto ela narrava uma gravação no celular, ao estilo comentarista de Fórmula 1. Eu nunca ria com tanta naturalidade como quando estava com Lark.

CAPÍTULO 14
Callum

— CONSEGUE DIZER "PAPAI"? — perguntou Emma em uma voz melódica, enquanto sua garotinha fazia uma careta para mim do cadeirão. — Diga "papai", Carrie!

A bebê jogou a cabeça para trás, emitindo um grito de perfurar os ouvidos que deixaria uma *banshee* no chinelo.

Meus olhos dispararam para o teto do restaurante. *Por favor, permita que esse encontro acabe rápido.*

Lark tinha me dito que as mulheres fariam fila para me chamar de papai... mas, de alguma forma, não pensei que era isso que ela queria dizer.

— Preferiria que ela me chamasse de Callum — falei, evitando os olhares dos outros comensais. A única que não nos lançava olhares assassinos era a mulher na mesa ao lado, que desligara o aparelho auditivo. Eu sentira inveja da habilidade, antes de perceber que poderia sofrer minha própria perda de audição antes que a noite terminasse. — Ela já sabe falar?

— Não. Mas uma das primeiras palavras que os bebês dizem é *papa*, e não seria maravilhoso se estivesse aqui para ouvir? Um verdadeiro momento de conexão.

Fiz um barulho evasivo e enfiei um pouco de *colcannon* na boca. O prato de couve e batatas estaria muito mais apetitoso, porém, apenas se já não tivesse sido esfregado por toda a mesa, pelo cadeirão e pelo rosto da bebê.

— Fiquei tão animada por encontrar um homem de família no aplicativo — disse Emma. — Encontrar alguém quando se é mãe solteira é terrível.

Pior que uma vela de oito meses de idade na mesa, atirando repetidamente o purê de ervilha na minha cabeça? Duvido. A filhote de *banshee* podia ser pré-verbal, mas tinha opiniões fortes sobre a mãe tentando arrancar o título de "papai" da sua boca desdentada apenas vinte minutos após nossa primeira interação. Eu também, garota.

Outro punhado de ervilha se espatifou nos meus óculos. Eu os tirei e limpei a sujeira com um guardanapo.

— Own! *Carrion* gosta de você!

Eu tinha ouvido direito? O nome inteiro dela era Carrion? Como a palavra em inglês para *carniça*? Não surpreendia que fosse tão brava. Do outro lado da mesa, a bebê com aquele nome infeliz estreitou os olhos. Seu rosto dizia que ela me considerava inferior ao conteúdo da sua fralda.

Emma parecera normal, com base no seu perfil no aplicativo. O fato de ser mãe não teria sido um empecilho, mas ela não tinha nem mencionado isso... muito menos a ideia de levar junto a garotinha vigorosa. Ela havia perguntado como eu me sentia em relação a ter filhos, e eu dissera que esperava ter minha família num futuro próximo. Mas não quisera dizer *tão* próximo. Quase conseguia ouvir meu avô rindo lá de cima pela ironia.

Espere até Lark ouvir isso.

---—†—---

O ALERTA DO DEMIDATE interrompeu o silêncio da sala de preparação, sinalizando outro *match* em potencial.

— Isso é um aplicativo de relacionamento? — perguntou Deirdre. Ela pegou meu celular em cima do balcão. Não senti nada além de pavor com a perspectiva de outro encontro tão pouco tempo após o bebê demoníaco. — Uh, ela é bonita. Quando vai sair com ela?

— Não sei. Acabamos de dar *match*.

— Você conheceu alguma mulher de quem gostou ultimamente?

Só uma. A errada.

— Não.

Abri as pálpebras finíssimas do sr. Doherty para encaixar as tampas plásticas para olhos, dando aos seus soquetes afundados uma aparência vívida. O plástico convexo, com o formato de lentes de contato grandes e pontudas, também evitava que as pálpebras se abrissem de repente no meio do velório. Antes, tinha aberto a boca do idoso e empurrado para dentro uma peça que dá formato à boca, compensando a falta de dentição, antes de costurar o maxilar fechado e arrumar os lábios dele em um sorriso plácido. Seu rosto esquelético já estava mais parecido com a foto do obituário, e eu nem tinha ligado a máquina de embalsamamento ainda.

— Você tem se esforçado, né? — perguntou Deirdre com gentileza.

— Saí com quatro mulheres diferentes este mês. Uma pior que a outra. A que levei para jantar no domingo levou junto a bebê chorosa.

— Vai enfim chamar a Saoirse, então?

— Talvez. — Verdade seja dita, receava azedar a relação com nossa principal florista se não desse certo.

— Ela é ótima. O tipo de que você precisa. Também é uma empresária. Responsável. Linda.

Como amiga próxima da família e minha funcionária, Deirdre queria ver resolvidas a minha vida pessoal e a questão da herança, mas seu entusiasmo podia ser avassalador. Para evitar que ela ficasse me atormentando em relação a Lark, dissera a ela que um relacionamento entre nós não era uma possibilidade. Agora a própria Lark me empurrava para fora da minha zona de conforto hermeticamente fechada. Duas contra um, com minhas costas contra a parede graças às condições da herança.

A traição doía toda vez que pensava nisso. O fato de que meu pai assumiria o leme se eu fracassasse me fazia sentir infinitamente pior. Ele nos abandonara havia décadas, junto com o ofício da família. Ele *me* abandonara. Pádraig não tinha nem se dado ao trabalho de manter contato. O merda não tinha vindo ao funeral da própria mãe alguns anos atrás, quando o restante da sua família realmente precisava dele. Então, quando ele veio ao leito de morte do meu avô, de alguma forma acumulara perdão suficiente para ser considerado na decisão sobre a herança do velho. Nada importava a menos que pudesse beneficiá-lo.

— Nós dois corremos o risco de perder nosso sustento se não encontrar alguém logo. — Deirdre se apoiou na mesa de preparação enquanto eu começava a flexionar os membros do sr. Doherty para quebrar o *rigor mortis*.

— Ninguém aqui vai perder nada. Prometo.

Ela trabalhava na Refúgio do Salgueiro fazia vinte anos, mais ou menos. Seus modos maternais tranquilizavam as famílias. Com sua experiência, ela conseguiria encontrar um emprego em outro lugar, mas não queria colocá-la nessa posição. Uma mulher com a lealdade dela não ficaria na fila do desemprego por minha causa.

— Eu dei para Lark o camundongo da cerimônia do mágico. — Eu não queria mais falar sobre relacionamentos. — Ela me disse que queria um bichinho.

— É um nome estranho para uma mulher. Lark. Como um capricho. Acho que combina.

O quadril do velho estalou alto quando forcei sua coxa para trás. Deirdre fez uma careta.

— O nome dela vem de "cotovia". Ela é talentosa. Trabalhadora. Corajosa de se mudar para um país-s-sem conhecer ninguém.

E ela trouxe mais alegria para a minha vida do que eu poderia imaginar.

Deirdre franziu a testa.

— Você precisa encontrar alguém de verdade. Está disposto a arriscar o seu negócio, aquilo que é seu por direito, para perder tempo com ela?

— Somos só amigos. Tem sido bom ter uma amiga.

Ela assentiu com a cabeça, o rosto bondoso, mas cheio de preocupação.

— Não perca o foco, Callum. O que você realmente precisa é de uma esposa.

—†—

BOLHAS DE SABÃO ESTOURAVAM no capô do rabecão enquanto Lark o molhava com a mangueira de jardim. Quando ela me viu levando-o para a frente da casa para lavá-lo, correu para oferecer ajuda — um agradecimento pelas caronas ocasionais para o trabalho. Quando recusei, ela insistia, dizendo que achava que lavar carros era terapêutico. De algum jeito, ela iluminava até mesmo as tarefas mais mundanas.

A van da floricultura parou no meio-fio. As sobrancelhas de Lark se elevaram quando Saoirse se aproximou.

— Quer que eu te dê um banho de mangueira ou vai ficar bem?

Joguei a esponja molhada nela. Com um movimento de caratê, ela a afastou antes que pudesse deixar uma mancha escura no seu suéter.

— Oi, Callum.

— Olá. Oi. — Essa geralmente seria minha deixa para, com o rosto vermelho, cambalear de volta para a sala de embalsamamento. — Esta é… minha…

— Oi! Sou a Lark. — Sorrindo, ela estendeu uma mão ensaboada. — A vizinha.

— Saoirse. Prazer em conhecê-la. — O cabelo preto e liso escorria pelos seus ombros, e ela trazia nos braços um ramalhete de tulipas frescas, que levei lá para dentro.

— Que casaco lindo — Lark lhe dizia quando voltei para a calçada. — Azul é sem dúvida a sua cor.

— Ridículo — murmurei. Era bem legal, supus.

Lark me deu uma cotovelada na costela. Por quê, eu não fazia ideia.

— Callum! Do que está falando?

Dei um passo na direção de Saoirse, que tinha uma expressão confusa. Ah. Esse era mais um exemplo de Lark entendendo mal uma gíria local.

— Isso n-não significa o que acha que significa — garanti a ela, para aliviar o desconforto. Mas ser atingido na costela por elogiar outra mulher na frente dela não passava uma boa impressão se minha ideia era conseguir um encontro. Mas era uma sensação estranha.

— Esse casaco? Saldão da Penneys. — O elogio devia ter parecido igualmente estranho para quem o havia recebido. Olhos tímidos encontraram os meus, então sua atenção passou para a minha ajudante na limpeza do rabecão. — Gostei das botas de caubói.

— Ela é do Texas — falei para Saoirse, interrompendo sem querer o agradecimento de Lark. Apesar do meu esforço, a coisa toda era muito esquisita.

— Sabia que Callum tem assumido um papel mais ativo nas cerimônias? Essa semana mesmo ele capturou um camundongo vivo que um menininho soltou durante um velório! Ele tem um talento natural com crianças e animais.

Onde estão os raios quando precisamos deles? Criador misericordioso, me faça cair morto.

Mais intrigada que enojada, Saoirse torceu o nariz.

— Um camundongo?

Lark seguiu firme.

— Ele agiu muito rápido e o pegou com as próprias mãos. Vai ser um ótimo pai um dia.

Considerei pular no morgue frigorífico para me esconder, mas seria mais arriscado deixar Lark sem supervisão.

— Camundongo de estimação — esclareci, para que ela não imaginasse uma infestação de pestes cobertas de pulgas deixando excrementos pelo salão.

— Não se preocupe. — Lark pousou uma mão casual no braço de Saoirse. Como ela podia ser tão natural com todo mundo? — Ela está em segurança agora. Callum a resgatou, e eu a adotei. Ele também me ajudou a construir um pequeno labirinto de exercícios.

Saoirse apertou as mãos delicadas.

— Vocês dois estão…?

— Não. Nada disso. — Lark se ocupou de enrolar a mangueira. — Na verdade estava me perguntando se você conhece algum solteiro bonitinho. Eu meio que queria ir a um encontro e gostaria do aval de uma mulher.

Espera aí... Lark queria conhecer alguém?

— Um dos meus companheiros de banda é solteiro — respondeu

Saoirse depois de pensar por um instante. — De repente posso te apresentar. Ele é advogado.

— Talvez.

Saoirse pescou o celular no bolso do avental, segurando-o para Lark ver.

— Este é o Aidan. Bonitinho, né?

As sobrancelhas dela se elevaram com o que parecia interesse genuíno.

— É. Com certeza.

Eu me inclinei, tentando tirar vantagem da minha altura para dar uma espiada na tela, mas Saoirse já entregava o celular para Lark, pedindo que ela inserisse o próprio número.

— Fiquei sabendo que você é violinista — disse Lark. Isso deu início a uma conversa amigável entre elas sobre os paralelos entre a música irlandesa tradicional e o *country* dos Estados Unidos. — Você sabia que Callum toca piano? E ele fez anos de aula de canto e coral, mas ainda não me deixou ouvir uma nota. Você já teve o prazer?

Saoirse olhou para mim enquanto respondia.

— Não sabia disso. Mas já o ouvi tocar.

Embora as partes verbal e musical do cérebro ocupassem hemisférios diferentes, minha avó tinha a esperança de que lições de canto curassem minha gagueira. Eu tinha crescido apresentando músicas tradicionais nos funerais. Conforme o bullying na escola piorava, nem mesmo o orgulho de vovó da minha voz era suficiente para ultrapassar o inchaço de ansiedade por ser o centro das atenções. Minha última performance foi memorável: depois de meus joelhos travarem, caí em uma cova aberta ao desmaiar no meio de uma interpretação de "Danny Boy". Não teve bis.

— Só toco piano. Não particularmente bem.

— Não seja modesto — disse Lark, antes de redirecionar sua atenção para Saoirse. — Onde a sua banda toca?

— Você conhece o Toca da Lebre? Vamos tocar lá no sábado.

— Ah! Esse é o nosso pub lá na empresa, estou surpresa por nunca ter visto você lá. Temos todos que nos encontrar lá um dia desses — falou Lark. O que em nome de todos os infernos estava acontecendo com ela?

Uma expressão cética passou pelo rosto de Saoirse de novo enquanto seus olhos escuros se alternavam entre nós dois.

— Parece ótimo. — Merda, talvez pudesse até me divertir com ela como me divertia na companhia de Lark. — Você e eu poderíamos nos conhecer m-m-melhor.

— Eu adoraria. — Ela deu um sorriso largo. — Fico com sede depois dos nossos *sets*, e você pode me pagar um drinque. — O telefone dela vibrou. — Preciso ir. Ligação de trabalho. Você tem meu número, Callum. Estou, há, ansiosa para vê-lo no sábado. — Saoirse caminhou até a van e me deu um pequeno aceno carinhoso antes de ir embora.

— Vai ser um encontro duplo, então.

Duplo?

— Estou um pouco enferrujada, admito, mas isso foi um sucesso. — Lark ergueu o punho para que eu a cumprimentasse.

Com relutância, bati os nós dos dedos nos dela. Ela sacudiu os dedos como uma explosão, completando com um efeito sonoro.

— Conseguimos um encontro duplo. Era esse o plano? — perguntei. Tinha doído ver a reação de Lark à foto que Saoirse lhe mostrara. Ela dissera que estava contente em ficar solteira, mas será que a verdade era que não tinha interesse em *mim*?

— É, aquilo foi... não exatamente a minha intenção. Eu não queria fazer parecer que a minha vontade era que nos encontrássemos em grupo no sábado, mas, ei, prometi não jogar você aos leões.

— Você não precisa sair com um tocador de bandolim qualquer por minha causa.

— Não tem problema. E não se preocupe, não vou ficar pairando sobre o seu primeiro encontro como um helicóptero. Isso seria praticamente uma garantia de não conseguir um segundo. Só vou pavimentar o caminho para uma conversa mais fácil.

— Como você fez agorinha?

— É, agorinha, quando você chamou a mulher de "ridícula"? Aliás, de onde eu venho, você levaria um soco na boca.

— Já falei, é um elogio aqui. E você disse que eu seria um bom pai. Você *não pode* dizer isso. Especialmente depois que conheci a bebê Carrion.

Lark por pouco não tinha molhado as calças de rir quando eu contara minha provação, o que quase fizera aquilo valer a pena.

— Ela precisa saber o que você quer. Pode me agradecer depois que fizerem uma música linda juntos, Casanova.

CAPÍTULO 15
Callum

NO SÁBADO À NOITE, Lark me parou enquanto eu trancava a Refúgio do Salgueiro antes do encontro.

— É isso que você vai usar?

Assenti com a cabeça. Antes que pudesse impedi-la, ela escancarou a porta da frente e marchou escada acima para a parte *casa* da funerária. Cambaleei atrás dela.

— Aonde você está indo?

— Ao seu guarda-roupa. Isso é uma intervenção de moda.

— Como é…

Ignorando meu protesto, ela abriu a porta do meu quarto e esvaziou metade do conteúdo do meu armário na cama. Ela estava no meu quarto. Sem ser convidada, mas não necessariamente indesejada. Fazia anos que não levada alguém ali.

— Você precisa da opinião implacável de uma mulher. — Lark estava adorando a oportunidade de agir como especialista. Ela dispôs os cabides na minha cama, empilhando tecidos em tons de cinza e preto.

— Por que eu preciso de dicas de moda?

Lark fez um gesto para o meu terno de tweed.

— Este quarto era do seu avô e você manteve o guarda-roupa intacto quando se mudou para cá?

— É vintage — falei, um pouco magoado.

— É exatamente como olhar para um buraco negro. Você não tem nenhuma cor? Uma camisa vinho? Realçar seus olhos com malaquita ou jade?

Artistas. Ela não podia simplesmente dizer *verde*? Apoiou um dedo em riste no queixo, estalando a língua enquanto olhava para a montanha escura na minha cama.

— Eu tenho isso — disse, pegando algumas coisas da pilha.

Ela franziu o nariz para a camisa azul-marinho e a gravata combinando que já tinham visto centenas de cerimônias.

Honestamente, moda era só mais um assunto que eu não compreendia. Todo mundo parecia ciente de um conjunto de regras confusas codificadas pela sociedade sem nenhum tipo de anúncio formal. Era mais fácil continuar com os clássicos: ternos de lã de três peças para trabalhar, alguns suéteres escuros, caban preto.

Jogando a gravata ofensiva na cama, Lark vasculhou o abismo do resto do meu guarda-roupa.

— E uma camiseta henley? É sexy, e não é um traje óbvio de funeral.

— É preta. — Meus pensamentos ficaram presos no adjetivo escolhido. Ela era uma amiga solidária tentando aumentar minha confiança enquanto ao mesmo tempo criticava o meu bom gosto, ou a falta dele. Mesmo assim, a palavra ecoava nos meus ouvidos. *Sexy*.

— Notei a tendência. Mas você fica bem de preto. — Depois de uma breve busca, ela a tirou do armário. — Levante as mangas, não se atreva a usá-las compridas.

— Por que não?

Ela apertou meu braço, e arrepios se espalharam pela minha pele. Aquele contato minúsculo seria o ponto alto do meu dia. *Patético*.

— Precisa mostrar seus melhores atributos. Logo abaixo do cotovelo, para ela ter um gostinho. Aqui. Experimente com aquela calça jeans justa que você usou nas falésias.

Recolhendo-me para o banheiro para trocar de camisa, praguejei contra o rubor que aquecia minhas orelhas. Ela tinha reparado em como minha calça era justa? Que humilhante. Nunca tinha pensado muito sobre a minha aparência. Começara a musculação na adolescência como uma forma de ficar forte o bastante para me defender, e, conforme fiquei mais velho, quis me manter no auge da minha saúde.

Peguei Lark fuçando na minha estante de livros quando voltei, as mãos em uma foto mostrando o vovô Tadhg, a vovó Gráinne e eu.

— Você tem uma biblioteca muito esquisita. *A fumaça entra nos olhos e outras lições do crematório? Consequências da peste?* Não um, não dois, mas três livros sobre múmias dos pântanos?

— Eu gosto de história.

Ela sorriu.

— Nerd. — Ela olhou para a foto. — Sei que seus avós tinham boas intenções em relação à sua herança, mas também estou um pouco puta por terem colocado você nessa posição.

Suspirei.

— Conhecer mulheres não é fácil para mim. Eles sabiam disso. Estou morrendo de medo de travar esta noite.

— Saoirse entende que você é do tipo calado.

Ela mordeu o lábio inferior enquanto me observava cumprir o decreto prévio de mostrar meus "atributos". Mudei o ângulo do meu braço para ter uma visão melhor enquanto puxava as mangas até os cotovelos. Mas Lark não parava de encarar.

— Tem alguma mancha na minha camisa?

— O quê? Não, está tudo bem. Você está muito bonito. Ela vai adorar.

O aroma cítrico misturado a baunilha me envolveu quando Lark me deu um breve abraço encorajador. A tensão se adensou entre nós enquanto ela invadia o meu espaço pessoal. Só conseguia pensar em jogá-la na cama, rolar sobre a pilha de roupas e beijá-la até que ficasse atordoada.

—✝—

QUINZE MINUTOS DEPOIS QUE me acomodei no Toca da Lebre, Lark entrou. A calça jeans justa abraçava seus quadris. A blusa decotada mostrava suas formas e deixava ver um pouco do colo. Ela havia insistido que não chegássemos juntos, e seus olhos delineados com *kajal* se iluminaram quando me encontraram. Minha boca secou.

Ela se esgueirou até onde eu estava enquanto a banda tocava e cutucou meu ombro de maneira brincalhona.

— Ei — falei, dosando o alívio na voz.

Aidan, o tenor com braços musculosos cobertos de tatuagens de nós celtas, notou Lark imediatamente. Para ser justo, um homem precisaria estar morto há uma década para não reparar nela. A boca do cantor se curvou em um sorriso vagaroso enquanto ela se balançava ao som do seu bandolim, fazendo com que um estranho formigamento atravessasse meu peito. Era natural que ela se interessasse por alguém confiante e atraente, e não por um ermitão gago e magrelo que atacava o guarda-roupa do avô atrás de suspensórios.

— Eles são ótimos! Uau, a Saoirse está destruindo.

Saoirse fez contato visual comigo quando os acordes iniciais de "Finnegan's Wake" fizeram a multidão entrar num frenesi. Uma balada sobre um homem que fraturou o crânio caindo de uma escada. Quando os enlutados começaram a fazer arruaça no velório dele e derramaram uísque no corpo, ele se levantou para se juntar à festa em sua homenagem. Ela a escolhera para mim? Pelo sorrisinho em seu rosto, imaginei que sim.

Lark se mexia no lugar, curtindo a música animada.

— Sempre tive uma queda por cantores.

Minha mente de repente ficou mais escura que a Guinness na minha mão. Fiquei olhando para o colarinho espumoso, me xingando pelo meu silêncio autoimposto enquanto ela assistia ao vocalista carismático. Inspirado pela alegria que sentia na companhia de Lark, ultimamente eu vinha brincando com composições e letras, mas não conseguia me forçar a cantá-las. Muito menos para ela.

— Assim que você se situar, dou no pé — gritou ela por cima da música. — Só não fale sobre a história do embalsamamento e vai ficar tudo bem.

— Eu não faria isso.

— Lembra aquela vez que me ensinou o que era um trocarte? Enquanto eu estava comendo? Você arruinou o *danish* de morango para sempre.

— Então eu *não* devo discorrer sobre aspiração de cavidades? — Com os olhos arregalados, fingi confusão. — E de que outro jeito vou impressionar Saoirse?

— Fale sobre música. Livros. Literalmente qualquer outra coisa que não gases estomacais de cadáveres inchados.

Aidan agradeceu a multidão apaixonada em seu sotaque de Cork, e eles saíram do palco. Saoirse me abraçou e fez as apresentações. Jamie do bodhrán apertou nossas mãos e saiu, explicando que precisava voltar para casa, para a esposa e os filhos. Aidan levou os nós dos dedos de Lark aos lábios e lhes deu um beijo rápido, o que foi recompensado com seu sorriso gigante.

Queria enfiar um trocarte no seu...

— Vejam, tem uma mesa livre. Rápido!

Nós quatro nos acomodamos nos assentos mal-iluminados, com Saoirse reivindicando a cadeira ao meu lado. Sua perna envolta pela meia-calça roçou na minha por baixo da mesa enquanto ela contava os eventos do seu dia de trabalho.

— Então entrego os arranjos, um para cada uma das vinte mesas, e a noiva reclama: "O que há de errado com eles?".

Lark se inclinou para a frente.

— Ela havia dito que queria gerânios cor-de-rosa, certo? Tinha insistido neles. Então eu lhe dei gerânios cor-de-rosa. Não seria minha primeira escolha para um casamento, mas tento agradar.

— Qual era o problema? — perguntou Lark.

— Ela queria dizer *hidrângeas* cor-de-rosa. Ela se confundiu.

— Sério?

— Sim, como eu tinha sugerido meses atrás. Ela disse que sabia o que queria e que eu não sabia de nada. Agora está alegando que estraguei o casamento dela.

Lark deu uma risadinha de desdém.

— Sinto muito. Ela parece horrível.

— Só outra Noivazilla. — Saoirse riu. — Tenho certeza de que ela vai deixar uma avaliação péssima. Mas não é nada com que não consiga lidar.

Assenti sem dizer nada enquanto o pingue-pongue da conversa acontecia ao meu redor. Lark periodicamente me lançava sorrisos encorajadores por cima do copo. Ela já estava no segundo drinque, comprado por Aidan, enquanto eles se conheciam melhor. Ele havia se mudado para Galway de uma parte rural do condado de Cork para tentar vencer na música, mas depois optara pela estabilidade de trabalhar num escritório de advocacia. Aidan ajudava a manter a família, uma vez que sua mãe deixara o mercado de trabalho para educar em casa sua irmã adolescente, que tinha a saúde frágil. Lark demonstrou admiração e se ofereceu para conseguir para eles alguns ingressos para assistir ao filme de Grace O'Malley. Outra banda assumiu o palco, com uma batida dançante e contagiosa. Com um sorrisinho de lado, mostrando as covinhas, Aidan estendeu a mão, e ele e Lark partiram para a pista de dança. Sozinho com Saoirse, fiquei mexendo na manga, dobrada acima do antebraço, me perguntando o que Lark estivera encarando mais cedo. Tinha sido mais fácil com um escudo na mesa, mas agora eu era forçado a conversar como uma pessoa normal fazia num encontro. Então falamos sobre a iminente estação de muito trabalho para ela que era o Dia dos Namorados e sobre como ela havia se tornado florista. E sobre como meu avô sempre comprava chocolates para a esposa em vez de buquês, porque ela associava as flores com velórios. Era bom não ter que explicar o contexto da minha vida ou ver minha pretendente se contorcer quando eu mencionava a funerária.

— Você parece diferente ultimamente. Deirdre disse que é graças a Lark. — Saoirse se aproximou mais para ser ouvida por cima do barulho. A respiração quente dela acariciou meu pescoço, e me inclinei para trás.

— Acho que sim.

Por anos, quando Saoirse entregava uma coroa ou uma cesta de flores e Deirdre me chamava para ajudar, fingindo que estava ocupada demais, eu ficava mudo. Em nenhuma daquelas vezes reunira coragem para fazer mais do que murmurar algumas poucas frases.

— Lark é... animada. Bonita, também. — Um segundo se passou em que tive a impressão de que ela gostaria que eu refutasse isso de algum jeito educado. — Aidan gosta dela. Eu também.

Ele nem a conhece. Provavelmente leva uma garota nova do pub para casa todo fim de semana.

Não que Lark *quisesse* um relacionamento; ela só estava neste encontro por minha causa. Minha atenção se desviou para a pista de dança, onde Aidan fazia Lark rodopiar. Mechas loiras cascatearam sobre os seus ombros quando ela deu uma gargalhada. Talvez ela quisesse que ele a conhecesse.

— Você quer d-d-dançar? — perguntei alto demais no intervalo entre o fim de uma música e o começo de uma balada mais lenta.

Na pista de dança, meus olhos encontraram os de Lark num reconhecimento silencioso. Ela fez um sinal de positivo por trás do pescoço de Aidan. Eles se viraram, e não pude evitar focar na mão dele pousando na lombar dela. Minhas mãos trêmulas encontraram o mesmo ponto em Saoirse, e me mexi incomodado, tentando me lembrar dos passos e do limite apropriado para aquele contato. Pessoas demais, barulho demais. Copos brindando e retalhos de conversas gritadas por cima da música.

— Me desculpe por não ser muito bom nisso.

— Sem problemas. Estou feliz por estarmos nos conhecendo melhor. É bom ver você se soltar mais. Com um trabalho tão sério, é uma questão de saúde mental.

O perfume floral me envolvia enquanto minha mão roçava a lombar dela, mas tudo em que conseguia pensar era que não era tão sedutor quanto o aroma cítrico misturado a baunilha de Lark. A mão de Saoirse acariciava a frente da minha camiseta quando meus olhos encontraram os de Lark de novo. Mas não estava pensando em Saoirse; meus pensamentos estavam em Lark. Como eu imaginava que seria sentir o toque dela. Não, assim não ia dar. Encorajado pelo álcool e pela adrenalina correndo pelas minhas veias, envolvi a cintura de Saoirse e me aproximei um pouco mais. Deirdre tinha razão. Eu precisava me esforçar mais.

— Honestamente, eu não esperava que você dançasse. Você *está* cheio de surpresas esta noite, hein? Se eu não conhecesse você, diria que está tentando provar alguma coisa — disse Saoirse.

— Talvez eu esteja. — Para mim mesmo, principalmente. Para o meu pai, que não acreditava que eu conheceria alguém, mesmo com a motivação urgente. Talvez para Lark também.

Alguém bateu no meu ombro quando uma nova música começou.

— Você se importa se eu roubar o Callum por uma música? — perguntou Lark a Saoirse. Será que me assistir dançar desajeitadamente com minha pretendente tinha causado algum efeito nela? Por menor que fosse?

Dando de ombros, Saoirse pegou a mão de Aidan, e os dois deslizaram para o mar de corpos.

— *Você* fica me encarando. Pensei que fosse um pedido de ajuda. Como está indo com ela?

— Está ótimo. Você fica me encarando.

Uma excitação ilícita me agarrou pela garganta quando o braço de Lark repousou no meu, os dedos dela roçando meu ombro. Ela levantou a outra mão, pequena e macia ao meu toque. Seu perfume tinha cheiro de tentação e toranja. Não estava preparado para aquilo.

— Vou mostrar como se dança o *two-step*. Não se preocupe. É fácil.

Depois de um início desastrado e de uma risada ébria compartilhada, peguei o ritmo. Flautas irlandesas e uma concertina preenchiam o ar. Meu foco se reduzia à música e ao rosto dela, e meu nervosismo abrandou um pouco. Lark me centrava, mesmo quando ela estava ligeiramente fora do eixo. Eu esperava que ela não conseguisse sentir minha mão tremer. Ela estava ao mesmo tempo perto demais e não perto o bastante.

— Rápido, rápido, devagar... rápido, rápido, devagar. É isso. Só dê um passo na minha direção como faria normalmente, não precisa arquear as pernas. Parece que você acabou de descer de um cavalo!

— Estou com medo de esmagar os seus pés. — Um sorriso se estendeu pelo meu rosto. — Já estou fazendo o *honky-tonk*?

Com uma risada, ela me garantiu que eu estava indo muito bem. Os dedos de Lark envolviam o volume do meu deltoide e seus olhos cheios de alegria estavam fixos nos meus. Algo não dito parecia estar na ponta da língua dela, mas ela apenas estudava meu rosto enquanto dançávamos.

Meu avô sempre disse que os melhores embalsamamentos eram invisíveis. A meta era passar despercebido. Se fizéssemos bem nosso trabalho, pareceria que não tínhamos feito nada além de vestir alguém em roupas chiques para uma soneca. Fora da sala mortuária, nós nos misturávamos ao cenário, colocando no centro os enlutados. Combinava comigo, que nunca havia desejado atenção... mas Lark me fazia sentir exposto como um corpo na mesa de preparação. E eu *queria* que ela me visse.

A luz neon salpicava vermelho e azul no nariz sardento dela. Merda, isso era ruim. Momentos como esse só aprofundavam o poço do sentimento. Não era com frequência que eu sentia algo por uma mulher, e ela era a mulher errada.

Ela vai embora. Ela não sai com ninguém. Ela não quer algo mais.

— Você e Aidan estão se dando bem.

Ela piscou, perdendo um pouco da animação.

— Ele é um cara legal.

Legal? Metade da plateia estava babando por ele no palco, a outra metade focada em Saoirse... Como *eu* devia estar fazendo, lembrei com uma pontada de culpa. A concertina parou abruptamente, e a Toca da Lebre explodiu em aplausos. Pequenos choques atravessaram meu braço quando Lark o percorreu com a mão antes de soltá-lo.

— Obrigado pela aula. Preciso encontrar Saoirse.

Lark assentiu de maneira tensa.

Em alguns instantes, Aidan liberou a parceira de dança com um floreio.

— Toda sua.

Enquanto dançávamos, Saoirse sorria para mim, mas meus pensamentos — e meu olhar — ficavam se desviando para Lark. E para Aidan oferecendo sua jaqueta perto da entrada. *Não.* Eles estavam indo embora juntos. A ideia dela passando a noite com Aidan mandou meu estômago direto para o chão grudento de cerveja. Nossos olhos se encontraram através da multidão de corpos ondulantes, e ela fez "tchau" com a boca. Murmurei um pedido de desculpas e me afastei dos braços de Saoirse.

Corri até o banheiro e fiquei encarando o papel de parede acima da pia. Propagandas antigas estrelando *pinups* com olhares sugestivos. Lutei contra a imagem mental de Lark fazendo um convite igualmente sedutor a Aidan. Aquilo era um erro. Saquei meu celular. Lark não tinha nem dado tchau direito, e estava bêbada. Saoirse insistiu que seu companheiro de banda era confiável, mas isso não amenizou muito minha ansiedade.

> **Precisa de carona para casa?**

Depois de um minuto agonizante, a resposta dela chegou.

> **Não, Aidan vai me levar. Não quis atrapalhar.**

Meu olho direito tremia enquanto eu relia a frase. Alguém bateu. A voz da mulher perfeitamente adorável que eu tinha abandonado no meio de uma música chegou abafada através da porta do banheiro.

— Callum? Está passando mal?

— Já vou sair! — Minha voz ecoou nos azulejos; meus ouvidos apitavam por causa da música alta.

> **Ela gosta de você. Se colocar as cartas certas na mesa, com certeza vai ganhar um beijo esta noite.**

Do nada, a imagem de Aidan se inclinando na direção de Lark nos degraus do seu apartamento veio à minha mente. Seus braços tatuados puxando-a para perto. Eles dois caindo na cama.

> **Larga o celular e dá atenção para ela.**

Bem, aquilo era uma rejeição óbvia. Reunindo minhas forças, joguei um pouco de água no rosto e sequei com uma folha de papel áspera. Meu coração afundou ao ver Saoirse na mesa sozinha com as mãos no colo, observando os casais dançando com melancolia.

— Ei... — disse ela, levantando-se quando me aproximei.

— Aconteceu um negócio. Trabalho. — Esfreguei a nuca. — Vou precisar ir.

O sorriso dela esmaeceu.

— Ah. Você precisa ir embora?

— Sim. Precisa de uma carona?

Ela pegou o casaco.

— Estou bem para dirigir. Me acompanhe até lá fora.

Ao lado do carro, Saoirse se aproximou. Talvez eu precisasse dar outra chance para aquilo, sem distrações. Saoirse era inteligente e atraente. Interessada em mim, por algum motivo. Eu seria um idiota se não desse um tempo para a coisa se desenvolver.

— Podemos tentar de novo na semana que vem? — perguntei. — Algum lugar mais calmo, só nós dois?

— Tudo bem. — Com os olhos escuros brilhando na luz dos postes de rua, ela parecia tão esperançosa. Suas mãos alisaram meu peito enquanto ela se inclinava para a frente, dando um beijo suave na minha bochecha. Eu mantive os braços para baixo, apertando as mãos em punhos. Se eu apenas me virasse, poderia pressionar os lábios na boca de Saoirse. O fato de que era quase tentador me fez duvidar de tudo. Será que ir embora era um erro? Eu precisava que isso funcionasse. Saoirse fez o melhor que podia para me deixar confortável, e o fato de que já nos conhecíamos certamente ajudava. Será que eu gostaria de beijá-la se tentasse? Não, duvidava disso, uma vez que minha cabeça ficava voltando para o jeito como Lark tinha me olhado. Precisava ficar sozinho e organizar o caos dos meus pensamentos.

Quando estava me aproximando de casa, fiz um desvio de repente. Se o carro de Aidan estivesse em frente ao apartamento de Lark, eu não queria ver. Com a bateria social totalmente esgotada, me vi em frente ao canal, sentado a uma mesa de piquenique e encarando a água gelada. Quando já passava bastante de uma da manhã e uma chuva lamacenta começou a cair, enfim reuni coragem para voltar para casa. A vaga dela estava vazia, para meu grande alívio, e meu coração também.

CAPÍTULO 16
Lark

O SEXO DEPOIS DE Reese parecia um curativo que precisava ser arrancado. A ideia de ficar tão vulnerável não era exatamente atraente, mas eu começara a ter um interesse estritamente físico na coisa logo antes de me mudar de Austin para Galway. Uma noite de bebedeira e uma solidão dolorosa me levaram a uma imprudente ida à casa de um desconhecido. O anonimato deveria tornar minha primeira vez com outra pessoa mais fácil. Em vez disso, tornou a experiência desorientadora. Tive um ataque de pânico antes que acontecesse qualquer coisa e chamei um carro para ir para casa. Antes do encontro duplo com Callum, eu tinha até comprado camisinhas, caso me desse muito bem com Aidan. Mas ainda não estava pronta. Em outra vida, eu teria puxado aquele cantor sexy e tatuado para o meu quarto sem pensar duas vezes, mas a simples ideia de beijá-lo fez meu estômago se contorcer em uma onda de náusea. Nós nos despedimos educadamente quando ele me deixou.

Aidan provavelmente tinha percebido que eu havia encarado Callum a noite toda como aquele lobo assobiante de olho esbugalhado do desenho do Tex Avery. Desde o momento em que eu o vi no Toca da Lebre, vestido de maneira despojada, com o cabelo roçando na testa enquanto balançava ao som da banda, lutei contra o ímpeto de jogar a cabeça para trás e uivar. Quanto mais alcoolizada ficava, mais salivava descaradamente por seus antebraços expostos. Quando ele riu e me abraçou enquanto eu ensinava o *two-step*, soube que precisava ir embora antes de fazer alguma coisa idiota como confessar minha crescente atração por ele enquanto estávamos em um encontro duplo com *outras pessoas*.

Apesar do frio cortante de fevereiro, eu havia propositalmente tomado o ônibus para ir e voltar do trabalho na semana seguinte, ainda evitando o cemitério coberto de gelo. A oferta permanente de Callum para me dar uma carona era fofa, mas, se ele estava se aproximando de Saoirse, seria mais prudente me distanciar. Ele me disse que eles estavam indo devagar e que havia outro encontro na agenda.

O segundo aniversário da morte de Reese me pegou de jeito, nove dias após o encontro duplo. Lágrimas catárticas apareciam apenas sob as condições certas, mas, uma vez que vinham, era como tirar uma rolha. Sabendo que minha presença não seria muito útil para ninguém, eu tinha ajudado Maeve com as compras no dia anterior e avisado no trabalho que não iria. A distração me ajudava a suportar, mas não tinha a menor chance de conseguir fingir que estava tudo bem e trabalhar ou socializar. Não me dei ao trabalho de tirar o pijama, já que saí da cama por tempo suficiente só para pegar um saco de batatinha na despensa. Sem me importar com as migalhas oleosas no lençol, enfiei as batatas na boca e me desliguei do mundo. Lo me chamou no FaceTime para ver como eu estava, a única pessoa que eu permitiria ver meus olhos inchados e meu nariz vermelho. E deletei outro e-mail não aberto de Rachel. De todos os dias para ela entrar em contato... bem aquele?

Minha mãe era fã da expressão "Se você cair, levanta, sacode a poeira e dá a volta por cima". Bem, eu não tinha só caído. A vida tinha me pisoteado. Em alguns dias eu dava a volta por cima. Outros se pareciam mais com a cena em que Artax sucumbiu ao Pântano da Tristeza em *A história sem fim*. Estivera investida demais na minha própria história para dar valor ao que tinha antes de perder. Na defensiva demais quando o homem que eu amava me dissera que estava infeliz. Talvez se eu tivesse simplesmente ouvido em vez de reagir com tanta agressividade, ele não tivesse saído de casa para espairecer. Arrependida de como havia lidado com a honestidade dele, havia ligado para ele para pedir desculpas e prometer melhorar, mas Reese nunca atendeu. Ele morreu acreditando que eu tinha priorizado meu emprego em detrimento dele... e ele não estava errado. Eu tinha.

Foi nossa discussão que o fizera entrar no Jeep. Marcas de freada queimadas no asfalto. Pedaços de vidro e metal rodeando o carvalho sulcado. Balões amarrados na cerca, ursinhos de pelúcia em uniformes de basquete deixados pelos alunos e pelo time. Ele batera porque estava perturbado demais para dirigir... ou havia se atirado contra a árvore de propósito. De qualquer jeito, meu marido estaria vivo se não fosse a briga explosiva que tivemos naquela noite.

Mesmo reconhecendo que estava desenvolvendo sentimentos por Callum, eu nunca poderia esquecer que a última vez que encontrara um homem bom, eu o destruíra.

Na noite após o aniversário de morte, um movimento no jardim de rosas da casa ao lado chamou minha atenção. Pela janela, vi Callum andando agitado para lá e para cá. Enrolando um roupão no corpo, coloquei os sapatos e fui lá embaixo. Não me vestia de modo adequado ou escovava o cabelo desde sexta-feira, e agora era segunda à noite.

— Você está mais furtivo que o normal. — Depois de chorar por dois dias, minha voz parecia um triturador de lixo. Minha respiração formava pequenas nuvens no frio.

A exaustão pesava no rosto de Callum quando ele tirou os óculos e beliscou o nariz. Eu peguei a mão dele e apertei.

— Me diga qual é o problema.

— Nunca é fácil trabalhar com bebês — disse ele em uma voz frágil.

Meu coração se partiu diante da perda inimaginável. Diante da ideia de Callum cuidando com carinho de um corpo minúsculo.

— Não cobro dessas famílias. Mesmo quando insistem, não aceito o dinheiro delas. Mas, Deus, são os mais difíceis.

Por muito tempo, tinha acreditado erroneamente que todo agente funerário era emocionalmente indiferente, na melhor das hipóteses, e, na pior, um oportunista ansioso para capitalizar em cima da tragédia. Mas Callum colocava as necessidades dos enlutados acima do próprio conforto. Todo santo dia. Embora seu trabalho tenha me incomodado quando nos conhecemos, tinha passado a admirá-lo. Enquanto eu fugia do luto, ou me escondia dele debaixo de um roupão maltrapilho e episódios antigos de *Hora de aventura*, ele vivia ao seu lado por escolha. Mas isso não significava que o luto não pesasse em seus ombros largos.

Eu o puxei para um abraço. Embora fosse significativamente mais alto, ele se curvou sobre mim. Aquele homem estoico se afundou nos meus braços. Enfiei o nariz no pescoço dele, inalando o cheiro forte e masculino do seu colete. Um calor se espalhou pelo meu peito oco como uma lanterna acesa em uma noite escura e avassaladora. Callum tinha se tornado meu refúgio... e eu tinha me tornado o dele. Aquilo aconteceu sem que eu percebesse, sem planejamento, de forma imprevista, mas isso não fazia daquilo menos verdadeiro.

Ele se afastou e fixou os olhos cansados em mim.

— Você estava chorando? O que aconteceu?

— Tirando o rímel. — Não era mentira, já que as lágrimas o tinham removido.

A expressão dele se contorceu em incredulidade.

— Quer ver um filme? Não pensar em mais nada? — A distração também me ajudaria.

— Preciso limpar o salão depois da cerimônia de hoje.

Engoli em seco.

— Hum, você pode vir depois disso.

UM POUCO DEPOIS DAS sete horas, ouvi uma batida suave na porta. Pelo menos tivera alguns minutos para tirar as migalhas de batatinha do cabelo e prendê-lo em um rabo de cavalo, colocar um pijama novo e arrumar a sala. Estranhamente abatido e até mais quieto do que o normal, Callum entrou e tirou o sapato. Ele tinha trocado o terno por uma blusa canguru e uma calça de moletom. A bola de exercício de Houdini bateu no pé dele, e Callum abriu um ligeiro sorriso. O primeiro do dia, dava para perceber.

Tirando um pouco de cabelo da testa dele, eu disse:

— Vejo que você veio preparado para se aconchegar.

Ele cheirou o ar e me seguiu até a cozinha, tirando Houdini da bolha de plástico. Callum segurou o pequeno camundongo em uma mão e acariciou suas costas com gentileza, murmurando algo em irlandês. Alguma coisa derreteu dentro de mim. Pegajosa como um brownie quase cru. Peguei uma tigela. Faixas de caramelo e chocolate escorriam por uma montanha de pipoca fofinha coberta com flocos de coco.

— Isso é pipoca?

— Bem no fundo. É o que minha prima Cielo costumava fazer quando eu estava triste. Nós a chamávamos de mistureba improvisada. Comida de conforto não tem que ser saudável.

— Você tem saudade de casa?

— Às vezes. Sinto falta de patinar com a Lo e de poder encontrar tacos *barbacoa* autênticos a qualquer momento, mas eu gosto daqui.

— Sei que foi difícil com o seu ex...

Deus, ele não sabia. Eu não podia falar a respeito naquela noite. Não acompanhada de pipoca e uma comédia boba. Não com o peso na mente de Callum e a culpa no meu coração. Em vez de revelar a verdade, eu o interrompi:

— Um coração partido acaba com a gente. Mas não se preocupe comigo. Estou bem.

Ele aceitou a delícia doce e abandonou o assunto, embora me observasse com olhos compreensivos. Às vezes me perguntava se ele não conhecia o luto o suficiente para reconhecer o meu.

— Precisamos de alguma coisa para diluir todo o sal e o açúcar. Chá? Café?

Mentir por omissão deixa a pessoa com sede. Houdini tinha se acomodado no ombro de Callum, os bigodes tremendo enquanto eu fazia duas xícaras de chá *oolong*. Colocada de volta na bola de exercício, ela saiu descontrolada. Meu sofá era pequeno, nos forçando a ficar perto. Descansei a cabeça no ombro dele e suspirei de contentamento.

— Tudo bem ficar assim?

— Espera aí. — Ele tirou o moletom pela cabeça, depois se acomodou de novo na almofada. — Pronto.

Antes que ele pudesse protestar, peguei o moletom dele do braço do sofá e já tinha passado metade da cabeça pela gola. Estremeci com a intimidade do calor residual do seu corpo retido no tecido macio e inalei o cheiro parecido com chuva. Ele passou uma mão pelo cabelo desgrenhado, e fui distraída pelo seu braço tonificado naquela camiseta lisa.

— Sua ladrazinha atrevida. — Callum fez um biquinho enquanto tomava outro gole de chá.

Quentinha e sonolenta, eu me enterrei nele. Depois de dez minutos, eu mal notava o que estava passando na tela. Em vez disso, aproveitava a sensação da minha bochecha no peitoral sólido de Callum.

Por que ele não podia ter halitose crônica? Ou inclinações políticas duvidosas? Qualquer coisa para esmagar minha crescente atração e meus sentimentos complicados.

— Sabe do que eu gosto em você?

— Do meu moletom — respondeu ele secamente.

— O quê?

— Se quiser ficar com meu moletom, é só dizer.

Depois que ele tinha me enrolado no seu suéter Aran de tricô irlandês, na noite do encontro fracassado com Hannah, no Toca da Lebre, levei uma semana inteira para puxar o gatilho e devolvê-lo. Lavado, porque havia dormido com ele durante sete noites.

— Eu não estava... Tudo bem. Eu precisava de um moletom mesmo.

O sorriso dele foi audível.

— O que você ia dizer?

— Não, não, você acertou na mosca. Elogiar você para te manipular a me dar suas roupas. Você descobriu meu plano maligno.

O peito dele se mexeu ligeiramente com uma risada silenciosa, mas, quando ele falou, foi introspectivo e gentil.

— Isso é... muito bom.

Muito melhor do que tinha o direito de ser, na verdade.

— Eu me sinto segura com você, Cal.

— Eu gosto quando você me chama assim.

Pensei na ternura na voz dele quando ele falara com Houdini. Como ela soaria sussurrada no meu ouvido? Eu queria aquele sotaque irlandês suave me dizendo todo tipo de coisa de que ele gostava. Murmurando sua aprovação enquanto me colocava entre os joelhos dele e o acariciava por cima da calça macia. Eu estava extremamente consciente das batidas do seu coração e da forma como suas longas pernas se dobravam de modo preguiçoso no meu sofá minúsculo. É claro que acabaria tendo um *crush* no meu melhor amigo quando ele procurava desesperadamente a mulher da sua vida. O quanto era egoísta por querer algo casual com Callum, entre todas as pessoas?

— Sabe do que mais eu gosto? — disse ele, desviando a minha culpa de novo.

— Dos meus petiscos grotescamente doces. Admita.

— Da maneira como você torna o mundo mais colorido. Acho que não percebia o quanto eu precisava disso até nos conhecermos. Não só o seu trabalho, *você*. Há tanta tristeza neste mundo, e você parece estar sempre espalhando alegria por ele.

Meu coração se espremeu com essas palavras.

— Você que é o grotescamente doce.

— Obrigado por ir ao Toca da Lebre comigo aquela noite.

— Foi um prazer — falei.

Com base no jeito como as pupilas de Saoirse se transformavam em corações na presença dele, ela devia ter um *crush* em Callum desde que começara a entregar seus arranjos florais. Eles combinavam. Texanas barulhentas não seriam o tipo dele, mesmo que eu não tivesse prometido ficar solteira.

— Saoirse é um arraso com aquele cabelo preto até a cintura. E toca violino muito bem. Com certeza é pra casar! — O silêncio pairou entre nós por um minuto, e a cena na TV piscou. — Então... Você só vai para a cama com alguém se ama a pessoa?

Ele enrijeceu e engoliu em seco. Deus. Eu tinha deixado tudo *esquisito*.

— Não que eu esteja sugerindo que faça isso se não estiver pronto

— me apressei em acrescentar. — Só estou curiosa para saber como funciona. Merda. Não me responda. Me diga para cuidar da minha vida.

— Não. Não é nada tão nobre como esperar pelo amor verdadeiro. Ou por algum tipo de amor. Só preciso me sentir próximo da pessoa para enxergá-la desse jeito, para desejá-la.

Tudo que me restava era imaginar. Eu *tinha* imaginado.

— Você, há, gosta de sexo casual? — perguntou ele, quase sussurrando.

Estávamos falando sobre Aidan agora? Será que Cal tinha presumido que eu dormira com ele?

— Eu tive a minha cota na faculdade. Às vezes é mais fácil sem nenhuma emoção associada. Você pode satisfazer algumas necessidades enquanto permanece bem menos vulnerável.

— É difícil entender qual é a graça. As duas coisas estão totalmente ligadas na minha cabeça.

— Tem uma certa emoção no anonimato. Na espontaneidade. Na novidade. Pode ser uma combinação potente. Casual é divertido quando os dois estão na mesma vibe.

— Parece que você fica animada com novidades. — Os olhos dele brilharam de um jeito que fez meu estômago dar uma cambalhota.

— Justo. Estou disposta a tentar a maioria das coisas pelo menos uma vez.

— Eu não sou totalmente cauteloso.

— Uh! — Meus olhos brilharam e dei um gole deliberado na minha caneca. Podia considerar minha curiosidade atiçada. — Gostaria de explicar melhor?

Ele mordeu o lábio, não ousando abrir a tampa daquela caixa de Pandora. Minha intenção ao convidar Callum tinha sido inocente; não foi para seduzi-lo ou tornar as coisas entre nós estranhas. Achei melhor deixar o assunto para outra hora.

Ele me estudou em silêncio por alguns instantes.

— O companheiro de banda de Saoirse era legal.

— Não estou interessada em Aidan desse jeito. Como falei, só fui para prestar um favor.

Callum traçou com um dedo a estampa da almofada do sofá.

— O que aconteceu com o seu casamento?

Ao longo da conversa, havíamos de alguma forma chegado até esse buraco aberto no meu peito. Callum estava na beira do precipício e gritava dentro dele. Ecoou por todo o espaço vazio onde meu coração deveria estar batendo. O espaço que eu morria de medo de preencher de novo. Uma parte de mim queria contar a ele. Mantê-lo no escuro estava ficando cada vez mais difícil.

O celular dele vibrou, e ele murmurou um pedido de desculpas antes de sair para atender. O tempo colapsou dentro da nossa bolha íntima. Eram 21h17. Quem estava ligando para ele tão tarde? Selecionando criteriosamente os petiscos na mesa de centro, tentei me recompor. Naquela hora, a rua estava tão silenciosa que o timbre grave de Callum atravessava a porta. Não precisei me esforçar para ouvir o lado dele da conversa.

Um endereço repetido. A promessa suave de estar lá assim que possível. Dê a ele meia hora.

Ele ia se encontrar com alguém para um drinque tardio? A música tradicional geralmente não começava no pub antes das nove e meia. Era Saoirse? Eles gostavam um do outro, afinal. Uma coisa era discutir uma hipótese, outra bem diferente era ouvir o celular vibrar e assisti-lo sair correndo de meia pela porta para atender. Em *fevereiro*. Desejei que as solas dos pés dele congelassem no chão para que ele não pudesse ir embora.

Não. Mentalmente, apaguei o fogo do ciúme com um balde de água, e meu orgulho carbonizado chiou como uma chapa de *fajitas*. *Você não tem o direito de marcar território no cara que está tentando ajudar a encontrar alguém.*

Dois minutos depois ele entrou de novo, o rosto sisudo como se tivesse pensado a mesma coisa.

Quando me pegou de pé do outro lado da porta segurando sua caneca vazia, ele franziu a testa.

— Desculpa, vou ter que trabalhar.

— A essa hora? Por que a pressa? Eles não vão a lugar nenhum. — Eu me forcei a agir com indiferença, já que ele ia fingir que não tinha acabado de receber uma ligação de uma mulher.

Callum passou a mão pelo cabelo, deixando-o ainda mais bagunçado.

— É por isso a pressa. A família precisa que eu remova a avó da casa deles. Receio que a m-morte não se importe com a conveniência do horário.

— Mas esse é o trabalho da perícia. Vamos lá. Seja honesto. Quem ligou de verdade, alguém do DemiDate? Saoirse?

— A Gardaí ligou. — *A polícia.* — É meu trabalho, dependendo das circunstâncias. Casos de idosos. Acidentes não violentos. A menos que a Gardaí precise de uma autópsia, os corpos vêm diretamente para mim.

Ah. É claro. Tinha ficado tão preocupada imaginando Callum com alguém que não havia considerado a explicação óbvia. Não que ele precisasse se explicar.

— Essa pode ser a pior noite da vida de alguém. Não vou torná-la ainda pior fazendo a pessoa esperar várias horas até que seu ente querido seja buscado.

— Meu Deus, sinto muito. Eu nem pensei...

Eu não merecia alguém como ele.

— Tudo bem. Era exatamente do que eu precisava. — Callum me deu um abraço rápido, com um braço só. — Obrigado pelo filme. E meu dentista deve agradecê-la pela pipoca.

CAPÍTULO 17
Callum

O CHÁ DA TARDE com Saoirse naquele fim de semana foi devidamente agradável. Conversas superficiais serpenteavam por uma refeição privada à luz de velas. O pé dela roçou no meu por baixo da mesa, mas eu recuei. Quando ela perguntou sobre o meu dia, certamente não pude dizer a ela que o passara fixado na minha vizinha. Algo tinha mudado entre Lark e eu; minha distração deve ter sido óbvia enquanto eu pegava a comida, mal sentindo o sabor.

— Um amigo meu vai tocar no Toca da Lebre hoje à noite — disse Saoirse enquanto caminhávamos até meu carro depois do chá. — Quer dar uma passada lá?

Tudo que queria era me jogar na cama. Sozinho. Mas o prazo de julho espreitava a cinco meses de distância, com pouco mais de dois meses para dar entrada na licença de casamento, então concordei.

Risadas estridentes e o som de copos brindando preenchiam o estabelecimento lotado. No palco, ancorado em um acordeão melódico, o amigo de Saoirse cantava baladas tradicionais. Não pude deixar de lembrar de mim esmagando os dedos de Lark durante o two-step. Meu coração tolo afundou.

— Ei! — Seán, o babaca oficial da KinetiColor, se aproximou da nossa mesa, apontando para mim. — Eu conheço você. O cara da ianque.

Saoirse deu um gole no vinho.

— Ah, desculpe — ele sussurrou alto enquanto notava, e despia mentalmente, minha acompanhante. — A violinista? Justo. Não achei que você fosse capaz.

— Qual é o seu nome mesmo? Séamus? Estamos tentando conversar aqui, Séamus.

As narinas dele se abriram.

— Acho que vou tentar pegar a Lark, se você não quiser mais nada com ela. Sempre tive uma queda por loiras.

Meus olhos queimavam em brasa quando me inclinei, cada músculo do meu corpo tremendo para ir para cima dele.

— Sério. Você já falou demais.

— Ainda não estou nem perto de acabar, Tropeço. — Fingindo indiferença, ele deu outro gole no pint.

— Se você tivesse metade da inteligência de Lark, iria para casa sem dizer outra palavra.

Colocando o dedão na fivela do cinto, Seán imitou o sotaque arrastado de Lark.

— Sim, senhor. Esse caubói aqui vai domar aquela potranca xucra.

Eu me imaginei quebrando o copo na cabeça dele, o estripando com a ponta afiada.

— N-n-não fale dela desse jeito.

O sorrisinho insuportável vacilou quando me aproximei dele.

— Deixe a Lark em paz. Se eu ouvir que você proferiu uma palavra inapropriada...

Saoirse interrompeu minha fantasia assassina.

— Callum, você me prometeu uma dança.

Ela estava me dando uma saída que não envolvia o cara sangrando. Esse segundo cenário seria mais satisfatório. Saoirse pegou meu braço estendido.

— N-n-não se preocupe — zombou Seán. — Não vou contar a Lark que você está *p-p-p-pulando a cerca* se você me conceder a próxima *d-d-dança* com a violinista.

— Não tenho interesse em dançar com um babaca como você — disparou ela. — Cai fora.

Com uma piscadela nojenta, Seán se virou e foi reabsorvido pela multidão. Filho da puta. Eu queimava de humilhação.

— Que ogro. — Saoirse franziu o nariz. — A Lark precisa mesmo lidar com aquele cara no trabalho? Ele é uma violação de RH ambulante.

A raiva não resolvida ainda fazia minhas mãos tremerem. Elas queriam estar em volta do maldito pescoço dele.

— É m-m-melhor ele deixar ela em paz ou eu juro...

— Vocês já tiveram alguma coisa? Eu não quero entrar no meio se vocês tiverem uma história.

Não por falta de vontade da minha parte.

— Não, mas não podia deixá-lo continuar daquele jeito. A Lark é uma pessoa ótima, mas... temos necessidades diferentes.

— Tipo?

— Eu quero formar uma família. Ter filhos. Ela não.

A esperança cintilou nos olhos escuros de Saoirse.

— Esperei você me convidar para sair por tanto tempo que desisti. O que você estava esperando?

— Ainda estou aprendendo como comunicar o que quero. Isso não é fácil para mim.

— Bom, eu sei o que *eu* quero. — Saoirse ficou na ponta do pé, e sua boca encostou na minha. Suave a princípio, depois uma passada molhada de língua na divisa entre os meus lábios.

Por instinto, eu me afastei e passei a mão no lábio inferior umedecido, efetivamente limpando o beijo dela. Seu sorriso tímido evaporou. Errado. Tudo errado.

Nós congelamos na pista de dança. Tudo que eu queria era me enrolar no sofá com Lark, ouvir a risada dela quando os bigodes de Houdini faziam cócegas na sua mão, ceder ao desejo de levantar o queixo dela e beijá-la profundamente. Beijar outra mulher não apagaria minha atração proibida.

— Sei que você é tímido, Callum, e fiquei cansada de esperar você tomar a iniciativa — disse Saoirse.

— Sinto muito, mas não posso. Eu pensei... — Nunca tinha imaginado rejeitar uma mulher que correspondia a todos os itens da minha lista imaginária, mas beijar Saoirse era tão excitante quanto beijar um pão de forma. Só ficar perto de Lark fazia meu coração palpitar.

— Você é ótima, mas eu já...

— É a Lark, não é?

Retrocedi.

— Não foi isso que eu disse.

— Você não conseguia tirar os olhos dela naquela noite, e a veia da sua testa pulsou como um localizador de emergência quando aquele cara a insultou. — Sua careta se intensificou. — Por que você mentiria?

— Se ela souber que eu gosto dela, isso vai estragar tudo. Por favor, espero que possa manter isso entre nós.

Saoirse merecia alguém totalmente dedicado. Alguém que sentisse por ela o que eu sentia por Lark.

— Peço desculpas por ter criado expectativas em você. Você é maravilhosa e achei que, se nos déssemos uma chance de verdade...

— Callum, — ela tocou meu rosto, claramente em conflito —, queria que tivesse me chamado para sair antes que ela chegasse na cidade.

Minha boca se contorceu num sorriso arrependido. Por tanto tempo tinha deixado as oportunidades me escaparem, incontáveis chances perdidas de felicidade. Ao focar em uma carreira que girava ao redor da morte, eu tinha vivido pela metade. Até Lark aparecer.

— Se você sabia como eu me sentia, por que me beijou?

— Pensei que eu poderia fazer você esquecer dela esta noite. Começar daí. Homens decentes estão em falta. Eu pensei: "Se ela não vai ficar com ele, então eu vou". Dá pra me culpar?

— Ninguém poderia me fazer esquecer a Lark, nem em um milhão de anos. — As palavras saíram antes que eu tivesse total consciência daquela percepção. Puta. Que. Pariu. Eu estava com problemas.

— Em vez de confessar isso para outra mulher, você deveria dizer a ela.

CAPÍTULO 18
Lark

— PRONTINHO. ACABEI DE encaminhar a passagem para o seu e-mail.

— Mal posso esperar para ver você — respondeu Cielo. — Obrigada por isso, Lark. Sério.

— Ei, não é todo dia que minha prima favorita se torna bacharel em biologia. É digno de uma celebração!

Cielo e eu agendávamos chamadas de vídeo na estreita sobreposição entre as nossas demandas de trabalho e estudo e a diferença de horário. Havia seis horas de diferença entre nós. No Texas, era uma da manhã. Ela havia me ligado no finzinho de uma sessão de estudo que tinha ido até a madrugada antes que eu fosse para o trabalho. De alguma forma, ela ainda tinha energia, seu cabelo curto castanho balançando na janela do FaceTime enquanto eu bebericava meu café. Cielo tinha cuidado de mim no pior momento da minha vida e eu queria lhe dar algo para comemorar sua formatura iminente na minha antiga faculdade, a UT Austin. Havia tanto que queria mostrar a ela antes que eu fosse embora da Irlanda.

— Eu, há, me candidatei ao programa Atlantic Bridge na Universidade de Galway — acrescentou ela baixinho. — Para o curso de medicina.

— Sério?!

— Deus, minha mãe vai pirar quando eu contar que vou visitar você. — Ela riu. — Eu nunca nem entrei em um avião e já vou fazer um voo internacional. Dá pra imaginar a reação dela se eu for aceita para estudar fora?

Enquanto minha mãe tinha uma abordagem parental menos intervencionista e me mantinha a um braço emocional de distância, sua irmã era furiosamente superprotetora em relação à minha prima. Ampliar os horizontes faria bem a Lo depois de uma criação tão fechada.

— Você lembra que não vou ficar aqui muito tempo, né? Provavelmente já vou ter ido embora quando o semestre de outono começar.

— Eu sei. Mas você ainda é uma péssima influência por me inspirar a tentar. — Ela acrescentou: — Quando eu visitar você, finalmente vou conhecer seu amigo misterioso, que pode ou não ser um vampiro. Você precisa me ligar pelo FaceTime quando estiver com ele.

— Callum é muito tímido, Lo. Vou só mandar uma foto.

— Não! Por favor, preciso ver o pacote completo.

— *Pacote?* Você tá mesmo objetificando um homem que nunca nem viu?

— Sempre que o menciona — disse ela, se segurando ao assunto com mais força que um pit bull — você fica com essa expressão boba no rosto. Ele com certeza é gostoso.

Para demonstrar, ela ficou olhando para o nada com cara de tonta. Eu me lembrei de uma cena primaveril de *Bambi*, em que Tambor fica excitado antes de sair saltando para fazer um monte de coelhinhos com sua esposa coelha fora da tela.

— Callum normalmente não faria o meu tipo, mas ele é sexy do jeito dele.

Enviei a foto da abadia em ruínas, Callum parecendo distante e pensativo. Para equilibrar as coisas, enviei outra dele com os olhos enrugados durante uma risada, então apoiei o celular para poder aplicar maquiagem no espelho do banheiro.

— *Este* é o seu vizinho? Eu deixaria que ele me levasse para o cemitério.

Eu passava o corretivo nas olheiras com fúria. O descanso não tinha vindo fácil no sábado à noite, pensando no encontro dele.

— Sinceramente, tem sido legal ter uma pessoa tranquila com quem passar o tempo fora do trabalho. Se eu fosse ouvir você, já teria saído transando por Galway, Dublin, até atravessar metade do país.

— Se fosse eu, já estaria quase chegando na Escócia, um kilt por vez.

Ficamos nos encarando por um segundo antes de cair na gargalhada.

Eu ainda não conseguia suportar contar a ela que tinha comprado camisinhas, depois dado para trás quando aparecera a oportunidade de usá-las com um cantor gato.

— Você realmente espera que eu confie em você para fazer uma chamada com Cal sendo que não vai se comportar? Você o comeria vivo.

— Por que você está tão resistente?

— Ele, há... ele não sabe sobre Reese. Ele presumiu que eu tinha me divorciado, e eu nunca o corrigi.

Minha prima entendia o que a mudança para Galway significava. Uma mudança radical. Por dois meses depois de perder Reese, eu tinha ficado com ela, porque minha mãe era uma fonte de positividade tóxica e banalidades. Ela mal conseguia olhar para mim, envolta como eu estava em culpa e pesar. Cielo também tinha sido a mediadora quando Rachel exigiu alguns itens que pertenciam a Reese. Eu não tivera nem vontade nem energia para discutir. Estava sensível demais até para ficar sozinha em casa — a casa que dividia com Reese. Lo empacotara três caixas para Rachel e as deixara na varanda. Ela se recusava a perdoar Rachel pelo que ela havia sibilado no funeral em frente aos nossos familiares, amigos e colegas.

— Mas pensei que vocês passavam toda noite fazendo tranças um no outro e contando todos os seus segredos.

— Na época não nos conhecíamos muito bem. Eu não queria mudar como ele me via. Agora fui longe demais. Prometa que não vai contar nada.

— Por que eu levantaria esse assunto? Estou tentando fazer você transar.

Gemi.

— Ele vai me dar carona para o trabalho em cinco minutos. Tenho que ir.

Enquanto Callum curtia seu segundo encontro com Saoirse, eu me mantivera ocupada desenhando. Logo um grande rato preto aparecera na página ao lado de Houdini, o pequeno camundongo branco. Cético em relação à magia, mas de bom coração, o nome dele seria Rato da Peste, nome que escolhi sabendo que Callum apreciaria a referência. Pretendendo trabalhar nele durante o almoço, joguei o caderno na bolsa e coloquei meu casaco para enfrentar a garoa e a névoa típicas do fevereiro irlandês.

—†—

O SILÊNCIO NOS ENVOLVEU durante a primeira metade do trajeto.

— Vai me manter no suspense? Como foi o encontro?

— Foi ok.

A chuva tamborilava no teto do Peugeot de Callum. Pacífico em condições normais, agora o ritmo só aumentava minha ansiedade. Minha chamada com Lo tinha destacado como esse *crush* ridículo em Callum tinha se tornado forte. Inferno, na primeira noite que eu usara o suéter dele para dormir, tivera um sonho erótico (nem sob pena de morte admitiria aquilo para Cielo, porque ela nunca mais me deixaria em paz). Pelo bem da nossa amizade, precisava esmagar aquela atração.

— Você a beijou? Meteu um terceiro encontro? — *Argh, por que tive que dizer* meteu e terceiro encontro *na mesma frase?*

— Não.

— Vai precisar ser mais específico do que isso — cutuquei. Talvez Callum só estivesse indo devagar. Como uma geleira.

— Sem terceiro encontro.

Então *teve* um beijo.

— Bem, fico feliz que tenha se divertido. A Saoirse é, há, legal.

Soei tão condescendente que queria me dar um tapa. Saoirse não tinha feito nada errado, e eu passara as últimas duas noites dizendo a mim mesma para não me ressentir dela.

Callum franziu a testa. O limpador de para-brisa se agitava em ritmo frenético, mas tinha pouco sucesso em limpar a enxurrada. A menos que a agenda dele tornasse impossível, ele insistia em me levar para o trabalho quando o tempo estava ruim. Não importava que eu tivesse um guarda-chuva fofo e houvesse me tornado profissional em ler os horários dos ônibus.

Chegamos aos Estúdios KinetiColor, e as mãos de Callum se contorceram em volta do volante.

— O Seán já deu em cima de você?

— Você quer saber se ele já me assediou sexualmente? Não. Ele me incomoda de outras maneiras.

— A gente se esbarrou no sábado.

Seán organizava os *happy hours* de sexta-feira, e era óbvio que o Toca da Lebre era seu bar preferido. Com uma beleza objetiva, ele costumava chamar a atenção por lá, aparentemente esquecendo-se da esposa. Misoginia e xenofobia escoavam como uma corrente sombria por trás de sua aparência atraente e manipuladora.

— Quero que fique longe dele.

— Não posso evitá-lo mais do que já faço. Acredite em mim, nossas interações são mínimas.

— Volto para buscar você.

— Tá bom...

— Ótimo. Vejo você depois.

Ao soltar o cinto de segurança, eu me virei.

— Cal. O que você tem?

— Você está estranha — disse Callum. *O sujo falando do mal-lavado.*

Felizmente, o relógio do painel chamou minha atenção enquanto eu evitava contato visual.

— É a reunião trimestral da equipe. Preciso apresentar nosso progresso para Sullivan e os engravatados. É assim que Rory e eu chamamos o proprietário e os produtores.

— O que você me mostrou está incrível. — Ele colocou a mão sobre a minha, gentilmente em cima do meu joelho. — É só respirar.

Como eu poderia, com os dedos dele roçando a minha coxa? Não queria encarar Sullivan, e com certeza não queria lidar com um certo colega presunçoso. Também não queria sair do carro.

Callum falou:

— Sobre sábado à noite...

Risque tudo isso. Antes que ele pudesse dizer outra palavra, abri a porta. O que realmente não queria era me dissolver em uma poça de emoções.

— A gente se fala depois do trabalho.

— Boa sorte — gritou Callum enquanto eu pulava para fora.

Protegendo o cabelo da chuva, corri até a porta do saguão. Precisava de alguns minutos sozinha no escritório antes da reunião. No último trimestre, tivera que defender minha posição em relação a técnicas mais trabalhosas, mas se todo mundo desse conta da própria carga e mantivesse o cronograma, era possível ficar dentro do orçamento.

Fechei a porta do meu escritório, me sentei à escrivaninha e coloquei meu fone de ouvido, Dolly Parton me colocando no eixo. Uma batida leve interrompeu a combinação tranquilizadora de vibrato e violão.

Xingando, tirei o fone da orelha.

— Pode entrar.

— Aproveitou o fim de semana? — Falando no príncipe das trevas. Era a cara dele lançar uma emboscada durante meu momento furtivo de paz.

— Com certeza. — Eu tinha amontoado só meio quilo de corretivo embaixo dos olhos para compensar a falta de sono. — Como foi o seu, Seán?

A atenção dele foi capturada pelo fone de ouvido.

— Fã de música, hein? Peguei uma apresentação ao vivo no Toca da Lebre. Vi seu amigo, na verdade, o altão que não fala muito. Mas não vi você. Não a culpo. É deprimente ficar de vela. — Seán me deu um tapinha condescendente no braço, o que me fez encolher. Pervertido.

— Por favor, não toque em mim.

— Mas aquela violinista, ela é incrível — continuou ele, me ignorando. — Você deveria ir lá ouvi-la.

Eu preferiria furar meu tímpano com um lápis do que ir a outro encontro duplo.

— Ela também é uma gata. Eu queria o número dela, mas seu amigo chegou nela primeiro. Eles estavam dançando e se agarrando. Devorando o rosto um do outro.

O fim de semana inteiro, minha imaginação tinha voado descontrolada com cenas de toques sedutores e piadinhas internas, as mãos enormes de Callum guiadas pelo fluxo do álcool e pela batida da música.

Com cada gota de autoridade profissional que consegui reunir, falei:

— Precisamos começar a reunião. — Alisei o vestido conforme me levantei. — Você precisava de alguma coisa?

Um sorriso gelado se fixou nos seus dentes branquíssimos.

— Só vim oferecer uma mão com a apresentação. Eu costumava ajudar o último diretor de arte, e sei do que Sullivan gosta.

Certo. Eu não confiava em Seán nem para me trazer um copo d'água. Ele reivindicaria alegremente o crédito pela produção inteira. Qualquer coisa para se mostrar como o legítimo diretor de arte.

— Não precisa, obrigada.

— Não foi fácil, da última vez, convencer o estúdio a gastar mais dinheiro — disse ele.

— Não vai custar mais fazer alguns ambientes pintados à mão se todo mundo cumprir seus prazos — disparei. — Não devíamos ter que pegar atalhos por conta da má gestão do tempo.

— Só estou oferecendo ajuda. Eu também me importo com esse projeto.

— Desculpe. É claro, eu não quis dizer...

Deus, por que meu primeiro instinto era sempre ser agradável, mesmo quando fervia de indignação?

CAPÍTULO 19
Callum

NUVENS DA COR DE lápides ameaçavam uma tempestade enquanto os funcionários saíam aos poucos do saguão da KinetiColor, mas Lark ainda não tinha aparecido. O clima sombrio era a desculpa perfeita para levá-la para casa.

Mexi no botão do rádio, passando pelas estações até chegar a uma música folk sobre uma mulher com cabelo cor de linhaça e espírito indomável. Surpreso com a pertinência, fui balbuciando a letra e me assustei quando Lark abriu a porta do passageiro e entrou.

Desliguei o rádio.

— Oi.

— Você estava cantando?

— Eu não canto.

— Acho que canta, sim. — A expressão dela passou a uma suspeita divertida enquanto eu bloqueava o botão do rádio para que ela não o ligasse. Ela não podia descobrir o que eu estava cantando. Dirigi em silêncio em vez de arriscar o rádio.

Perguntas me corroíam, mas não queria pressioná-la imediatamente. Esperava que alguns minutos de descompressão fossem abrir caminho para uma conversa sobre sábado.

O celular de Lark vibrou na bolsa dela.

— Prometi atualizar Cielo, e ela fica superansiosa com essas coisas. Peço desculpas antecipadas.

Antes que eu pudesse perguntar sobre o aviso sinistro, ela atendeu à chamada de vídeo.

— Oi, Lo. Olha com quem eu estou. Este é o Callum. — Congelei como uma criança pega mordiscando o último biscoito do vidro quando ela virou o aparelho para mim. Uma mulher latina um pouco mais nova que Lark preenchia a tela. Aquela antecipação familiar estava de volta: o peso das primeiras impressões.

— O Anjo da Morte. Prazer em finalmente te conhecer.

Minha mão se levantou sozinha do volante.

— Há, olá, Cielo.

Tive a sensação distinta de ter sido catalogado como um espécime de certa forma curioso.

Lark pegou meu braço e descansou a cabeça no meu ombro. O aroma cítrico misturado a baunilha que pairou no ar foi uma distração eficaz.

— *Lo*. Me lembro de uma promessa de que você não o deixaria sem graça.

— Certo. Desculpa. — A atenção de Cielo retornou a Lark. — Me conta, como foi a reunião?

— O Seán tentou me desestabilizar antes, e funcionou. No fim, *eu* estava pedindo desculpa para ele. — O cabelo dela balançou quando ela sacudiu a cabeça. — A reunião em si foi boa. Nosso cronograma precisa ser bem apertado se quisermos implementar as mudanças que sugeri. O que significa que a relação com o Menino de Ouro vai piorar.

Elas entraram em uma troca rápida sobre a resposta do produtor às sugestões dela. Eu me perguntei que sementes de desconfiança Seán tinha plantado na cabeça dela. Logo, houve uma pausa, e Cielo estava piscando para mim.

— Então. Callum.

— Como vão os estudos? Está se preparando para medicina, certo?

— Eu precisava desesperadamente de um descanso. Segunda é feriado, o que significa três dias de folga, então a família vai fazer um churrasco. Eles usam qualquer desculpa para fazer um, mesmo que tecnicamente estejamos no inverno.

Lark deu um sorriso melancólico. De quantas pessoas no seu país ela sentia saudade? Será que ela e eu teríamos nos aproximado se tivéssemos nos conhecido no Texas e eu fosse o expatriado?

— Lo se candidatou para o curso de medicina da Universidade de Galway no outono — falou Lark.

Aquilo grudou no meu cérebro. Se a prima de Lark estava vindo para cá, ela ainda ia querer ir embora quando o projeto da Grace O'Malley terminasse?

— Boa sorte pra você — respondi.

— Essa menina é um gênio, Cal. Ela já está com um pé na porta — acrescentou Lark.

Cielo balançou a cabeça com modéstia e redirecionou a atenção para mim.

— Está cuidando bem da minha prima?

— Ela consegue se cuidar sozinha.

— Boa resposta.

Lark apertou meu braço.

— Ele me paparica.

— Nem todo mundo pode com a Lark. E a maioria das pessoas a entedia com rapidez.

Inclinei a cabeça. Lark lançou um olhar não tão sutil para a prima.

— Mas ela vale a pena. — O foco de Cielo continuou fixo em mim. — Ninguém é mais leal.

Lark corou um pouco e olhou para fora da janela. É claro, eu soube desde a primeira vez que nos vimos que ela era especial.

— Bem, foi ótimo conversar com vocês... Prima... Anjo da Morte. — Cielo deu um aceno de cabeça para a tela. — Ah, e liga pra sua mãe. Ela tem feito todo tipo de perguntas sobre a Irlanda que eu jamais seria capaz de responder. Me liberte desse pesadelo e a atualize você mesma, por favor?

— Isso seria quase um ritual de sacrifício, não acho que conseguiria reunir energia suficiente para lidar com ela hoje.

— Sabe que ela tem marcado no calendário o mês que você supostamente vai voltar? Ela me contou tudo sobre suas afirmações diárias. Está tentando manifestar seu retorno em segurança para casa.

— Não cedo demais, espero — disse Lark. — Ainda tenho muito trabalho a fazer aqui.

Odiava o lembrete de como aquilo era temporário. Depois que elas se despediram, Lark analisou as cutículas antes de jogar o celular de volta na bolsa.

Entramos na nossa rua, e estacionei em frente à minha casa.

— Eu n-n... — Por que isso tinha que ser tão difícil? Fiz uma careta enquanto Lark aguardava eu tentar de novo. — Eunãobeijeiela — soltei em uma só palavra.

— O quê?

— A Saoirse me beijou.

— Bem, não posso culpá-la — falou Lark sem olhar para mim. — Você vai chamá-la para sair de novo?

— Não. Não desse jeito.

Saoirse preenchia todos os requisitos. Culta. Talentosa. Elegante, mas sem medo de dizer o que pensa. Procurando um relacionamento sério. As conversas eram agradáveis o bastante, e ainda assim não sentia nada por ela. Ela não me fazia sentir vivo como Lark. Desafiado, curioso e... *otimista*, pela primeira vez em décadas.

— É porque... — Lark também parecia estar tendo problemas para encontrar as palavras. Meu coração batia com força. — Está indo rápido demais? Seán disse que viu vocês dançando, então não pode ter sido tão ruim.

Filho da puta.

— Seán não é confiável.

— Você tem o direito de se divertir.

Se o encorajamento de Lark era verdadeiro, significava que os seus sentimentos eram firmemente platônicos, o que por fim era melhor, já que ela ia embora em alguns meses.

— Eu teria me divertido mais ficando em casa com você.

— Você nunca vai encontrar alguém se ficar escondido na sala da minha casa. Leve-a a algum lugar mais sossegado da próxima vez. Que tal uma caminhada na baía?

Eu não queria levar mais ninguém para ver os "puteiros".

— Não. Aquilo é especial.

— Você me levou.

Lark e eu tínhamos jogado xadrez à beira do rio duas vezes; ela entendia o significado do lugar. Parecia querer que eu explicasse por que *a escolhera* como companhia em lugar tão especial. Não estava pronto para confessar, mas levantei as sobrancelhas de uma maneira cheia de significado.

— Cal, vai ficar mais fácil.

De alguma forma, eu duvidava disso, pois ela era a única pessoa que eu ficava animado para ver.

CAPÍTULO 20

Lark

— **AQUELAS TAMBÉM.** — Maeve apontou para uma pilha de caixas no barracão do jardim. Ela havia pedido a minha ajuda para separar e doar itens para o brechó beneficente. — Eu gostaria de me livrar de todas elas.

— Tem certeza de que não quer ver o que tem dentro antes? Manter os objetos especiais? — Houve uma época na minha vida em que me senti sufocada pelo conteúdo da minha própria casa, mas nem eu me livrei de tudo. Uma nuvem de poeira levantou de uma pilha de discos antigos quando ela tirou um do Thin Lizzy.

— Então, o Callum está em outro encontro?

— Aham. Tem uma mulher de quem eu acho que ele gosta. Fui a um encontro duplo com eles e foi… legal.

Maeve passou o dedão pelas capas desbotadas.

— Você não a aprova?

— Parece que eles seriam um bom casal. Só tem sido mais difícil do que pensei vê-lo com outra pessoa.

— Então por que está empurrando o rapaz para os braços de outra mulher?

Já tínhamos discutido isso. Para minha surpresa, Callum havia compartilhado a situação inusitada da herança com ela durante nossa última visita para jantar. Ela ficara extremamente interessada na minha reação ao cenário.

— Não vou me casar de novo. Ponto-final.

— Pelo amor de Deus, criança, é só um papel do governo.

Papelão velho e vinil encheram meu nariz quando tirei outra caixa do canto.

— Era só "um pedaço de papel" para você e Charlie quando enfim tiveram permissão para se casar?

Maeve amoleceu.

— Acho que não. Mas com certeza essa situação merece que isso seja considerado.

— Você não entende. Eu queria que fosse simples assim fazer esse favor a ele, mas para mim não é.

— Do que você tem tanto medo? É de perder outro parceiro?

Fiquei boquiaberta.

— Eu... O quê?

Ela assentiu com a cabeça.

— Eu sempre soube que você tinha perdido seu marido.

— Mas *como*? Você é o quê, uma bruxa? — disparei, meio brincando.

— Sempre me xingando, não é?! — Pequenas rugas se formaram nos cantos do sorriso de Maeve. — Pude perceber pela maneira como reagiu à história de como eu perdi Charlie. Era mais que empatia. Era experiência própria. E já vi o suficiente na vida para reconhecer alguém em fuga bem na minha frente.

— Caramba, Maeve. A gente deveria abrir um negócio de previsão do futuro: Leitura de Mãos da Madame Maeve. Posso desenhar um logo, e você provavelmente tem uma bola de cristal aqui em algum lugar.

— O Callum sabe que esse é o motivo pelo qual você não vai se casar com ele, mesmo que só no papel?

— Sabe o jeito como as pessoas te olham quando descobrem que você é viúva? A piedade? Não consigo suportar. A maneira como elas se sentem culpadas e pedem desculpa quando mencionam os próprios parceiros em uma conversa, esse tipo de coisa.

— Nem todo mundo sabe como reagir, mas o Callum lida com a morte todos os dias. Não acha que ele gostaria de entender o contexto da sua vida?

— Ele se tornou meu melhor amigo, e escondi isso dele por todo esse tempo. Tem sido mais fácil fingir que nunca aconteceu. Porque a forma como ele me enxerga vai mudar se ele souber.

— Tudo muda neste mundo. Nem sempre para pior. As feridas se curam, se você deixar.

Mas eu merecia cada gota de culpa e luto que sentia. Será que essa ferida poderia se curar um dia?

— Durante o meu casamento, eu era uma *workaholic*. Um ano, cheguei a esquecer nosso aniversário de casamento porque estava muito absorta em um projeto. Se tivesse pensado só um pouquinho menos em mim, teria notado como Reese estava ficando infeliz. Se tivesse prestado atenção ao homem que eu prometera amar e respeitar, não teria ficado em negação quando ele enfim me contou, e não teríamos brigado tão feio, o que fez Reese meter o carro em uma árvore... — Minha respiração entrecortou a última frase com um soluço.

Maeve colocou a mão cheia de veias sobre a minha.

— Sinto muito que o tenha perdido dessa forma.

— Nunca vou saber se ele estava indo para casa me pedir o divórcio ou para tentar fazer as pazes. Eu só me arrependo de ter tido aquela discussão, para começo de conversa. — Uma lágrima rolou pela minha bochecha. — Tenho tantos arrependimentos, e prometi não os repetir.

— Meu maior arrependimento foi não dizer antes a Charlie como me sentia e perder anos que poderíamos ter passado juntas porque tive medo de falar. Você deveria dizer a Callum.

Eu tinha atravessado um oceano, até um lugar onde ninguém me conhecia, para ter o controle da minha narrativa. Ficar fugindo desse jeito era exaustivo, mas ainda não sabia se teria coragem de contar a verdade a ele.

CAPÍTULO 21
Callum

AO LONGO DAS SEMANAS seguintes, tive uma maratona de encontros. Lark chamou de *Loucura de Março*. Ela até criou a Escala de Encontros Ruins para manter meu bom humor. A sensação de estranheza só ficou minimamente mais fácil de suportar enquanto passava por todos os *matches* do DemiDate e expandia as buscas para outros aplicativos. Saoirse estava certa. A cena romântica era praticamente distópica.

Nas noites em que não me encontrava com ninguém, Lark e eu assistíamos a algum filme no apartamento dela. Ela escolhia animações de que eu provavelmente gostaria. O horror surreal de *Coraline e o mundo secreto*. O humor seco e direto de *Persépolis*. O musical macabro de *A noiva cadáver*. *Pinóquio*, o *stop-motion* agridoce de Guillermo del Toro. Ela me convencera da importância daquela forma de arte fazia muito tempo.

Mas nem todos os filmes a que assistíamos eram animações. Uma noite, Lark me fez assistir a uma ópera no estilo *roller disco*, terrível o bastante para inspirar a criação do prêmio Framboesa de Ouro. A produção e os números musicais datados só contribuíam para o apelo *cult/camp*, ela defendeu. Não que me importasse com o que víamos.

— Às vezes acho que nasci na época errada — dissera ela, lamentando ter perdido o auge do *roller disco* por algumas décadas. Decidi que levaria os anos 1970 até ela como forma de comemorar seu aniversário, que seria no mês seguinte.

Depois de certa pesquisa, encontrei o presente perfeito: patins cor-de-rosa com margaridas nas rodas. Para mim, um par surrado de patins bege com rodas laranja e freios pela metade de tão usados. Eu sabia que esses objetos surpreenderiam a mulher que trouxera tanta surpresa para a minha vida.

No aniversário dela, insisti em buscá-la na KinetiColor. Culpei o clima de março, mas suspeitava que ambos soubéssemos que era uma desculpa esfarrapada. Ouvi-la descrever seus sonhos vívidos e bizarros em detalhes hilários ou cantar com o rádio... não importava, aqueles dez minutos roubados a cada manhã estabeleciam um tom invariavelmente mais colorido para o dia. Lark era o contraponto para o clima sombrio da Refúgio do Salgueiro. Sentia necessidade da luz dela como uma planta definhando num canto escuro da casa.

Quando ela entrou no carro para irmos para casa, estendi o café que havia comprado a caminho de lá.

— Não precisava.

— Espera. — Propus um brinde. — No seu aniversário, bebemos ao seu caixão.

Ela franziu a testa.

— Como é que é?

— Que ele possa ser construído com a madeira do carvalho centenário que vou plantar amanhã.

Ela bateu o copo no meu e enganchou nossos braços enquanto tomava um gole.

— Só você poderia se safar com essa.

Eu escondera o presente dela no porta-malas. Quando chegamos em casa, passei a mão pelo cabelo.

— Posso entrar?

Lark fez um sinal para que eu entrasse enquanto eu pegava a sacola e a colocava debaixo do braço.

— Isso é o meu presente?

— Só espere.

— Vou trocar essa roupa de trabalho — disse ela, desaparecendo dentro do quarto. Um calafrio percorreu minha espinha ao imaginar a cena. A blusa de Lark caindo no chão, a calça deslizando pelas suas coxas lisas. A pele se arrepiando na curva dos seios expostos.

Abandonei a fantasia e parti para o banheiro. Uma lufada traiçoeira de cheiro de mofo que devia datar dos anos 1980 me atingiu quando abri a sacola.

Eu me espremi no tecido de laicra espalhafatoso que pinicava a pele. Lantejoulas percorriam a única manga do traje de patinação artística azul-cobalto num padrão de penas. Do outro lado, meu braço e meu ombro ficaram expostos, o que me deixava parecendo uma arara semidepenada. A roupa não servia direito, deixando uma faixa de pelos visível acima dos tornozelos. O tecido sintético contornava meus testículos de maneira obscena. Resisti ao desejo de cobrir minha virilha enquanto me dirigia ao carpete da sala sobre rodas, me apoiando na parede.

— Surpresa!

Uma gargalhada explodiu da boca de Lark, como uma erupção. Das profundezas da sua alma. Uma gargalhada do tipo rosto vermelho, segurar a lateral do corpo, limpar as lágrimas dos olhos. Ok. Parecia que eu tinha me perdido a caminho das Olimpíadas de Inverno... em 1978. Puxei a laicra que se enfiava na minha bunda, e ela deu um assobio em resposta.

— Ah, meu Deus! Ver você com essa roupa é o melhor presente que eu poderia receber. Esses patins são alugados?

— Com certeza! Quantos pés suados você acha que se enfiaram neles antes de chegarem ao brechó beneficente?

— Homens sábios não fazem perguntas para as quais não querem resposta — disse ela. Decidi não pensar no que com certeza seria um número perturbador de pés desconhecidos. — Você está fabuloso e é o cara mais fofo do mundo. — Lark jogou os braços em volta do meu pescoço e me puxou para baixo. Ela ficou na ponta dos pés para beijar minha bochecha, e eu quase explodi em chamas.

Calma. É só gratidão. Ela não quer beijar *você de verdade.*

Entreguei a sacola de presente a ela.

— Não vou sofrer sozinho.

Ela deu um gritinho e se trocou em tempo recorde. Quando voltou do quarto, meu queixo caiu. Babados em ondas alternadas de azul-cobalto e prateado acentuavam a cintura dela, e a saia curta acabava bem alto nas coxas. Só faltava um permanente fixado com laquê.

Lark inclinou o quadril coberto de babados para um lado.

— Que tal?

— Morra de inveja, Olivia Newton-John.

Seu sorriso de megawatts poderia ter causado uma sobrecarga de tensão. Do lado de fora, verifiquei os cadarços e fiz o sinal da cruz como uma performance. O dia estava claro e limpo. Felizmente, cercas-vivas para privacidade nos protegiam de uma plateia. Eu estava ridículo. Girafas recém-nascidas aprendendo a andar não eram tão desajeitadas.

— Precisamos de apelidos de *roller derby* — disse ela. — Estou misturando as eras. E os esportes. Mas não me importo.

Determinado a não cair, focava em colocar um pé sobre rodas em frente ao outro.

— Monstro de Um Olho Só do Lago Ness.

Fingi me ofender, colocando uma mão sobre o coração ferido.

— Você vai ser d-deportada por isso.

— Para ser justa, você disse que era parte escocês, mas nunca esclareceu *qual* parte. Que tal Leprechaun Popozudo? — Lark foi me rodeando com muita facilidade enquanto fazia um *beatbox*. Ela deu um tapa na minha bunda, me empurrando para a frente. Afastei os braços para me equilibrar antes de experimentar o gosto do asfalto.

— Uou...

— River Dance Revolution?

— Isso foi um erro. Vou pegar seu presente de volta.

— Já sei! — Ela estalou os dedos. — This Lucky Charming Man. — É claro que ela misturaria o hino pós-punk dos Smiths com um cereal de café da manhã cheio de marshmallow.

— Eu gosto.

Minhas pernas se moveram em direções opostas, fazendo com que me chocasse contra Lark, que passou os braços em volta da minha cintura.

— Fique parado.

— Estou sobre rodas! — protestei, embora elas tivessem sido ideia minha.

Ela jogou a cabeça para trás e riu. Eu me juntei a ela, gargalhando até minhas bochechas doerem. Se fosse para vê-la sorrir, faria papel de bobo todo dia. Para o inferno com a minha dignidade.

Lark levantou os olhos para mim por baixo dos cílios fartos. Ela focou na minha boca, depois subiu, os olhos descendo de novo quando a mão que agarrava meu collant se abriu e roçou nas minhas costelas. Meu coração se chocou contra o meu esterno e acertou cada costela a caminho do meu estômago. Queria fechar os olhos e me deleitar com o toque dela, mas quem disse que era capaz de me desviar do oceano das suas íris?

Um desejo inconfundível latejava entre nós. Passando a língua nos lábios, eu me aproximei um pouco. Se o tiro saísse pela culatra, poderia ser o fim da nossa amizade. Se funcionasse... não conseguia me imaginar negando nada para ela.

De repente, fiz nós dois desafiarmos a gravidade por um momento antes de despencar. Lark caiu em um borrão de babados coloridos, com uma cotovelada aguda no meu estômago.

— Desculpa! Você está bem?

— Só um baço rompido. — Fiz uma careta.

— Isso é uma tentativa deliberada de escapar da patinação ao som de ABBA?

As pernas dela estavam em volta da minha coxa. Um calor atravessava a laicra fina. Pensamentos obscenos tomaram meu cérebro. Mechas de cabelo loiro caíram no rosto dela, e eu as afastei. Tentei me lembrar da minha lista que garantia o fim de uma ereção. Nada me vinha à mente, exceto o cheiro delicioso de Lark.

Jesus, Maria e José.

Uma cor rosada salpicava as bochechas e o nariz de Lark. Duríssimo agora, meu corpo inteiro estava sintonizado com o calor entre as coxas dela. Aquilo não era *rigor mortis*. Podia quase sentir o hálito dela enquanto ela se aproximava mais. E mais.

Os latidos do collie do vizinho quebraram o transe. Eu tinha quase esquecido que estávamos no jardim.

Tão rápido quanto haviam acendido, as brasas nos olhos dela esfriaram. Lantejoulas se chocaram quando ela colocou uma mão no meu esterno. Apaguei o fogo que tinha ameaçado queimar nossa amizade. É claro, Lark vivia pelo lema *carpe diem*. Se ela quisesse a mesma coisa que eu, já teria tomado uma atitude. Abruptamente, ela se afastou de mim e se levantou, e a humilhação correu nas minhas veias. Um vestígio de tecido rosa apareceu por baixo do traje de patinação artística curto e cheio de babados. Engoli um gemido, imaginando remover a calcinha dela com os dentes.

— Preciso de um cigarro — brinquei. Nunca adquirira o hábito, já que meu avô me mostrara um pulmão de verdade com enfisema depois que alguns meninos da nossa paróquia foram pegos fumando, quando eu tinha dez anos. Isso. *Pense sobre órgãos doentes e nojentos até que isso... passe.*

— Eu devia ter imaginado, com Mercúrio retrógrado. — Lark e sua astrologia. Havia tentado acompanhar uma vez enquanto ela explicava o impacto do fenômeno celeste, mas não consegui entender a lógica.

Íamos ignorar o que tinha acabado de acontecer? As palavras estavam bem ali, repousando na minha língua como uma bala dura de caramelo. Eu as engoli. Melhor deixar não dito.

Limpando a terra da parte de trás do meu corpo, eu me levantei de costas para ela. A laicra estava enfiada em toda a minha virilha, se esticando contra o volume. Usando a antiga técnica de *andar até acabar*, saí patinando com cautela. O borrão do movimento poderia tornar minha ereção latejante menos óbvia. Embora Lark não pudesse ler meus pensamentos, eu precisava parar de pensar na calcinha dela.

— Acho que a coreografia ao som de Peaches & Herb foi por água abaixo — falei.

— Obrigada por se vestir como um carro alegórico para me agradar. — Ela balançou o quadril, patinando para trás enquanto uma música disco tocava no seu celular. — Tente ir de costas. É fácil.

Com toda a graça do monstro de Frankenstein, tentei patinar para trás. Ela estava certa.

— Isso *é* fácil.

Meu pé direito escorregou. Antes que pudesse me equilibrar, senti o terrível assobio do ar. E aí a escuridão.

—†—

A LUZ DO SOL queimou meu cérebro através das pálpebras fechadas. A laicra azul lisa roçou minha bochecha quando Lark aninhou minha cabeça no colo.

— Ah, meu Deus. Callum, acorda.

O gosto de cobre enchia minha boca. Nem meus pensamentos, nem minha visão estavam claros.

— Você caiu e bateu a cabeça. — Lark limpou o sangue do meu lábio com o dedão. Ela emoldurou meu rosto com as mãos enquanto o examinava. — E acho que mordeu a língua bem forte.

Ah. Isso faz sentido.

— Lembra que a gente estava patinando?

Estávamos? Balancei a cabeça e jurei em silêncio nunca mais fazer aquilo; doía pra caramba. Eu me apoiei no cotovelo para vê-la melhor. Ela estava usando o collant de segunda mão que eu tinha comprado, a preocupação inscrita no rosto adorável.

— Por que você... Você está usando o collant?

As sobrancelhas dela se uniram.

— Você não lembra? Das nossas roupas?

Era tudo um borrão confuso e marcado pela dor. Olhar para baixo e ver que eu também parecia um globo de discoteca só tornou tudo mais desorientador. Meu ombro nu subiu e desceu de leve no colo de Lark.

Ela tocou com cuidado a parte de trás do meu crânio. Doeu quando ela encostou. Ela desamarrou meus sapatos, e percebi que na verdade eram patins apenas quando ela os tirou do meu pé.

— Acho que vou vomitar — murmurei.

— Vem, vou levar você ao hospital — disse ela, passando meu braço ao redor do ombro. O caminho gelado esfriou meu pé coberto só de meias.

— Só preciso de um cochilo.

Lark correu para dentro de casa e deve ter achado a chave do carro perto das minhas roupas dobradas. Elas tilintaram quando ela correu de volta até mim. Antes que percebesse, estava no banco do passageiro do meu carro com o cinto de segurança e a navegação por voz do celular de Lark narrava o trajeto até o hospital.

— Isso é tão estranho, dirigir do outro lado — disse ela, falando comigo para me manter acordado.

O enjoo voltou para se vingar na rotatória. Fragmentos de memória voltaram, como a risada histérica dela e o apelido de *roller derby* referenciando os Smiths. No farol, os dedos de Lark pentearam com carinho o meu cabelo.

Deixamos o carro no estacionamento e Lark foi me dando apoio até a porta. Cabeças se viraram quando entramos no pronto-socorro. Se estivesse em perfeito juízo, me sentiria desconfortável sendo visto usando aquela laicra espalhafatosa, mas, com as luzes brilhantes piorando minha dor de cabeça, só coloquei uma mão no corte latejante na base do meu crânio.

— Você é parente?

Bocejei, tentando dizer *não* no exato momento em que Lark respondeu *sim*.

O sorriso educado do recepcionista sumiu.

— Ela é — falei.

— Quer dizer, ainda não somos da mesma família. Meu noivo bateu a cabeça ensaiando um número de dança para o casamento... estávamos andando de patins.

O homem, em última análise apático em relação às nossas excentricidades, entregou a Lark uma prancheta com a papelada da admissão. Ela sorriu para mim quando ele virou as costas.

— Péssima mentirosa. — Eu me perguntei por que ela não tinha dito que éramos primos. Não precisávamos de uma aliança para isso.

— Fale baixo — sibilou Lark. Ninguém nunca tinha me acusado de falar alto antes. Cutuquei o ovo de ganso que se formava no meu occipital. — Precisava mentir para eles me deixarem entrar com você. Você não sabe nada sobre hospitais?

Nunca tinha pensado muito sobre eles.

— Vou pegar para você uma daquelas meias antiderrapantes. Eu devia ter voltado correndo lá dentro para pegar os seus sapatos. Seus pés devem estar congelando.

— Só fique aqui comigo. Está tudo bem.

— Isso é tudo culpa minha. Você mal sabia andar de patins, e eu o encorajei a ir de costas.

— O fato de eu ser desastrado não é culpa sua. A única coisa que me chateia é estar usando um collant em público... e você passando seu aniversário no pronto-socorro.

— Nossos trajes de pronto-socorro combinando é a única coisa que eu *não* lamento.

— Parece que essa roupa encolhei na secadora. Todo mundo na sala de espera pode ver o contorno d-distinto do meu...

— Nessie? — Lark fez um sinal com a sobrancelha no mesmo instante em que uma enfermeira chamou meu nome.

— Flannelly! — A cortina se abriu com um barulho estridente. A enfermeira parou quando notou nós dois vestidos como patinadores artísticos cortados da equipe, mas se recuperou sem fazer nenhum comentário. Dei um sorriso secreto para Lark, e ela engoliu o seu enquanto a enfermeira explicava a avaliação cognitiva. Lapsos na memória de curto prazo eram comuns nesse tipo de lesão, ela nos assegurou. Poderia voltar tudo de uma vez, em fragmentos, ou não.

O impacto fora suficiente para abrir meu couro cabeludo logo acima da nuca e me causar uma concussão feia. Lark descreveu à enfermeira o que tinha acontecido segurando a minha mão. Ela pensava ter visto um osso, e, quando a enfermeira confirmou, Lark quase ficou verde. Uma tomografia e onze pontos depois, eles me liberaram.

— Alguém vai precisar ficar responsável por monitorar você durante os próximos dias. Ferimentos na cabeça podem ser complicados. — Ela consultou a ficha de admissão na prancheta e disse a Lark: — Você é a noiva?

Gostei muito mais de ouvir aquilo do que podia admitir.

CAPÍTULO 22
Lark

— NA MINHA CASA ou na sua? — perguntei no caminho de volta do hospital.

— Quero ir para casa — disse Callum com tanta vontade, que não pude negar a ele o conforto do seu próprio espaço.

Eu o ajudei a subir as escadas para que ele pudesse se trocar e colocar uma calça de moletom e uma camiseta desbotada. Para ser honesta, eu ia sentir saudade do collant de lantejoulas. Nós nos sentamos na sala comum do nível superior, sobre um showroom de caixões e urnas reluzentes. Apesar de esse ser um lindo imóvel histórico, ele me disse que seu espaço de trabalho ostentava amenidades modernas, como luzes ultravioleta desinfetantes e equipamentos elegantes. Eu tentava não pensar naquilo.

Callum estava deitado de lado no sofá, para não comprimir a protuberância raivosa na base do seu crânio. Listras de sangue sujavam seu cabelo cuidadosamente repartido ao longo da borda costurada.

— Está uma bagunça aí atrás, mas posso colocar uma toalha no sofá se estiver cansado demais para lavar. Mas pelo menos eles não tiveram que raspar seu cabelo.

Eu tinha quase desmaiado quando ele batera a cabeça na elevação de pedras que margeava o caminho do jardim.

— Posso te ajudar a lavar?

— Por favor.

Peguei xampu e uma toalha no chuveiro dele. Com passos calculados, chegamos até a cozinha e a torneira da pia com bocal articulado. Callum se sentou em uma cadeira virada ao contrário, como se a estivesse montando, para se inclinar sobre a pia. Peguei os óculos dele e os coloquei na bancada.

— Espera. Vai molhar sua camiseta.

Ele colocou as mãos na barra da camiseta e fez aquela expressão tímida de novo. Tão cativante, tão irresistível. Quanto mais ele escondia, mais eu queria descobrir. Os músculos se contraíram enquanto ele puxava a camiseta e *Jesus, me proteja*. Eu não era forte o bastante para aquilo. Agarrei a toalha enquanto resistia à vontade de passar os dedos pela faixa de pelos do peitoral definido. Eu me lembrava da coxa firme dele aninhada entre as minhas.

Horas atrás, eu montara nele como se ele fosse o touro mecânico do meu vigésimo primeiro aniversário. Pode acreditar que eu aguentaria mais que oito segundos.

Menos, cowgirl.

Enrolei a toalha nos ombros dele e o inclinei até ele encarar diretamente o ralo. Uma recriação estranha de espiar o abismo nas falésias de Moher. Eu tinha sido tão inconsequente naquele dia, encorajando Callum a se juntar a mim apenas pela adrenalina. E se a borda onde nós estávamos tivesse desmoronado?

— Tonto? — perguntei.

— Um pouquinho.

— Sinto muito. Vou ser rápida pra você poder descansar. Rápida, mas gentil.

— Confio em você.

Foi isso que o havia colocado nessa confusão. Peguei o bocal da torneira. Redemoinhos cor-de-rosa tingiram a água conforme eu enxaguava. O barulho surdo da cabeça dele no pavimento ecoou na minha mente. Passei o xampu, protegendo o ferimento com um pano.

Callum prendeu a respiração, segurando a borda da bancada, quando meus seios roçaram suas costas nuas. Meus mamilos endureceram através do sutiã fino e do tolo collant. Mordi a bochecha para me impedir de gemer com aquele atrito acidental.

Controle-se.

— Isso é bom — murmurou ele, enquanto eu passava a ponta dos dedos no seu couro cabeludo. Meu Deus, senti-lo relaxar ao meu toque. Podia me perder ali se não tomasse cuidado. — Você está bem?

— Você me deu um susto hoje.

Ele esticou a mão para trás às cegas para apertar meu braço, um dedão acariciando a pele repentinamente sensível. Eu o imaginei passando aquele dedo nos meus mamilos petrificados. Descendo até eles com aquela boca macia e sarcástica. Ter seu cabelo lavado por outra pessoa é um ato íntimo, mas era eu que me sentia vulnerável. Fechei a torneira e sequei as poças na bancada. O ferimento era um lembrete de que podia perdê-lo a qualquer momento; aquilo ao mesmo tempo me paralisava e me fazia querer viver cada momento ao máximo.

Callum se virou e se sentou corretamente na cadeira. Dei uma boa olhada no seu corpo tonificado. Admito que tinha imaginado o que se esconderia debaixo daqueles ternos pretos e suéteres confortáveis, então me permiti absorver tudo. Os pelos do peitoral e uma trilha tentadora que levava ao sul atraíam ainda mais minha atenção para o seu torso já chamativo. Quando voltei a olhar para o rosto dele, percebi que ele estava observando meu corpo, se demorando nos seios. Uma explosão de calor ameaçou me incinerar bem onde eu estava. Então... ele também sentia aquilo.

É a deixa para a música-tema do MorteHub.

Baguncei o cabelo dele com a toalha. Ele colocou os braços em volta da minha cintura. Aquilo não parecia *amigável*. Não mesmo.

— Me desculpe por bancar o *Humpty Dumpty* com você. Queria que seu aniversário fosse especial.

— Foi absolutamente a melhor surpresa de todas. Nunca vou esquecer.

— Então valeu a pena.

As palavras dele vibraram no meu coração, de mais de uma maneira. Ele apoiou o queixo no meu peito, a toalha franzindo ao redor dos ombros quando ele levantou a cabeça para olhar para mim. Filetes de água escorriam do cabelo dele. Uma energia poderosa crepitava entre nós enquanto ele me mantinha perto. Era como a espera no topo da torre que cai no Six Flags... se preparando para a queda inevitável.

Será que Callum se lembrava do que tinha acontecido? Ou o impacto fizera tudo se perder? Se ele não mantivesse a lembrança, eu podia fingir que nunca havia acontecido, mas aquilo parecia errado. Desonesto. Se estivesse no lugar dele, ia querer saber, mas, se ouvisse aquilo de outra pessoa, me sentiria roubada da sensação erótica de cruzar aquela barreira. De qualquer forma, era melhor seguir em frente como se nunca tivesse acontecido. Não daria em nada. Ele fora a dezenas de encontros nas últimas semanas, procurando desesperadamente uma esposa para salvar a Refúgio do Salgueiro. Eu não podia arriscar a missão dele. Não ia fazer isso. E não podia me casar com ele. Depois de perder Reese, não podia tratar aqueles votos tão levianamente.

Mas, *ah*, como parecia certo estar nos braços dele.

— Logo antes do t-t-tombo, você me chamou de This Lucky Charming Man, certo?

— O médico disse que se a batida tivesse sido um pouco mais forte, você teria fraturado o *crânio*.

— Exatamente. Sorte. — Homem cabeça-dura. Literalmente.

— Temos definições bem diferentes para a palavra, então. Eu vi o seu crânio, Callum, eu vi... mais de você hoje do que já imaginei.

— Pensei que o collant caberia. O anúncio do eBay dizia "grande".
— Ele deu um sorrisinho malicioso.

Senhor. Callum nunca era diretamente malicioso. Assim que superei o design hilário dos trajes vintage, tinha apreciado como ele destacava seus ombros definidos. E como evidenciava o restante dele. Não era de admirar que ele parecesse um pouco presunçoso. Resisti ao ímpeto de olhar para sua calça de moletom. *Pensamentos fraternos. Pensamentos fraternos.*

— Não tem graça. — Devolvi os óculos de Callum, e ele os apoiou no nariz sem se incomodar em colocar a camiseta de novo. Como algum tipo de fantasia de bibliotecário sexy. Ele estava *tentando* me seduzir?

As mãos dele voltaram para a minha cintura, os dedos traçando círculos na minha lombar com a pressão exata para soltar o nó sob a minha pele. Eu o odiava por isso; e queria que ele não parasse nunca.

— Outra coisa me ocorreu, agora mesmo.

Prendi a respiração.

— Sua personagem de *roller derby*.

— Me atrevo a perguntar?

— "N-N-Não é Molly" Parton.

— Meu Deus, a maneira como seu cérebro inchado trabalha! Mas deveríamos dar uma pausa nas nossas ambições no *derby*, considerando tudo.

Os halos das suas íris tinham quase desaparecido, as pupilas dilatadas.

— Eu tenho sorte. Por ter você.

— Você não conseguiria se livrar de mim nem se tentasse. Eu não deixaria você sozinho nesta casa enorme e assustadora sendo que acabou de embaralhar seu cerebelo.

— É muita coisa para uma pessoa só.

— Você não vai ficar solteiro pra sempre. Vai encher este lugar com uma família. Vai acontecer. — O pensamento me causou dor. Eu não podia dar aquelas coisas a Callum, mas um dia ele encontraria alguém que pudesse.

— Antes de a gente se conhecer, não sei se acreditava nisso. Eu me forçava a ir aos encontros, mas não via isso acontecendo. Então você se mudou para a casa ao lado e... agora tenho esperança. Talvez pela primeira vez. Você destruiu minha zona de conforto. Enfiou uma banana de TNT nela e a explodiu. Nunca mais vou ser o mesmo, Lark.

Afastei uma mecha de cabelo molhado da testa dele.

— Referência do Coiote à parte, essa é a coisa mais linda que alguém já me disse.

— Na semana passada, você o chamou de azarão da Looney Tunes porque ele é um eterno otimista. — Saber que ele prestava atenção nos meus discursos sobre animações aqueceu ainda mais meu coração. Ele se lembrava da quarta-feira passada, mas ainda podia haver um pedaço desta tarde faltando.

Mais do que qualquer coisa, queria beijá-lo. Cavalgar nele ali mesmo na cozinha.

Correr riscos nunca acabava bem para o coiote. Eu admirava a coragem da pobre criatura, mas não compartilhava da sua confiança naquela busca obsessiva por seu objeto de desejo. Um futuro feliz com Callum não estava escrito nas estrelas para mim. Permitir que as coisas fossem mais longe com ele resultaria no coração de alguém sendo esmagado por uma bigorna, isso era certo.

Meus dedos ainda repousavam no bíceps de Callum. O calor do seu peito nu atravessava minha roupa. A boca dele era tão sedutora. Com uma sutil curva ascendente nos cantos, como se minha disposição solar o tivesse contagiado. Sempre tinha sido assim? Talvez precisasse parar de encará-lo.

Callum se inclinou para a frente e me deu um selinho. Só uma roçada provocativa dos lábios... mas poderosa o bastante para tirar a Terra do eixo.

Ele se afastou, hesitante.

Meu corpo inteiro formigava. Os olhos de Callum se arregalaram como se ele percebesse todo o peso da intimidade daquela simples ação. Congelado no lugar, seu olhar viajou de volta para a minha boca. Um desejo ardente preenchia seus olhos. Um reflexo do meu.

Eu nunca havia me sentido tão desejada. Nunca tinha desejado tanto alguém.

Dane-se.

Eu me joguei na direção dele, colocando a mão na nuca dele, bem abaixo dos pontos. Ele soltou um gemido abafado. Meu sangue pegou fogo. Nossos narizes se chocaram, mas logo negociamos um ângulo que permitiu que eu me afundasse nele. Callum sugou meu lábio inferior, mandando uma carga de eletricidade para cada nervo do meu corpo.

Ele me puxou para mais perto, apoiando as mãos nas minhas costas. Não fiquei pensando nas consequências. Não fiz nenhum plano nem pensei demais enquanto os dedos trêmulos dele deslizaram pelo meu pescoço sensível. Carinhoso, mas insistente, nosso beijo se aprofundou.

Delicioso. Perfeito. Algo que já devia ter acontecido muito tempo antes. Pasta de dente mentolada combinada com o calor da sua língua. Estava dando tudo de mim para não derreter em uma poça humana.

Meio convencida de que era um sonho, soltei uma risada incrédula e acariciei seu queixo com a barba já por fazer.

Callum também riu. Engolindo em seco, ele gaguejou:

— F-Feliz aniversário, amor.

Centenas de perguntas inundaram minha cabeça quando o torpor passou. Por que ele tinha me beijado primeiro? Por que retribuíra meu beijo quando decidi que um selinho inocente não era suficiente? O que tudo aquilo significava?

Meu cérebro se derretia com aquele beijo ardente. Callum esperou um momento, mas quando as palavras se recusaram a sair ele grudou a boca na minha outra vez. Lento e sensual e de uma intensidade quase dolorosa. O peitoral sólido sob a minha palma. A respiração doce e entrecortada. Mapeei a topografia do corpo dele. Callum retornou o favor, as pontas dos dedos roçando meu quadril.

Por instinto, montei no colo dele. Um gemido profundo, ressonante, pontuou o contato e fez meu clitóris latejar; nunca vou conseguir remover aquele som erótico da minha memória. Callum espalhou beijos na minha clavícula exposta enquanto eu me esfregava na extensão dura dentro da calça dele. As sensações me sacudiram até a alma.

— Cal — sussurrei. Meu quadril se movia contra ele em uma necessidade urgente.

Callum me apertou possessivamente por baixo da saia de laicra de babados, depois tomou minha boca de novo. Dessa vez, um tom de determinação coloria o beijo. Sem hesitação. Apenas um foco obstinado. Ele colocou as mãos amplas na minha bunda para guiar o movimento, e me arqueei no pau dele com um gemido desesperado. Estava perfeitamente feliz em me render.

Um toque animado atravessou as respirações ofegantes e o farfalhar de roupas. Embora fosse familiar, meu cérebro não o processou imediatamente. DemiDate. O celular de Callum acabara de alertá-lo sobre um *match* no DemiDate. Porque ele precisava encontrar alguém. Casar. Salvar o negócio da família.

Tudo que eu poderia fazer era estragar o seu futuro.

Apesar do protesto ávido do meu corpo, do meu coração, eu parei. A boca de Callum, inchada por causa dos beijos, se separou da minha.

— Lark?

— Não posso fazer isso, Callum.

Minha perna vacilou ao passar por cima do colo dele e se conectar com o piso da cozinha.

Ele esticou os braços, me envolvendo, mas me afastei. Uma expressão devastada apareceu no rosto dele. Mas ele não insistiu. Nós dois sabíamos por que aquilo era uma má ideia, e não era só pela preservação da nossa amizade.

— Lark, espera… — Callum pegou o celular da mesa da cozinha e o silenciou, mas os tons alegres de alerta já tinham servido como um duro lembrete da realidade.

Seria errado pegá-lo pela mão, arrastá-lo da cozinha até o quarto e desembrulhá-lo como um presente. Callum era um presente de Natal destinado a outra pessoa. Ele não era *para mim*, mas eu queria brincar com o que quer que estivesse por baixo daquele embrulho tão bonito. Pior… eu o desejava para mim.

Assim que a conexão entre meu cérebro e minha boca foi restabelecida, balbuciei:

— Ligo pra você em duas horas. Pra ver como você está. Como a enfermeira disse.

CAPÍTULO 23
Lark

OS MOTIVOS PARA *NÃO* beijar Callum poderiam encher a seção de créditos de um filme.

Tínhamos acabado de falar sobre ele começar uma família, se sentir otimista em relação a conhecer a pessoa certa, e então ele me beijou. *Ele* deu um beijo em *mim*. Um beijo que não tinha o menor direito de ser tão excitante. Nenhum de nós estava com a cabeça no lugar. Pelo menos ele podia colocar a culpa de seu lapso de julgamento no trauma cerebral leve. Eu não tinha nenhuma desculpa.

Corri de volta para o meu apartamento sob as nuvens instáveis do céu irlandês. Como as coisas podiam mudar rápido. Apenas uma hora antes, o dia estava ensolarado. Apenas uma hora antes, meu vizinho e eu éramos apenas amigos.

Ah, tá bom.

Vinha desenvolvendo sentimentos por Callum havia meses, como uma foto Polaroid ganhando foco aos poucos. Antes que percebesse, estava encarando o retrato vívido de um homem bondoso, sensível e engraçado. E me sentindo atraída por ele, muito além do físico.

Aliviada por finalmente tirar aquela monstruosidade de laicra fabulosamente bordada com lantejoulas, coloquei minhas roupas normais de ficar em casa, depois alimentei Houdini e respondi a alguns e-mails de trabalho que poderiam ter esperado até de manhã. Qualquer coisa para me distrair da maneira como Callum traçara com tanto carinho a curva do meu pescoço. Do modo como sua garganta ressoara quando nossas línguas deslizaram uma na outra. Mesmo a explosão de água gelada do chuveiro não fez muito para atenuar o desejo de marchar até lá e fazer o que eu quisesse com ele na mesa da cozinha. Depois, de novo, no chuveiro *dele*.

Quando liguei para Callum às dez para ver como ele estava, ele não atendeu.

Tentei mais uma vez, mas a ligação foi para a caixa postal. Talvez ele estivesse fazendo uma xícara de chá. Ou dormindo. Eu me forcei a mexer no celular por três minutos, resolvendo não entrar em pânico. Só porque ele não estava atendendo não significava que tinha sucumbido ao ferimento na cabeça; ele estivera bem o bastante para dar uns amassos antes.

Na terceira tentativa sem sucesso, já tinha colocado o moletom dele (bom, agora *meu*) e calçado os tênis. Precisava ter certeza.

Com o capuz levantado para me proteger da chuva amarga e repentina, corri pela calçada entre as nossas propriedades. A chuva jorrava das calhas e ocasionais explosões de raios atravessavam o céu taciturno. Meus punhos gelados doíam enquanto eu batia à porta de vidro.

— Callum! Cal!

Outra série de batidas pesadas, tão fortes que o patamar inteiro tremia com cada batida. Sem resposta. Era eu que estava tremendo? Desviei das poças no caminho que atravessava o portão e ia até o jardim.

A chuva castigava as roseiras, os salgueiros e um banco de jardim. O fundo da casa era protegido por hera, que emoldurava uma janela estreita alguns centímetros acima da minha cabeça. Bingo. Com um gemido, arrastei o pequeno banco de ferro pela lama até chegar à janela. Trancada. Encontrei uma pedra grande e a atirei no vidro, que quebrou, mas eu me preocuparia com isso depois. Callum podia estar em perigo. Para me proteger das bordas afiadas, escondi a mão na blusa do moletom enorme enquanto abria a fechadura. A janela se ergueu com um rangido horrível.

Grata pelo meu tamanho mignon, eu me espremi para dentro, os pés primeiro, caindo na sala escura com um barulho molhado. Cacos de vidro foram esmagados sob os meus pés. Com as mãos estendidas, senti o ambiente, percebendo logo que estava acima do nível do chão. Desci com cuidado. Um aroma químico pungente encheu meu nariz. Alguma coisa gelada. Alguma coisa de metal. Arrepios me percorreram.

Procurando desajeitadamente o celular e sua lanterna, gritei:

— Cal...

Minha voz se encolheu até um guincho minúsculo. A luz se refletiu em um carrinho industrial e uma mesa de inox. Era a sala de embalsamamento.

Recuei instintivamente. O metal gelado pressionou minhas omoplatas. Quando percebi que era a alavanca do morgue frigorífico, pulei. Com o coração acelerado, fui cambaleando na direção da porta, movimentando a lanterna num arco amplo, e bati em um carrinho. Instrumentos afiados e uns troços de borracha esquisitos caíram no piso.

Uma dor repentina tomou conta dos meus sentidos quando alguma coisa acertou minha cabeça.

Luz fluorescente bem forte inundou o espaço. Alarmes de perigo e sirenes de ataque aéreo berraram na minha cabeça à visão de Callum na soleira da porta. De cara feia e sem camisa, o peito arfando, segurando um bastão de *hurling*. Uma pessoa tinha o direito de ficar excitada em uma sala de embalsamamento? Porque eu estava. Não que quisesse que ele me pegasse na mesa de preparação de inox ou algo do tipo; não sou uma *completa* pervertida.

Callum piscou e derrubou o bastão no piso com um baque. Ele se abaixou até ficar apoiado em um joelho para me ajudar.

— Lark? Você está bem? Sinto muito!

— Filho da...

— Mas o que está fazendo?

— Ai. — Esfreguei a cabeça. Furiosa por ele ter me dado um susto tão grande, peguei o bastão e o usei para bater no braço dele.

— Ei! Pensei que você fosse um adolescente entrando aqui para fazer graça.

Seria fácil confundir, já que eu estava usando o moletom dele com o capuz levantado. Poderia me passar por um adolescente procurando confusão para impressionar os amigos. Isso explicava por que ele não tinha me batido com tanta força, embora ainda doesse como a PQP. Ele era forte o bastante para causar um dano *real* se estivesse tentando machucar o intruso.

— Eu pensei... — Bati no ombro direito dele. — Que *você* tinha entrado... — Outro golpe. — Em coma! — Era o que ele merecia por me ignorar. — Nos últimos quinze minutos, fiquei ligando e batendo na sua porta. Por que não atendeu?

Ele arrancou o bastão de *hurling* da minha mão e o colocou no balcão, então me deu um abraço de desculpas. Eu queria ficar irritada, mas estava inundada demais pelo alívio. Só o abracei. Senti o cheiro do xampu que tinha usado para massagear seu cabelo escuro como um corvo um tempinho antes. Fiz uma prece de agradecimento e uma súplica para ter força... ou pelo menos a piedade divina.

— Meu avô sempre dizia que eu dormia mais pesado que os cadáveres. Acho que meu celular estava no silencioso. — O tom dele ficou mais sério durante o lembrete do que tinha nos trazido de volta à realidade: o alerta tilintante do DemiDate. — Me desculpa por causar preocupação. E por bater em você.

— Você nem tente me bater de novo com aquele bastão de hóquei engraçado ...

— É você que está batendo em *mim*!

— Mas eu meio que quebrei sua janela.

— Eu ouvi. — Ele ofereceu um sorriso cauteloso como forma perdão. — Meu, há, meu quarto é bem aqui em cima.

O quarto dele. *Nem pense nisso*.

Desviei a atenção de sua figura musculosa. Havia gabinetes lisos acima do espaço de trabalho, e uma máquina estranha ficava perto de um conjunto de garrafas coloridas que pareciam tinta diluída. Produtos de higiene estavam arrumados em um balcão, marcas comuns de espumas de barbear, xampus e perfumes. Fotos de uma idosa estavam fixadas em um quadro de cortiça, sem dúvida como referências para fazer o cabelo e a maquiagem. Aquele era o desenho que eu tinha feito no Que Gosto Engraçado, de um pequeno Callum segurando um balão em formato de caveira? Meu coração de manteiga se inflou. Não só ele o tinha guardado, mas estava exibido com destaque no seu local de trabalho.

— Você guardou meu desenho? — Como eu poderia não querer beijá-lo de novo?

Sufocando um sorrisinho culpado, Callum levantou uma mão.

— Quantos dedos estou mostrando?

— Seis?

O sorriso dele sumiu diante da minha tentativa de humor fora de hora.

— Três. Você está fazendo um três. Estou bem — falei. — Ficamos tanto tempo no hospital esta tarde que você desenvolveu um *crush* em uma enfermeira e precisava de uma desculpa para voltar?

A preocupação ainda enrugava a testa de Callum, mas ele deu um sorriso fraco.

— Me provocando mesmo depois que te acertei. Acho que não é grave.

— Você achou que fosse uma situação do tipo *A volta dos mortos-vivos*? Só por um segundo? Seja sincero.

— Aquilo não era um documentário. Lave as mãos. Você tocou na mesa de preparação.

Horrorizada, olhei para as minhas mãos, e ele apontou para uma pia. Nuvens de vapor subiam da água quase fervendo enquanto eu esfregava as mãos, não querendo pensar no que a superfície tinha visto.

Fiz um gesto para a porta aberta.

— Podemos conversar literalmente em qualquer outro lugar? Esse aqui me dá calafrios.

Ele recolheu o que eu agora identificava como um kit de maquiagem de ar comprimido do chão. Entre sua aparição repentina e meu crânio latejante, tinha me esquecido que o kit ainda estava lá. Um lembrete de que ele também era um tipo de artista.

— O aerógrafo quebrou?

— Não. Estou mais preocupado com a entrada de pragas. — Ele pegou uma pasta e a segurou tampando o buraco dentado do tamanho de um punho na janela. Depois de procurar em um armário, sacou um rolo prateado familiar.

— Isso é o que eu acho que é?
— Tenho muitos usos para a *silver tape* — disse ele com um sorriso malicioso. Então rasgou um pedaço da fita e remendou o vidro.
— Estou com medo de perguntar.

CAPÍTULO 24
Callum

NÓS NOS SENTAMOS LADO a lado no meu sofá, cada um segurando bolsas de gelo na própria cabeça. A de Lark no topo, a minha atrás. Como meus olhos ainda estavam sensíveis, não tinha acendido as luzes, mas o brilho fraco de um poste de rua entrava filtrado pela janela fustigada pela chuva. Só o bastante para delinear o perfil dela.

Nós íamos simplesmente evitar falar sobre aquilo? Nosso beijo não tinha sido nada além de uma liberação da tensão e do estresse do dia?

Depois que Lark havia fugido da minha cozinha, eu tinha cochilado, graças exclusivamente aos analgésicos. O sono chegara em uma espiral de confusão e fantasia sexual. Era evidente que ela estava arrependida do beijo. Eu deveria pedir desculpas de novo por ter tomado a iniciativa, mas a maneira como ela havia se arqueado no meu colo... era difícil acreditar que ela não me quisesse.

— Ainda preciso cuidar de você. Não se deve deixar uma pessoa com uma concussão dormir — disse Lark.

— Na verdade, isso é um mito...

— E a cabecinha?

Minha mente não foi para a cabeça sobre os meus ombros. Um momento depois, ela percebeu o duplo sentido. Lark se virou, prendendo uma mecha solta de cabelo atrás da orelha. O ar entre nós se estagnou. A montanha-russa emocional era mais desorientadora do que a concussão.

— Parece um bate-estaca aqui dentro.

Bate-estaca? Do que em nome da pornografia eu estava falando?

Sem aviso, Lark ligou a lanterna do celular e obliterou minhas retinas.

— Minha cabeça já está d-destruída! Você precisa me cegar também?

— Pare de ser tão teimoso. Fique parado. Eu me recuso a deixar você entrar em coma sob a minha supervisão.

— Eu estou *bem*.

No hospital, Lark tinha feito muitas perguntas sobre as piores hipóteses possíveis. A enfermeira lhe assegurara que as concussões eram mais perigosas para aqueles que não tivessem procurado ajuda médica para descartar lesões mais graves. Depois da minha tomografia, eu fora mais ou menos liberado. Eles me disseram para esperar uma recuperação tumultuada e me mandaram para casa aos cuidados de Lark. Uma tarefa que ela levou a sério. Como resultado, minhas pupilas agora ardiam como briquetes de carvão.

Satisfeita, ela desligou a luz, e a sala mergulhou de novo na escuridão. Manchas dançavam no meu campo de visão, e desejei poder ver mais que a silhueta dela. Desejei saber o que dizer. Tirando o nervosismo dela na sala de embalsamamento e ao me ver machucado, ela geralmente era destemida.

— Eu quase sinto que deveria passar a noite aqui — disse ela.

Minha cabeça ainda martelava, todos os pensamentos reduzidos a uma massa de luxúria. Eu estava faminto por carícias e uma pele quente e macia. Pelo fluxo estável da respiração de alguém contra o meu peito. Eu só estivera com duas parceiras antes. Uma garota da fono que eu tinha namorado por um ano quando tinha dezesseis, e Aoife, uma colega de classe do curso de agente funerário. Depois de três anos de paciência, ela admitira que não estava disposta a morar junto com outra pessoa depois do que tinha passado na mão do ex. Desde então, eu não tinha procurado mais ninguém nos seis anos que se seguiram — até ser forçado a fazer isso —, mas sentia falta da intimidade com alguém especial para mim. Queria que Lark passasse a noite comigo. Que ficasse para sempre. Queria mais. As amarras bem atadas. Emaranhadas, entrelaçadas, cheias de nós.

— Talvez você devesse, já que agora nós dois temos ferimentos na cabeça. Se você não se importar com c-corpos na casa.

Pude senti-la estremecer ao meu lado. Uma vez, ela admitira que não gostava nem das casas mal-assombradas do Halloween.

— *No plural?* Como consegue dormir aqui?

— Fácil. Nenhum deles já mirou uma tocha na minha cara.

— Eu devia ter deixado você com a enfermeira Ratched.

A única coisa boa da bolsa de gelo era sua capacidade de me distrair para eu não desenvolver uma ereção latejante. Sangue suficiente se desviava para o meu cérebro também inchado para que eu pudesse continuar funcional. Por muito pouco. Recitei mentalmente a anatomia a partir da extremidade inferior para me distrair da lembrança da língua dela roçando na minha.

Tibial posterior. Abdutor do hálux. Flexor curto dos dedos.

— Cal? — A voz de Lark estava levemente alarmada. — Você parou de respirar.

Totalmente possível. Eu me forcei a bocejar. O bocejo seria uma resposta normal. Mais normal que hipóxia.

Ela se apoiou em um cotovelo e estendeu a mão para alcançar o celular na mesa de canto. Segurei o pulso dela. Encorajado pela escuridão e pelo flerte recente com o dano cerebral, passei o dedão por sua pele aveludada. O pulso de Lark martelava, descontrolado.

— Mire essa tocha na minha direção e vou pegar o taco de novo.

— Isso é um convite? — perguntou ela, um sorrisinho na voz.

Glúteo máximo, ofereceu meu cérebro, sem ajudar em nada. *Glúteo mínimo. Piriforme.*

Meus dedos e minha calça de pijama se tensionaram. Meu corpo estava compensando o tempo perdido, a libido que estivera ausente por anos voltando como uma enxurrada e ameaçando a aniquilação da nossa amizade.

— Sim.

— Ranzinza como sempre. Acho que isso é um sinal de saúde — murmurou ela, zombando da minha última afirmação.

— Lark... Obrigado por cuidar de mim. — Deixei aquele sussurro de gratidão se acomodar sobre nós como um cobertor. A chuva tamborilava nas janelas.

— Você cuida de mim. Mais do que percebe.

Meu coração se inflou. Se ao menos meu pênis murchasse, mas ele era um merdinha obstinado.

— Gostei de beijar você. Queria fazer isso já há um tempo.

Lark se remexeu, me dando um olhar longo e incompreensível antes de passar os dedos gelados na minha bochecha. Sem ousar fechar os olhos, prendi a respiração ao toque delicado no meu lábio inferior. A adrenalina corria pelas minhas veias. Eu estava delirante. Tonto.

Então ela abaixou os dedos.

— Também gostei de beijar você. O problema não foi a satisfação.

— Eu sei.

Ela brincou com o pano enrolado na bolsa de gelo.

— Venho ver como você está de manhã antes de ir para o trabalho, tá bom?

Em todo lugar em que Lark tocava, meus nervos queimavam com um brilho neon. Queria beijá-la de novo. E continuar beijando. Ficar me esfregando nela até ela ofegar e implorar. Queria ir devagar. O problema era que meu tempo estava acabando. Nós dois sabíamos disso.

CAPÍTULO 25

Lark

CALLUM ATENDEU A PORTA naquela calça de moletom ameaçadora na manhã seguinte. Porque os deuses tinham decidido que meu autocontrole seria testado. Apesar de amarrotado, ele parecia bem para alguém que tinha dormido pouco e com um ferimento na cabeça. Não pude evitar imaginá-lo com aquela aparência enquanto rolava na cama ao meu lado.

— Dia. Como está se sentindo?

— Vou sobreviver — disse ele. — Vamos subir. Vou pôr a chaleira no fogo.

Má ideia. Gemidos profundos e barba arranhando foram repassados na minha memória, a curva protetora de braços musculosos me segurando firme. Eu o desejava. Desesperadamente. Aquilo não podia acontecer... não com o futuro dele em jogo.

— Eu preciso mesmo ir.

— Só um segundo. Tenho uma chave reserva para você.

Prendi o lábio com os dentes. Callum focou nisso, depois desviou a atenção.

— O quê, não quer que eu quebre mais nenhuma janela?

Ele soltou uma risada seca e me levou para cima. Callum tirou uma chave de latão de um prego na cozinha. A mesma cozinha onde eu tinha praticamente feito uma dança erótica no colo dele. Ele apertou o metal frio na minha mão. Semanas antes, eu lhe dera uma chave reserva da minha casa depois de esquecer a principal na mesa do escritório. Como eu não dirigia, só percebi quando a procurei na bolsa em frente à porta.

— Não quero que isso mude n-n… nada entre nós. Ainda somos amigos, certo?

A preocupação enrugava a testa dele. Passei o dedão na borda da chave para me impedir de estender a mão e alisar aquela ruga.

— É claro que somos, Cal.

A maneira como ele encarou o chão sugeria que estava mais triste do que reconfortado pela minha resposta.

— Ainda está chovendo. Deixe que eu levo você para o trabalho.

— Já sou crescidinha e vim preparada. — Levantei meu guarda-chuva rosa com empunhadura de madeira no formato da cabeça de um flamingo. — Você precisa descansar. Ordens médicas.

— Sem descanso para os ímpios.

— Ímpio? Você é tão ímpio quanto um papagaio-do-mar — falei.

— Mas preciso ir agora.

Melhor ir embora antes de ligar para o trabalho e arrastar Callum para o quarto para "repousar" na cama. Desci correndo as escadas antes que meu autocontrole terminasse.

A porta da frente se abriu e Deirdre entrou. Ele não tinha me avisado sobre a possibilidade de cruzar com ela durante aquela aparente "volta para casa na manhã seguinte". Muita vergonha, nada do prazer.

— Bom dia! — disse ela, parecendo surpresa. — O que está fazendo aqui?

Perdendo uma batalha contra a minha libido.

Agarrei o corrimão quando Saoirse entrou. O que *ela* estava fazendo ali? Era cedo para uma entrega, mas ela trazia um arranjo impressionante de girassóis.

— Cal bateu a cabeça ontem — respondi a Deirdre. — Vim ver como ele estava. Ele está, há, lá em cima.

— Minha nossa.

— Ele vai ficar bem, mas o médico pediu que ele descansasse por uns dois dias.

Talvez depois de alguns dias ele e eu pudéssemos voltar ao normal.

Ah, quem eu estava querendo enganar? Mesmo que ele esquecesse e seguisse em frente, eu não poderia. Nosso beijo estivera embebido em uma necessidade fervente; ele me fizera sentir ao mesmo tempo acalentada e faminta por mais.

— Isso não vai acontecer. O homem é um *workaholic* — falou Deirdre, as chaves balançando no dedinho.

Precisava mudar de assunto.

— Ei! Que lindas. — Fiz um gesto para as flores vibrantes que Saoirse carregava. — Hidrângeas, certo?

Ela sorriu com a piada interna sobre as flores erradas.

— Eu sempre amei girassóis. São minhas flores favoritas. Tão alegres. — O que mais eu deveria dizer? É claro que fiquei tagarelando sobre o arranjo.

— É um prazer ver você, mas lamento ouvir que Callum está machucado. Vou só pegar o resto da entrega — disse ela, saindo de perto.

Deirdre se inclinou na minha direção.

— Ela vem aqui o dobro de vezes que a última florista vinha, sempre encontrando um motivo para aparecer.

Meus pulmões se espremeram.

— Ele está de olho naquela ali há um tempão, mas sempre foi muito profissional para flertar no trabalho. Callum com certeza tem se soltado mais ultimamente.

Que bom que pude ajudar. Enquanto eu me xingava, o homem em pessoa desceu as escadas. Bem-arrumado em um terno escuro, pronto para mais um dia de trabalho. Filho da puta teimoso e sexy. Saoirse voltou, empurrando um carrinho transbordando de flores enormes. Meu coração virou chumbo quando observei um sorriso reservado se formar nos lábios de Callum enquanto ele a ajudava, e eles entraram juntos no salão de cerimônias. Bem onde não dava para ouvi-los.

Saoirse já tinha experimentado a maciez daqueles lábios. Agora, eu também tinha. Meu coração masoquista ansiava por mais que uma única indulgência. Eu sempre fora uma sonhadora, mas era um delírio alimentar aquele desejo.

— Para dizer a verdade, logo que se mudou aí para o lado, pensei que vocês dois pudessem... — Deirdre fez um gesto vago, mantendo a voz baixa. — Mas Callum me disse: "Não, não vai acontecer". Não pode me culpar por ser romântica! Mas é ótimo que ele tenha uma amiga. Ele nem sempre pode me procurar com seus problemas com as mulheres, não é?

— Se alguma mulher se tornar um problema para ele, ela vai se ver comigo. — A veia protetora explodiu em mim como um foguete de garrafa.

— Não acho que vai precisar defender a honra dele no futuro próximo. Ela é uma das boas. Sabia que eles se dariam bem, se ao menos tivessem uma chance.

É claro. Juntos, os dois voltaram até a mesa da recepção, e Callum se encolheu quando Deirdre acendeu a luminária.

— A luz incomoda você? — Saoirse virou o abajur para o outro lado. — Vou trazer o seu jantar para não precisar cozinhar. Vou fazer uma *cottage pie*, e sempre é muita coisa para uma pessoa só.

O quê? Era para eu estar tomando conta dele. Embora nem soubesse exatamente como fazer uma *cottage pie*.

— Que gentileza! — disse Deirdre. — A favorita dele.

Você está tirando uma com a minha cara?

— Obrigado. — Callum tossiu com uma expressão de dor.

— Vi um artigo no *Independent* sobre *A rainha pirata* outro dia. As pessoas estão realmente ansiosas para ver. Pelo menos eu estou. — Os olhos escuros se fixavam em mim sem nenhum traço de malícia. A atitude amigável de Saoirse era genuína, o que quase tornava tudo pior.

— Que bom saber disso. Na verdade, preciso correr para não me atrasar para o trabalho.

Nenhum sinal da paixão que tínhamos compartilhado horas antes transparecia no rosto de Callum. Dois pares de olhos nos estudavam, mas ele não conseguia se forçar a encontrar os meus. Nós concordávamos a respeito de uma verdade desconfortável: ceder à atração entre nós era um erro.

— Obrigado por vir ver como eu estava, Lark.

— Para que servem os amigos? — O sentimento arranhou minha garganta como uma lixa.

—✝—

— LO, EU FIZ besteira. — Derrotada, me joguei no sofá com o telefone no ouvido. — Eu beijei o Callum ontem à noite.

— Finalmente! — Ela deu um suspiro dramático. — Pensei que você fosse entrar em combustão de tanta frustração sexual. Volte tudo. Comece do começo. Não deixe nada de fora.

Depois de recapitular o quase beijo durante a patinação, meu pânico com a concussão e a lavagem do cabelo, contei a Cielo sobre escalar pela janela só para aterrissar na mesa de embalsamamento. Os carinhos no sofá. Disse a ela sobre o selinho espontâneo que resultou em Callum me puxando para um beijo elétrico e sublime.

— Não consigo parar de pensar na maneira como ele me tocou. Mas odiaria estragar nossa dinâmica tornando-a algo físico. — Talvez eu já tivesse danificado nossa amizade irremediavelmente.

O pau de Callum entre as minhas pernas era uma tortura. Uma provocação do que eu não podia ter.

— Você merece dar uma sacudida no esqueleto.

— Não *posso*.

— Seus votos para Reese não incluíam "Nunca vou olhar para outro cara se o impensável acontecer" — disse Cielo.

Não, mas fiz, sim, a promessa de que não me permitiria entrar em outro relacionamento.

— Você vai se limitar para sempre a se satisfazer sozinha pensando em *Bridgerton*?

Imagens inconvenientes de Callum numa calça de montaria de couro, soltando a gravata do pescoço com um brilho promissor nos olhos, inundaram minha mente. Ter uma imaginação vívida não é tudo isso que dizem.

— Não tire sarro do meu fetiche pela Regência britânica. Me

ajudou a passar por momentos difíceis — alertei. — Graças à situação com a herança, Cal precisa de alguém que possa um dia ser sua esposa. Como ele pode investir emocionalmente em alguém novo se estivermos transando?

— Você não é a única capaz de compartimentalizar — falou Cielo. — Amizades coloridas não são complicadas se estabelecer regras básicas. Garanta que ele saiba que você quer que ele continue indo aos encontros. Duvido que ele ache a proposta inoportuna. Só vantagens, nenhuma expectativa romântica.

Tentada, mordi a cutícula. Pelo que tinha aprendido na internet, não seria inédito uma pessoa demissexual fazer sexo casual. O próprio Callum me garantiu que não precisava amar para sentir desejo. Só uma conexão. Não queria brincar com o coração dele, mas queria *me divertir*... embora não pudesse em sã consciência distraí-lo do seu objetivo marital. O futuro inteiro dele dependia disso.

— Veja bem — disse Lo. — Ele tomou a iniciativa de um beijo que você descreveu como "de derreter a calcinha". Ele sabe que logo você vai embora, então não está esperando um compromisso. Dê algum crédito a ele: o homem está dizendo exatamente o que quer. Durma com ele. Tire a roupa e isso da cabeça.

Talvez pudéssemos só trepar uma vez para resolver nossa frustração sexual mútua e as coisas voltariam ao normal. Limites claros podiam ser estabelecidos com o consentimento de dois adultos. Callum tinha uma meta. Eu tinha uma regra de solteirice permanente. Nenhuma razão para esperar mais que uma transa quente, sem compromisso. Bom, quente era um eufemismo... a temperatura da coisa era tipo "brincando com fósforo estando encharcado de gasolina".

Enfim entendi o apelo de um incêndio criminoso.

— Quem sabe só uma vez. — Sorri. — Para tirar isso da cabeça.

CAPÍTULO 26
Callum

— VOCÊ ACHA QUE funcionou? — Saoirse empurrou um recipiente na direção do meu peito e atravessou a soleira da porta.

— Do que está falando?

— Disso — falou ela, acenando para o pote e depois para si mesma. — Foi deliberado.

— A *cottage pie*?

— Trouxe o seu jantar para deixar Lark com ciúmes, *amadán*. — *Tolo*. Ela estava certa quanto a isso. Saoirse balançou a cabeça. O batom brilhante acentuava sua boca, e um vestido justo revelava a maior parte das suas pernas. Uma aparência muito distante do traje discreto e profissional que ela usava pela manhã.

— O quê? Por quê?

— Porque vocês estão rondando um ao outro há tanto tempo que *eu* estou tonta. As vezes o ciúme impele as pessoas à ação.

— A Lark... não é uma opção, lembra? — Meu coração palpitou. Eu ainda estava magoado e não queria discutir o assunto.

— O que aconteceu entre vocês?

— Nada!

O que eu deveria dizer, que demos uns amassos na frente da pia da cozinha? *Ha*.

Com a mão na cintura, ela me encarou fixamente.

— Mentiroso.

— Eu a beijei. Eu a beijei, e ela foi embora. O mais rápido que conseguiu.

— Quando?

— Quando o quê?

— Quando a beijou? — Saoirse enunciou cada palavra com exasperação. — Você bateu a cabeça feio, não foi?

— Ontem à noite.

— E ainda assim ela voltou aqui de manhã cedinho.

— Ela só veio ver como eu estava p-p-por causa da concussão.

— Será que é mesmo o ferimento, ou você é burro desse jeito? A Lark gosta de você. Aposto que ela retribuiu o beijo.

Ela fizera mais que isso. Ainda conseguia sentir a respiração dela no meu pescoço enquanto gemia. Ainda sentia sua bunda firme nas minhas mãos. Ainda sentia o leve gosto de sal da sua pele.

— Eu...

Saoirse levantou uma mão.

— Callum, não precisa responder. Está escrito na sua cara. E pude ver escrito na dela também.

Ela pôde?

Eu não tinha tempo a perder quando se tratava de achar alguém. Um noivado na velocidade da luz não era a minha ideia de romance, e a cada dia que passava um relacionamento arrebatador parecia menos provável. Nesse ritmo, a Refúgio do Salgueiro com certeza acabaria nas mãos do meu pai, e então na dos O'Reilly.

Queria propor a Lark, mas, mesmo que ela aceitasse se casar comigo para cumprir as condições da herança — o que na melhor das hipóteses era pouco provável —, ia querer mais que um casamento por conveniência. Eu queria a coisa de verdade. Para nós dois. Sem favores.

A menos que Deirdre tivesse lhe contado, Saoirse não tinha conhecimento da minha situação, mas eu lhe contara sobre Lark e a incompatibilidade fundamental que me preocupava: apesar do seu jeito caloroso e afetuoso, ela não queria filhos. Muito menos um anel no seu dedo. Ela havia sido explícita com relação a isso.

Eu precisava achar alguém, e rápido. Menos de quatro curtos meses até meu aniversário, no final de julho. Quatro semanas até que precisasse dar entrada na licença de casamento. O pensamento me deixava mais nauseado a cada hora que passava, não que eu já estivesse contando as horas a essa altura.

— Um dia ela vai embora e você vai perceber que não fez nada para fazê-la ficar — disse Saoirse. A verdade daquilo acertou meu peito como um arpão. A confusão que se espalhara pelo rosto de Lark enquanto ela se levantava do meu colo. Ela havia fugido sem olhar para trás. E provavelmente faria o mesmo quando acabasse o filme no verão.

Resignado, cruzei os braços.

— Tem razão. Um dia, em breve, ela *vai* embora.

Estava morrendo de medo de que ela levasse meu coração com ela.

CAPÍTULO 27

Lark

ANVI LEVANTOU OS OLHOS do storyboard dos créditos finais. Metade da equipe já havia deixado o escritório de planta aberta, ansiosa pelo início do fim de semana.

— Bebidas no Toca da Lebre depois do trabalho?

— Não, dessa vez não.

Eu não queria ir sem Callum, e não o arrastaria para um pub barulhento se sua dor de cabeça não tivesse melhorado. Eu só... queria ficar sozinha com ele. E, para ser sincera, queria ver se ele estaria aberto a uma situação do tipo Amigos 2.0. Não era uma conversa para se ter em público.

— Opa. Chegando. — Anvi apontou com o queixo para o lado. Honestamente, o cheiro de enxofre deveria preceder Seán para alertar as pessoas. Ela fugiu para o banheiro, e não a culpei.

— Ei, Seán. Queria perguntar se não gostaria de dar um gás e ficar depois do horário.

Ele franziu a testa.

— Será que eu gostaria?

— Ou se está disponível para vir em um sábado por algumas horas. Preciso desse gás: sua parte está atrasada.

— Então, Lark, o que estou ouvindo é que está tentando me fazer dar um gás rapidinho no fim de semana — exclamou ele, lançando um olhar divertido pela sala, como se estivesse contado uma piada. — Ou prefere um mais longo?

As canetas Stylus pausaram no ar enquanto nossos colegas apreciavam o espetáculo. Rory me observava com uma expressão conflituosa, mordendo o lábio como se quisesse dizer alguma coisa.

Seán deu um passo na minha direção, um desafio nos olhos enquanto invadia meu espaço.

— O que preferiria que eu lhe desse? Um longo depois de um dia árduo de trabalho ou um rapidinho em um sábado à noite?

O desconforto pinicava minhas entranhas.

— Tanto faz. Se não quiser fazer isso, posso oferecer a outra pessoa.

— Pedindo a qualquer um que dê um gás, então? — Ele deu uma risadinha de desdém, e uma Hannah de rosto vermelho fez uma careta para ele. — Parece desesperada.

— Deixa ela em paz. — A voz de Rory foi hesitante, mas clara.

Acenei com a cabeça para elu em gratidão. Seán intimidava a maior parte da equipe em um silêncio involuntário quando se tratava do seu mau comportamento. A coragem e a camaradagem de Rory e Anvi me fortaleciam.

— Sim, desesperada para terminar esse filme sem pedir aos produtores uma extensão de prazo. Nunca precisei disso antes, e não vou começar agora. — Meus olhos se estreitaram para ele, mesmo que minha voz tivesse vacilado. — Isso é um sim?

— Uma extensão não vai ser necessária. Eu dou conta.

Bizarro. Enquanto Seán se afastava, Rory balançou a cabeça e fez um gesto me chamando, mas um recado do sr. Sullivan me redirecionou para o meu escritório. Depois de atualizá-lo sobre o progresso feito naquela semana, meu celular tocou.

Meu coração deu um pulo quando vi Callum. Mais cedo, tinha perguntado como ele estava, e agora ele respondera com uma foto de si mesmo no showroom dos caixões com o rosto inexpressivo, fazendo um joinha. A ansiedade corria em minhas veias enquanto eu pensava em sugerir que acabássemos com aquela tensão entre nós de uma vez por todas. Em desabotoar botão por botão do seu colete almofadinha enquanto sua respiração saía do peito irregular e acelerada. Nas suas mãos grandes e habilidosas se moldando ao meu corpo. No desespero nos seus olhos de arsênico enquanto se esfregava em mim.

Nós precisávamos daquilo.

Uma noite. Uma noite e nada mais, então poderíamos deixar aquela tensão para trás. Mas como você pede ao seu melhor amigo para dormir com você?

CAPÍTULO 28
Callum

— FIQUE À VONTADE. — Lark fez um gesto me convidando para entrar. — *Mi casa es su casa.*

Com o tabuleiro de xadrez em uma caixa sob um dos braços, cruzei a soleira da porta. Ela não tinha perdido tempo e já tirara sua roupa casual de trabalho, usando agora um pijama arco-íris estilo baby-doll, cujo short atlético inspirado nos anos 1970 abraçava suas coxas. Nos últimos dois dias, a sensação delas enroladas em mim tinha sido reproduzida incontáveis vezes na minha mente. Com relutância, desviei os olhos.

Duas sacolas engorduradas do Supermac's repousavam no seu baú transformado em mesa de centro. Eu estava tão ocupado no trabalho que não tinha almoçado. O médico tinha recomendado quatro dias inteiros de descanso após a concussão. É claro que havia trabalhado nos últimos dois dias, apesar das objeções de Lark e Deirdre. Se não estivesse tentando juntar o dinheiro para comprar a Refúgio do Salgueiro de Pádraig, já teria contratado alguém para me ajudar.

— Estava sofrendo de um caso terrível de abstinência de Whataburger — explicou Lark com a boca cheia de batata frita com curry. — Embora o hambúrguer deles seja superior e eu sinta falta do pequeno *jalapeño* que vem como acompanhamento, preciso admitir que vocês, irlandeses, sabem lidar com uma batata.

Compartilhamos a refeição em relativo silêncio. Notei que Lark não perguntou sobre a *cottage pie* do dia anterior, nem sobre uma certa florista. Seu olhar recaía sobre mim, curioso, um pouco desconfortável, mas… inconfundivelmente faminto. Isso me deu esperança de que o beijo tivesse ficado se repetindo na memória dela também.

Nossa típica noite de cinema não era uma opção graças às recomendações médicas de evitar telas de TV e celular por alguns dias, então, depois do sorvete, arrumamos o tabuleiro de xadrez. Como esperado, preferi jogar com as pretas.

— Hoje o Seán tirou uma com a minha cara — disse ela em voz baixa depois de alguns movimentos. — Nem sempre consigo entender o que ele quer dizer, mas sei que é francamente rude.

Filho da puta maldito. Meus dedos se apertaram ao redor de um peão.

— O que aconteceu?

— Bom, perguntei se ele podia dar um gás, ficando depois do horário ou algumas horas no fim de semana. Ele precisa fazer a parte dele. Mas não entendi por que isso o fez rir. Tão estranho. Ele ficou dizendo que eu estava pedindo um gás para qualquer um, me chamou de desesperada.

— *Dar um gás* é uma gíria para masturbar.

— *O quê?* Eca.

— Denuncie ao RH — falei, forçando minha voz a permanecer gentil. Minha raiva era direcionada exclusivamente a ele, não a ela. — O Seán é uma criança invejosa e mesquinha.

— Ele me fez parecer ignorante na frente da equipe. E não posso nem dizer nada, porque ele é sobrinho do dono.

— Você está longe de ser ignorante. É esforçada e corajosa, e é a chefe dele. Não permita que ele se esqueça disso.

— Fico paranoica achando que um dia alguém vai dizer alguma coisa que me faça realmente sentir nojo. Ahn... ranço — corrigiu Lark. — Gostaria de saber se eu sou o alvo das piadas maldosas de Seán ou se estão me paquerando no pub.

— Arrancaria com prazer os dentes da boca de um homem por você, se isso acontecer.

A simples ideia de caçoarem abertamente dela me fez querer enfiar meu velho bastão de *hurling* no crânio duro do seu colega de trabalho. Instintos violentos à parte, Lark precisava demonstrar força no trabalho ou aquele cuzão nunca a deixaria em paz. Talvez eu pudesse ajudá-la a se armar com conhecimento suficiente para se defender da próxima vez.

— Quer algumas aulas sobre gírias irlandesas?

— Você se importaria? Nos Estados Unidos, temos uma expressão: *que Deus te abençoe*. No sentido literal, é uma fala fofa. Na realidade, geralmente é um "você é burro" descarado ou mesmo um "você que se foda". Preciso saber coisas assim.

Sorri enquanto capturava outro peão.

— Deus te ama. Como em: "Deus te ama, olha só o seu tamanho" para uma grávida. A ideia é amenizar um pouco a intensidade de um insulto, mas é ineficaz.

Discutimos expressões idiomáticas passivo-agressivas, até que a conversa desviou para outras gírias.

— Fale em irlandês comigo — disse Lark em um sotaque exagerado digno de uma debutante texana de cabelo bufante. Com o dedo, ela acariciou o topo em forma de domo do bispo apenas por tempo o bastante para ser sugestivo. — Me diga algumas das maneiras mais criativas como o seu povo diz... bem, você sabe, coisas sexuais. Pelo bem da competência cultural. Você não vai me ofender, prometo.

Porra, aquilo era doloroso. Agora ela queria discutir sexo? Em silêncio, avancei meu cavalo para encurralar a torre dela.

— Deixa pra lá. Não precisamos...

— Nadar no p-pântano musgoso. Isso é para... — Passei as costas da mão na boca com timidez. Ela apertou os olhos, sem entender. Meu jogo era o xadrez, não mímica. — Para dar prazer a uma mulher. Oralmente — esclareci.

Os olhos dela se arregalaram. Imaginei qual seria o gosto dela, que aparência ela teria se me ajoelhasse entre as suas coxas. Lábios entreabertos, cabelo despenteado, olhos semicerrados.

— Ou rosnar para o t-t-texugo, mas esse é mais escocês.

— Ai, meu Deus! — A risada borbulhou para fora dela e ela bateu palmas, encantada. — Os dois são maravilhosos e traumatizantes.

Comi a torre dela, que se juntou à congregação de peões no meu lado do tabuleiro.

— Qual é um eufemismo que alguém poderia dizer no Texas?

— Eu não sei... Afogar o ganso? Mas isso é mais para o ato em si.
— Fofo.

A rainha de Lark cruzou o tabuleiro em direção ao meu rei. Um momento de contato visual carregado e silencioso se passou, seu sorriso doce dando lugar a algo mais intenso. Ela perguntou com cautela:

— Como você diria isso a sério? Chupar uma mulher? No seu idioma?

Meu pau se contraiu. Seguir por aquele caminho era uma ideia horrível se fôssemos mesmo manter as coisas apenas amigáveis. Ela sempre gostava de correr riscos. Será que tinha mudado de ideia desde que fugira da minha cozinha?

— *Gnéas béil.* — Minha voz se tornou áspera de desejo.

— Gosto muito mais dessa versão. Fala de novo?

Repeti, olhando diretamente para o rosto de Lark enquanto ela estremecia ao ouvir o som. O que mais poderia fazê-la estremecer e se contorcer? Minha boca, minhas mãos...

Um tom rosado coloriu suas bochechas.

— Falando em língua, como está a sua?

— Ainda dolorida. — Um semicírculo incômodo ainda marcava onde eu tinha me mordido durante a queda. Eu a coloquei para fora devagar, sem tirar os olhos dela. Ela se inclinou para examiná-la e o decote profundo da blusa deixou seu colo à mostra. Tentei não me imaginar sentindo o gosto persistente do sorvete de baunilha na língua dela.

— Ai — disse ela, me tirando dos meus pensamentos. — Hum, é a vez de quem?

— Minha. Desculpa.

Distraidamente, utilizei minha torre para defender o rei. Eu estava perdendo, e feio. Culpa da minha oponente parcamente vestida, o que era uma distração incrível. Ela depositou minha torre junto ao restante das baixas. Todas pretas, as peças pareciam enlutados em uma procissão.

— Para propósitos educacionais... — Lark colocou uma mecha de cabelo loiro atrás da orelha. — Como se diz *sexo*? Tipo, numa conversa, não clinicamente.

Com grande esforço, consegui engolir.

— *Ag bualadh craicinn.*
— Que palavrão. Como se traduz literalmente?
Sorri timidamente.
— Pele batendo.
— E como você diria *pinto*?
— B-Bod.

Pensamentos obscenos atravessaram minha mente. Será que ela pensava em mim, tarde da noite? Eu havia pensado nela. Meus pensamentos sempre se voltavam para ela.

— Você vive para me deixar alvoroçado — falei. Não era bem uma crítica, mas a constatação de uma verdade que sempre estivera lá entre nós. Ao mesmo tempo, Lark era estranha e familiar. Conforto e desafio. Uma linda contradição.

— Só porque distrai você do jogo. — Ela tomou minha rainha.

Soltei uma lufada de ar e sacudi a cabeça.

— Merdinha trapaceira.

Ela balançou o quadril de modo brincalhão para a provocação e apontou para a própria bunda sentada. Sua sobrancelha se arqueou pedindo silenciosamente uma tradução. Aquele rubor brilhando nas suas bochechas era deslumbrante na luz do fim de tarde.

Sorri e desviei o olhar, mas meus olhos não conseguiam ficar longe dela por muito tempo.

— *Tóin*. Isso é, há, traseiro. Não vulgar.

Elétrons em frenesi crepitavam no ar entre nós. Ela passou as palmas da mão nos seios, os mamilos duros visíveis através da blusa fina e do sutiã.

— *B-b-brollach* — sibilei, lhe dizendo a palavra para seios. — *Tá tú go hálainn...* você é linda.

— Como eu diria... — Lark parou de falar, abrindo convidativamente as pernas. Os olhos azuis-acinzentados queimavam os meus, cheios de um desafio tácito.

— Há, é *faighin*. — Meu Deus, eu estava mesmo alvoroçado enquanto encarava a virilha dela naquele short proibitivamente curto.
— Ou *púrsa te* se ela estiver... *áilíosach*. Excitada.

E dava para ver que ela estava. Lark podia ser quem seduzia, mas ela não era a única com poder nessa situação. *Ela me desejava.*

Aquilo ia acontecer, mesmo que não fosse uma boa ideia. A ansiedade se misturava à empolgação. Será que eu conseguiria satisfazê-la? Já fazia um bom tempo desde o meu relacionamento com Aoife. Um tempo longo o bastante para que eu esquecesse quaisquer habilidades que algum dia tivera — mas com certeza daria o melhor de mim por Lark.

— Como se diz *se tocar*? — Metade pedido, metade confissão. Provocação pura. Recostando-se no assento, ela passava os dedos para a frente e para trás na sua coxa nua.

— *Féintruailligh* — grunhi, minha calça armada e esticada. Entreguei-me àquilo. À aula de irlandês indecente. Ao tom intoxicante da voz de Lark. A mão esquerda dela se perdeu entre as coxas e roçou no seu ponto mais sensível por um instante fugaz. Eu a *senti* prender a respiração e parei completamente de inspirar. A expressão pecaminosa de Lark fez meu corpo inteiro rugir ao ganhar vida, movido por um desejo furioso. Para ter alguma coisa para fazer com as mãos, movi o cavalo sem nem olhar para o tabuleiro.

— Por favor? — Era um pedido de tradução ou um apelo desesperado por clemência?

— *Le do thoil* — traduzi, pouco mais que uma respiração entrecortada. Literalmente, "conforme a sua vontade". Eu mesmo parecia estar implorando.

— Minha vez. — Com um sorrisinho presunçoso, ela tirou a mão inquieta da coxa, envolvendo meu rei com ela provocativamente devagar, para saborear a vitória. Lark podia ter o que quisesse; eu estava entregue a ela. — Como eu digo *xeque-mate*?

Apoiei as mãos no baú para me inclinar sobre o tabuleiro.

— Preferiria ensinar a você algo mais prático.

— *Mau perdedor?*

— *Tabhair póg dom.* — Umedeci meus lábios com a língua, e os olhos dela seguiram o movimento. Não pude conter um sorriso. — Significa "me beija".

Cedendo à tensão, nos conectamos em um beijo ardente sobre o tabuleiro, derrubando as peças. Qualquer argumento lógico sobre por que não devíamos fazer aquilo simplesmente desvaneceu. Suas unhas curtas e pintadas rasparam a minha barba por fazer, cada nervo pegando fogo com a sensação arrepiante. O cheiro dela era delicioso. Eu queria que ela entrasse nos meus pulmões. Queria inalá-la. Consumi-la.

Lark se levantou e ficou em pé na minha frente. Eu permanecia sentado, então nossa diferença de altura não era tão proeminente. Não que eu me importasse. Ela se colocou entre os meus joelhos, os dedos entrelaçados na minha nuca dolorida, logo abaixo dos pontos. A vida era cruel e imprevisível demais para viver com medo. Curta demais para viver desejando ter corrido aquele risco. No fundo, eu sempre soubera disso, mas ela me deu a coragem para finalmente agir.

Nós dois soltamos risadas constrangidas quando nossos olhos se encontraram. Parte alívio, parte incredulidade. Uma pausa recaiu sobre nós. Uma oportunidade de pensar direito antes de alterar nossa amizade para sempre. Uma sombra passou brevemente pelo rosto de Lark. Sobrancelhas juntas, mãos imóveis. Ela estava em dúvida.

Eu me afastei.

— Só se você tiver certeza, amor.

Em resposta, Lark arrancou a blusa. Os pequenos seios estavam aninhados em um sutiã rosa de renda. *Puta que pariu.*

— Tenho certeza. Vamos fazer isso uma vez, para conseguirmos seguir em frente. Ainda podemos ser amigos. Um monte de gente faz isso.

Amigos. Ela não tinha me perguntado como se diz "Eu te amo". E por que perguntaria? Lark não queria um relacionamento. Do ponto de vista dela, a frase era irrelevante para esse momento — mas para mim, não. Eu nunca seguiria em frente, mas aceitaria o que ela estava disposta a oferecer.

Uma área de pele nua e renda implorava pela minha atenção, e eu me permiti saborear aquela bela visão por um momento antes de tirar os óculos. O que acabou comigo foi a expressão dela, ao mesmo tempo vulnerável e erótica.

— Estou um pouco nervosa — ela admitiu baixinho. — Da última vez que estive com alguém, eu era casada com a pessoa.

— Não que seja uma competição, mas acho que faz mais tempo para mim. Seis anos mais ou menos. — Dei de ombros de modo autodepreciativo.

— Não vamos pensar demais — falou Lark. — Podemos nos divertir, liberar a tensão. Abraçar a espontaneidade.

Dei um beijo suave nos lábios dela. Meu Deus, como era bom enfim ter permissão para fazer isso.

— Tinha mesmo um pouco de tensão, não tinha?

Seu sorriso em resposta era uma visão divina. Como o restante dela. Minhas mãos trêmulas deslizaram pela sua barriga macia, seus lábios, suas costelas. Reagindo às minhas palmas grandes, ela praticamente derreteu.

— Como digo que quero você? — sussurrou Lark.

Tive dificuldade para verbalizar, tomando fôlego antes de conseguir dizer:

— *Santaíonn mé thú.*

CAPÍTULO 29
Callum

LARK ME LEVOU ATÉ o quarto pela mão, então a colocou sobre o seio dela. *Puta que pariu*. Aquilo estava mesmo acontecendo. Tremores sacudiram meus dedos quando o punhado macio e coberto de renda cedeu ao aperto. Pupilas dilatadas quase engolfaram os olhos dela com uma voracidade que me causou um arrepio na espinha. De modo torturantemente lento, ela me empurrou sobre a cama e montou em mim. Eu me esfregava nela com um desespero crescente. Sem fôlego, ela recuou e arrancou minha camiseta, acariciando meu peito e meus braços de modo apreciativo.

— Ai, meu Deus — murmurei, passando o dedão nos mamilos dela. Lark pressionou minha ereção com força, o que a fez gemer. Eu me deliciava com as reações dela. Cada músculo tensionado e a exalação resultante. O inebriante aroma cítrico misturado a baunilha preencheu minhas narinas, tão intoxicante quanto o olhar tórrido dela.

Ela deslizou pelo meu corpo e se colocou de joelhos, abriu o zíper da minha calça e a puxou para baixo. Eu fiquei lá deitado, o coração martelando enquanto ela me despia. Cada célula no meu corpo a desejava. E Lark me desejava. Meu pau se livrou da cueca boxer.

— Quem diria que o ceifador teria uma foice tão bonita?

— Do que você acabou de chamar meu pênis? — Brincadeiras e piadas cafonas ajudavam a me lembrar de que aquilo era casual, não algo profundo.

— Estou com um pouquinho de medo de que você me mate com essa coisa.

Parei de rir e minhas pálpebras se fecharam quando a mão de Lark me envolveu. Ela aumentou o ritmo dos movimentos, mas eu não duraria muito se ela continuasse daquele jeito. Eu a virei e pressionei as costas dela colchão, prendendo-a com os antebraços. Tracei o maxilar e o pescoço dela com beijos calorosos, minha barba por fazer com certeza arranhando a pele sensível. Baixei uma alça do sutiã dela, depois a outra, beijando cada ombro.

Uma necessidade primitiva tomou conta de mim. Fazia tanto tempo que não sentia aquilo, e nunca com tamanha intensidade. Cada lugar onde nossos corpos se tocavam praticamente estava em combustão.

— Você é perfeita. — Abaixando a cabeça, coloquei minha atenção nos seios deliciosos, pegando um mamilo enrijecido entre os dentes.

— Cal!

Congelei. Será que eu tinha ido longe demais? Ela afundou uma mão no meu cabelo.

— Eu gostei. Você só me pegou de surpresa. Tudo bem dar umas mordidinhas.

O alívio arrancou um sorriso da minha boca. Arrastei os lábios pelo torso dela até ficar de joelhos no chão ao pé da cama, assumindo uma posição de veneração. O que era exatamente o que eu pretendia fazer.

— Diga se quiser que eu pare.

— Me toque antes que eu enlouqueça.

Agarrando os tornozelos dela, puxei Lark para baixo até suas panturrilhas torneadas ficarem penduradas para fora da cama, flanqueando minhas orelhas.

— *Féintruailligh* — falei, no irlandês que havia ensinado a ela alguns minutos antes. — *Se toque*. Me mostre do que você gosta. Me mostre como tocar você. Me mostre tudo.

Eu deslizei o short e a calcinha encharcada pelas pernas dela e os joguei no chão. Os olhos de Lark queimaram em brasa quando afastei seus joelhos e inalei seu aroma. Minha boca literalmente salivou. Ela estava mais do que pronta. Alimentando o meu desejo, ela obedeceu ao meu comando, os dedos finos massageando sua boceta molhada. Ela me assistia observando-a, mordendo o lábio quando tocava um ponto particularmente sensível. Meu foco oscilava entre o seu rosto e os seus dedos ágeis e escorregadios. Eu tinha imaginado aquilo, mas a vida real superava a fantasia.

Faminto e impaciente, afastei a mão dela.

— Minha vez.

Na primeira lambida vagarosa e deliciosa, Lark gemeu e apertou as coxas em volta das minhas orelhas. *Isso*. Com os dedos entrelaçados no meu cabelo, ela murmurou meu nome enquanto eu segurava suas pernas abertas. Eu a devorei, alternando entre enfiar a língua e chupar seu clitóris intumescido. Gotas de líquido pré-ejaculatório saíram do meu pau. *Ainda não*. Quase perdi o controle quando uma explosão suculenta atingiu minha língua. Sons gorgolejantes se misturavam aos gemidos dela enquanto eu matava a minha sede. Enquanto eu me afogava nela.

Quando me afastei, ela levantou as pálpebras pesadas, as pernas ainda tremendo. Lambi os lábios de modo teatral enquanto montava nela. Ela precisava saber como era deliciosa. Eu a beijei, querendo que Lark sentisse seu gosto. Ela provocou meu pau, uma carícia lenta por cada borda e veia. Eu gemi, meio de agonia, meio de êxtase.

Depois de meses de desejo, tinha chegado ao limite. Nunca mentira para Lark antes, mas não tinha sido totalmente honesto quando ela perguntara como se diz "Eu quero você". *Santaíonn mé thú* também significa "Eu te amo". Quando se tratava de Lark, querer e amar eram a mesma coisa. Sussurrar isso para ela em irlandês era um modo seguro de confessar aquilo.

Com um suspiro, ela disse:

— Acabei de me lembrar: o termo francês para orgasmo é *la petite mort*. Que adequado.

— *Na verdade* é assim que chamo meu pau. A Pequena Morte — falei, brincando, entre beijos. Um pensamento me atingiu como água gelada. — Merda. Camisinhas.

— Eu tenho algumas.

Com relutância, Lark desceu da cama e pegou uma no banheiro. Com os seios firmes pulando, ela correu de volta e pulou no colchão, usando nada além de um sorriso malicioso. Eu era um filho da puta sortudo.

— Permita-me — disse ela. Fiquei assistindo enquanto ela lambia a ponta do meu pau, envolvendo a cabeça entre os lábios inchados antes de desenrolar a camisinha.

Por favor, que eu consiga fazer isso ser bom para ela.

Com uma lentidão dolorosa, Lark montou em mim e afundou. Por um momento, ficamos parados, travados em incredulidade mútua. Senti-la era incrível. Olhando nos meus olhos, ela aceitou cada centímetro. Quando a preenchi, ela me encheu de admiração. Até que não havia mais lugar para solidão. Só Lark. Só nós. Só aquele momento perfeito.

— Continue falando comigo — implorou ela quando encontramos nosso ritmo. Nervoso e tomado pela sensação, eu me preocupei com a minha capacidade de falar. — Como digo que o que estou sentindo agora é incrível?

— *Braitheann sin go d-deas.*

Experimentalmente, ela rebolou o quadril. Nós dois gememos com a intensidade.

— *Níos moille* — sussurrei, salpicando beijos nos seios lindos dela. — Vá mais devagar.

Determinado a não a deixá-la de fora, deslizei um dedão entre nós para massagear seu clitóris, e ela arqueou as costas. *Puta merda.* Meio tonto, eu me entreguei ao momento, admirando Lark enquanto ela se desmanchava. Estabeleci um ritmo lento e sensual, e ela se enterrou nos meus ombros. O cabelo loiro bagunçado obscurecia um pouco seus olhos entreabertos, mas seu olhar era assustadoramente reverente. Lágrimas não derramadas brilhavam em seus olhos.

Eu segurei o quadril dela para parar as ondulações. Será que a tinha machucado acidentalmente?

— Lark?

— Cal... não pare agora. Por favor. Preciso de você.

Meu coração quase explodiu. Ela agarrou meus pulsos, prendendo-os de cada lado da minha cabeça. Mãos ávidas percorreram meus braços com apreciação, então se entrelaçaram nos meus dedos. Tão íntimo. Tentei manter contato visual, mas ela fechou bem os olhos e me cavalgou com agressão renovada. Certo. Não estávamos fazendo amor, estávamos fodendo.

Pelo menos, era para ser assim.

— Continue me comendo — exigiu Lark. — Mais rápido.

Tudo que ela quisesse. Tudo que eu pudesse dar. Soltando-me com facilidade, coloquei as mãos na bunda dela. Comecei a meter com mais força, até que meu ritmo se tornou tão rápido quanto nossa respiração ofegante. De repente, ela estava se contraindo, se contorcendo, gemendo. A visão e a audição desvaneceram quando o tato dominou meus sentidos. O sal queimava minha língua enquanto meus dentes roçavam na pele dela. Abracei Lark com mais força. Murmurando uma sequência de profanidades, enterrei o calcanhar no colchão e enchi a camisinha. Eu me recusei a aliviar um pouco a pressão, mesmo quando nossos movimentos ficaram mais lentos e eu amoleci dentro dela. Mesmo quando ela capturou meus lábios inchados com beijos lânguidos e saciados.

Queria que Lark nunca mais descesse de cima de mim; queria que nunca mais voltássemos a ser só amigos.

CAPÍTULO 30

Lark

CALLUM TROUXE UMA BANDEJA arrumada com pratos de ovos, feijão, pão irlandês, fatias de tomate grelhado e *black pudding*. Café da manhã tradicional irlandês: a tristeza dos cardiologistas, o amigo dos agentes funerários. Tínhamos caído no sono abraçados, mas ele deve ter saído sorrateiramente para pegar os ingredientes e a bandeja na própria cozinha antes que eu acordasse e voltado para preparar tudo.

Cal queria cuidar de mim. Assim como eu queria cuidar dele.

Eu me sentei e coloquei um suéter. Nada que tivesse vivenciado nos últimos dois anos me trouxera paz como o abraço dele... mas quais seriam as consequências?

— Uau. Isso é um plano para me impressionar? Considere-o bem-sucedido.

— Pensei que nós precisávamos comer, e ainda não estava pronto para deixar você sair da c-c... sair da cama.

Eu também não estava pronta para a partida dele. Envergonhada, tentei passar os dedos pelo ninho loiro em cima da minha cabeça.

Callum se sentou ao meu lado, as pernas estendidas e cruzadas no tornozelo. Eu me arrependi de ter apenas um travesseiro e o coloquei entre a cabeceira e as costas dele, mas ele insistiu que eu o usasse. Generoso e paciente, ele seria um marido incrível. Para outra pessoa. Algum dia, em breve, se tudo acontecesse de acordo com o plano. Não pude impedir meu queixo de tremer ao pensar nisso e me virei para que ele não notasse.

Como eu desligaria meus sentimentos por Cal depois de provar seu beijo carinhoso? Como um dia conseguiria parar de querê-lo um dia depois de ouvi-lo rosnar enquanto o êxtase inundava seu corpo?

Ele pegou alguns feijões com uma torrada. Cabia a mim iniciar a conversa. Que sorte a minha.

— A noite passada foi... — *Profundamente satisfatória em cada nível emocional e físico.* — Muito divertida.

Argh. Eu tinha mesmo acabado de diminuir aquela experiência espiritual transformadora chamando-a de *muito divertida*, como uma ficada aleatória com um estranho? O que eu deveria dizer, que ele tinha me levado às lágrimas? *Não*. Eu não estava pronta para furar a nossa bolha de contentamento. Meu coração inconsequente se partiu, sabendo que meus sentimentos já estavam envolvidos para além do controlável.

— Verdade. — Callum sorriu sem entusiasmo.

Se eu pudesse, gravaria o formato dos seus lábios no meu coração, para que não houvesse o risco de esquecer sua suavidade.

— Nós provavelmente deveríamos, há, falar sobre isso — ele disse.

— Sim. Foi meio por isso que eu trouxe o assunto à tona — falei.

— Ok.

— Você primeiro.

Meu quarto ficou em silêncio, com exceção dos dentes do meu garfo raspando no prato enquanto capturava um tomate grelhado.

Tínhamos trocado poucas palavras durante as preliminares. Corpos e cérebros marinados em hormônios nem sempre tomam boas decisões, mas o que estava feito estava feito. Reconhecer nossa conexão potente era mais assustador do que eu imaginara. A ideia de que não havia sentimentos tinha sido uma proteção para nós dois. Agora a ilusão fora estilhaçada.

Dormir juntos tinha sido um erro? Emoções contraditórias se agitavam no meu peito. Seduzi-lo era contraprodutivo em relação a ajudá-lo a encontrar alguém. Não importava o quanto Callum fosse *certo*, eu era completamente errada para ele.

Ele corou.

— Isso é esquisito.

— Então agora você viu meus peitos. Não é grande coisa. Com todo o tempo que passamos juntos, a tendência era que acontecesse. Passamos por uma longa seca. Confiamos um no outro. Obviamente temos química no aspecto físico. Bom, química do tipo "Ops, explodimos acidentalmente o laboratório de ciência da escola".

— Você quer repetir. — Olhos verde-garrafa encararam os meus. Não era uma pergunta.

Agora que eu tinha provado, era óbvio que uma vez não seria suficiente. Amigos faziam acordos como esse darem certo o tempo todo. Só precisávamos definir as expectativas logo de cara. Desesperada para ganhar tempo para formular uma resposta, engoli um pouco do chá escaldante, então segurei as lágrimas quando o Earl Grey na temperatura do magma queimou meu esôfago.

— Amizade-colorida — falei. — Mas precisamos de regras, para nos protegermos. Um: você continua indo aos encontros. Prometa que isso não vai impactar sua busca.

O foco de Callum passou para os de repente fascinantes feijões no seu prato.

— Sim, é claro. O que mais?

— Dois: provavelmente deveríamos limitar isso a uma vez por semana. Para você manter o foco. — Tocar Callum já era viciante, então essa regra era mais para que eu me lembrasse do lugar que me cabia.

Ele assentiu com a cabeça.

— Três: nada de dormir juntos. Isso confunde os limites.

— Ok.

— Mas fique à vontade para fazer café da manhã para mim quando quiser — falei com uma risada.

— Posso acrescentar uma? — perguntou Callum.

— Claro. É uma via de mão dupla.

— Regra quatro: nós continuaremos amigos. Não importa o que aconteça.

— Acréscimo perfeito. — Levantei a caneca. — Não importa o que aconteça.

CAPÍTULO 31
Callum

BRIANNA PASSAVA A UNHA pintada de carmesim pela borda da taça de vinho.

— Eu deixo você nervoso?

Não, eu só preferiria estar com outra pessoa. Não falei isso para o meu mais recente *match*, é claro. O tempo estava acabando. Eu tinha prometido a Lark que continuaria tendo encontros, continuaria procurando a mulher com quem me casaria. Bastaria dizer que não seria Brianna.

Mesmo à meia-luz, a mulher na minha frente mal se parecia com a foto do perfil, que tinha sido editada até ficar quase irreconhecível. Quando ela acenou para mim no restaurante, não a reconheci. Ela não era feia sem toda aquela edição, um rosto perfeitamente decente... se não fosse o batom borrado ao redor de um sorriso lupino que me fazia sentir que estava no menu.

Outra candidata para a escala de encontros duvidosos de Lark. Meu Deus, eu queria que fosse ela do outro lado da mesa. O mesmo pensamento que tive durante todos os encontros aos quais me forcei — mesmo os legais.

Brianna pegou abruptamente sua taça meio vazia. O movimento mandou um cheiro de cigarro na minha direção.

— Beba alguma coisa.

Eu recusei.

— Hum, você c-c-conhece aquele senhor?

Além da diferença óbvia na foto, alguma coisa nela era suspeita. Desde que tínhamos nos sentado, um homem mais velho a duas mesas de distância não tirava os olhos dela. Estava ficando estranho, mas Brianna parecia estar gostando da atenção.

— Conheço. — Ela se inclinou sobre a mesa com os cotovelos juntos, empurrando desajeitadamente os seios em direção ao queixo. Seu sutiã *push-up* de oncinha apareceu pela borda do decote profundo da blusa. A peça com certeza estava trabalhando à exaustão, já que seus seios ameaçavam sufocá-la. O pensamento de fazer uma ressuscitação nela me fez perder o apetite; ela teria o gosto de um cinzeiro. Não que quisesse ficar lá tempo o bastante para de fato pedir alguma coisa.

— É meu marido.

Cuspi minha água.

— Seu o quê? — Meus olhos dispararam para o homem que se escondia sem sucesso atrás da carta de vinhos.

Com uma risada rouca, ela agarrou meu queixo e virou meu rosto de volta para o dela. Longas garras vermelhas acariciaram minha bochecha como uma ave de rapina brincando com sua presa.

— Não se preocupe. Ele gosta de assistir enquanto me divirto. Você já ouviu falar em *cuckold*?

Eu *não* estava disposto àquilo. Minha cadeira arranhou o chão enquanto me desvencilhava dela.

— Preciso ir.

— Tem certeza? — Erguendo uma sobrancelha, ela levantou um palito de pão antes de enfiá-lo inteiro na boca.

Eu lidava com restos humanos em decomposição diariamente, mas mesmo eu tinha meus limites. Brianna tirou o palito coberto de saliva da boca e me presenteou com uma tosse seca que fez com que os seios parcamente contidos quase pulassem para fora da blusa.

— Tenho.

—✝—

— **AINDA NÃO PODEMOS** lhe oferecer um empréstimo nesse valor, sr. Flannelly.

— Esse é o meu sustento. Meu lar. Por favor. — Reduzido a implorar no escritório de um bancário. De novo. Apontei para um gráfico na pilha de papel que eu levara. — Com base na população de *baby boomers* em processo de envelhecimento, temos a projeção de um aumento de quinze por cento nos próximos cinco anos sem aumentar os preços, tirando a inflação.

Com uma careta, o homem deslizou minha pasta de volta pela mesa. Extinção em massa da geração mais velha não lhe caía bem, sendo boa para os negócios ou não.

Tinha explicado as minhas circunstâncias, a não ser a complicação do casamento. Tudo que ele precisava saber era que meu pai (odiava reconhecer Pádraig como tal) pretendia vender, e eu queria comprar. Tentara juntar dinheiro usando empréstimos menores de múltiplos bancos, mas o valor ainda não podia competir com a oferta feita pela O'Reilly e Família.

— Essa é a terceira vez que você nos procura, e a terceira vez que tenho que recusar. Talvez você possa tentar um investidor privado.

Eu já tinha pesquisado sobre isso. Ao que parecia, uma funerária velha e bolorenta não conseguia competir com lojas novas e modernas no Westend. Eu até havia entrado em contato com antigos colegas do curso de agente funerário para ver se alguém queria uma parte da empresa, mas não tinha dado em nada. Os Flannelly vinham sendo os guardiões daquele cemitério havia gerações, guiando famílias através do luto por quase um século. Se tinha uma coisa sobre a qual eu e meu avô concordávamos era que a tradição deveria ser mantida. Talvez nunca tivesse um filho para quem passar a tocha, mas não permitiria que a chama se apagasse nas minhas mãos.

Pádraig teria que arrancar a Refúgio do Salgueiro dos meus dedos gelados com um pé de cabra. Eu precisava encontrar uma maneira… mas encontrar uma parceira se tornava cada vez mais improvável. Tinha que haver uma saída que eu não estava enxergando. Algo que não envolvesse prometer a eternidade a alguém com quem eu não queria o para sempre ou pedir a Lark um casamento de fachada quando o que eu queria dela era um relacionamento de verdade.

Depois de agradecer ao bancário por seu tempo, caminhei o longo trajeto até minha casa, seguindo o canal até a baía. O ar salgado encheu meus pulmões. Gaivotas grasnavam lá em cima, dando rasantes para ver se eu tinha batatas a serem roubadas. Pesqueiros com velas carmesins deslizavam à distância. Era tudo tão familiar, e ainda assim não era muito reconfortante.

Por mais que sentisse falta do meu avô Tadhg, também estava furioso com ele. O casamento por chantagem legal só exacerbava o estresse de administrar um negócio e encontrar alguém especial.

Apesar de tudo isso, eu *tinha* encontrado alguém. Lark tinha a habilidade inerente de desmantelar minhas defesas sem nem tentar. Desorientado, eu adentrava um terreno desconhecido e incerto. Sem saber como dar o próximo passo.

CAPÍTULO 32
Lark

ARRASTEI O CURSOR PELA boca do rato animado para consertar a sincronia do lábio com minha própria voz alterada. *As aventuras mágicas de Havarti & Rato da Peste* era uma produção de uma mulher só, o que significa que estava até fazendo a voz do personagem masculino, simplesmente alterando o tom.

Estava ficando bom. Acho que Callum me inspirava. Uma narrativa tinha surgido naturalmente dos rascunhos que fizera. Eu já tinha quase quatro minutos animados e dublados; era como eu me mantinha ocupada enquanto Cal estava nos encontros dele, já que na única vez que tinha tentado me distrair visitando Maeve ela havia cochilado na poltrona antes das oito da noite. Eu não podia manter a mulher acordada até tarde com a frequência com que Cal tinha encontros, que era bem alta. Como tínhamos combinado.

Meu celular tocou e o rosto dele iluminou a tela.

— Quer explorar? Preciso sair desta casa.

— Sabe — falei —, ainda não vi aquele castelo em ruínas aqui perto.

— Encontro você em cinco?

Diariamente, passávamos de carro pelas ruínas de uma torre de pedra solitária com um dos lados desmoronado, como um jogo de Jenga meio desmontado. Grama alta e campânulas roxas cresciam ao redor de blocos caídos, me chamando através da janela da lata de sardinha que era o carro de Callum. Parecia uma pena ignorar um pedacinho da história medieval no coração da cidade.

Enquanto ele dirigia, eu me inclinei no assento e brinquei com a gravata dele, que estava artisticamente ancorada em um nó intricado. Outra de suas idiossincrasias de moda.

— Terrivelmente arrumado — falei. Agora que estávamos na primavera, tinha voltado a usar vestidos leves e jaqueta jeans combinando com minhas botas.

— Sinceramente, esqueci que estava usando isso. Tive uma reunião no setor de empréstimos no banco.

Eu me empertiguei.

— O que eles falaram? — Se eu soubesse, teria ido com ele, para dar apoio moral.

Se Callum conseguisse juntar o dinheiro para comprar a funerária do pai, ele poderia deixar toda essa bagunça da herança para trás. Depois do seu encontro com Brianna Garganta Profunda, eu não o culpava por tentar esse caminho de novo.

— Eles negaram.

— Sinto muito. Valia a pena tentar — falei. — Ei, sabe quem é advogado? O Aidan. Talvez ele possa ajudar.

Aidan estaria disposto a dar uma consultoria para Cal. Um especialista em planejamento patrimonial conseguiria encontrar dinheiro no próprio negócio dele, certo? Ou talvez houvesse uma resposta em outra parte da herança.

Callum tinha confessado uma vez que a ideia de admitir sua situação legal para alguém que estivesse namorando era assustadora, mas ele sabia que seria necessário contar tudo para começar um casamento de maneira honesta. Deirdre só sabia porque estava presente quando ele recebera a má notícia. E eu... bom, ele tinha dito que eu sempre encontrava uma maneira de soltar a língua dele. Então fizera uma demonstração me beijando. Eu não tinha achado ruim.

— Já tenho um advogado, meu avô trabalhou com ele por anos. Só preciso tirar isso da cabeça um pouquinho.

Subi minha mão pela parte interna da coxa dele, e ele apertou mais o volante.

— Distração. É, posso fazer isso.

Nossa amizade tinha passado de fase, e os novos termos eram complicados, recompensadores e excitantes. Cada toque era elétrico, e quando rompíamos o contato eu me via desesperada por *mais*. Cada momento passado juntos parecia um privilégio concedido pelo tempo, já que *A rainha pirata* se aproximava do fim. Embora eu me orgulhasse de manter os prazos de produção, era tentador deixar a peteca cair, só desta vez, só para ficar ali por mais tempo.

Depois de um curto trajeto, estacionamos nas ruínas do edifício que já fora nobre um dia. Vinhas emaranhadas reivindicavam a pedra áspera. Água borbulhava em um afluente do rio próximo. A história sobrevivia ali, intocada a não ser pelo líquen e pela chuva. Callum segurou minha mão, me ajudando a navegar pelas pilhas de pedra da torre caída. Dedaleiras apareciam entre elas e balançavam na brisa agradável. Nenhuma alma à vista.

— Lembra quando você disse que não era totalmente cauteloso?

Ele arrumou os óculos.

— E você me disse que tentaria a maioria das coisas pelo menos uma vez.

— Hum. Tem sido uma tortura tentar descobrir o que você quis dizer. — Eu me aproximei e soltei o nó no pescoço dele. — Qual é a sua ideia de aventura?

A boca dele se abriu, mas não houve nenhuma palavra. Arrastei a gravata dele pelo colarinho em um ritmo hipnótico. Iluminado pelo pôr do sol de abril, Callum parecia quase comestível.

— Bem, sempre imaginei — respondeu ele — como seria se deixar levar, sem nem se importar com o lugar onde você está. Nunca vivenciei isso.

— Parece que o seu corpo está pegando fogo. E nada pode apagá-lo a não ser o toque do seu parceiro.

Sem aviso, ele me levantou do chão. Soltei um gritinho de surpresa e envolvi seu quadril com as pernas. O Callum *brincalhão* era uma novidade. Muito diferente do homem estoico que conhecera meses antes. Os músculos densos nos seus ombros se contraíram sob as minhas mãos.

— Que tal aqui? — Seu sussurro rouco endureceu meus mamilos por baixo do vestido. — Agora.

— Aqui? — Eu lhe lancei um sorriso malicioso e apertei as coxas. Era tão descarado. As antigas paredes de pedra cobertas de musgo forneciam privacidade e protegiam das intempéries, mas qualquer um poderia esbarrar com a gente. Ainda estávamos na cidade, não no interior.

— O sol está se pondo, então não espere ninguém se aventurando por aqui.

— Ah — zombei —, alguém definitivamente vai ter uma aventura.

Callum olhou ao redor para confirmar que ainda estávamos sozinhos. A barra estava limpa. Ele chupou meus peitos por cima do algodão fino, sua boca quente deixando uma mancha escura em um pico rígido, depois no outro.

Chocada e mais do que um pouquinho excitada, exigi:

— Quem é você e o que você fez com Callum Flannelly?

— Lark, eu sou mais eu mesmo com você do que com qualquer outra pessoa.

Amoleci. Ele não podia dizer essas coisas sem esperar uma reação. E eu sentia o mesmo em relação a ele. Aceita. Valorizada. Compreendida.

Abri os dois primeiros botões da camisa dele e lambi seu pescoço, então enrolei sua gravata de seda na mão e a deslizei pelo seu torso. De joelhos, olhei para cima com meu olhar mais inocente. Um desejo furioso pulsou entre nós.

— Você precisa ficar de guarda. — Brinquei com o zíper dele. Abri até a metade, fechei. Abri pela metade. Pausa. Fechei de novo enquanto ele soltava um suspiro de dor. — Para a gente não ser pego.

O contorno do membro duro esticava o tecido. Pressionei os lábios nele. Beijos rápidos e provocativos que o fizeram se contorcer. Passei a gravata em volta do meu pescoço e oferecí as pontas soltas a Callum, para me direcionar, como se fossem rédeas. Queria lhe permitir uma pequena dose de controle… enquanto eu acabava com ele.

— Me mostre o que você quer, mas não use as mãos.

— Ah, merda.

A fome ardeu em seu olhar quando pus o pau dele para fora. Ele deslizou a gravata pela minha nuca, os punhos fechados na seda. Engoli seu comprimento, um centímetro deliberado e enlouquecedor de cada vez. Callum sussurrou em gaélico, já meio delirando.

Ele não pôde resistir a puxar a gravata para me guiar mais fundo. Com uma puxada firme, determinou o ritmo e a profundidade enquanto seus olhos de lava me encaravam; os meus imploravam: *continue*. Sugando as bochechas e esticando os lábios ao redor do volume, eu ia ficando molhada e pronta.

— Espera — disse ele.

Com uma engasgada, eu o tirei da boca. A adrenalina disparou pelas minhas veias. Havia mais alguém ali?

— Não vou durar se continuar fazendo isso. — Ele puxou a gravata gentilmente para cima para que eu ficasse em pé de novo.

Um coro de sapos e grilos começou sua apresentação noturna. O crepúsculo se fechou ao nosso redor, com luz suficiente apenas para que visse o rosto de Callum. Desabotoei a parte de cima do vestido e deixei o tecido se abrir. Com olhos selvagens, Callum colocou uma mão lá dentro, massageando e beliscando meus mamilos.

— Me deixe ter você aqui — disse ele, a voz grave cheia de desespero. O pau rígido pressionava minha barriga, os dedos traçando o algodão entre as minhas pernas, mas negando o contato onde eu mais latejava por ele.

Eu me contorci de expectativa com aquela provocação maravilhosa.

— Você é um pouquinho sádico.

— Não fui eu que comecei com essa merda de *Cinquenta tons de cinza*.

— Com você não seriam cinquenta tons de cinzas?

— Uau. — Ele soltou uma risada. — E você tira sarro das minhas piadas.

— Você sabe como adoro meus trocadilhos.

Recebi beijos ardentes e ferozes em resposta. Ele puxou minha calcinha para o lado e partiu para o abate. Dois dedos massageavam meu clitóris. Gemidos escapavam de mim, e morder o lábio inferior não era suficiente para contê-los. Cada vez que arqueava as costas e minhas pernas tremiam, Callum tirava a mão no último segundo.

Com os dedos enterrados nos braços dele, falei:

— Eu te odeio tanto.

Piedosamente, ele enfiou os dedos. Um gemido obsceno de alívio veio da minha garganta... e então Callum estava gemendo.

— É para aumentar a expectativa, amor.

É claro. Era a parte favorita dele. Ignorei o vocativo, só porque estava oscilando no limiar do êxtase, mas aquela palavra de quatro letras ecoou nos meus ouvidos e fez meu sangue zumbir.

De repente, ele tirou a mão do meio das minhas pernas. Eu ia matá-lo. Depois do meu orgasmo. Callum inseriu cada dedo brilhante na boca, chupando-os até ficarem limpos, sem quebrar o contato visual. Foi tirando cada um com um pequeno e obsceno estalo e fez um som de aprovação. Aquilo era ele na sua versão mais primitiva, pronto para me foder loucamente... quase em público.

— Você me faz querer. Nunca *quis* ninguém desse jeito — falou ele com um suspiro. Faixas de luz fraca iluminavam seu rosto. — O que está fazendo comigo?

Também nunca me senti desse jeito, queria dizer a ele. Em vez disso, falei:

— O que você quiser.

O que também era verdade. Eu não sabia mais se conseguiria dizer *não* para Callum. Meu corpo, meu coração cantavam *sim, sim, sim* em um coro ávido. Para qualquer coisa que ele quisesse. Embora soubesse que ele ainda tinha encontros, secretamente receava que ele me pedisse em casamento para manter a Refúgio do Salgueiro. E não sabia o que diabos eu possivelmente diria se ele me fizesse essa proposta.

Esse arranjo tinha me deixado de pernas para o ar. Quase literalmente. Olhos sinceros e penetrantes me observavam como se ele pudesse enxergar através da minha sedução casual. Sentir-me vista era tão enervante quanto reconfortante. Um maldito paradoxo emocional.

A respiração ofegante dele aqueceu minha nuca quando ele me

prendeu contra um muro baixo de pedra. Com a calça ainda aberta, ele se posicionou atrás de mim. Beijos lânguidos subiram pelo meu pescoço e dentes flertaram com o lobo da minha orelha. Com a nossa diferença de altura, ele precisaria me segurar o tempo todo se permanecêssemos de pé. Eu tinha uma ideia melhor. A pedra fria pressionou minha bochecha e meus braços quando deitei a barriga em cima do muro. Arqueei as costas para apresentar minha bunda.

Não podia acreditar que estávamos fazendo aquilo. Ali. Qualquer um poderia esbarrar com a gente. Meu vestido tremulou sobre o meu quadril quando passou uma brisa e minhas pernas pendiam da borda. Eu gostava de me sentir tão solta. Aquele pau provocador se aninhou entre as minhas nádegas, entrando um pouquinho para roçar na minha umidade.

Callum se afastou e colocou uma camisinha que tirou da carteira. Segurei o muro com força.

Finalmente, ele entrou. Paciente. Devagar. Por cima do ombro, eu o vi observar seu comprimento se afundar em mim com uma determinação sombria. Forcei meus olhos a permanecerem abertos enquanto o atrito sublime ameaçava eclipsar todo o resto. Um suspiro saiu da minha boca por conta daquela intensidade extraordinária. Possuída pela necessidade, eu me contraí, apertando-o ainda mais enquanto nossas mãos e quadris se mexiam em harmonia.

Inspirar desejo em alguém que raramente sentia isso me fazia sentir como uma rainha da tentação, mas Cal não era exatamente inocente diante de mim. Indecente e queimando de desejo, era um homem que sabia o que queria e como pedir. Nas duas semanas desde a nossa primeira vez, ambos tínhamos melhorado a comunicação, mas às vezes não precisávamos falar. Um olhar, um toque, um sorriso, e a faísca entre nós se alastrava... mas não posso negar que amava a tensão sutil que só aparecia em sua voz quando ele me elogiava ou exigia mais. O homem que mal conseguia falar na minha presença quando nos conhecemos. O primeiro homem que eu havia desejado em anos. O *único* homem.

— *Mo chuisle*...

O significado era desconhecido, mas sua voz tinha uma urgência doce. A vibração ansiosa em seu barítono causou uma onda de choque interna. Callum passou a dar estocadas profundas que me deixaram muda, metendo até meu clímax terminar.

Eu nunca teria imaginado isso, mas era indescritivelmente sexy. Puro. Carinhoso. Honesto. Frenético. Confiável. Implacável. Jogando a cabeça para trás, seu movimento se tornou errático. Ondas de prazer me carregaram ainda mais alto, mais alto. Meus dedos se enterraram no rejunte para me impedir de flutuar para longe. Callum afundou ainda mais, estremecendo e se contorcendo enquanto terminava com um som gutural.

Uma noite aveludada nos envolvia agora, e estava de novo ciente da sinfonia noturna da natureza. Aos poucos, recuperava a consciência.

— Não acredito que acabamos de fazer isso. Não que eu esteja reclamando — falei, ainda ofegante.

— Você me ensinou a gostar de uma certa espontaneidade.

Eu me sentei no muro em um torpor satisfeito.

— Espera — disse ele. — Deixa eu dar uma última olhada em você assim.

Ainda ofegante, fiquei imóvel.

Ver um ao outro de maneira tão crua e sem filtros era eletrizante. Eu o observei com um sorriso tímido, pernas afastadas, vestido desabotoado e levantado até o quadril. Era óbvio que eu acabara de ser devidamente fodida, toda bochechas coradas e cabelo bagunçado. Callum gemeu. Um som profundo e erótico que com certeza perturbaria meus sonhos. Em um adeus relutante, ele beijou cada seio antes de abotoar o vestido e abaixar a barra dele.

Enquanto fazíamos um contato visual intenso, repousei a testa na dele.

— Nunca tive uma amiga como você — murmurou ele.

— Digo o mesmo — respondi enquanto meu coração se estilhaçava.

CAPÍTULO 33

Lark

ESTAVA SOBREVIVENDO PARCAMENTE À base de endorfinas sexuais e autoengano. E pouco sono, já que o calor que Callum me fornecia uma vez por semana só fazia com que a cama parecesse mais vazia quando ele não estava ao meu lado. No fim, mandá-lo embora depois de transarmos não fazia meus sentimentos crescentes por ele desaparecerem. Só me deixou me sentindo totalmente incompleta. Esse era o lado negativo da amizade-colorida. Eu precisava lembrar por que tinha estabelecido a regra de "não dormir juntos".

Um e-mail chegou na minha caixa de entrada enquanto revisava um clipe de *A rainha pirata*. Eu o abri. Os executivos da KinetiColor estavam querendo entrevistar candidatos para o próximo projeto: uma série. Estavam aceitando primeiro candidaturas internas.

Meus olhos correram pela mensagem novamente. Um lampejo de esperança. Se conseguisse um cargo permanente, poderia ficar. A Irlanda fora uma escala temporária no roteiro do meu luto, mas não era mais isso. Eu fizera amigos aqui. Conquistara um lugar entre meus pares. E com exceção de um colega, a KinetiColor era um ótimo lugar para se trabalhar.

Anvi entrou correndo no meu escritório, falando antes mesmo de a porta se fechar atrás dela.

— Me diz que você vai se candidatar para a vaga.

— O e-mail chegou faz, tipo, dois minutos.

— E o escritório inteiro já está em polvorosa — falou Rory, entrando no encalço de Anvi e se apoiando na minha mesa. — Seu contrato era só para *A rainha pirata*, certo?

— Certo.

— Eu falei, Rore, talvez ela tenha planos para quando voltar para casa. A família dela ainda mora nos Estados Unidos.

Casa. Minha casa não era o Texas já fazia algum tempo. Se me oferecessem a vaga, eu poderia *ficar*. *E eu queria ficar*.

Não porque Galway fosse uma novidade antiquada. Não porque simplesmente não era Austin, assombrada pelo fantasma de Reese. Nem porque começar de novo sozinha parecia assustador. Mas porque nenhuma outra cidade na Terra era o lar de Callum Flannelly. Nenhum lugar poderia ser chamado de lar sem ele. A percepção me atingiu na cabeça como uma marreta de madeira da Acme.

Algumas noites antes, eu me pegara imaginando uma vida permanente ali enquanto Callum brincava com meu cabelo. Um futuro romântico juntos era apenas um sonho, é claro, mas eu o queria na minha vida — mesmo que tivesse de assisti-lo construindo esse tipo de futuro com outra pessoa. Aquela era a minha chance. Talvez a única, já que empregos em animação não eram fáceis de encontrar.

— E aí, vai se candidatar?

— Eu... Sim. — Assim que admiti em voz alta, aquilo pareceu mais assustador. Uma coisa frágil que poderia facilmente ser destruída. — Sim, vou me candidatar.

— É claro, Seán vai competir pela mesma vaga — falou Anvi. Ela pegou a vela devocional apagada de Santa Dolly ao lado do monitor e sorriu para a homenagem blasfema à minha cantora favorita. — E você vai destruí-lo.

Rory estremeceu.

— Consegue imaginá-lo como nosso chefe? Ele provavelmente nos colocaria numa fila para beijar seu anel toda manhã ao entrar no prédio.

Quão horrível Seán seria com ainda mais influência? Eu não queria que meus amigos tivessem que descobrir. Anvi nunca escondera sua aversão por ele, mas, depois de me defender, Rory agora também era um possível alvo.

— Vou sentir muita falta dos seus biscoitos se voltar para os Estados Unidos.

— O que Anvi quer dizer — contrapôs Rory — é que gostamos de tê-la por perto. Espero que possamos manter nossa pequena gangue unida.

Abri um sorriso.

— Eu também.

Meu primeiro instinto foi contar para Callum. Imaginei o que Maeve diria quando eu a visitasse depois do trabalho. Voltei ao meu escritório depois do almoço e encontrei um traseiro indesejado ocupando minha cadeira. Seán.

Meu caderno de desenho particular estava aberto sobre a mesa. Geralmente, eu o deixava na bolsa, mas pensamentos sobre Callum no seu mais recente encontro me distraíram. Uma instrutora de pilates qualquer. Eu a odiava por princípio. Talvez isso me tornasse uma feminista ruim, mas era a verdade. Como de costume, tinha me ocupado com o meu projeto *Havarti & Rato da Peste*. Só percebi que tinha deixado o caderno para trás quando vasculhei sem sucesso a minha bolsa durante o almoço.

Estava aberto em uma página que mostrava Houdini de cartola, serrando um pedaço de queijo ao meio. Mais versões dela enchiam as páginas. Eu as desenhara para clarear os pensamentos, mas tinham florescido em algo mais. Agora, dezenas de páginas enchiam o caderno enquanto aprimorava o curta animado que seria o presente de aniversário de Callum. Ou melhor, o presente de despedida, se meu contrato de trabalho terminasse no mesmo mês em que ele fizesse trinta e cinco anos.

A ideia de Seán fuçando na minha mesa enrijeceu minha coluna.

Limpei a garganta, e o celular que ele tinha em mãos caiu imediatamente no seu colo. Por uma fração de segundo, ele pareceu querer se desculpar e colocou o aparelho no bolso.

— Posso ajudá-lo?

Tradução: *O que acha que está fazendo no meu escritório?*

Ele se levantou, e minha cadeira girou preguiçosamente com o movimento.

— Só queria entregar aquelas cenas refeitas da sequência no mar. Para acalmar os nervos, alisei minha saia e respirei fundo.

— Da próxima vez, por favor, espere na sua mesa até eu estar aqui. Não gosto de ninguém no meu escritório.

— Pode deixar — falou Seán, imperturbável.

Eu o estudei com cautela. Em geral, ele argumentaria.

— Vai se candidatar ao trabalho na série?

Ah, sim. Sabia que tinha um motivo para ele estar agindo de modo tão calmo. Seán estava enganado se pensava que ia tirar aquilo de mim.

— Vou.

— Bem… Bom saber quem vai ser a concorrência. — Seán lançou um olhar por cima do ombro enquanto saía do escritório.

Ansiosa para recuperar o tempo perdido, mergulhei de volta nos clipes de uma Grace O'Malley animada. Meu caderno aberto e o intruso no escritório foram esquecidos com rapidez.

—†—

A PREOCUPAÇÃO ME ACOMPANHOU enquanto caminhava até o chalé de Maeve. Ela vinha se cansando rapidamente durante as minhas visitas recentes e desligara o telefone de modo abrupto apenas alguns dias antes. Geralmente Callum me acompanhava, sempre pronto para provocar a idosa (e mimá-la com *scones*). Nesse dia, fui sozinha. Por mais que amasse passar tempo com ele, precisava de certa distância para manter as coisas em perspectiva. Não éramos um casal, mesmo que os limites tivessem se confundido.

Uma mulher um pouco brusca usando uniforme médico me recebeu na porta de Maeve. A enfermeira se apresentou e me deixou entrar; ela disse que Maeve acabara de receber uma dose de remédio que a deixaria sonolenta em breve. Fiquei surpresa ao ver uma cama hospitalar coberta por uma manta vibrante feita à mão dominando a sala de estar onde tínhamos examinado o álbum de fotos amarelado de Maeve.

— Lark! Que anjo você é. Tinha quase esquecido da nossa visita.

— Oi, Maeve. Como você está? — perguntei com delicadeza. A presença da enfermeira e da cama hospitalar reviraram meu estômago.

— No momento, me sinto maravilhosa. Eles te dão drogas de qualidade quando se chega a esta idade.

Eu me sentei na poltrona próxima à cama, segurando uma almofada bordada em ponto-cruz que dizia: *Fiz um teste de paciência. Deu negativo.*

— Como está o seu homem? — perguntou Maeve.

— Callum está bem. Trabalhando hoje à noite. Mandou um beijo.

— Imagino que vá trabalhar em mim em breve. Desculpe surpreender você desse jeito. — As coisas se encaixaram: a hostilidade em relação a ele no nosso primeiro encontro havia sido porque ela sabia que era terminal, já naquela época.

— Você sabe que eu vou querer te apoiar. Não sabia que estava doente.

— Estou, desde o verão passado. Lembra quando falamos sobre ser tratada de forma diferente depois de dizer às pessoas que você é viúva? — disse ela.

— É claro. — Eu entendia o instinto de esconder sua dor dos outros, mas já perdera uma pessoa ainda com muita coisa por dizer.

Maeve franziu a testa.

— Não fica mais fácil dizer adeus com a idade.

— Não. Não imaginei que ficasse. Mas acho que é pior não ter a oportunidade de dizer.

Peguei a mão dela e passei o dedão por sua pele finíssima, grata por estar ali com ela.

Ela soltou um murmúrio de compreensão.

— Já contou ao Callum por que de fato deixou o Texas?

— Não — admiti.

— Quando foi a última vez que foi totalmente honesta com alguém? Incluindo você mesma.

Ai. E pensar que me sentira aliviada da primeira vez que eu e ela conversamos sobre nossa viuvez compartilhada.

— Não está contendo nenhum golpe, hein?

— Nós mostramos às pessoas que amamos as partes mais feias de nós e dizemos a verdade a elas mesmo quando dói, porque é isso que significa ter intimidade.

Eu *tinha* mantido uma parte da minha história fora do alcance de Callum. E até de mim mesma. Não podia permitir que ele entrasse completamente na minha vida. Se me apaixonasse, quando ele encontrasse a mulher certa ou eu fosse embora da Irlanda — não importava como essa coisa entre nós terminasse —, doeria ainda mais.

Um acesso de tosse sacudiu o corpo de Maeve. Peguei desajeitadamente a caixa de lenços na mesa de cabeceira e ofereci um a ela enquanto a enfermeira entrava na minha frente.

— Maeve, sinto muito por ter te deixado agitada. Vou deixar você descansar.

— Espera — crocitou ela, as sobrancelhas finas formando um V. Ela recuperou o fôlego e sussurrou alguma coisa para a enfermeira, que se dirigiu à cozinha. — Tenho mais uma coisa para você, mas, em troca, quero uma promessa.

Engoli em seco.

— Já falei para você, não sou boa com promessas.

— Você ainda não me decepcionou — disse Maeve. — O luto é um fardo que ninguém deveria carregar sozinho. E se não for Callum, então talvez seja outra pessoa. Mas você... você, Lark... merece amar. Curar-se. Não importa o que tenha acontecido antes, acho que seu marido concordaria comigo. Prometa que vai parar de fugir e vai deixar alguém se aproximar.

A enfermeira tinha pegado uma chave na cozinha. Fiquei olhando para a chave na mão estendida por um momento antes de pegá-la com cuidado. Ela saiu de novo para se ocupar de algo na despensa.

— Não entendi.

— Lark, você é a única que chega perto de entender a importância da minha moto. E é você quem precisa dela.

Lágrimas rolaram pela minha bochecha, embora não soubesse dizer quando tinha começado a chorar. Ela era generosa demais. Aquilo era importante demais para ela. Eu não merecia.

— Não… sem chance, não posso aceitar a Lambretta.

— Não a menos que me prometa que vai cuidar dela. E de você.

— Mas você está… medicada! Não é certo…

— Eu tomei a decisão plenamente consciente. Agora não fique questionando os mais velhos — disse ela. — Mas preciso mesmo daquela promessa.

— Eu… eu vou tentar. — O medo me deixou rouca. — Prometo que vou tentar.

Caminhando para casa, refleti sobre o apelo dela para que confiasse em Callum. Ele já depositara sua fé em mim, o que era uma honra, já que ele não permitia que muitas pessoas entrassem em sua vida. Eu não gostava de Callum *apesar* do seu trabalho. Um dos motivos pelos quais eu gostava dele era *justamente* por seu compromisso com a memória e a honra daqueles que haviam partido. A dignidade sensível que ele oferecia a eles, a maneira como apoiava os outros. O isolamento social nunca o impedira de ser empático, profundo no seu coração e nas suas ações. Eu podia confiar nele para não me julgar.

Depois de dois anos fugindo de todos os lembretes da mortalidade, compartimentalizando minhas memórias para evitar cair no abismo profundo da depressão, acabara me aproximando de um homem cuja própria vida girava em torno da morte — da sua carreira ao legado da sua família e ao seu próprio lar. E me tornara amiga de uma mulher que estava morrendo. Que ironia.

CAPÍTULO 34

Callum

— VOCÊ PILOTOU ESSA COISA sem capacete? — Essa foi a primeira frase que saiu da minha boca quando Lark apareceu na frente de casa com a Lambretta clássica e desligou o motor. Ela não tinha nem a habilitação irlandesa para dirigir um carro, que dirá uma moto.

— Maeve a deu para mim. — Lark passou uma mão distraidamente pelo guidão cromado. — Uma enfermeira de cuidados paliativos estava lá. Ela está morrendo, Cal.

Pobre Maeve. Eu esperava que ela não estivesse sentindo dor. Perder o humor irreverente dela e sua sabedoria bondosa ia doer, principalmente porque eu tinha perdido o vovô fazia tão pouco tempo. Como Lark processaria a dor da perda?

— Sinto muito por isso, amor. Mas não precisa chegar lá antes dela.

Lark fez uma careta enquanto levantava a moto no cavalete.

— Você obviamente nunca lidou com uma d-decapitação completa.

— Talvez estivesse sendo agressivo, mas usar uma cavilha de madeira para reconectar uma cabeça cortada ao corpo é uma experiência marcante. Sem mencionar outros acidentes de moto que já tinha visto. Se dependesse de mim, ela andaria por aí embrulhada em plástico bolha. — Sinto muito mesmo por Maeve. Ela parece confortável? — Acariciei o braço de Lark.

Ela assentiu com a cabeça.

— Eu me preocupo com você. Não consigo evitar. As coisas que já vi... Por favor, tome cuidado. — Além do mais, o clima úmido era tão garantido quanto o nascer do sol. Estremeci com a ideia de Lark sendo surpreendida pelas más condições da via.

Ela ficou na ponta do pé e me deu um beijinho na bochecha.

— Prometo.

Mais tarde, Lark me convidou para dar uma volta na beira do rio, dizendo que queria ir a algum lugar silencioso. Algo no pedido dela me deixou nervoso. Ela ia terminar as coisas entre nós? A apreensão transformou meu estômago numa betoneira enquanto o rio Corrib brilhava ao sol de fim de tarde. Pesqueiros vermelho-sangue deslizavam nas ondas, mas a presença deles não me acalmava muito, uma vez que Lark só me dava alguns sorrisos desanimados.

Ela apertou o cardigã ao redor do corpo.

— Eu, há, queria conversar com você sobre o Reese.

A betoneira parou de repente. Ela nunca quisera conversar sobre ele. Embora tivesse notado a nuvem escura que assombrava sua disposição solar, visível na maneira como ela se tornava distante quando falávamos de compromisso ou passava o dedão pelo dedo anelar nu.

Lark torceu o parapeito com punhos torturados enquanto encarava a água turbulenta. O metal encontrado pelos navios atracados se agitava na brisa fresca da baía.

— Nós nunca terminamos. Estávamos... passando por uma fase difícil quando ele morreu.

Ali estava. A confirmação da minha suspeita.

— Sinto muito que esteja carregando isso sozinha. Mas não precisa. — Minha curiosidade se aguçou. — Há quanto tempo ele se foi?

— Em fevereiro foi o segundo aniversário.

Vasculhei na memória. Na noite em que ela me encontrara andando inquieto no jardim, seus olhos estavam vazios e pesarosos. Passei o braço em volta dela, querendo protegê-la da dor.

— Sempre suspeitei. Passei a minha vida testemunhando o luto.

— Eu não queria que você soubesse que eu fiz besteira, tá bom? — A umidade brilhava em seus olhos. Ela se virou para o rio.

— Lark...

— O Reese se sentia tão sozinho, mas eu estava bem ao lado dele. Usando meus óculos cor-de-rosa, como sempre. Quando ele me disse que não estava feliz, eu fiquei na defensiva. Nós quase nunca discutíamos, mas aquela conversa em particular se transformou em uma grande briga. Ele saiu com o carro para se acalmar um pouco... e acabou batendo em uma árvore. — Lark me permitiu apertar a mão dela. — Se não fosse a nossa briga, ele ainda estaria aqui. A irmã dele, Rachel, me falou no funeral que era tudo culpa minha. Na frente de todo mundo que se importava com ele. O pai deles teve que tirá-la de lá.

Eu havia apartado algumas altercações inflamadas entre familiares nas cerimônias. As pessoas atacam e culpam as outras.

— Você não teve culpa. — Engoli em seco. — Me conte sobre ele. Sobre as partes boas.

O alívio atravessou o rosto de Lark diante do convite, como se ela precisasse de permissão para evocar as lembranças do próprio parceiro. Os olhos molhados foram combinados com um sorriso suave.

— Reese era treinador de basquete em uma escola de ensino médio. Ele dançava com as mascotes para deixar os jogadores do próprio time com vergonha. A gente se conheceu em uma festa de Halloween na faculdade. Ele tinha me visto no Instagram da irmã dele e apareceu com um macacão do Meowth porque a Rachel tinha dito pra ele que nós iríamos fantasiadas de Equipe Rocket. Meu Deus, eu o amava. Ainda amo.

Aí estava o motivo para Lark recusar relacionamentos em favor de sexo com um amigo: seu coração pertencia a um homem morto. Eu não poderia tomar o lugar dele... mas queria um pedaço do coração dela também.

— Tudo implodiu depois do acidente. Rachel era minha melhor amiga, e também uma colega de trabalho. Cada interação na Blue Star depois disso tinha uma nuance de julgamento. Ou piedade. Pedi demissão quando encerramos *Cadarço* e me tornei freelancer. — O vento lançava o cabelo de Lark no seu rosto. — Eu me mudei para cá para me sentir inteira de novo. Para fingir, pelo menos.

— Você não precisa fingir. Eu quero compartilhar da sua felicidade *e* da sua tristeza. — Puxei o corpo enfraquecido dela junto ao peito quando os soluços começaram, e suas lágrimas molharam minha camisa. — Estou aqui, amor.

Soluços a sacudiam nos meus braços a cada poucos instantes entre inspirações profundas para recuperar o fôlego. Fiquei fazendo círculos reconfortantes no meio de suas costas e senti que ela se acalmava aos poucos.

Galway, o coração cultural da nação, abrigava simultaneamente o passado e o presente de oitocentos anos de idade. Muralhas medievais inseridas em shopping centers modernos. Museus e monumentos entre estúdios de animação inovadores. Sempre valorizei aquela sensação de rememorar. Integrar uma história dolorosa à história coletiva vinha sendo nosso jeito de fazer as coisas havia gerações. Não esquecemos, mas seguimos em frente. Talvez esse fosse o lugar onde Lark poderia crescer. Honrar sua dor e encontrar novas alegrias. Talvez eu pudesse ser sua alegria. Seu segundo amor.

Em algum lugar no meio do caminho, eu me apaixonara por ela. *Merda*. Eu *amava* Lark Thompson. Não havia sentido em negar isso a mim mesmo quando cada emoção dessa mulher inspirava uma empatia tão profunda na alma.

— Desculpe por nunca ter contado. Eu só queria que você visse a minha melhor versão.

— Eu quero ver você inteira. — Enxuguei uma lágrima no rosto dela. — Você é corajosa e resiliente. Generosa. É paciente quando não consigo dizer uma palavra, ou quando a repito. Mesmo nos momentos em que... em que não consigo dizer algo da *maneira* que eu quero, você sempre me fez sentir aceito. Graças a você, eu me tornei uma versão melhor de mim mesmo. Com você, aprendi a me permitir ser vulnerável.

Antes que eu pudesse registrar, os lábios dela esmagaram os meus. Meu coração batia com tanta força que ela tinha que estar sentindo. Por mais que quisesse Lark, precisava que ela me quisesse mais do que apenas para amortecer a dor.

— Passe a noite comigo — disse ela.

Quem era eu para dizer não a ela? Mas... *não*. Não era certo explorar a dor dela para o meu prazer. E tínhamos uma regra contra dormir juntos por um motivo válido.

Reunindo meu autocontrole, eu a segurei pelos ombros.

— Não quero ser sua d-d-d-distração da vida real.

Olhos borrados de rímel me fuzilaram.

— Isso *é* real. Passe a noite comigo.

Isso é real. Tinha sido real para mim desde o começo, mas significava a mesma coisa para Lark?

Não podia acreditar que estava abandonando minha resolução tão rápido. O luto é tão sinuoso quanto persistente. Não ia afastá-la completamente porque ela queria lidar com ele fisicamente naquela noite. Nosso arranjo entre *amigos* fodia com a minha cabeça. Eu queria compromisso, validação e… estabilidade. Lark não poderia oferecer nada disso enquanto não voltasse a confiar em si mesma.

CAMBALEAMOS PARA O QUARTO dela em um frenesi, e Lark me empurrou na cama. Sentado na beirada, vasculhei às cegas a gaveta da mesa de cabeceira dela à procura de camisinhas enquanto Lark me beijava, ainda em pé.

Ela pousou uma mão sobre a minha.

— E se não usássemos?

Parecia impossível, mas minha ereção aumentou ainda mais diante desse pensamento.

— Hum, bom, eu n-n…

Encantador. Muito encantador.

Ela tocou meus lábios.

— Eu tenho diu há anos. Se você quiser, tudo bem. Se não, tudo bem também.

Se eu queria? Muito. Mas era um passo enorme. Segurei o rosto de Lark e a beijei para mostrar que também queria.

Com uma lentidão dolorosa, deslizei uma alça do sutiã dela para baixo. Depois a outra. O sutil aroma cítrico me inebriou. Arrastei o nariz pela pele dela, mordiscando-a por cima da renda. Os picos rosados enrijeceram diante dos meus olhos enquanto a peça saía de cena. Tão lindos. Avidamente, suguei, recompensado pelos dedos deslizando pelo meu couro cabeludo.

Lark me despiu com o mesmo entusiasmo com o qual eu a despira. Nunca me cansaria da sensação de estar tão exposto e vulnerável. Do dente dela raspando minha clavícula. Da expressão reverente quando absorvia a visão do meu corpo, nu e ansioso por ela. Da familiaridade do toque.

A calcinha dela foi a próxima. Eu a tirei e joguei o tecido melado para o lado. Então me deitei na cama, puxei Lark sobre a minha boca e enterrei a língua entre as pernas dela. Ela deu um suspiro. Agarrou a cabeceira. Guiou minhas mãos aos seus seios. Ficou me observando enquanto eu saboreava o gosto e a sensação dela sem quebrar o contato visual. Doce e ácida, pingando pela minha boca e pelo meu queixo.

Ela precisava esquecer por um tempo. Ela merecia se sentir bem.

— Desse jeito, assim… *Ah!*

Meu pau pulsava mais forte cada vez que ela se contorcia no meu rosto. Com as mãos apoiadas na parede, Lark ondulava o quadril. Mais rápido. Eu podia sentir o prazer dela se acumulando e se intensificando enquanto ela se esfregava no meu nariz, no meu queixo. Eu precisava respirar? O oxigênio era irrelevante comparado com o prazer dela.

Então ela deu um gemido de êxtase. Eu a segurei e enfiei a língua mais fundo no calor suculento. A cama inteira tremeu. Caramba, provavelmente aquilo apareceu na escala Richter.

— Cal… Como você é tão bom nisso? — perguntou ela, ofegante, deslizando para trás para se sentar no meu peito. Podia sentir a umidade dela no meu esterno, como se ela fosse um animal me marcando com seu cheiro. Uma ideia deliciosamente primitiva.

— Gosto de fazer você gozar. Então presto atenção em como fazer isso.

A essa altura, sabia que ela gostava de ser chupada com suavidade e fodida com força. O contato visual a excitava quando ela me chupava. Falar em irlandês sempre a deixava instantaneamente excitada. Cavalgar meu corpo, tão maior que o dela, a fazia se sentir poderosa.

Eu podia não ter muita experiência, mas aprendia rápido, e o prazer de Lark era minha matéria favorita.

— Posso fazer *você* gozar agora? — perguntou Lark, com olhos angelicais e um biquinho diabólico.

— Do jeito que você quiser.

— Humm. Que tal fazer de conchinha?

— Fazer de conchinha?

— É, você me segura por trás, assim. — Ela se deitou, puxando meu braço ao seu redor para que ficássemos de conchinha. Meu pau roçou na umidade dela. Nessa posição, ela conseguia torcer o tronco para me beijar. Perfeito.

Ela riu.

— Ah, você gosta disso?

— Preciso entrar em você.

Depois de chupá-la, eu estava muito excitado. Devagar, Lark direcionou a cabeça do meu pau para onde nós dois mais precisávamos, provocando e deslizando. Ela me olhou fixamente enquanto eu a penetrava pouco a pouco. Puta merda. Escorregadia e aveludada. Todo o resto desapareceu. Não sobrou nada além de Lark e do laço que compartilhávamos.

Algo tinha mudado entre nós desde que ela dividira sua história. Havia uma nova vulnerabilidade nos olhos dela.

— *Tá tú chomh tais* — rosnei para o pescoço dela.

— Humm… Isso soa tão sexy. O que significa?

— Você está tão molhada.

De novo e de novo, ela se empalou no meu pau exposto. Raso, raso, fundo. Raso, raso, fundo, fundo, fundo. Delirando de prazer, segurei a coxa suada dela enquanto enfiava com mais força. Ela arquejou chamando meu nome quando deslizei a outra mão para o clitóris dela. Círculos concêntricos a levaram ao precipício. Os dedos de Lark se fecharam no meu braço, prendendo-o no lugar entre suas pernas.

Torcendo-se para trás, ela me beijou. Bocas desajeitadas e imprecisas desesperadas por contato enquanto os corpos se mexiam em sincronia. Nosso ritmo se tornara mais intuitivo. Agora eu tremia de adrenalina, não de ansiedade. A tensão foi se acumulando, aumentando a minha consciência de cada respiração salivada e de cada rebolado de quadril. Momentos como aquele eram só nossos. Conquistados. Venerados. Juntos, chegávamos ao limite.

— Isso. Não pare.

Envolvido no momento, sussurrei para ela palavras que eram verdadeiras no fundo da minha alma.

— *Grá mo chroí. Mo chuisle mo chroí.* — Amor do meu coração. Minha pulsação.

Com os olhos fechados, Lark estremeceu enquanto atravessava ondas de choque de prazer. Ela amava quando eu falava irlandês. Mas se sentiria do mesmo jeito se soubesse que a tradução não era uma obscenidade, mas uma confissão?

— *Issoétãobom*, Cal — gemeu ela. Suada e um pouco rouca depois de toda aquela respiração pesada.

Era o que faltava para me lançar para o outro lado.

Agarrei as coxas dela para uma estocada final no seu calor apertado. Ela me olhou nos olhos — bem fundo — e se contraiu enquanto meu pau tinha espasmos. Deleitando-se com aquilo, fazendo com que cada gota saísse. Os olhos dela estavam fixos nos meus. Eu não ousava piscar.

A intensidade me deixou fraco. Maravilhado.

Eu sempre fora tão cuidadoso; era minha primeira vez fazendo sexo sem proteção. O fato de que acabara de terminar dentro de Lark e de que a prova agora brilhava nas coxas dela era surreal. Eu nunca tinha gozado tão intensamente. Era mais que a sensação física ou o aspecto proibido. Era a confiança. A maneira como ela havia me encarado… como se também me amasse.

Ficamos deitados de lado, entrelaçados. Ofegantes. Grudentos. Exaustos. Afastei uma mecha de cabelo loiro-claro do pescoço dela e beijei sua pulsação latejante. Com os olhos pesados e satisfeito, curvei as mãos ao redor dos seios dela, sentindo o músculo teimoso batendo lá dentro. Meu coração, andando fora do meu corpo.

A cabeça de Lark repousava no meu peito, seu cabelo arrepiado e vagamente luminoso no escuro. Ela traçava mandalas invisíveis na minha barriga nua. Nunca mais tínhamos passado a noite juntos desde a primeira vez. Eu tinha desligado as notificações do DemiDate mais cedo, tendo aprendido a lição sobre interrupções. O toque alegre me causava uma reação pavloviana negativa de qualquer forma.

— Cal?

Eu estivera encarando o teto, inundado na sensação do comprimento macio do corpo dela pressionado contra mim.

— Hum?

— Vamos encerrar a animação principal de *A rainha pirata* esta semana.

Eu sabia que o fim era inevitável. Que ia doer. Mas isso já era demais.

— Que empolgante — falei apesar do nó na minha garganta.

— Ainda tem a etapa de pós-produção, mas estamos perto do fim, então os produtores anunciaram o próximo projeto. Uma série. Doze episódios para começar, com a possibilidade de temporadas recorrentes se o serviço de streaming quiser.

Extasiado com a perspectiva, eu me sentei, levando Lark comigo. Ela arquejou quando o lençol caiu, mas não fez nenhum movimento para se cobrir.

— Vai ficar para fazer? A série?

— Espero que sim. Eu me candidatei.

— Sério?

Meus braços a envolveram num abraço apertado, e ela riu do meu entusiasmo.

— Mas não vamos cantar vitória antes do tempo.

No pouco tempo em que nos conhecíamos, nossas vidas tinham se fundido de maneira orgânica. Eu sempre quisera minha própria família, mas era algo que tinha dificuldade de visualizar, o desejo se manifestando mais como um incômodo permanente do que como uma imagem mental clara. Agora os vislumbres vinham com facilidade, quando Lark acenava para crianças curiosas na rua ou suspirava com melancolia quando via um bebê num carrinho. Uma vez, notamos um casal de idosos na baía, assistindo aos veleiros ao nosso lado, e ela pousara a cabeça no meu ombro. Nunca poderia substituir o homem que ela havia amado e perdido, mas poderíamos construir alguma coisa nova juntos. Não como um acordo clandestino, mas para pertencermos um ao outro.

Se Lark queria ficar, talvez sentisse a mesma coisa.

— Quando você vai saber?

— Logo. O Seán também se candidatou à vaga. Ele sente que tem direito ao meu cargo, mas não vou entregá-lo de mão beijada.

Minha mente disparou para o sorrisinho cruel dele. Ela poderia vencê-lo, é claro, mas eu não acreditava que ele jogaria limpo.

— Esta é a minha garota.

Ela encontrou meus olhos, deteve-se um pouco neles, depois me beijou. Não, ela não era minha.

Mas como eu poderia amar outra pessoa? Parecia ridículo ter infinitos encontros quando quem eu queria estava bem na casa ao lado.

CAPÍTULO 35

Lark

A BARBA POR FAZER de Callum arranhou minha mão enquanto eu acariciava seu rosto depois que fizemos amor. Assim como tinha nascido para ser animadora, Cal nascera para ser agente funerário. Aquilo lhe dava propósito. Se eu não fizesse alguma coisa drástica, havia a possibilidade real de que a Refúgio do Salgueiro fosse vendida e arrancada dele. Depois de todo o apoio que ele me dera, eu não podia deixar aquilo acontecer. Votos de casamento não deviam ser levianos, mas não podia deixar Callum perder aquele pedaço dele mesmo, não se pudesse evitar.

Engoli em seco e falei:

— A gente devia casar.

Choque, alívio e dúvida cruzaram o rosto dele, até que sua expressão se fixou em algo que não conseguia decifrar direito. Esperança? Sua garganta subiu e desceu. A cada milissegundo de silêncio, a batida do meu coração se tornava mais alta.

Tecnicamente, não quebraria minha promessa a Reese se não fosse um relacionamento de verdade. Ou isso era o que eu dizia a mim mesma. Reese não ia querer que eu ficasse parada enquanto um homem bom perdia tudo que tinha.

— Como eu poderia me considerar sua amiga se ficasse sentada olhando você perder a Refúgio do Salgueiro?

A expressão estranha nos olhos dele esmaeceu, e Callum se afastou de mim.

— Obrigado pela oferta, mas não q-q-quero isso.

O quê?

— Você pode manter seu negócio. Então pode ir com calma e encontrar a mulher certa depois que tudo estiver resolvido e nós estivermos divorciados. Me deixe te ajudar a se aliviar um pouco da pressão.

— Eu não quero isso com você. — As palavras dele me atingiram com uma força bruta. Seus olhos estavam cheios de paixão. — Eu quero me apaixonar. Quero ser correspondido.

Depois de tudo aquilo, o coração dele permanecia fixado em um casamento de verdade. Algo autêntico existia entre nós, mesmo que não fôssemos nos tornar marido e mulher de verdade. Ambos sentíamos isso. Aquele arranjo entre nós tinha ido longe demais. Não era bom para ele, não se o que quer que fosse aquilo significava que ele não aceitaria minha ajuda.

Apertei o lençol que cobria o meu torso.

— Acho que esta deveria ser a última vez que nós... fazemos isso.

Pelo canto do olho, eu o vi assentir rigidamente e se sentar, esticando o braço para a calça no chão. Argh, eu realmente devia ter esperado até que estivéssemos vestidos para pedi-lo em casamento, mas a última coisa que esperava era uma rejeição.

— Se não comigo, com quem você vai se casar, então?

— A Deirdre se ofereceu.

Fingi que não me magoou escutar que ele preferiria se casar com a recepcionista.

— Ah. Não sabia que ela era seu plano de emergência.

O quarto ficou em silêncio, a não ser pelo tilintar da fivela do cinto quando ele puxou a calça para cima. Exigiu cada gota do meu autocontrole não implorar para ele ficar; simplesmente não conseguia conciliar o que queria e o que era certo.

— Bom, você vai conseguir manter seu lar — murmurei. — É isso que importa. E ainda vou tentar te ajudar a encontrar a mulher da sua vida.

Callum estava na soleira da porta, apertando a camisa na mão.

— Boa noite, Lark.

—†—

HAVIA UMA CAIXA DE papelão no meu capacho quando cheguei do trabalho no dia seguinte. Lembrando a confusão que me levara a conhecer Callum, conferi o remetente duas vezes antes de abri-la. Um capacete. Imediatamente após me dar uma bronca por causa da Lambretta, ele devia ter comprado um capacete para mim. Completo com girassóis nas laterais, não poderia ser mais "eu" nem se eu mesma o tivesse desenhado.

Peguei o celular e liguei para ele, mas caiu na caixa postal. Agradeci pelo presente por mensagem e, enquanto trocava as roupas de trabalho por uma calça jeans, ele respondeu: Ocupado trabalhando. De nada.

A noite anterior tinha sido tão visceral, tão comovente, e no fim acabei estragando tudo.

Coloquei o capacete e dei partida na Lambretta.

A enfermeira de cuidados paliativos atendeu a porta do chalé de Maeve e me encaminhou para o jardim. Alecrim e tomilho perfumavam o ar. Maeve, que estava deitada numa espreguiçadeira, se sentou com cautela e eu a abracei e me acomodei em outra ao seu lado. Ela se tornara tão frágil, mas os olhos ainda brilhavam intensamente.

— Como está se sentindo, Maeve?

— Pronta. — Ela sorriu para o capacete sob o meu braço e para a bagunça que ele tinha feito em meu cabelo. — Vejo que está gostando da minha scooter. A embreagem está emperrando?

— Um pouco.

— E a promessa que você me fez?

Suspirei e fiquei observando o musgo crescendo nas rachaduras da parede de pedra antiga.

— Desculpa — disse ela, rindo —, eu não tenho tempo para ficar fazendo rodeios.

— Contei a Callum sobre Reese, e ele foi ótimo. Tão ótimo, na verdade, que eu o levei para casa e o pedi em casamento. — Fiz uma pausa. — E ele disse *não*.

Os lábios dela se franziram em confusão.

— Suas premonições mostraram isso? — Se eu não risse daquilo, ia chorar. — Ele quer uma parceira romântica. E se não for uma parceira romântica, ele tem um acordo com a recepcionista.

— Talvez você não precise se casar com Callum para ajudá-lo. Talvez ser amiga dele seja suficiente.

— Mas já faz muito tempo que deixamos de ser *amigos*. Acho... acho que o que sinto talvez seja amor. — Minha garganta queria se fechar ao redor daquela palavra de quatro letras.

— Claro, eu não precisava de uma bola de cristal para ver isso.

— Eu me importo com Callum, não consigo parar de pensar nele. Mas me sinto culpada por ter esses sentimentos, sabe? Morta de medo de ficar tão absorta no que quero a ponto de perder de vista as necessidades dele.

— Não tenha medo de continuar vivendo. Se serve de ajuda, não estou com medo de morrer. Não com Charlie esperando por mim.

— Ela esperou tempo demais para ser sua esposa para te largar no além — falei com um sorriso triste. Quilômetros e décadas as tinham separado antes. Se elas haviam encontrado o caminho de volta uma para a outra uma vez, poderiam fazê-lo de novo. A história delas me fazia acreditar que alguns casais eram determinados pelo destino.

Maeve fechou a mão artrítica ao redor da minha. O silêncio recaiu sobre o jardim. Eu não estava pronta para perdê-la. Para deixar a Irlanda. Para abrir mão de Callum, embora ele nunca tivesse sido meu de verdade. As plantas que rolavam pelo deserto se soltavam das raízes por um motivo, mas eu queria me enraizar ali.

Com a visão embaçada pelas lágrimas, olhei para as nossas mãos.

— Vou sentir sua falta.

— Isso é mesmo uma coisa terrível. Mas só o que podemos controlar é como escolhemos seguir pela vida. Com honestidade. Com coragem. Com amor. Sei que você vai conseguir.

CAPÍTULO 36
Callum

QUANDO EU ESTAVA COMEÇANDO a acreditar que Lark podia ter se apaixonado por mim... ela me trouxe de volta à Terra. Lark me amava; eu acreditava nisso. Ela me amava o bastante para desfazer a própria promessa de não se casar novamente. Mas estaria *apaixonada* por mim?

Sua reação à minha confissão — de que eu não queria um casamento por conveniência com ela, mas um de verdade — ainda me deixava perplexo. Ela havia dobrado a aposta reafirmando que era um favor entre amigos em vez de um compromisso sagrado e duradouro. Aquilo tinha doído, ainda mais depois que eu me permitira ter esperanças em relação a sua escolha de se candidatar à promoção que estenderia seu visto. Enquanto isso, eu havia desativado meus perfis nos aplicativos de relacionamento, sabendo que ninguém chegaria aos pés da mulher que eu rejeitara.

Mantivemos distância um do outro pela primeira vez desde que ela tinha invadido a minha vida com sua luz. Mas, então, três dias depois, recebi a ligação da enfermeira de cuidados paliativos de Maeve. A notícia da morte trouxe Lark de volta aos meus braços, embora fosse capaz de ter dado qualquer coisa para poupá-la da dor de outra perda.

— Quando é o velório? — murmurou ela no meu peito, quando as lágrimas diminuíram.

Continuei acariciando seu cabelo.

— Sábado. Preciso do dia de amanhã para colocar tudo em ordem.

Ela recuou, e deixei meus braços caírem com relutância.

— Terminamos a animação principal de *A rainha pirata*. Eu deveria celebrar com todo mundo no Toca da Lebre amanhã, mas acho que não consigo. Não na véspera do velório de Maeve.

Como líder e candidata à vaga na série, ela era quase obrigada a aparecer na celebração daquele marco. Ela precisava de mim, mesmo que não tivesse dito.

— Então vamos brindar à memória de Maeve amanhã e dizer nosso adeus no sábado.

A MAIOR PARTE DA equipe da KinetiColor saiu para a comemoração. Vozes e música colidiam em volume alto, e um coro de gritos se formou com a entrada de Lark. Ela me pegou pela mão enquanto nos dirigíamos ao grupo.

— Uma rodada e vamos embora. Vou fingir um problema intestinal grave se necessário — disse ela no meu ouvido enquanto eu me abaixava.

Eu poderia beijá-la... mas aquilo tinha acabado.

— Lark! — Anvi se separou da multidão, sua trança complicada balançando quando elas se abraçaram. Seus olhos alternaram entre nós dois. — E Callum. Bom ver você de novo.

— Igualmente. Parabéns por completarem a... como é mesmo o nome?

— Animação principal. — Lark tocou no meu braço. Toda vez que ela me tocava, minha resolução esmorecia. Afastá-la era a coisa mais difícil que eu já tinha feito, mas não conseguiria ir em frente com um arranjo fajuto sabendo que ela não sentia o mesmo por mim. A intenção dela era boa, mas eu queria seu coração. Não seu altruísmo.

— Não teríamos mantido a sanidade ao longo desse processo sem nossa destemida diretora de arte — disse Anvi. Outros murmuraram aprovação e ergueram seus copos em concordância.

Eu me afastei, esperando no bar lotado enquanto ela interagia com os outros. Ela não tinha condições emocionais para manter aquilo por muito tempo. Então seu sorriso sumiu quando Seán se aproximou.

— Um *drinking game* — anunciou ele. Múltiplas cabeças se viraram. — Entre mim e Lark.

Ela ficou alarmada, suas bochechas empalideceram.

— Eu não posso...

— Vamos lá, não me diga que tem medo de uma competiçãozinha amigável?

Ela reconfigurou a careta em um sorriso forçado.

— Foi um dia longo, e tenho um compromisso amanhã cedo. — Ela desviou a atenção para mim. Só eu conseguia ver a tristeza contida lá dentro. A morte de Maeve ainda era uma ferida aberta, e ela só estava ali por obrigação profissional. — Não sou de beber muito, para começo de conversa.

— *Hum*. Uma rodada de dardos, então? — Seán abriu os braços e levantou a voz. — O que vocês acham, KinetiColor? Sinuca? Dardos?

— Dez euros na loirinha. — Anvi colocou algumas notas no balcão em solidariedade. Alguns presentes notaram e fizeram suas apostas só pelo prazer de ver uma disputa.

— Vamos lá — falou Seán, lançando a armadilha. — Você escolhe o jogo.

Relutante, Lark deu de ombros e abandonou a bebida na mesa. Eu odiava o fato de ela se sentir pressionada a entrar na dele.

— Ok. Uma partida de dardos.

Balançando as mãos e os ombros, ela se aproximou do alvo e pegou três dardos vermelhos. Seán pegou os azuis. Lark olhou para mim em busca de apoio, e eu assenti com a cabeça.

— Vou deixar você ir primeiro — disse ele, demonstrando um falso cavalheirismo. — Cuidado! Afastem-se e saiam do caminho. Uma mulher vai lançar!

Metade dos observadores resmungou. Hannah revirou os olhos. Algum idiota no bar riu, oferecendo a Seán a dose certa de validação para manter seu ego inflado.

Seán se inclinou para Lark.

— Que vença o melhor.

A concentração endureceu os traços dela, e ela recuou o braço, lançando o dardo. Caiu no anel exterior. Assobios e gritos encheram o ar.

Seán tentou parecer entediado enquanto mirava para o lançamento. Com força e velocidade impressionantes, o dardo acertou na mosca, lhe concedendo cinquenta pontos e a liderança. Alguns homens — os únicos apoiadores leais de Seán — gritaram com entusiasmo. O fato de que os próprios colegas de trabalho não torciam por ele dizia muito.

Lark marchou até a linha e fechou um olho.

— Vai, Lark!

— Vamos lá, Texas! — gritou Rory, seu macacão de mecânico verde-limão atraindo atenção na multidão, mesmo antes que ela gritasse. Uma pessoa que com certeza tinha um estilo único.

Por fim, Lark mirou o dardo, e o ardor em seus olhos me disse exatamente o que ela imaginava estar acertando. O dardo caiu no cinco. Alguns espectadores soltaram murmúrios, decepcionados.

— Sullivan reconhece o valor da senioridade e da experiência para as promoções. Não vai cometer o mesmo erro duas vezes — disse Seán.

Minha mão se fechou em um punho enquanto o sorriso performático de Lark desaparecia.

Outro na mosca, sem nenhum esforço.

— Então, agora você concorda que a experiência conta?

Lark respondeu com os dentes cerrados:

— Nunca disse que não contava. Só concordei em jogar dardos.

— Só acredito que qualquer cargo deve ir sempre para o melhor homem para o trabalho — Seán falou por cima da borda do copo. — Isso não deveria ser uma afirmação controversa, mas de alguma maneira, hoje em dia, é.

Anvi revirou os olhos.

— Sua vez, querida.

Lark estava a um comentário de distância de mandar o dardo diretamente no olho de Seán. Eu meio que esperava que ela fizesse mesmo isso.

— Essa vaga da série é coisa grande — continuou ele, enquanto ela mirava. — Melhor ir para alguém que mereça desta vez.

Dei um passo à frente, mas o braço de Lark disparou na minha frente como uma catraca de metrô emperrada. Pelo bem da politicagem corporativa, ela precisava encarar esse embate sozinha. Controlando o ímpeto de intervir, rangi os dentes tão alto que deu até para ouvir.

— Eu... eu trabalhei muito pra chegar aonde estou. — A voz de Lark vacilou.

— Sabe, o Sullivan só queria uma mulher porque é a história da Grace O'Malley.

Anvi entrou na conversa.

— E esta mulher é qualificada para contá-la.

— Uma americana não era a escolha certa, de jeito nenhum. Vai lançar ou não?

Qualquer pessoa teria dificuldade para nomear uma figura histórica que incorporasse melhor o espírito indômito da ilha do que Grace O'Malley. Mas o chefe deles — o próprio tio de Seán — escolhera Lark para desenvolver a linguagem visual do filme. O roteirista, o diretor e a maioria dos animadores e dubladores eram irlandeses. Uma americana na equipe não invalidava o que sempre seria um conto profundamente gaélico.

As mãos de Lark tremiam em volta do último dardo. Ela engoliu em seco e o soltou no balcão do bar.

— Não preciso provar nada pra você, nem neste bar nem no estúdio.

A voz dela tremia, mas ela não se encolheu diante dele. Eu apertei a mão dela, uma reafirmação sutil. Então ela saiu em direção ao banheiro, me lançando um olhar de aviso: *Não se meta*. Cada porção de instinto meu gritava para que eu fosse atrás dela.

Inebriado com a percepção da vitória, Seán disse em voz alta:

— No primeiro dia de trabalho da ianque, ela foi deixada lá por um rabecão. Gosta de chamar a atenção, essa daí. — Ele me lançou um olhar. — O marido se matou e ela começou a trepar com o agente funerário.

A linha do tempo de Seán fazia pouco sentido, mas ele tinha demonstrado seu ponto de vista mesmo assim. Eu já tinha visto aquele tipo de luto destruir pessoas. O que aquele cuzão perverso sabia?

Nada. Um olhar silencioso foi trocado entre Hannah e Rory, deixando claro que sabiam exatamente quem eu era.

— Nem esperou o corpo esfriar para começar a aproveitar o dinheiro do seguro de vida. — Ninguém ria com Seán. — Provavelmente ela mesma sabotou os freios.

— Pare — vociferei.

— É, não se pode dizer essas coisas. Qual é o seu problema? — A atenção de Anvi se desviou para o banheiro em busca de Lark.

— Veja por si mesma. Procure Reese Thompson na internet. Uma fonte segura me disse que foi por isso que ela saiu da Blue Star. Ser forçada a se demitir é a mesma coisa que ser demitida...

Sem chance de eu ficar ali sentado ouvindo aquela baboseira.

— *Cala essa sua boca.*

Alguns do grupo pegaram os celulares, eu não sabia se para se distrair da situação desconfortável ou para confirmar o que ele dizia. Analisei o mar de corpos até encontrar Lark conversando com um grupo de colegas.

— Além disso, todo mundo no escritório a viu chegando naquele rabecão. Um homem *morreu*, e é uma piada para ela. Descarada.

— Não d-d-diga isso dela — rosnei e depositei meu copo praticamente cheio no balcão. Todo mundo ficou quieto.

Seán não estava apenas usando o trauma de Lark contra ela, mas me usando para fortalecer o golpe. Eu estava acostumado a ser considerado menos inteligente pelos ignorantes por causa da minha gagueira. Eles presumiam que eu estivesse sempre assustado, mas a gagueira era exacerbada por qualquer emoção intensa. Atualmente, a emoção reinante era pura raiva.

— Por quê? Ficou ofendido em nome do homem morto dela?

Sem pensar, eu estava a um centímetro do rosto dele. Palavras e sílabas eram peças de Tetris em queda livre, e eu tentava freneticamente reordená-las. Mais fácil falar do que fazer.

— Estou ofendido em n-n-nome da minha amiga e sua... sua colega.

— Viúvas e agentes funerários: par perfeito, né? — Uma risada foi baforada na minha cara, e ele se aproximou para dizer: — Ela é tão gostosa como parece ou eu nem deveria me incomodar em ir atrás? Aparentemente, ela vai pra cama com qualquer idiota, então não deve ser tão difícil.

Eu o agarrei pelo colarinho e o prendi contra a parede. No meu tom mais calmo, falei:

— Vou colocar você na sua cova com um sorriso no rosto se disser mais uma palavra sobre aquela mulher, que é cem vezes melhor do que você.

Um sorrisinho irritante se abriu sob a barba dele.

— Vou encarar isso como um sim.

Meus próximos movimentos foram involuntários; não os registrei, até que os nós dos meus dedos atingiram com força o nariz de Seán. Ele cambaleou um passo para trás, as mãos protegendo o rosto. Poderia desfigurá-lo com tanta severidade que seria desafiador até para *mim* prepará-lo para o velório. Afastei o pensamento sombrio enquanto o sangue escorria pelos dedos unidos dele. Ele soltou um grito de horror. A boca de Hannah formou um O, em choque. Um estagiário me encarava como se eu fosse um urso-pardo faminto atacando desenfreadamente um campista.

— Vou ficar com o emprego da sua namoradinha por isso. — Saliva rosa atingiu meu rosto com essas palavras. O braço de alguém voou entre nós antes que eu pudesse dar outro golpe.

— Ei! Ei! Chega de briga.

— Ele não vale a pena — ouvi Anvi dizer.

Não, Seán não valia. Mas Lark, sim.

Um fogo queimou no meu peito quando seu hálito azedo passou pelas minhas bochechas, mas me recusei a recuar. Até que ouvi de leve o sotaque de Lark por cima da música e do falatório.

— Callum?

Seán arreganhou os dentes, um fio de sangue os tingindo de carmesim. Estava relutante em lhe dar as costas, mas fiz isso depois de ser chamado pela segunda vez.

Os olhos arregalados dela estavam inundados de preocupação.

— O que está acontecendo aqui?

— Esse idiota quebrou meu nariz!

Afastei Seán para o lado. Minha mão tremia de raiva mal contida enquanto eu caçava algumas moedas para o barman. Sem uma palavra de explicação, peguei a mão de Lark e fui me arrastando pela multidão em direção à porta.

— Que diabos aconteceu? Você não pode sair batendo nos meus colegas de trabalho — ela explodiu quando conseguimos sair do Toca da Lebre, soltando a mão da minha com violência.

— Ele estava atrás de sangue esta noite.

— Parece que você também. — Ela se recusou a olhar para mim enquanto marchava até o meu carro de braços cruzados. — É o meu trabalho! E isso queima o meu filme. De novo: Que. Diabos. Aconteceu?

— Não podia deixar que ele saísse impune.

Agora que um pouco da raiva cegante tinha se dissipado, reconheci a vergonha na expressão dela. Lark odiava confrontos.

— Ele sabe sobre Reese. Deve ter procurado podres seus na internet. Ele se sente ameaçado. Está tentando desestabilizar você usando qualquer meio à disposição — expliquei quando entramos no carro. Meus dedos inquietos tamborilavam no volante. — Ele disse para todo mundo que a Blue Star forçou você a pedir demissão do seu último cargo.

— Isso não é verdade.

— Eu sei. — Não contei a ela que também houvera acusações de mariticídio.

— Seán sempre achou que tinha direito ao meu cargo. Disse a todo mundo que deveria ter sido uma promoção interna e deu um show quando descobriu que tinha ido para uma americana com experiência em apenas um filme.

— Você ainda não quer usar a abordagem "Como eliminar seu chefe"?

— Não tem graça. Perder o emprego significa uma passagem de volta para o Texas. Eu preciso da KinetiColor para ficar aqui. Vistos de residência são cheios de regras.

Agora fazia sentido porque ele fora tão cruel. O sorriso vermelho de tubarão. Seán ia se tornar o chefe deles se Lark saísse de cena. A oportunidade perfeita para mostrar sua dominância. Ele quisera me provocar, uma desculpa para Lark sofrer uma reprimenda da empresa. Era uma armadilha. Culpado de entrar diretamente nela, mas não disposto a me desculpar por defendê-la, redirecionei o foco da conversa.

— A Anvi defendeu você. Ela é uma amiga leal.

— É, ela é ótima. — Lark engoliu em seco. — Mas agora todos os meus colegas vão saber. De novo.

— Ei — falei. — Saber o que aconteceu não mudou a forma como eu te vejo. Não mudou como você é boa no seu trabalho. Só o que vai fazer é mostrar como Seán é cruel se ele consegue falar sobre isso como falou. Vai ficar tudo bem.

— Seu temperamento poderia me custar meu emprego, Callum. — Os olhos de Lark brilhavam com lágrimas presas.

— Vou pessoalmente ao estúdio assumir total responsabilidade.

— Não. Só... Não vá ao estúdio. Por favor.

— Prometa que vai conversar com o RH na segunda. Isso já está se prolongando demais. É inaceitável. E, se ele disser qualquer outra coisa...

— Você vai fazer o quê? Estourar os joelhos dele? Dar uma surra nele com seu bastão de *hurling*?

Eu odiava Seán por usar a maior tragédia da vida de Lark para desestabilizá-la profissionalmente. Isso ia além de um ambiente de trabalho tóxico — e eu não podia protegê-la nesse ambiente. Com os punhos cerrados, ela praguejou contra o colega de trabalho. Ou contra mim. Contra ambos, provavelmente.

Não trocamos mais nenhuma palavra pelo resto do trajeto.

CAPÍTULO 37

Lark

— SEÁN SEMPRE QUIS que você abandonasse o barco — disse Anvi no viva-voz.

Eu tinha atendido à ligação dela praticamente no piloto automático. Minha cabeça estava uma confusão de ansiedade. Aquela seria a minha primeira vez em um cemitério em dois anos. Eu já estava com saudade de Maeve. Das suas almofadas malcriadas e da sua sabedoria bondosa.

— Não me surpreende que ele esteja tentando provocar você — continuou Anvi —, sabotando o seu namoro...

— Callum não é meu namorado — murmurei, me sentindo exposta e sobrecarregada. Em um torpor, joguei todas as minhas roupas escuras em cima da cama para poder escolher uma delas. Tons vibrantes costumavam formar meu guarda-roupa, não preto.

— Eu acreditaria se você me falasse que ele era. Queria ter filmado o momento em que ele quebrou o nariz do Seán. Seán foi longe demais, e disse um monte de mentiras. Sinto muito pelo seu marido, se isso serve de alguma coisa. Não tive a chance de dizer isso antes porque você saiu correndo do pub tão rápido, mas sinto mesmo.

— Obrigada. Está... tudo bem. Eu só precisava sair dali.

Suspirando, me decidi por um vestido azul-marinho. O funeral de Maeve começaria em uma hora, e uma sensação de terror tomava conta de mim. Apesar de estar chateada com Callum, queria correr para os braços dele, mas ele estava ocupado organizando a cerimônia. Em vez disso, minha colega favorita tinha me ligado e, embora não estivesse no melhor estado para uma conversa sobre Seán, apreciava a preocupação dela.

— Fingir que o confronto não aconteceu não vai fazer com que desapareça — acrescentou Anvi. A esta altura, já era de conhecimento geral que eu tratava os problemas usando a solução do avestruz e preferia enterrar minha cabeça na areia. — Aquele homem é tóxico. Metade da equipe vive com um medo constante dos acessos de raiva dele.

— Você tem razão. Vou marcar uma reunião com Sullivan na segunda. Obrigada por ligar pra ver como eu estava, Anvi.

— Disponha. Sei que você faria o mesmo por mim.

Coloquei um par de sapatos de salto discretos e me dirigi à Refúgio do Salgueiro. Deirdre me recebeu e me encaminhou ao escritório de Callum, mas queria ver Maeve antes. O nó no meu estômago não estava tão apertado quanto eu esperava, mas, quando me aproximei do caixão, um peso familiar envolveu meu coração. Lembranças surgiram na minha mente. Minha mãe evitando olhar para mim. Os pais de Reese devastados, se abraçando no primeiro banco. Eu ficara encarando a foto do rosto sorridente dele, sabendo que era minha culpa ele estar num caixão. Sabendo que era tarde demais para ajudá-lo. Para me desculpar. O desdém de Rachel quando me juntei a eles.

Meu irmão ainda estaria aqui se não fosse por você.

Vergonha. Eu tinha ficado sentada no Jetta, soluçando no estacionamento enquanto todo mundo comia canapés do lado de dentro. Lo havia batido na janela e entrado, sentando-se em silêncio no banco do passageiro enquanto eu soltava tudo.

Mas Callum estaria comigo dessa vez, uma âncora no furacão de emoções.

É claro que enviar Maeve para o seu descanso era diferente de perder Reese. Para começar, ela vivera uma vida longa e autêntica. Ainda assim, não era fácil encarar a morte outra vez. Não via um cadáver desde que encarara o rosto reconstruído de Reese. Eu não queria olhar, mas Cielo dissera que a nossa discussão não deveria ser minha última lembrança dele. Talvez ela estivesse certa: isso era parte do processo de cura. E Callum tinha capturado a vivacidade de Maeve aliada a uma sensação de tranquilidade. O cabelo imaculadamente cacheado, um toque de blush. Ele fizera as unhas dela, notei com uma calorosa pontada agridoce.

Sussurrei um obrigada para minha amiga. Por sua bondade, seu humor, sua generosidade e sua sabedoria. Como Callum, ela vira meu luto pelo que era o tempo todo. Mesmo quando eu achava que ele estava escondido.

Um ronco de motores chamou minha atenção. No estacionamento, um grupo de enlutados chegou em scooters vintage. Conjuntos de luzes e espelhos extras adornavam seus corpos reluzentes e cheios de curvas. Sorri. Maeve teria ficado muito feliz com aquilo. Os visitantes entraram e Deirdre os dirigiu ao livro de convidados. Encarei aquilo como a minha deixa para subir até Callum. A porta do escritório estava entreaberta, e ele caminhava de um lado para o outro lá dentro.

— Maeve pediu um cantor, mas o que ela queria não vai conseguir chegar. — Callum fez uma careta. — Preso no trânsito da M6.

— Talvez a gente possa encontrar alguma coisa para transmitir. Você tem um alto-falante sem fio? O que ela pediu?

Abri um aplicativo de música no celular, me dando uma tarefa para me impedir de pensar sobre dizer adeus a Maeve. Sobre o desastre que meu trabalho tinha se tornado da noite para o dia. Sobre o último funeral a que eu havia comparecido.

Como se sentisse que eu estava à beira de um ataque de nervos, Callum repousou os dedos na minha lombar. Ainda estava bem descontente com aquela façanha no pub, mas a explosão, apesar de equivocada, tinha sido para me proteger.

— Não — disse Callum. — Ela queria uma última serenata, e vou dar uma a ela.

— Você vai cantar? — perguntei, me animando.

— A última vez que tentei algo do tipo, fiquei tão nervoso que meus joelhos travaram e caí em uma cova aberta.

Apertei a mão dele.

— Tem certeza? A gente pode tocar uma versão acústica da música que ela queria.

— De alguma forma, sinto que Maeve orquestrou as coisas desse jeito de propósito.

— Ela era engenhosa.

Parecia estranho Maeve alterar seus desejos finais apenas meses depois de conhecer Callum e eu, mas atribuímos isso ao fato de que ela já estava em cuidados paliativos. Será que ela havia solicitado um músico não confiável para criar exatamente essa situação? Não. Como ela poderia saber... a menos que o medo dele de cantar tivesse sido mencionado em uma das nossas visitas e eu não lembrasse?

Com uma olhada para o relógio, Callum assentiu com a cabeça. Estava na hora.

— Sei que você consegue. — Meus dedos envolveram a gravata dele, e a puxei para guiar sua bochecha aos meus lábios para um beijo inocente. — Para manter seus joelhos maleáveis.

Ele sorriu com gentileza.

— Vai funcionar.

Internamente, me recriminei. Beijá-lo parecera muito natural, mas precisava parar de lançar sinais contraditórios a Callum.

A Lambretta de Maeve ficou de sentinela ao lado do túmulo, uma coroa de flores repousando no farol. Sua falta seria sentida por muitos personagens excêntricos. Alguns eram grisalhos e precisavam da ajuda de andadores e cadeiras de rodas. É claro, alguns chegaram em suas próprias scooters reluzentes, um tributo à subcultura que havia originado a amizade deles. Rosas brancas adornavam a lápide com uma cruz celta ao lado da dela, que marcava o local de descanso de sua amada Charlie. Enfim reunidas.

Callum deu um passo à frente, inspirando profundamente para se acalmar.

— E agora, um último tributo a nossa amiga Maeve Burke. Ela pediu especificamente esta música, e, se vocês se sentirem inclinados, ela gostaria que cantassem junto.

O olhar nervoso dele encontrou o meu por um instante antes de ele fechar os olhos com um sorriso suave e começar a cantarolar. Imaginara com frequência como sua voz de barítono soaria cantando. Nada poderia ter me preparado para o som rico que saiu de seu peito largo.

A princípio, não reconheci a canção. Não até Callum cantar o refrão. Era "Always Look on the Bright Side of Life".

Monty Python. Maeve o fez cantar a música de *A vida de Brian*. Ri, mesmo sem querer. É claro que ela não escolheria uma balada pesarosa e emotiva.

Os convidados se balançavam devagar; alguns batiam palmas. Um coro dos entes queridos dela se juntou no verso sobre a vida ser engraçada e a morte ser uma piada, e, no fim, todos somos motivo de riso.

Todos ficaram emocionados com a dedicação vocal inesperada de Callum. As notas nos inundaram como uma tempestade, uma chuva catártica de som. Ele havia enfrentado um medo por outra pessoa. Eu esperava que também tivesse feito aquilo por si mesmo. Nossos olhos se encontraram enquanto o último verso reverberava pela brisa, fazendo com que folhas de salgueiro dançassem pela grama. Orgulho e adoração me preencheram. Aquele homem maravilhoso e humilde estivera escondendo o jogo, mas isso acabara agora. Ele era atraente e extraordinário à sua maneira modesta, vestida de tweed.

Disse um obrigada com os lábios para ele antes que ele ajudasse a baixar o caixão de Maeve para a cova.

Enquanto os enlutados se dirigiam à funerária para a recepção, ficamos para trás no túmulo, próximos à Lambretta.

— Callum... foi perfeito. Você foi maravilhoso. — Eu o envolvi num abraço rápido, inspirando profundamente. Fortalecida pelo seu enlace.

— Para com isso.

— Sério. A sua voz é linda, mesmo cantando Monty Python. Maeve teria ficado muito feliz. Ela nunca ouviu você cantar, né?

Ele balançou a cabeça.

— Acho que hoje ela ouviu — falei, passando a mão pelas curvas da Lambretta. O cromo reluzente brilhava muito no sol do fim da manhã, contrastando com as pétalas macias da coroa de flores. — Ainda não consigo acreditar que ela deixou a scooter para mim.

— Você sabe valorizar as coisas. Ela viu isso.

— É uma pena que você não saiba pilotar. Eu poderia te ensinar.

Um sorrisinho apareceu nos lábios de Callum.

— Algum dia, quando eu tiver mais coragem.

— Cantar à capela na frente de um grupo de estranhos? Isso é o bastante para fazer a maioria das pessoas suar frio, e você arrasou. Você honrou a Maeve hoje. E estou orgulhosa de você.

— Sei que não foi fácil enfrentar outro funeral — disse ele, acariciando minhas costas com gentileza. — Também estou orgulhoso de você.

Podíamos finalmente falar sobre a minha perda... e, na verdade, aquilo me fazia bem.

Os dedos de Callum seguraram meu queixo com carinho e me puxaram em direção aos lábios dele. Doce e breve demais, mas atividades profissionais ainda exigiam a atenção dele. Parecia que ele também estava tendo dificuldades com o autocontrole hoje. Percorremos o caminho entre as lápides, mãos entrelaçadas.

A música estava certa: a vida era bem absurda. Porque, enquanto ele cantava, percebi que estava irremediavelmente apaixonada por Callum Flannelly. E já fazia algum tempo.

CAPÍTULO 38
Lark

NA SEGUNDA-FEIRA, CHEGUEI CEDO e passei correndo pelas áreas comuns da KinetiColor, então me entrincheirei no meu escritório. Com os nervos à flor da pele, liguei para a secretária do sr. Sullivan para marcar uma reunião urgente. Provavelmente, Seán já tinha contado ao tio sobre os eventos no pub, e minha carta de demissão estava à minha espera.

Enquanto aguardava a reunião, fiquei olhando para minha vela devocional da Santa Dolly. A voz de Callum ecoando na minha cabeça perguntava: *O que Dolly faria?* Ela com certeza não se acovardaria debaixo da mesa para evitar os colegas e um bebezão manhoso. Nem Grace O'Malley. Elas entrariam marchando, de queixo levantado e dignidade intacta. Lute por isso! Era o que pretendia fazer.

Será que o sr. Sullivan me consideraria não profissional por ser a catalisadora do confronto entre Seán e Callum? Por causar um conflito quando precisávamos focar na pós-produção? Será que ia empacotar as suculentas da minha mesa e a minha vela da Santa Dolly naquele mesmo dia?

A ansiedade inundava meu estômago enquanto eu caminhava pelos corredores, como uma prisioneira condenada a caminho da cadeira elétrica. Se esse projeto fracassasse ou se os executivos não gostassem da versão inicial do filme, eu podia dar adeus à minha carreira de diretora de arte e à minha residência na Irlanda junto com ela. Alisei a saia e ajustei a blusa. Eu não era uma rainha pirata poderosa, mas meu apelido de *roller derby* não era "Não é Molly" Parton à toa.

Toda aquela coragem evaporou quando a porta da sala de reunião se abriu. O sr. Sullivan estava sentado à mesa oblonga com Wendy, em frente a Seán, que tinha um curativo na ponte do nariz entre olhos roxos. *Ah, Callum. Olha a bagunça que você fez.* Exalei um ar profissional na medida do possível, estendendo a mão para apertar a do dono do estúdio primeiro, depois a de Wendy. Não ousei relar em Seán. Quando fizeram um gesto para que me sentasse ao lado dele, estremeci, esperando que ninguém tenha notado.

Wendy uniu as mãos.

— Chegou aos nossos ouvidos que houve um... tipo de rivalidade entre você e Seán que se tornou violento neste fim de semana. Outros membros da equipe corroboraram esse incidente e confirmaram que um homem envolvido com você foi o agressor.

Será que Seán tinha intimidado todos a revisarem a noite de acordo com sua narrativa? Sabia que Anvi e Rory me defenderiam, mas e o resto da equipe? Todo mundo acreditava que ele tinha causado a demissão do último diretor de arte.

— Eu nunca diria ao meu... *meu amigo* para fazer uma coisa daquelas. E não foi, há, de graça. — A adrenalina correndo pelas minhas veias me tornou balbuciante e pouco eloquente.

— Houve um mal-entendido no pub quando o grupo foi tomar um drinque depois do trabalho — disse Seán com uma expressão azeda. — E isso levou ao namorado dela me atacando e ameaçando.

Com olhos de cachorrinho pidão, Seán cutucou a ponta do curativo para chamar atenção para ele. A expressão de Wendy se suavizou antes que ela me lançasse um olhar duro.

A bile subiu pela minha garganta, junto com pânico puro.

— Isso... Não foi assim que aconteceu...

— Você nem estava lá quando aquele bruto esmagou o meu nariz.

— Isso é verdade? — perguntou Wendy.

Minhas mãos formaram punhos impotentes no meu colo.

— Eu estava no banheiro.

— Num minuto, ela e eu estávamos jogando dardos. No seguinte, ele estava me batendo, avisando que me mataria se eu falasse com Lark de novo! Disse a ele que somos apenas colegas, mas ele não queria ouvir. Trabalhar com ela está criando um ambiente hostil. Não é favorável para a minha saúde mental nem para minha produtividade. Tentei tudo ao meu alcance para promover uma relação profissional saudável aqui. Não tenho certeza do que vai acontecer a seguir.

Se eu não estivesse aterrorizada, meus olhos teriam se revirado para dentro do meu crânio. Parecíamos estar na sala do diretor acusando um ao outro, tentando evitar uma expulsão.

— Você pediu que o seu namorado batesse em Seán para que ele desistisse da concorrência pela vaga na série?

— É claro que não!

O sr. Sullivan permanecia em silêncio, observando cada minúscula resposta e mudança de energia. Ele notara meus punhos se fechando, e eu tentei manter as mãos relaxadas no colo. Agora que fora chamada de hostil, não queria dar nenhuma confirmação do rótulo.

— Meu amigo estava me defendendo. Mas eu não *pedi* que ele fizesse isso. Seán contou algo... profundamente pessoal a meu respeito para a equipe.

— Veja bem, pensei que enfim estivéssemos ficando amigos, Lark — falou Seán, então se dirigiu ao tio. — Antes de eu ser atacado, ela e eu estávamos jogando uma rodada amigável de...

Felizmente, Sullivan interrompeu.

— Algo pessoal?

Seán lançou um olhar fulminante na minha direção. Wendy se inclinou mais para perto, seu interesse despertado.

Seán cruzou os braços.

— Encontrei um tuíte antigo dos Estúdios Blue Star, um evento para angariar fundos em homenagem ao falecido marido dela. A irmã dele também trabalhava na empresa, então foi algo importante. Era uma informação pública. Tudo o que fiz foi mencionar aos meus colegas em uma conversa, mas o namorado dela estava bêbado e enciumado, e entendeu tudo errado.

Não adiantava refutar isso; embora Callum não estivesse com o juízo prejudicado, ninguém acreditaria que o álcool não tivera impacto na situação. Combati o desejo de me afundar na cadeira. Não queria explicar o incidente. Nem reviver a situação.

— Meu marido sofreu um acidente antes de eu me mudar para cá. É... parte do motivo de eu não querer ficar nos Estados Unidos. Seán não mentiu a respeito disso — falei com a voz rouca através da garganta contraída. Ainda era difícil falar sobre aquilo.

Minha respiração acelerada me deixou zonza, e meu coração tentava escapar do meu peito com unhas e dentes. Eu queria contar tudo sobre a sabotagem dele disfarçada de preocupação, como ele minava minha autoridade em situações em grupo e como terceirizava suas responsabilidades para outros por meio de clara manipulação.

Era como se estivesse presa em um pote de vidro hermético. Incapaz de gritar. Incapaz de inspirar oxigênio suficiente.

Wendy me estudava com ceticismo. Meus amigos tinham me avisado que ela era amiga de Seán. Depois que eu dera um fim ao seu comportamento de "delegar" tarefas, supostamente em meu nome, minha relação com Seán e Wendy havia piorado ainda mais. Mas a prova estava lá: as entregas dele haviam diminuído substancialmente. Seán havia dependido do trabalho dos outros por tanto tempo que não conseguia mais dar conta sozinho. Comportamento duvidoso à parte, ele não merecia o cargo de diretor de arte sendo que não conseguia nem lidar com a carga de trabalho típica de um animador principal sênior.

Vórtices polares eram mais quentes que o olhar inescrutável do sr. Sullivan. E eu não conseguia *respirar*. Alfinetes e agulhas espetavam as pontas dos meus dedos porque eu estava apertando os punhos de novo. Será que estava tendo um ataque de asma? Será que era possível desenvolver asma na vida adulta? Forcei meu rosto a uma expressão neutra e branda. Não como uma mulher à beira de um colapso total e uma emergência médica idiopática.

Mantenha a compostura. Seja profissional. Não os faça pensar que você é histérica.

— Nunca foi minha intenção causar nenhum mal. E sinto muito que tenha se sentido tão ofendida. — A cena de Seán foi mais melodramática que uma novela, com aquele biquinho pronto para levar um soco. — Espero que possa me desculpar e que possamos deixar toda essa situação horrível para trás. Pelo bem do estúdio.

Puto manipulador. Seán nunca tentou me conhecer de verdade antes de me nomear Inimiga Pública nº 1. Ele fez suposições, usou meu trauma como arma contra mim. Agora interpretava a vítima empática para o dono do estúdio? *Pelo amor.*

Nada daquilo estava certo. Eu não perdoaria Seán por revelar minha maior dor para cada um dos nossos colegas como se fosse uma fofoca suculenta. Agora eles me veriam como digna de pena ou uma viúva-negra. Era isso que tinha acontecido na Blue Star. Tudo tinha mudado.

— Tio... Quer dizer, sr. Sullivan, sobre a série... — Seán mudou de assunto. — Não fui nada além de leal a este estúdio. Desde o primeiro dia eu provei meu valor, e mereço essa promoção. Você sabe que sim. Não disse que adorou minha apresentação?

— Ainda não tomamos nossa decisão.

Wendy lançou outro sorrisinho empático para Seán. Isso significava que ele era o principal candidato?

Seán estava tirando tudo de mim e sendo recompensado com uma promoção. Aquela sensação de sufocamento reduziu minha atenção ao seu rosto presunçoso. Eu queria gritar diante de toda aquela injustiça.

— O RH vai fazer reuniões individuais com vocês dois. — Sullivan indicou a porta. — Por enquanto, estão dispensados.

Eu fantasiei com um segurança do outro lado da porta, esperando para acompanhar Seán até sua mesa para empacotar suas coisas, depois até a calçada que era o seu lugar junto com o restante do lixo. Mas não ia acontecer desse jeito, ia? Homens como ele raramente eram punidos por suas más ações. Especialmente quando aqueles ao seu redor estavam assustados demais para falar.

— Vou ficar esperando — disse Seán. — Tenham um bom dia.

Lágrimas contidas estavam empoçadas nos meus olhos quando me virei para Seán antes de ele sair.

— Lark — falou ele. E *piscou. Piscou* para mim!

O pote de vidro explodiu. Estilhaços de raiva e medo atravessaram meu bom senso, meu instinto de autopreservação. Minha voz saiu em um estouro trêmulo e emocionado.

— O que... o que você disse foi deplorável, e você *merece* esse nariz quebrado!

Calmo diante desse protesto, Seán murmurou:

— Estão vendo com o que eu tenho que lidar?

— Você não tem trabalho para fazer? — sibilei entre dentes cerrados.

Ele deu de ombros para Sullivan e Wendy, como se dissesse: *É exatamente disso que estou falando.*

Um inferno se agitava no meu peito. O vidro quebrado deixara meu ego dilacerado e sangrando. Mas o que mais poderia dizer?

Wendy e Sullivan trocaram um olhar enigmático. Merda. *Merda.* Por que eu tinha dito aquilo? Depois de meses de toxicidade sutil, enfim encontrara minha voz e a usara para dizer a Seán que ele merecia aquilo, como uma criança? Qual era o meu problema?

Sullivan tirou o lenço de bolso prateado do paletó e o entregou para mim. Através do borrão de lágrimas e emoção, não conseguia ler sua expressão.

— Seán. Você pode ir.

Ele se foi sem olhar para trás.

Grata por aquele pedacinho de seda, enxuguei o rosto. Meu coração continuava a galopar. Meus pulmões pareciam se encher até só um quarto da capacidade. Tentei devolver o lenço encharcado, mas o sr. Sullivan levantou a mão numa recusa educada.

Queria entrar embaixo da mesa de conferência e cavar até Singapura. Começar de novo onde ninguém reconheceria meu nome ou minha vergonha. Sem formular uma resposta — meu cérebro era aquele círculo colorido que não para de carregar em um MacBook —, eu me levantei abruptamente para ziguezaguear até a porta da sala de reunião.

— Lark, espere. — O sr. Sullivan juntou as mãos.

— Sinto muito...

— Os executivos exibiram uma versão inicial de *A rainha pirata* no sábado.

Ah.

— Vocês já têm algum feedback? — falei enquanto fungava, secando as bochechas molhadas. Qualquer distração daquele show de horrores que tinha sido minha explosão emocional.

— Há alguns poucos comentários, a maioria vindo dos editores. Um punhado de regravações. No geral, está excelente. Você e sua equipe fizeram um bom trabalho.

O orgulho e a humilhação brigavam quando dei um sorriso modesto diante do elogio. Minhas mãos apertavam o lenço enquanto forçava minhas cordas vocais a cooperarem.

— Obrigada, senhor. Essa oportunidade significou muito para mim e espero que possamos superar essa situação... desagradável.

Continue sorrindo. Continue se movendo. Não deixe que eles percebam quanto dói.

CAPÍTULO 39
Callum

— CALLUM, SEI QUE esses encontros têm sido difíceis para você, então tomei a liberdade de encontrar recursos *alternativos*. — Deirdre girou o monitor do computador da recepção na minha direção.

Apertei os olhos para a tela, mas estava cheia de texto em fonte pequena.

— O que é isso?

— É um fórum para mulheres querendo o visto.

Minha mente deu uma freada brusca, cantando os pneus.

— Não posso me casar com alguém que nem conheço. Para de besteira.

— Você tentou o máximo que pôde, fez um bom trabalho, mas precisava ir atrás de outras opções para *ontem* se quiser uma chance de manter a Refúgio do Salgueiro. Ou vou arrastar você até o cartório comigo.

Lancei para ela um sorriso frouxo. Tinha dito aquilo à Lark, mas ainda esperava que não fosse preciso. Seria um arranjo legal mutuamente benéfico, uma vez que Deirdre receberia uma parte do negócio como recompensa por me ajudar a salvá-lo.

Quando eu me permitia imaginar uma futura esposa hipotética, só conseguia ver um rosto em formato de coração por trás do véu branco. Olhos cinzentos como o rio encontrando os meus quando eu deslizasse o anel Claddagh reluzente da minha avó pelo dedo anelar delicado. Uma risada efervescente enquanto a carregava pela soleira da porta da casa da minha família, como o noivo em um antigo filme em preto e branco.

Antes de ela me pedir em casamento, eu quase tinha feito o pedido a Lark uma meia dúzia de vezes. Naquele momento doce após fazermos amor, quando tudo parecia certo no mundo. Enquanto caminhávamos pela baía e assistíamos às garças atravessando a orla, ou abraçados no sofá em miniatura dela enquanto um filme piscava na tela. Toda vez, uma mistura de sensibilidade e medo me impediu. Com sua tendência a agradar os outros e a consciência da real gravidade da situação, era errado colocá-la nessa posição. Já me sentia assim mesmo antes de confirmar que as reservas dela em relação ao casamento tinham a ver com o modo como o anterior terminara.

Se ao menos houvesse outro jeito. Eu tinha analisado minuciosamente o testamento do vovô, procurando uma resposta. De acordo com o advogado que o redigira para ele, era à prova de contestação. Mas parecia tão errado. Pádraig assumiria o negócio da família e o leiloaria ao maior lance. Tudo por causa de um aniversário arbitrário.

— Vou pedir Lark em casamento. Pedir de verdade.

Ela soltou meu braço como se tivesse queimado a mão e me estudou.

— Você está apaixonado por ela.

— Não pude evitar.

— E ela te ama?

Eu sabia o que sentia, mas não podia garantir que Lark responderia da maneira como eu esperava. Tudo que podia fazer era convencê-la da minha sinceridade e torcer para que ela me concedesse a mão dela, em vez de dar no pé.

— Ah, Callum. Eu te avisei.

— Eu sei. E estava certa. Ninguém se compara a ela. — Suspirei. — Sei que eu a quero. E que ia querer mesmo que não tivesse que me preocupar com a herança. Ela precisa saber.

A compaixão inundou o rosto de Deirdre.

— Como está pensando em fazer o pedido?

—✝—

— EI, SAOIRSE, TEM um minuto? — perguntei depois que ela terminou sua entrega de rosas, apontando o queixo na direção da capela para que ela me seguisse.

Na mesa da recepção, Deirdre parou de digitar, esticando o pescoço como se estivesse passando por um acidente na estrada. Eu queria poder me dar ao luxo de mandá-la para casa pelo resto do dia, mas estávamos ocupados demais e ela fazia parte daquilo. Um risco ocupacional quando meu estado civil estava ligado à sua estabilidade trabalhista.

Afofei os buquês de mosquitinhos na frente da capela, tentando reunir a coragem para pedir um favor que eu não merecia.

— A Lark não quer voltar para os Estados Unidos.

Saoirse arqueou as sobrancelhas.

— Sério?

— Ela se candidatou a uma vaga mais permanente. Está tentando ficar.

— Isso é maravilhoso. Vocês dois finalmente...?

— Preciso contratar um músico para sábado. Um violinista. Está em cima da hora.

Os olhos dela se estreitaram.

— Para quê, uma cerimônia?

— Vou pedir a ela pra ficarmos juntos. Oficialmente. Girassóis! — soltei de repente, minha mente ainda errática. — Também preciso fazer um pedido grande de girassóis. Se por acaso você conhecer uma florista.

Eu queria amar Lark da maneira como ela vivia: envolta em cor e espontaneidade. A minha vida inteira, o cheiro de flores estivera associado ao luto, mas agora queria dar a Lark algo tão enorme e alegre que esmaeceria o próprio sol.

Um sorriso caloroso cobriu o rosto de Saoirse.

— Está me usando para obter vantagens, né?

— Não seria pior ir ao seu concorrente? Apoiar uma amiga é o mínimo que posso fazer — argumentei. — Precisa ser perfeito. Eu confio em você. Por favor.

— Nem pense que vai ganhar um desconto em algum dos dois serviços.

— Vá em frente e adicione uma taxa extra para cuzões.

— Você não é cuzão. Então, qual é o plano?

— Eu, há, escrevi uma música pra ela. Você está livre hoje à noite pra ensaiar?

CAPÍTULO 40
Lark

AGORA QUE AS COISAS tinham ficado sérias, eu precisava me provar ao sr. Sullivan, o que significava perfeição nas últimas edições de *A rainha pirata*. Embora eu necessitasse da presença solidária de Callum como do próprio oxigênio, não podia me dar ao luxo de me distrair. Havia muita coisa em jogo. Ele pareceu quase aliviado com a notícia, dizendo que tivera um dia de trabalho exaustivo.

Minha escrivaninha ficava de frente para a janela que dava para a casa dele, e eu levantava a cabeça periodicamente para lançar um olhar desejoso para ela. Por volta das sete da noite, a porta dele se abriu. Vestido casualmente com calça jeans escura e aquela maldita Henley justa, Callum deu um olhar furtivo para o meu apartamento antes de entrar no carro.

Como ele não mencionara um encontro hoje, presumi que ele tivesse ido comprar comida. Uma hora se passou. Talvez tivesse ido ao mercado. Talvez estivesse aproveitando uma caminhada pela baía. Duas horas.

A van de entrega de Saoirse estava estacionada na rua quando eu chegara em casa. Talvez ele estivesse tentando de novo com ela. Cenários passavam pela minha mente enquanto tentava me concentrar no trabalho. Callum contando uma piada, sua boca se abrindo no sorriso torto geralmente reservado só para mim. Saoirse apertando o braço dele. Inclinando-se para um beijo? Compartilhando um *momento*. Quando ele chegou em casa, eram onze e meia e eu tinha surtado completamente.

Escondida pelas cortinas, observei enquanto ele andava até a porta, um vigor inconfundível nos passos. Ele cantarolava uma melodia, as notas graves flutuando pela minha janela aberta no escuro. A luz do luar acentuava suas bochechas sorridentes, e precisei de todo o meu autocontrole para não correr até lá e exigir saber onde ele estava. Declarar meus sentimentos, não importava o que acontecesse.

Eu tinha feito aquilo comigo mesma, me apegado ao homem da casa ao lado quando sabia que não podia durar. Era melhor assim: Callum seguindo em frente antes que eu pudesse machucá-lo. Ele se divertira durante um encontro. Como sempre deveria ter sido.

—†—

A MANHÃ SEGUINTE ME encontrou profundamente arrependida das minhas escolhas na vida. Vesga após estudar amostras de animação por horas, cambaleei para a sala de descanso à procura de cafeína.

Anvi estava apoiada no balcão, beberiscando da sua caneca da Betty Boop. Percebendo meu desconforto, ela perguntou:

— O que está rolando?

— Essa é uma pergunta complexa.

Ela passou a mão no cabelo preto e grosso para tirá-lo do ombro.

— O problema é pessoal ou profissional?

— Meu cérebro vai se liquefazer e sair pelas orelhas se eu tiver que considerar todas as coisas erradas nos dois âmbitos. Então vamos manter como "profissional".

— Ah. Não fuja de mim. Você me ouviu quando minha família me alugou porque minha irmã vai se tornar advogada e trouxe biscoitos no dia seguinte pra me alegrar.

— Lark? — Os nós dos dedos de Wendy bateram na porta aberta da sala de descanso. — Podemos dar uma palavrinha?

A trepidação me atingiu com tanta intensidade que nem consegui vocalizar um sim. Só assenti sem dizer nada.

Anvi cruzou os dedos e fez com os lábios: "Você consegue". Segui Wendy pelo corredor, e ela entrou no meu escritório em vez de continuar pelo labirinto até o RH, o que me fez sentir gratidão. Uma conversa no meu próprio território seria minimamente mais confortável.

Meu coração batia muito rápido quando a porta se fechou atrás de nós. Wendy cruzou os braços e se encostou na minha mesa. Fiquei rígida perto dela. Se eu me sentasse, ela ficaria acima do nível dos meus olhos, e eu precisava da ilusão de estarmos em pé de igualdade.

— Antes que você ouça de outra pessoa, queria que soubesse que Seán ficou com a série.

CAPÍTULO 41
Callum

— **EU NÃO DEVERIA.** Tenho muitas coisas para fazer antes da nossa estreia. — Os olhos opacos de Lark mal encontraram os meus. A pressão do trabalho obviamente estava cobrando um preço, evidenciado pelo pijama da Hello Kitty e pelo cabelo bagunçado no meio da tarde.

— Vamos lá. Está um clima perfeito para um passeio de scooter. Trago você de volta até o jantar — insisti, apoiado no batente da porta do apartamento. — Você não me faria ir sozinho, faria?

— Mas você não sabe pilotar.

— Exatamente. Eu ia empacar no primeiro farol sem você.

— Tudo bem. — Ela se permitiu um pequeno sorriso. — Só por causa dessa massagem no ego.

— Ah, sim. Nada mais sedutor que uma oportunidade de livrar a cara de um homem incompetente.

— Você não faz ideia. — Ela riu sem alegria. Parte do seu humor devia ter a ver com a competição pela vaga. Lark não tinha nada com que se preocupar. É claro que a escolheriam como diretora de arte da série.

Eu prometera a mim mesmo que a faria esquecer de tudo naquela tarde. Esperei na garagem e mandei uma mensagem para Saoirse enquanto Lark se trocava. Decalques de girassol enfeitavam a lateral do capacete rosa-bebê dela. O meu era preto, naturalmente. Eu os comprara depois que Lark aparecera pela primeira vez na Lambretta sem um.

O jeito vibrante de Lark fizera com que me apaixonasse. Sufocá-lo seria o mesmo que arrancar uma flor selvagem rara só para vê-la definhar sob uma redoma. Embora eu nunca fosse me sentir totalmente confortável com ela pilotando sobre duas rodas sem os benefícios de airbags laterais e cintos de segurança, também nunca inibiria o seu prazer. Tudo que eu podia fazer era colocar um capacete, murmurar uma prece para São Cristóvão e segurar firme.

Amar era aceitar o risco. Sendo totalmente sincero, a scooter com meio século de vida era mil vezes mais segura do que entregar meu coração a alguém... e eu tinha feito isso meses atrás.

— Tem certeza disso? — perguntou ela, ajustando a tira do capacete.
— Tenho.
— Aonde vamos?
— Eu aviso onde virar. É uma surpresa.

Meu corpo vibrava com energia enquanto Lark dava a partida na scooter. Ela gritou quando a Lambretta ganhou vida com uma lufada de gasolina. Eu ia conseguir. Quem sabe. Lark me mostrara que eu era capaz de enfrentar meus medos, e eu os enfrentaria. Por nós.

Subi na moto e refreei meu sorriso. Meus braços envolveram sua cintura e o calor dela irradiava pelas minhas roupas como a luz do sol, enchendo meu corpo inteiro de otimismo e possibilidades.

Os motoristas desatentos de Galway me deixaram tenso, mas, assim que chegamos na estrada para Connemara, foi como se estivéssemos voando. O vento soprava ruidosamente ao redor do para-brisa alto acima do farol da scooter. Pequenos chalés salpicavam a paisagem da cidade-natal da minha avó, pôneis atarracados pastavam nos campos. Conforme nos aproximávamos de Trá an Dóilín — Praia de Corais —, meu coração martelava.

Lark desligou o motor, arrancou o capacete e balançou o cabelo. Guardei os capacetes na parte traseira da scooter. Nuvens cor de beringela riscavam o céu vespertino acima de nós. Ondas espumosas lambiam a orla composta não por areia, mas por incontáveis pedacinhos de alga do mar calcificada que lembravam corais. Lark pegou um punhado do material e o analisou antes de enfiar alguns pedaços no bolso. Seu sentimentalismo me encantava.

— Olha! — Gaivotas brincavam na água. Ela agarrou meu braço para apontar para a cabeça delas surgindo acima das ondas.

— Devíamos ter trazido as coisas para um piquenique. Da próxima vez — garanti a ela. Haveria tantas *próximas vezes*.

Meu celular vibrou no bolso. Arrisquei uma olhada enquanto Lark escalava uma formação rochosa fustigada pelas ondas. Saoirse tinha respondido. Um emoji nunca me causara tanta ansiedade. Eu já estava a quilômetros da minha zona de conforto. Empoleirada sobre a piscina rochosa, Lark tinha os braços abertos. O vento sacudia seu cabelo, e anêmonas balançavam na poça de maré aos seus pés calçados em sandálias.

— Você parece uma sereia — falei. — Ou uma deusa. A Vênus de Botticelli com menos concha e mais roupa.

Ela piscou de modo sugestivo.

— Uma deusa, hein?

— Tão linda que eu poderia começar a cantar.

Ela revirou os olhos.

— Se sou uma sereia, é melhor torcer para que *eu* não comece a cantar. A não ser que você tenha uma vendeta contra marinheiros e queira fazer negócio.

Era incrível que a mão dela não havia escapado da minha palma suada quando a ajudei a voltar para o chão. Se ela notou, não disse nada. Meu celular apitou de novo. Provavelmente Saoirse. Eu não queria de jeito nenhum que Lark visse o nome dela na minha tela antes da grande revelação e tivesse a impressão errada. Embora ela nunca tivesse dito em voz alta, dava para ver que se sentia ameaçada por Saoirse. Ela não precisava. Mas o ciúme era uma fera irracional. Suas presas se enterravam em mim à lembrança do comportamento galanteador de Aidan com Lark na Toca da Lebre. Eu não podia culpá-la por sentir o mesmo.

Na verdade, talvez esse fosse um plano terrível. Uma vida inteira de vapores de formaldeído tinha afetado meu cérebro.

Ao som do alerta de mensagem, o sorriso dela se reduziu a nada mais que uma rachadura em porcelana fina.

— Você saiu ontem à noite?

Engoli em seco.

— Sim.

— Que bom. Fico feliz. — Sua voz estava cheia de resignação, e Lark se virou para as ondas de novo.

A verdade era grande demais para continuar guardada dentro de mim. Ela precisava saber como eu me sentia. *Agora ou nunca.*

Respirei fundo e comecei a cantar. Colocando toda a minha emoção nas palavras, mantive os olhos fechados. Eu não conseguia olhar, ainda não.

Dá para ouvir a batida do meu coração
Com o sabor dos seus lábios, o ar doce no seu pulmão.
Tentei não cair, mas sucumbi à paixão.

Ao fim do primeiro verso, abri um dos olhos. Lark tinha uma expressão maravilhada, as mãos unidas junto ao coração. Logo atrás dela estava Saoirse. Lark estava tão absorta que uma banda marcial poderia ter se aproximado sem que ela percebesse. Quando o primeiro acorde do violino surgiu repentinamente atrás dela, ela pulou. A confusão dominou seu rosto quando ela viu quem estava tocando, mas mantive o foco somente em Lark.

Não haveria nenhuma dúvida a respeito de quem estava sendo cortejada com aquela serenata. Cada nota pertencia a ela.

Por tempo demais meu sentimento foi secreto.
A verdade é que sem você eu era incompleto.
Um peito oco que você deixou repleto.
Até que a areia da ampulheta tenha acabado
Vou segurar seu coração com todo o cuidado.
Juro pela minha vida, vou ficar ao seu lado.

Lágrimas surgiram nos olhos de Lark. Por mais simples que fossem, minhas palavras a tocaram. Havia mais uma coisa a ser feita. As notas doces do violino indicavam o fim da música, e Saoirse se curvou em agradecimento. Eu nunca conseguira escrever uma balada de verdade até que Lark entrara abruptamente pela minha porta segurando meu pacote aberto, transformando minha vida em uma aventura em Technicolor. Graças a ela, eu agora fazia coisas como cantar na praia.

— Eu... O quê... Callum...

Peguei suas mãos delicadas.

— Essa música, há, se chama "A canção de Lark".

Olhos cinzentos insondáveis encaravam os meus, mais profundos que o oceano atrás dela.

— Isso foi como um sonho. Sua voz e a música e... você escreveu isso? Ah, meu Deus, não posso acreditar que isso acabou de acontecer.

Beijei os nós dos dedos dela, desejando mais do que nunca colocar o anel Claddagh de ouro da minha avó em um deles. O anel que tinha atormentado tanto meus pensamentos agora queimava um buraco no meu bolso. Excitação e trepidação competiam dentro de mim.

— Ensaiamos ontem à noite. Era isso que eu estava fazendo. — Acenei para a violinista. — Obrigado, Saoirse.

— Foi um prazer — respondeu ela. — Oi, Lark.

Parecendo confusa, Lark deu oi enquanto secava uma lágrima. Ninguém tinha certeza do que dizer no momento silencioso que se passou.

— Isso foi lindo. Há, obrigada — disse Lark a Saoirse.

— Vejo vocês dois depois. — Saoirse se virou e saiu caminhando pela praia, sorrindo como um gato que pegou um passarinho.

Ela se recusara a me deixar pagar pela ajuda na emboscada musical. Lark deu um suspiro.

— Cal, essa foi a coisa mais romântica que alguém já fez por mim.

— Se você vai ficar, quero que a gente aposte tudo. Um casal de verdade.

Minha respiração cessou diante da hesitação e do queixo trêmulo dela. Tinha alguma coisa errada.

— Não consegui o emprego. Eles escolheram o Seán.

Senti como se tivesse onze anos outra vez e estivesse no pátio da escola, levando um soco no estômago. Arfando como o peixe fora d'água que eu sempre tinha sido. Fisgado, mas ainda me debatendo com teimosia. Era culpa minha? Um ataque ao concorrente dela não devia ter ajudado.

— O quê? Por que não me contou?

— Não posso ficar sem o visto, e é apenas para empregos aprovados. E... nada que esteja online vai funcionar. Nem em Dublin. Passei a noite pesquisando em sites de recrutamento.

— Nós vamos fazer funcionar. Precisamos fazer.

Lark parecia frágil o bastante para que a brisa do mar a levasse embora.

Apoiei um joelho nos pedacinhos de coral molhados e afiados.

— Case comigo. Lark Thompson, eu quero ser seu marido.

A luz do sol reluziu no design icônico de mãos segurando um coração coroado quando ergui o anel. Isso era assustador, mas nada comparado ao medo de perdê-la para sempre.

— Esse casamento seria... por mim ou por *você*?

— Por nós. — Meu coração martelava.

— Por que agora? O que o fez mudar de ideia?

— Eu nunca mudei de ideia. Eu quero a eternidade com você, *mo chuisle*. Sempre quis.

Furacões gêmeos de incerteza rodopiavam nos olhos dela. Eu seria seu porto seguro se ela confiasse em mim.

— O que isso significa? Você já me chamou assim antes.

Eu pisquei. Ela não ia responder ao meu pedido?

— *Mo chuisle*? Significa "minha pulsação". Nunca entendi muito bem o que significava ter outra pessoa como a força m-motriz de sua circulação sanguínea, mas é verdade. Lark, seu sorriso me salvou como uma transfusão de emergência. Sua risada é o som que faz cada célula sanguínea do meu corpo dançar. Seu toque me fez renascer da escuridão. Você é minha pulsação. Você me faz sentir vivo mesmo estando cercado pela morte.

Lark olhou para mim como se aquela fosse a coisa mais comovente que já tinha ouvido. E a mais dolorosa. Seus ombros despencaram, e seus pés esmagaram o coral quando ela deu um passo para trás. Um passo que pareceu um abismo se abrindo.

— Cal, você significa tanto para mim. Mais do que eu jamais poderia ter imaginado quando nos conhecemos, mas você sabe como me sinto a respeito de estar novamente em um relacionamento de verdade. Você merece mais do que posso dar.

A ansiedade se tornou febril enquanto minha pergunta não respondida pairava entre nós. Eu me levantei lentamente.

— Eu não sou o Reese, e você não é a mesma pessoa que era quando aquilo aconteceu.

— Você não prestou atenção em nada que eu já disse sobre relacionamentos? Qualquer coisa que eu disse sobre ter filhos? Ser a parceira de alguém é uma responsabilidade que não posso assumir. Eu o amava, mas não foi suficiente. Não consegui manter meu casamento inteiro, e olha só o que aconteceu como resultado direto.

— Não foi culpa sua. E posso não o ter conhecido, mas tenho certeza de que ele não ia querer que você se punisse por algo sobre o qual não teve o menor controle. Ele ia querer que fosse feliz de novo.

— Você é um especialista no que Reese ia querer, então?

— Então vamos nos concentrar no que *nós* queremos. Você quer ficar. Eu quero que você fique. Isso p-p-possibilitaria que ficássemos juntos. Teremos todo o tempo de que precisamos para definir o resto.

— Callum, nós dois sabíamos que isso não era para sempre. Era para ser só uma noite. Simplesmente não estou pronta para mais do que um arranjo legal. Mesmo isso já seria ultrapassar meus limites por sua causa, porque me importo com você.

Independentemente do que ela dissesse, eu sabia a verdade: havia algo especial entre nós. E, por pior que fosse o timing, aquilo tinha crescido. *Nós* tínhamos crescido. Juntos.

— Culpa mal direcionada não vai te ajudar a conseguir um encerramento. Me manter afastado também não. Pare de punir *a gente* por causa da morte do seu marido.

— Não é mal direcionada. Eu não notei que ele estava infeliz. Não ouvi quando ele me contou e sou o motivo de ele ter entrado naquele carro nervoso. Eu não o impedi, fui muito egoísta. E isso não mudou: peguei o que queria de você mesmo *sabendo* que não poderia dar o que você precisa. Eu fui uma distração quando você deveria estar procurando a mulher *certa*.

Corais soltos mudaram de lugar quando preenchi o espaço entre nós.

— Eu não dou a mínima para ninguém além de você. Você não consegue ver isso?

Lágrimas escorreram pelas bochechas de Lark.

— Quando começamos isso, você prometeu...

— Eu não dormi com você como treino para ficar com outra pessoa.

Ela cruzou os braços enquanto ondas espumosas se esgueiravam até os seus pés.

— Não estou pedindo que seja minha esposa porque preciso me casar, estou pedindo porque quero você. Não a funerária. *Você*. Mais ninguém. Sei que é meio doido, mas vamos vivendo um dia de cada vez, de mãos dadas. Não pode ser mais perigoso do que patinar ou andar de moto.

Seus olhos estavam cheios de pesar. Com a respiração trêmula, ela disse:

— Não posso fazer isso se você quiser que seja real. Não estou pronta.

— Então eu me mudo para os Estados Unidos. Não precisamos nem nos casar. Nunca. — A voz miserável por trás do meu apelo passional era irreconhecível aos meus próprios ouvidos.

— As coisas não funcionam assim, Cal. E você perderia a Refúgio do Salgueiro. Está disposto a abandonar sua vida inteira por mim? Virar as costas para o legado da sua família? Não. Você vai se arrepender de sacrificar tudo. Vai ficar ressentido.

— Você *é* tudo para mim — disparei de volta.

A umidade embaçou as lentes dos meus óculos. O desespero veio cravando suas garras desde as profundezas da minha alma, fazendo um último apelo com cada iota de convicção que consegui reunir.

— Nós *funcionamos* juntos. Eu te dou um lugar tranquilo e estável para recarregar. Você me energiza e me encoraja — falei. — Dê uma chance pra nós. Me deixe fazê-la feliz. Você m-m... você merece ser feliz.

Lark tinha a cabeça baixa.

— Callum. — Nunca odiei o som do meu nome, mas agora soava como uma grande derrota. Um apelo por misericórdia de uma pessoa que acreditava que não merecia perdão. — Eu não posso.

CAPÍTULO 42
Lark

EMBATES EMOCIONAIS NUNCA FORAM meu ponto forte, mas esse nível de evitação me fez chegar a um novo patamar. No piloto automático, subi na Lambretta. Sozinha. Fugindo de novo. Abandonando Callum como o pior tipo de covarde.

Depois da sua declaração genuína, como poderia lidar com o corpo dele pressionado no meu o caminho inteiro de volta até Galway? Antes que percebesse, estava acelerando em uma tentativa patética de me distanciar do problema que eu mesma tinha criado. Não importava quantos quilômetros eu colocasse entre nós. A culpa me seguia de perto como uma sombra.

Até o momento em que ele fizera o pedido, eu não tinha entendido completamente por que compromissos pareciam tão assustadores. Aquilo significava estar vulnerável à mesma devastação que eu tinha vivenciado com Reese. Nossa vida implodira em um instante, o amor que compartilhávamos ruíra para se tornar algo sombrio e destrutivo. Se eu abandonasse Callum primeiro, ele não poderia me abandonar. Tragédias aconteciam com pessoas boas; Reese era prova disso. O trabalho de Callum nos lembrava disso todo dia. Puro instinto e autopreservação me fizeram deixá-lo ali, não lógica. Não que isso me fizesse sentir menos vergonha pela escolha imperdoavelmente egoísta. Na verdade, provava meu ponto muito melhor do que poderia articular: eu estava destruída. Apesar do que sentia por ele, não era capaz de demonstrar nem um mínimo de compaixão.

A música de Callum e seus ombros caídos de decepção assombraram meus pensamentos o caminho inteiro de volta para casa. Conforme a paisagem verdejante ficava para trás, eu me lembrei de que havia passado por coisa pior. Tinha perdido uma melhor amiga. O homem que eu amava. Agora estava perdendo as duas coisas na mesma pessoa. Notas doces ecoavam nos meus ouvidos, junto com o rugido suave das ondas e do som meloso do violino. Quando Callum olhou nos meus olhos e cantou sobre devoção, acreditei nele. Acreditei em nós. Admito que, por um breve instante, consegui visualizar um futuro de conto de fadas juntos com uma clareza assombrosa. Eu me deixara levar pelo momento.

A explicação do significado de *mo chuisle* dissipou a nuvem formada pela voz divina dele e me jogou de volta em terra firme sem paraquedas. Sua pulsação. Eu não podia ser sua pulsação, não podia deixá-lo entregar seu coração nas minhas mãos. Olha o que eu tinha feito com o de Reese.

No fundo, eu tinha pensado que ele poderia me amar. Relutara em admitir isso porque aí teria que me afastar dele para protegê-lo. E, bom, eu era egoísta quando se tratava de Callum.

Flores gigantes e alegres me receberam quando cheguei em casa. Uma explosão de amarelo, marrom e verde enchia a sala de estar, vasos de girassóis no balcão e nas mesas. Meu capacete atingiu o chão com um som abafado. As lágrimas escorreram pelo meu rosto. Ele era tão atencioso; mais uma prova de que eu não o merecia.

Imersa em culpa, fechei os olhos para bloquear as flores e sua felicidade incongruente com o meu humor. O aroma terroso dos girassóis perfumava o ar para me lembrar da presença delas. Cada pétala era uma acusação: *bem me quer, bem me quer...* E, embora o amasse muito, basicamente tinha arrancado cada pétala do nosso relacionamento e gritado na cara dele: *mal te quer*. O que mais eu poderia fazer depois do que ele dissera? Depois que tinha me chamado daquilo... me pedido em casamento de verdade?

O toque baixo no meu bolso interrompeu meu mergulho emocional: Callum. Eu o abandonara na praia. Eu não conseguiria falar com ele, ainda não. Joguei o celular no baú que servia de mesa de centro e desabei no sofá, escutando até parar de tocar.

Depois de passar um tempo indeterminado chorando, fui até minha escrivaninha, onde havia outro buquê. Queria derrubá-lo da superfície como um gato faria. Houdini estava estranhamente quieta. Sua roda costumava fornecer uma trilha sonora de rangidos para os meus rabiscos àquela hora da noite.

— Ei, garota. — Levantei a casca de coco onde ela cochilava e afastei sua roupa de cama. Ela não estava lá. — Houdini? Harriet?

Como se um camundongo fosse atender ao chamado do seu nome. Uma abertura estreita na portinhola chamou minha atenção. Ela devia ter se espremido por ali. Eu não tinha notado que estava ficando solta. Na verdade, não tinha dado quase nenhuma atenção a Houdini na semana anterior, com a pós-produção e a competição pela vaga na série consumindo todo o meu tempo. E Callum agindo como uma distração deliciosa enquanto isso.

— Droga — sibilei, furiosa comigo mesma. Por tudo. A menos que fosse um desenho animado, qualquer coisa que eu tocasse virava merda, e eu não podia culpar ninguém além de mim mesma. Eu não conseguia nem tomar conta de um roedor... e Callum dissera que eu era *a pulsação que o mantinha vivo?*

Engatinhar pelo apartamento, espiando embaixo dos móveis, se mostrou inútil.

Espiei no guarda-roupa. Meu vestido cintilante da estreia estava lá pendurado, como uma acusação. Quando eu o comprara, tinha imaginado andar pelo tapete vermelho com Callum. Estudar sua silhueta na luz baixa do cinema enquanto exibíamos *A rainha pirata* pela primeira vez. Em comparação com Cannes ou Sundance, o Galway Film Fleadh era pequeno, mas ainda recebia atenção internacional. Nosso pequeno filme merecia aquilo. Agora a roupa era um arauto da minha partida da Irlanda. Pensei em Seán, arrogante e seguro com a promoção, e quis rasgar o vestido nas costuras até destruí-lo. Só porque não podia fazer o mesmo com Seán. Ou comigo mesma.

Agora com certeza não conseguiria me concentrar nos redesenhos. Eles permaneceram intocados enquanto eu ia em silêncio até a geladeira, pegava um pedaço de queijo e enfiava na boca. Coloquei uma fatia no chão para atrair Houdini. Talvez tivesse uma chance de pegar a nanica fugitiva.

As flores enfeitavam cada cômodo do pequeno apartamento, até o banheiro. Não havia escapatória. Seu aroma sutil e herbáceo permeava todo o espaço. Peguei meu celular por causa da lanterna, para olhar embaixo da cama. Mensagens e ligações perdidas de Callum povoavam a tela bloqueada.

> Me avise que chegou em casa em segurança. Por favor.

Mesmo depois de eu ter jogado seu coração no moedor de carne, ele se importava com a minha segurança. Respirando fundo para me acalmar, digitei uma resposta calculada, parando e começando de novo algumas vezes.

> Estou em casa. Por favor, me dê um pouco de espaço.

Imediatamente, pontinhos indicando que ele estava digitando apareceram na minha tela... só para sumirem sem uma mensagem. Imaginei se ele também tinha testemunhado meus inícios falsos. Sido torturado pela inabilidade de ler pensamentos. Enviei mais uma. Callum sempre dizia que eu nunca conseguia comunicar uma ideia completa em uma única mensagem.

> Sinto muito, mesmo.

Nenhum pontinho apareceu em resposta, e as mensagens pararam.

CAPÍTULO 43
Callum

PEDIR LARK EM NAMORO teria sido arriscado; implorar para que fosse minha esposa era simplesmente ridículo. Quando ela me deixou na praia com o anel Claddagh seguro entre meus dedos, pensei em ligar para Saoirse pedindo uma carona, mas não fui nem capaz de responder quando ela me mandou uma mensagem perguntando como tinha sido o pedido. Por horas, fiquei encarando as ondas salgadas com o olhar vazio. Eu não conseguia conciliar a conexão que sabia que Lark e eu compartilhávamos com o modo como ela me deixara ali. Como se eu já fosse um estranho na vida dela. Muito depois que o sol deslizou para baixo do horizonte, chamei um táxi e fui para casa.

Lark saiu pela porta na manhã seguinte sem nem relancear para a minha casa. Sabia disso porque fiquei olhando pela janela até ela aparecer, a caminho de um dos seus últimos dias na KinetiColor. Eu tinha voltado a ser o cara esquisito da casa ao lado. Mais que tudo, ansiava por sentir aquela proximidade de novo. Por compartilhar uma piada ou um toque casual. Eu esmagaria meus desejos para preservar nossa amizade se esse fosse o preço a pagar. Era caro, mas eu pagaria. Ela provavelmente já tinha comprado uma passagem para Amsterdã ou Nova York ou Seul.

Cedo demais para beber. Tarde demais para voltar para a cama. Posicionando os dedos sobre as teclas do piano, canalizei então meu lamento em música. Notas ressonantes vazaram para o salão. Eu podia ouvir a melodia na minha cabeça, como o fantasma da risada de Lark, mas não era tão fácil transcrever isso. Eu passara horas naquilo. Meu foco se desviou para a janela do apartamento vizinho. Eu nunca seria capaz de olhar para ele de novo sem pensar nela. Tirei os óculos e esfreguei o nariz.

Como tinha sido tão descuidado, permitindo que meu afeto se tornasse tão profundo e voraz? O amor era uma coisa viva. Ele se espalhava como espinheiros selvagens e dominava tudo. De algum jeito, Lark tinha conseguido abrir caminho por ele e seguir em frente; eu permaneci preso nas vinhas, espetado e cortado pelos espinhos.

— Bom dia!

Deirdre e Saoirse tinham a mesma expressão acanhada. A culpa se entrelaçava ao meu humor apático. Eu estivera tão pronto para abandonar a Refúgio do Salgueiro e seguir Lark até o Texas, mas então o que aconteceria com Deirdre?

— Minha nossa! Você parece pior que os cadáveres. — Deirdre estalou a língua de desgosto ao olhar para meu rosto não barbeado e minhas olheiras. — Você está doente? Ouvi que tinha alguma coisa circulando.

— Não acho que ele esteja doente — sugeriu Saoirse, colocando um spray de rosas no balcão.

Deirdre franziu a testa.

— A Lark disse não?

Assenti com tristeza. Na maior parte do tempo, Deirdre não era de dizer "Eu avisei", mas ainda assim ela me avisara. Ela não precisava dizer.

— Pode nos dar um minuto? — pediu Saoirse.

Deirdre declarou que uma xícara de chá seria uma boa e saiu do recinto.

— Você não respondeu à minha mensagem. Torci para que isso significasse que tinha dado certo. — Saoirse colocou a mão no meu ombro. Eu deslizei para o lado para ela se sentar, e compartilhamos o espaço estreito do banco do piano.

— Quando conheci Lark, nos sentamos bem assim — falei automaticamente. A lembrança era dolorosa agora, como quando era criança e meus sapatos favoritos ficaram pequenos, mas eu insistia em usá-los mesmo assim. Incapaz de superar uma das poucas coisas que me faziam sentir bem comigo mesmo.

Eu precisava superar. Lark não estava apaixonada por mim.

Saoirse franziu a testa para o piano silencioso.

— Sinto muito que as coisas não tenham sido da maneira como você queria, Callum. Saiba que foi um gesto notável.

Meus ombros despencaram.

— Eu arruinei o restante do tempo que tínhamos juntos.

— Na noite que ensaiamos, você me disse que Lark o inspirou a escrever de novo. A cantar de novo. Não importa como termine, ela te deu algo que ajudou a trazer de volta sua voz e sua confiança.

— Eu não sabia que podia machucar tanto se importar com alguém.

— Você está passando por um luto — disse Deirdre enquanto oferecia uma xícara fumegante; eu a aceitei com gratidão. — Perder sua amizade. O futuro que você visualizou. É uma forma válida de luto.

— Parece desrespeitoso usar esta palavra aqui.

Deirdre balançou a cabeça.

— Quase todas as almas que você colocou para descansar sentiram o que você está sentindo agora. Tenho certeza de que muitas discordariam.

— Posso te dar um abraço? — perguntou Saoirse.

Instintivamente, enrijeci.

— Tudo bem. Deixa pra lá.

— Ah, tá. Tudo bem.

— Tudo bem? — Ela me deu um aperto rápido e amigável.

— Ele nunca me deixa abraçá-lo, e eu o conheço há quase vinte anos! — reclamou Deirdre. — Se *ela* conseguiu um...

Braços grossos me envolveram por trás, como anacondas gêmeas com cheiro de lavanda. Suspirei com uma resignação fingida e dei um tapinha em um dos braços dela.

— Isso nunca aconteceu — resmunguei.

— Seus sentimentos secretos estão em segurança conosco — disse Saoirse.

Deirdre me soltou rindo.

— Beba seu chá. Tudo parece mais gerenciável depois de uma xícara.

— Obrigado. Não sei o que eu faria sem você. Você é mais minha família que meu próprio sangue. — Saboreei a bebida. O reconhecimento não preencheria o buraco no meu coração, mas significava alguma coisa. Eu me virei para Saoirse. — E obrigado a você. Por tudo. Sua amizade significa muito para mim.

Ela fez um gesto para o piano e o caderno cheio de rabiscos frenéticos.

— Se a música ajuda, você sempre é bem-vindo a tocar com a banda. Os caras gostaram de você.

— Vou pensar nisso.

CAPÍTULO 44

Lark

O QUEIJO QUE EU deixara no prato no chão tinha desaparecido. Eu havia esperado que o pequeno camundongo chegasse farejando, mas caí no sono antes de ela aparecer. A esperança lampejou no meu coração como uma antiga placa neon. Houdini não tinha realizado seu ato final de sumiço.

Uma memória surgiu: construir o labirinto para ela com Callum. Será que conseguiria criar uma armadilha que não a machucasse?

Reuni caixas de papelão, fita e um balde. Usando o papelão, confeccionei uma rampa de fuga levando ao centro do balde, a qual penderia sob o peso dela. Parecia um trampolim. Quando Houdini chegasse perto da comida, a rampa cairia, depositando-a dentro do balde em segurança. O resto das caixas serviu como uma escada improvisada, e usei queijo como isca.

Fazia sete dias que eu detonara a dinamite do relacionamento em uma explosão de martírio.

Hoje meu humor estava mais leve. Cielo tinha conseguido seu diploma de bacharela em biologia com louvor. Como planejado, ela estava vindo me visitar para comemorar, então peguei um táxi até o aeroporto em Shannon.

Na semana anterior, eu estava simplesmente exultante com a chegada iminente dela. Agora, mostrar o melhor da Irlanda à minha prima parecia uma ironia cruel.

O sorriso radiante de Lo aqueceu meu coração enquanto eu acenava para ela da calçada. Seu cabelo com luzes caramelo estava preso em dois pequenos coques bagunçados, e ela jogou a bagagem de mão no banco de trás e me sufocou em um abraço havia muito atrasado.

— Como está se sentindo?

— Melhor agora que você chegou.

Esconder minha dor tinha se tornado um mecanismo de defesa automático, mas como poderia escondê-la da pessoa que tinha me visto no meu estado mais vulnerável? Eu já lhe dera a versão resumida por telefone. Conforme o táxi entrava em Galway, deixei Cielo aproveitar aquela primeira impressão da cidade litorânea. Todas as lojas independentes e os cafés enfileirados nas ruas, os prédios antigos ao lado de toques de arte moderna. Ela abriu a janela, permitindo que ar fresco e trechos de música entrassem no branco de trás. A versão completa da minha semana infernal podia esperar.

Quando o táxi entrou na rua ladeada por sebes e a Refúgio do Salgueiro ficou visível, Cielo esticou o pescoço em busca de um vislumbre de Callum. É claro, ele ainda não tinha atualizado a placa de madeira, escrita inteiramente em irlandês exceto pelo nome. Nem me dei ao trabalho de me virar; provavelmente ele estava entocado na sala mortuária. Até seu jardim de rosas fora negligenciado, a menos que ele estivesse deliberadamente cuidando dele enquanto eu estava no trabalho.

— É ali? A casa de Callum? — Lo espiou por cima da cerca que dava para o jardim. — É uma graça. Tudo nesse bairro é fofo.

— Você não vai vê-lo, ele fica completamente recluso quando quer. É melhor assim.

— Para quem? — Ela me seguiu quando subi os degraus, batendo nos três com a mala dela. — Pelo que você me disse, ele é do tipo realista. Você se deixa levar facilmente por fantasias, e isso nem sempre é ruim. Acho que vocês se complementam bem.

— Não importa. Com o encerramento desse filme, não vou poder ficar, a menos que o estúdio me dê outro projeto.

Vinha oscilando entre querer embarcar em um avião para qualquer lugar e querer enterrar o calcanhar no chão e me recusar a partir. Meu instinto era fugir para evitar os lembretes da dor, da maneira como um tubarão continua nadando para evitar se afogar. Não que eu tivesse muita escolha sobre a questão sem uma extensão do meu visto de trabalho.

— Responda uma coisa: se as leis de imigração e as cláusulas da herança não fossem um obstáculo, o que você faria?

— Eu ia... querer que Callum fosse feliz. Realizado. Comigo, ele não pode...

— Ele te disse exatamente de que jeito seria feliz — falou Cielo. — Você não quis ouvir.

Inegavelmente culpada, enfiei a chave na fechadura. A porta se abriu para a visão de dezenas de girassóis. Poucas outras coisas marcavam aquele lugar como meu; eu não quisera me apropriar dele de verdade até recentemente.

Cielo ficou boquiaberta diante das flores gigantes.

— É como uma explosão de girassóis.

— É. O Cal lembrou que eu gostava deles. — Olhei para eles com cautela, como se pudessem ter dentes escondidos entre as pétalas. Embora doesse olhar para eles, não podia suportar descartar o que provavelmente era o último presente que ele me daria. O apartamento inteiro agora me lembrava Callum. As almofadas coloridas no sofá me lembravam as nossas noites de cinema. Até meus lençóis retinham seu cheiro delicioso, mas naquela manhã, quando levei meu travesseiro ao nariz para uma dose, notei com decepção que já estava enfraquecendo.

Cansada da viagem, Lo deixou a mala ao lado do sofá e tirou os sapatos.

Afundei ao lado dela.

— Eu quero ir para casa.

— Não, você não quer. Você só está acostumada a fugir.

Da última vez que estive cercada por lembranças dolorosas, eu as embalei e despachei para a Legião da Boa Vontade ou a garagem da minha mãe. Eu fugi... diretamente para os braços de Callum.

Não importava aonde fosse, eu desejaria este lugar. Música e ruínas e a espuma amarga de Guinness. Garoa e colinas ondulantes e o rio Corrib correndo do lado de fora da janela do meu escritório. As pegadinhas bem-intencionadas dos meus colegas. O homem que passei a considerar meu lar.

— Não posso casar com o Callum. Eu sou um desastre. Ele merece coisa melhor.

— Você é a melhor pessoa que eu conheço. Bom, tirando a parte de deixá-lo na praia. Isso foi uma merda.

Esfreguei a mão no rosto.

— Meu Deus, eu sei. Foi horrível. Ainda nem pedi desculpas direito.

— Você não precisa aceitar o pedido se a funcionária dele está disposta a ajudar — falou Lo. — Callum disse que seguiria você até os Estados Unidos se precisasse voltar?

Eu me enrolei em posição fetal. A conversa tinha me deixado na defensiva.

— Se ele me escolhesse, isso custaria tudo que ele tem. O sentido da coisa toda era salvar a funerária. Eu o amo. Não posso deixá-lo sacrificar isso. E ele também quer filhos, lembra?

— Do que você está falando? Você sempre quis ser mãe. Você tinha uma lista de nomes de bebê no aplicativo Notas por anos. Eu vi os kits de teste de ovulação no seu banheiro em Austin.

— Espera aí. Você fuçou nas minhas coisas?

— Eu estava procurando um absorvente, muito obrigada.

Reese e eu suspendemos as tentativas de gravidez por tempo indeterminado quando consegui a promoção na Blue Star.

— Reese queria tentar, mas eu estava focada em mim mesma. Pensei que teríamos mais tempo.

— Ele comemorou o seu sucesso. Talvez tenha ficado decepcionado por ter que esperar, mas entendia a oportunidade enorme que era *Cadarço*. Tudo bem se você ainda não estava pronta. Ou se mudou de ideia a respeito. — Lo segurou meus ombros. — Mas nada que aconteceu foi culpa sua. Você saiu com cartas de merda no jogo da vida. Às vezes isso acontece com as melhores pessoas. Não significa que você não mereça ser amada. O Reese te diria que isso é besteira. Ele nunca ia querer ser a razão de você se impedir de ir atrás do que quer. Ou de quem você quer.

Lágrimas forçaram o caminho até os meus olhos.

— Como posso confiar que isso não sou só eu sendo egoísta de novo?

— Porque é o que o Callum quer também. Você precisa confiar nele para saber o que *ele* quer. — Ela me puxou para um abraço. — Você merece começar a sua família um dia, se isso for o que *você* ainda quiser.

— Eu também quero... *queria*... um bebê, mas não consigo nem tomar conta de um camundongo.

— Você tem contado mentiras para si mesma há tempo demais, querida. Está na hora de parar com isso.

—†—

MEU COLCHÃO PODERIA MUITO bem ser estofado com pedras, considerando todo o descanso que eu tinha conseguido na semana anterior. Fiquei encarando minha parede vazia por muito tempo depois que o jet lag fez Lo capotar. Um barulho oco de plástico me acordou, seguido por uma guinchada ínfima. Houdini! Engatinhei até o balde no canto do meu quarto. Sentado nas patas traseiras, meu camundongo arranhava as laterais lisas do balde.

Nem um bigode fora do lugar. O pelo macio roçou na minha pele quando a peguei e a aninhei junto à minha bochecha.

Meu queixo começou a tremer. Houdini era só um camundongo, claro, mas era minha. Essa criatura confiava em mim para cuidar dela. Ela levantou o olhar para mim, farejando o ar de modo inocente. Como se sua roda de exercícios silenciosa e sua gaiola vazia não tivessem tornado minha crise ainda mais vívida.

— Estou aqui. Você está em segurança, garota.

Deus sabia que não estava pronta para um bebê, mas talvez eu não fosse um caso totalmente perdido. Ter me convencido de que não tinha nascido para tomar conta das pessoas tornou a decepção e a dor na minha alma mais toleráveis. Por dois anos, eu dissera a mim mesma que o melhor seria continuar solteira. Pela primeira vez eu considerava que talvez isso não fosse verdade.

—†—

MEU ÚLTIMO DIA NA KINETICOLOR me causou muita angústia. Embora o festival de cinema fosse só em julho, a minha participação no projeto tinha acabado. Agora ele passaria para a mixagem de som e ao marketing, e era hora de seguir em frente. Sempre planejara ficar até a estreia, trabalhando como freelancer depois que meu contrato acabasse pelo tempo extra que o visto me permitiria. Talvez eu fizesse uma viagem a algum lugar da Europa, só para mudar de cenário e me distrair.

Eu odiava dar adeus. Assim como ia sentir falta das manhãs com neblina e de caminhar pelos canais, ia sentir falta desse lugar. Anvi cantarolando as músicas da Adele que tocavam no seu fone de ouvido enquanto trabalhava. Rory e seu estilo inspirado em canetas marca-texto. Olhares piedosos pontuaram meu retorno ao trabalho após o anúncio de que Seán tinha conseguido a promoção. Quanto disso era por causa do trabalho, e quanto era porque agora sabiam que eu me tornara viúva aos vinte e oito anos?

— Você não pode abandonar a gente! — Rory veio correndo antes que eu chegasse ao meu escritório, me esmagando em um abraço. Eu vinha trabalhado de casa desde que recebera as notícias terríveis sobre Seán alguns dias antes. Agora só faltava empacotar as coisas do meu escritório.

Engoli apesar da pedra repentina que surgiu na minha garganta.

— Eu queria poder ficar.

Anvi me deu um sorriso triste.

— Vamos sentir sua falta, Texas.

Rory a puxou para o nosso abraço. Eu não queria chorar. Relutante, me removi do enlace de seis braços. Se eu ficasse muito sentimental, aí seria realmente humilhante.

Mais uma fileira de mesas para atravessar antes de chegar ao meu escritório. Invoquei minha atitude de Grace O'Malley mais poderosa, joguei os ombros para trás e comecei a jornada. O espaço de seis metros parecia um desafio épico sabendo quem se sentava ali.

Seán girava a Stylus entre os dedos.

— Bom dia, chefe.

Talvez Callum tenha acertado na ideia de violência, afinal. Ok, não de verdade. Mas quando notei os resquícios do hematoma sob os olhos de Seán e a nova inclinação do nariz, uma pequena parte de mim não pôde deixar de desejar que eu mesma tivesse tido aquela satisfação.

O silêncio se abateu sobre a sala. Apertei a alça da bolsa com tanta força que minhas unhas se enterraram no couro.

— Parabéns — consegui dizer.

— Obrigado. Sem ressentimentos?

Havia uma plateia, e eu já estava parecendo não profissional. Um a um, levantei os dedos da alça e os estendi. Uma bandeira branca. A raiva exalava da minha pele enquanto eu lhe dava um aperto de mão tépido.

Seán se apoiou na mesa com uma casualidade ensaiada.

— Então, vai voltar para os Estados Unidos?

— Tenho certeza de que você ficou satisfeito em saber.

— Todos temos nosso lugar.

Nem uma única pessoa se movia no espaço amplo e moderno. Anvi plantou uma mão na cintura, estreitando os olhos até virarem duas fendas de ódio.

— Esse trabalho exige mais do que ser um artista habilidoso, Seán. Ele se trata de liderança e... e trabalho em equipe.

— Hum. E a qual categoria pertence incitar um cão raivoso para cima de um colega?

Evitando seu olhar revoltantemente presunçoso, meus olhos passaram de repente pela parafernália que cobria sua mesa. Fotos de Seán treinando o time de futebol gaélico do filho e comparecendo ao recital de dança da filha. Cartões feitos à mão para o Dia dos Pais. Ele queria a promoção para dar uma vida melhor aos filhos. No monitor dele, espiei a imagem de um camundongo de cartola. As cores eram supersaturadas, desviando da charmosa estética inspirada em Beatrix Potter.

— O que é isso? — perguntei. Meus sentidos ficaram entorpecidos. De repente, me lembrei das evasivas suspeitas de Seán quando o encontrei no meu escritório com o caderno de desenho aberto. O sangue fervia nas minhas veias, mas tudo o que conseguia fazer era encarar a sua versão falsificada do meu trabalho. Era isso que chamavam de experiência fora do corpo?

— Não é nada. Só alguns curtas para serem exibidos entre os episódios da série. — Ele desligou o monitor, e a evidência nele desapareceu. — Mas não é da sua conta se você não trabalha mais aqui.

Aquilo me jogou de volta no controle das minhas funções motoras. Não que eu tivesse controle das minhas emoções.

Apertei o botão do monitor. Ele ligou de novo, mostrando a mesma cena de Houdini fazendo um truque de mágica. Tons estridentes saíram da minha boca, mas não me importei. Que eu parecesse histérica.

— Eu sabia que você era cruel, mas nunca imaginei que fosse recorrer a roubo!

— Afanar de você? Não preciso plagiá-la para ter sucesso.

Nem fodendo. Ele não ia me manipular a acreditar que as similaridades eram um acaso. Eu já lidara com coisas demais para me diminuir a fim de manter a paz novamente. Além disso, plágio era um ato de guerra. Escavei meu muito amado caderno Moleskine da bolsa e o bati na mesa dele, aberto exatamente no desenho correspondente. Arquejos e murmúrios irromperam.

— Você não é nem de longe tão especial como pensa, querida. Acha que é a primeira pessoa a desenhar um chapéu em um animal?

Com a voz alta e trêmula, disparei de volta:

— É idêntico ao meu. Isso não é uma coincidência. É baseado no meu camundongo de estimação. Eu fiz para...

Callum. Eu começara o projeto como um presente para Callum. Só para ele, eu tinha criado o Rato da Peste, que não acreditava muito em mágica. Como um amante de história, Cal ia apreciar a referência ao famoso ceticismo do Harry Houdini real. Era um agradecimento pelo próprio animalzinho e uma celebração da nossa amizade. Um presente de despedida. Mas agora... eu não estava pronta para dizer adeus. Ainda não.

O que Dolly faria? Ou Grace O'Malley? Elas lutariam.

— Achou que eu não descobriria que tinha plagiado minha criação? Todo o meu conceito de arte?

Seán imaginou que eu estaria de volta nos Estados Unidos quando o projeto fosse finalizado e exibido na plataforma de streaming. Isso porque supostamente a Irlanda *não* tinha cobras. *Rá*. Seán tinha provado que isso não era verdade. Por tanto tempo, parecia crucial que todos gostassem de mim. A vida era curta demais para buscar a aprovação de alguém que não está disposto a dá-la.

— Qual é a merda do seu problema, Seán? — soltou Anvi.

Seán se contorcia. Através da minha indignação, percebi Wendy na multidão de colegas exaltados. Então Sullivan veio andando até nós enquanto a aglomeração de funcionários abria caminho.

Ele pigarreou, os olhos calculistas se alternando entre o sobrinho e eu.

— Lark, se essa for uma acusação séria, precisamos conversar em particular.

Inflamada como eu estava, nem havia notado a presença dele antes desse momento.

— Todos neste escritório precisam saber que esses desenhos não são dele. São meus. — Com as mãos trêmulas, levantei meu caderno e o virei para os lados para que o resto do escritório pudesse ver. — Fiz esses desenhos *meses* atrás.

Um a um, os rostos passaram de atônitos e confusos para totalmente raivosos.

Com o rosto vermelho, Seán cuspiu:

— Inacreditável. Eu desenhei. Eu apresentei. Eu conquistei a vaga. Fim da história.

— Escritório da Wendy, srta. Thompson — disse Sullivan. — Agora.

Ele acenou com a cabeça na direção do departamento de RH. Wendy e eu nos separamos dos outros e nos dirigimos ao escritório dela para discutir a questão enquanto ele ficou para falar com Seán. O que eu tinha a perder? Minha reputação como a viúva-negra que mandara um brutamontes atacar seu concorrente? Pelo menos eu tinha princípios artísticos e éticos.

Da última vez, o medo me impedira de falar, mas agora eu não podia ficar em silêncio. Isso não significava que outro ataque de pânico não fosse acontecer. A porta do escritório de Wendy se fechou e ficamos nos encarando. O que Seán estaria dizendo ao tio lá fora? Aquelas pessoas comiam na palma da mão dele. Pela expressão de reprovação de Wendy, dava para ver que ela presumia que isso fosse uma retaliação por Seán ter conseguido a série. Uma última tentativa débil de difamação antes de ser empurrada para fora.

Sullivan entrou na sala e me observou em silêncio por um momento agonizante. As palavras explodiram da minha boca.

— Senhor, sei o que isso parece. Mas é um caso claro de plágio. Eu carrego este caderno comigo todo dia e desenho nele durante a pausa do almoço. Um tempo atrás, Seán esteve no meu escritório sozinho. Pensei que ele só estivesse sendo enxerido, mas ele roubou meu trabalho, a coisa toda. Posso trazer meu projeto para o senhor e provar.

CAPÍTULO 45
Callum

LARK FORA O ARCO-ÍRIS para a minha nuvem tempestuosa, o raio de sol solitário iluminando uma paisagem sem vida. Como eu poderia olhar para a janela dela sem imaginar nós dois deitados entrelaçados na cama enquanto nossa respiração quente e nossa pele nua embaçavam o vidro? Parecia que o sol tinha parado de brilhar quando ela se fora.

A porta da sala de preparação se abriu de repente.

— Callum. — Deirdre estava usando aquele tom excessivamente preocupado nos últimos dias. Era o que eu ganhava por tê-la deixado me abraçar.

Eu operava um plugue anal/vaginal com um fórceps. Deirdre se encolheu, desviando os olhos do corpo nu deitado de lado. Orifícios significavam bagunça.

— Jesus. Você podia ter me avisado.

— Você podia ter batido — retruquei.

— Há uma grande diferença entre saber o que se passa aqui atrás e ver você violando um cadáver que se parece perturbadoramente com o meu antigo diretor com uma bucha de *drywall* gigante. Embora o sr. Milton merecesse coisa muito pior, para ser sincera.

— Do que você precisa?

— Você falou com a Lark?

Em silêncio, redirecionei minha atenção. Um ânus vazando era preferível àquela conversa. Enfiei o plugue no lugar, dizendo efetivamente a Deirdre onde ela podia colocar sua preocupação. Ela fez uma careta.

Joguei o fórceps em uma bacia de desinfetante e rolei o homem de barriga para cima para deslizar o macacão de plástico até sua pelve. O não sr. Milton já estava vazando e se destinava a um enterro em Dublin.

— Fui pré-aprovado para alguns empréstimos pequenos. Estou tentando convencer Pádraig a me vender a parte dele em prestações.

— Você pagaria a *ele*? E ficaria endividado?

— Ele recusou minha oferta, com a O'Reilly e Família circulando como um urubu. Pádraig quer vir lá de Edimburgo para finalizar isso. Ele está louco para fechar n-negócio com a O'Reilly antes que eles percam o interesse, e disposto a me dar uma pequena parte no negócio se eu desistir mais cedo.

— Mas você não vai fazer isso, certo?

— Não. Não vou. Mas se a oferta ainda estiver de pé, você e eu podemos juntar os trapos.

— É claro. Se você estiver interessado em uma senhora como eu. — Ela sorriu.

— Tempos desesperados.

— Medidas desesperadas.

Ela riu de leve, então parou.

— Sei que não era isso que você queria. Tem certeza?

— Odeio colocar sua estabilidade em perigo. Talvez o O'Reilly mantivesse você na equipe.

— Acha que eu quero trabalhar para aquele babaca?

A ideia de Deirdre e o restante da equipe perdendo o emprego, além de todo o resto, me deixava enjoado. Ela fora leal aos meus avós por anos. Merda, ela estava disposta a *se casar* comigo por esse senso de lealdade e pelo desejo de segurança na carreira. Tínhamos discutido exaustivamente a logística e concordado que eu lhe ofereceria uma parte da empresa se nos casássemos para salvá-la. Se aquilo não a tornava uma candidata a Funcionária do Ano, não sei o que tornaria.

O executor do testamento do meu avô, aquele que tinha escrito o documento, dissera que a exploração de qualquer outro caminho era inútil se eu não tivesse condições de fazer uma contraproposta.

A campainha da recepção soou, e Deirdre saiu apressada pela porta, retornando um instante depois.

— Tem uma jovem aqui pedindo para vê-lo.

Ela balançou a cabeça quando viu a esperança em meus olhos. Não era Lark. É claro que não. Tirei meu equipamento de proteção e lavei as mãos, chegando na mesa da recepção para encontrar uma mulher vagamente familiar com o cabelo castanho e curto.

— Cielo? — perguntei. Lark geralmente a chamava de Lo, mas não parecia certo que eu usasse o apelido.

Ela sorriu.

— Anjo da Morte.

O nome devia ser uma piada interna com Lark.

— Lark está com você?

— Na verdade, ela não sabe que estou aqui. Está no estúdio empacotando as coisas do escritório.

— Ok — falei com cautela.

Cielo colocou um pendrive na minha mão.

— Assista a isso.

— Eu n-não estou entendendo.

— Ela está trabalhando nisso há meses.

— O filme?

— Não aquele que você está pensando.

Agora eu estava ainda mais confuso. Entreguei o pendrive de volta para Cielo.

— Se for para ser meu, a própria Lark pode vir trazer. Ela é bem-vinda aqui, sabe? Não sou eu que a estou mantendo afastada.

Lark tinha especificamente pedido um pouco de espaço. Tão perto e ao mesmo tempo tão longe. Eu a desejava a cada instante. Por respeito — e medo de mais rejeição —, eu me impedira de marchar até a casa ao lado para conversar com ela. Logo um oceano se estenderia entre nós. Parecia insuportável.

— Mas você vai lutar por ela? — perguntou Cielo.

— O tiro saiu pela culatra quando tentei.

— Você não a pediu em casamento só por causa da herança?

— Eu a amo. — Minha voz estava firme. — Eu disse que abandonaria tudo por ela.

Os olhos de Deirdre se voltaram para mim. Agora ela sabia que eu estava disposto a sacrificar tudo. Incluindo o emprego *dela*. Esperando que ela se sentisse traída, não encontrei nada além de empatia em sua expressão.

Cielo sustentou meu olhar.

— Dado o histórico dela, pedir Lark em casamento de verdade foi uma coisa incrivelmente burra. Você sabe disso, né?

— Acredite, eu sei.

— Não peça de novo.

— Não vou. — Suspirei e fiquei encarando o chão. — Tenho um horário amanhã à tarde no cartório de registro civil.

O queixo dela caiu.

— Sério? Com *quem*?

Deirdre tossiu de modo perceptível, e Cielo piscou para a mulher.

— Acredite ou não, eu era a segunda melhor opção — falou ela com gentileza.

— Bom, não se precipite só porque Lark disse não!

— Meu tempo está acabando e meu pai não quer aceitar minha contraproposta — expliquei. — Acabou. Preciso dar entrada na licença agora para conseguir cumprir o prazo em julho.

— Olha. Minha prima enfrentou o pão que o diabo amassou, e ela não precisa de um homem para sobreviver. Mas você é importante para ela. Não importa o que ela tenha falado na praia, essa é a verdade.

— Eu não tenho escolha.

Cielo não parecia convencida, mas com certeza Lark tinha explicado para ela.

— Se você diz. Só pegue isso. — Ela ficou me encarando até eu aceitar o pendrive.

Deirdre bateu o punho na mesa da recepção. O abajur balançou.

— Se você não assistir a isso neste instante, juro que vou enfiar você numa urna eu mesma...

— O que quer que seja, não quero assistir com uma plateia.

Cielo rabiscou seu número de telefone em um bloquinho na mesa da recepção.

— Caso precise. Vou ficar aqui por mais alguns dias.

Subi a escada pulando de dois em dois degraus até a privacidade do meu quarto enquanto Deirdre gritava uma série de xingamentos (majoritariamente) encorajadores para mim. O falso sr. Milton teria que esperar.

CAPÍTULO 46
Lark

NA MANHÃ SEGUINTE, LEVEI um pendrive com o meu curta *Havarti & Rato da Peste* para o trabalho. O registro provava que eu tinha começado antes que Seán apresentasse sua falsificação. Por algum motivo, não consegui encontrar meu pendrive original, então fiz outra cópia, apertando-o na mão como um talismã sagrado a caminho do escritório do sr. Sullivan. Fiz o caminho mais longo, entrando por uma porta nos fundos e ziguezagueando por corredores em vez de atravessar os espaços de trabalho dos animadores. Encarar Seán imediatamente antes dessa reunião poderia acabar em desastre; evitá-lo fazia os passos extras valerem muito a pena.

A porta do sr. Sullivan se abriu com um rangido digno de filme de terror psicológico. Ou talvez eu só estivesse apavorada que Seán fosse se safar depois de roubar meu trabalho.

Com os dedos unidos, Sullivan estava sentado com a expressão indecifrável que era sua assinatura. O homem ficava indisponível por semanas a fio. Liberar sua agenda para lidar com uma acusação de plágio era um sinal de como a situação era séria. Sentada de frente para ele estava Wendy. Meus joelhos ameaçavam se liquefazer. Apoiei uma mão na parede para me preparar.

Sem saber direito a reação correta, mas certa de que sair correndo pela porta e pular em um táxi para o aeroporto seria inapropriado nesta situação, procurei uma pista no rosto de Sullivan e Wendy.

Uma mistura de indignação, desespero e ansiedade ameaçava produzir lágrimas nos meus olhos. Se eu tentasse dizer alguma coisa, inundaria a sala. Outra explosão emocional na frente do meu chefe era a última coisa de que eu precisava.

O sr. Sullivan fez um gesto para o caderno na minha mão. Eu me sentei à mesa e entreguei o pendrive a Wendy.

— Isso era um projeto pessoal. Um presente para um amigo, na verdade. Nunca foi minha intenção apresentá-lo para o estúdio.

Abri o caderno em um desenho da valente heroína, Havarti.

Wendy encontrou o arquivo, e o monitor do sr. Sullivan mostrou o clipe animado não finalizado correspondente. O registro de edições e as datas provavam que o meu trabalho nele era anterior à competição pela série. Eu gravara o diálogo inteiro sozinha com filtros de voz, usando um tom mais fino para Havarti e um mais grosso para o Rato da Peste. A sincronia labial dos personagens apresentava falhas em alguns trechos, e ainda não tivera tempo de refiná-la, mas era incontestavelmente *minha* criação... por inteiro.

— Essa paleta mais suave funciona bem melhor — observou Sullivan enquanto o clipe tocava. A versão de Seán era saturada demais e conflitava com a ilustração de inspiração vintage: sua tentativa de fazê-la se passar pelo seu próprio estilo mais ousado.

Enquanto eles comparavam os originais com a cópia do meu concorrente, contei novamente sobre a tarde em que Seán roubara minha arte. O plágio era mais fácil de provar do que meses de microagressões. Meu estômago se contorceu como um animal de balão pronto para estourar enquanto eles assistiam ao curta.

O sr. Sullivan se virou para mim depois da cena final.

— Foi essa apresentação que inclinou a balança a favor de Seán. Ela demonstrou iniciativa e talento.

— Ele roubou minhas ideias enquanto deveria estar dando conta da própria carga no filme. E eu não consigo nem entender. Seán é um ótimo artista. Foi só pura preguiça porque ele não queria desenvolver a própria ideia?

— Não sei, mas lhe devo um pedido de desculpas — disse o sr. Sullivan. — Este claramente é seu trabalho, e eu elogiei outra pessoa por ele.

Sullivan? Pedindo desculpa para *mim* depois de eu ter invadido seu escritório como um tornado de drama?

— Esse não é o tipo de cultura que apoiamos. A KinetiColor não é lugar para deslealdade — elaborou Wendy.

Analisei seu rosto sardento e encontrei sinceridade. Junto com uma pitada de vergonha.

— Não é culpa sua, senhor. Gostaria de não ter trazido a discórdia para o seu estúdio.

— Não percebi que Seán era responsável por tantos conflitos no escritório. Isso é culpa minha. Eu acreditei na palavra dele porque é da minha família.

Wendy ajustou sua postura.

— Nós conduzimos uma pesquisa anônima sobre o comportamento dele com os colegas ontem. Anvi disse que algumas pessoas tinham medo de retaliação se dissessem alguma coisa.

— Sim. Fiquei sabendo sobre o diretor de arte anterior.

Sullivan se inclinou para a frente com curiosidade.

— O que tem ele?

— Supostamente, Seán tinha um problema pessoal com ele e causou sua demissão.

— Fergus não foi demitido — disse Wendy. — Ele saiu de repente por conta dos problemas de saúde da esposa, por isso não fizemos uma festa de despedida.

— Ah. Todo mundo disse que Seán se vangloriava disso.

Sullivan murmurou baixinho alguma coisa que pareceu um palavrão.

— Evidentemente, todos os funcionários viviam com medo de Seán. Eu só queria que alguém tivesse trazido isso à minha atenção antes.

— Eles estavam assustados. Presumiram que o senhor ficaria do lado dele — falou Wendy. Compreensível. Seán transformara seu relacionamento com o dono do estúdio em uma arma, até distorcera a narrativa a respeito da aposentadoria de outro homem em benefício próprio. Qualquer coisa para ganhar fama de poderoso.

— Aquela pesquisa acendeu um alerta. Eu não tinha ideia. E isso foi uma falha da minha parte. Vou assumir um papel mais ativo no estúdio daqui em diante para garantir que nada parecido aconteça de novo — disse Sullivan. — Seán já foi demitido. Temos uma política de tolerância zero com assédio. Ou plágio.

Para manter a compostura, mordi a parte de dentro da bochecha sendo que meu instinto era pular na mesa e dançar de alegria.

— Se me der outra chance, estou determinada a melhorar pelo time e pelo senhor.

— Está dizendo que ainda gostaria de ser considerada?

Com a postura firme, falei:

— Sim, estou.

Dez minutos depois, saí do escritório de Sullivan. Nada de empacotar minhas coisas. Nada de voo de volta para Austin. Só... uma sensação de alívio. Esperança. Minha pulsação estabilizou gradualmente enquanto ziguezagueava pelo espaço aberto do departamento de animação. Anvi desviou a atenção de um storyboard semifinalizado para a série e me viu sorrindo. Ela arqueou as sobrancelhas e olhou para a mesa de Seán.

Ele ainda não tinha ido embora.

Uma caixa que um dia pertencera a uma impressora estava em cima da escrivaninha, cheia da parafernália que bagunçava seu espaço de trabalho. Respirando fundo, encarei seus olhos ardentes e cheios de ressentimento. Uma cobra cujas presas haviam sido arrancadas e cujo instinto era atacar.

— Bem, espero que esteja satisfeita — cuspiu ele enquanto enfiava uma foto emoldurada dos filhos na caixa. Ele a virou na minha direção para maximizar a culpa. Mesmo com as responsabilidades parentais, ele escolhera arriscar tudo. Mentir. Roubar. *De mim*. Pai ou não, tinha dificuldade de cultivar empatia pelo plagiador que acabara de ficar desempregado.

Os animadores tinham pausado o trabalho para assistir ao nosso confronto. Considerando como o último havia sido explosivo, quem poderia culpá-los?

— Seán. — Minha voz vacilou e eu limpei a garganta. — Foi você que fez isso, não eu. Faz anos que as pessoas pisam em ovos com você.

Fico feliz que elas não tenham mais que lidar com isso. Espero... espero que reflita sobre isso. Nós fizemos algo lindo, e você estava decidido a estragar as coisas para mim. Por quê?

Ele levantou a caixa com um solavanco, o conteúdo lá dentro se agitando com violência.

— Porque eu merecia. Eu trabalhei duro. E aqui não é o seu lugar. Sei disso, e você também sabe.

— Você ainda acredita nisso? — Um sorriso se espalhou lentamente pelo meu rosto. Pela primeira vez, eu sabia exatamente o que dizer em resposta. — Deus te ama.

PAREI A LAMBRETTA NA calçada em frente ao escritório, não muito longe da impressionante Catedral de Galway, com seu domo verde. Tirei os braços de Lo da minha barriga.

— Que bom que estamos perto de uma igreja — resmungou ela. — Acabei de prometer que começaria a frequentar uma de novo se chegássemos inteiras.

Tá bom. Eu estava correndo e costurando no trânsito.

— Desculpa. Já estão me fazendo um favor me recebendo tão em cima da hora.

Minhas pernas ainda vibravam de ansiedade mesmo depois que desliguei o motor. Lo vinha agindo de forma suspeita desde que eu chegara em casa na noite anterior. Só bem mais tarde ela admitiu que tinha se apresentado a Callum e descoberto que ele tinha um compromisso importante no dia seguinte. Quase duas semanas tinham se passado desde que eu falara com ele pela última vez, naquela tarde fatídica na Praia dos Corais. Agora podia ser tarde demais para aliviar para ele a pressão de se casar pelo bem dos negócios. Mesmo assim, eu precisava tentar. De todos os arrependimentos que eu tinha, não me empenhar mais por Reese era o maior deles. Se eu ia me abrir para Callum, tinha que começar lutando por ele. Talvez devesse mandar Lo até a catedral para acender uma vela. Eu precisava de toda a ajuda que pudesse.

Uma campainha soou quando entramos.

— Aidan? Obrigada por aceitar me encontrar hoje.

Ele se levantou de trás de uma escrivaninha, dando uma boa olhada em Cielo.

— Não tem problema nenhum.

CAPÍTULO 47
Callum

EU ME APROXIMEI DO prédio indistinguível do Cartório de Registro Civil como se fosse uma donzela de ferro. Um homem condenado a um casamento sem amor. Pelo menos não no sentido romântico. Abri a porta, e Deirdre entrou na minha frente.

Uma placa nos orientava a silenciar o celular, em respeito às cerimônias civis realizadas no edifício. Meu estômago deu um nó quando me sentei com uma pilha de formulários de registro presa em uma prancheta.

Esse prédio governamental que cheirava a tinta bege fresca era a antítese do romance, mas um casal jovem na sala de espera parecia bem apaixonado, sussurrando e dando beijos furtivos. Outro casal, mais velho, estava de mãos dadas e trocava olhares tranquilizadores em silêncio. Em contraste, Deirdre jogava Candy Crush no celular para passar o tempo enquanto eu rabiscava círculos nas margens dos papéis para fazer a caneta deles funcionar.

Lark. Eu queria Lark. Mas o tempo tinha acabado. Se queria garantir que ainda teria uma casa, um trabalho, e que minha equipe — incluindo a funcionária mais leal de todas, minha fiel recepcionista, Deirdre — ainda tivesse um emprego, precisava fazer isso. Então, Pádraig não poderia alegar nada.

— A noiva precisa estar presente — disse o escrivão entediado quando chegou a nossa vez de fazer a entrevista para a licença.

— Eu estou. — Deirdre deu um passo à frente, e ele arregalou os olhos para mim.

Sim. Podia haver uma diferença de trinta anos entre nós.

Ele tentou se recuperar daquela reação óbvia.

— Ah. Não percebi. Só porque, há, você parece mais vestida para um funeral que para um casamento.

— É quase isso — sussurrou ela pelo canto da boca.

Deirdre e eu sorrimos sem alegria um para o outro. Eu era grato por tê-la como amiga. Mais para a frente, poderíamos desfazer isso legalmente, mas era a única maneira de salvar o que minha família tinha construído. Ironicamente, salvar de um dos seus próprios membros.

Entregamos nossos documentos e continuamos assinando a papelada. Aquilo era errado. Quando imaginava o dia do meu casamento, não via uma repartição pública e minha recepcionista idosa. Via uma loira com um vestido que a fazia parecer uma daquelas princesas da Disney que ela tanto amava. Sentia o cheiro de uma pradaria cálida em um dia de verão. E sentia o gosto do beijo de Lark. Mas nós não queríamos a mesma coisa no longo prazo, mesmo que quiséssemos um ao outro.

Depois de ver o que havia no pendrive, eu não duvidava dos sentimentos dela. Mas não fora ela quem o dera para mim, e não consegui me forçar a bater à porta dela na noite anterior para dizer que ia dar entrada na licença para me casar com Deirdre.

Eu não a pressionaria de novo. Ela se importava comigo, o bastante para oferecer um casamento fajuto que salvaria o meu negócio, mas não o bastante para se comprometer *para sempre*. Ela havia deixado aquilo muito claro. Talvez Lark e eu conseguíssemos nos acertar um dia no futuro, quando as circunstâncias fossem melhores, mas naquele momento eu precisava focar no meu *próprio* futuro. E no futuro daqueles que dependiam de mim.

Resignado, entreguei o papel para Deirdre assinar.

Uma comoção no corredor atravessou a porta. Vozes abafadas.

— Senhorita, não pode interromper a entrevista. Vai ter que esperar sua vez.

A porta se abriu de uma vez.

— Cal! Deirdre! Esperem... — Lark tropeçou sem fôlego para dentro da sala, o cabelo bagunçado e os olhos acinzentados arregalados. Quase duas semanas tinham se passado desde que eu captara mais que um breve vislumbre dela. Parecia uma vida. — Vocês não precisam fazer isso.

As emoções me tomaram diante da visão gloriosa e do apelo emocional excessivamente alto dela. Alívio e esperança e... *uau*. Ao longo de poucos meses, essa mulher tinha conseguido me transformar num otimista. Seria imperdoável se não a adorasse por isso.

— Ah, graças a Maria, José e o burrico. — Deirdre uniu as mãos, satisfeita.

Um segurança estendeu a mão para Lark e eu me levantei num pulo, colocando instintivamente o corpo entre eles. Se ele pensava que ia colocar as mãos nela, estava redondamente enganado.

— Sinto muito. Ela passou correndo por mim — disse o guarda para o escrivão estupefato antes de retornar sua atenção para ela. — Senhorita, precisa deixar este local se não vai participar de uma cerimônia.

— Ela é bem-vinda aqui — assegurei a eles apressadamente antes de me voltar para ela. — Lark?

— Por favor, me diga que vocês ainda não oficializaram.

— Não, não. Hoje é só um horário para dar entrada na licença.

Uma lufada de ar escapou do peito dela, que ainda arfava, e seus ombros afundaram.

— Bom. Isso é... — Seus olhos brilhavam na luz fluorescente, e ela fez uma pausa para engolir a saliva. — Isso é bom.

Será que ela queria se casar comigo, afinal? Peguei as mãos dela. Pequenas e macias, capazes de criações tão lindas. Mãos que haviam me acariciado com uma ternura desoladora. Ela apertou as minhas com força.

— Porque o Aidan encontrou um jeito. Ele encontrou um jeito!

Aidan? O cantor tatuado? Meu cérebro confuso teve dificuldade para conectar os pontos.

— Eu levei o testamento do seu avô para ele — continuou Lark, sinalizando com o dedão na direção do corredor onde, como esperado, o homem em questão enfiou a cabeça pelo vão da porta. Cielo estava ao seu lado.

O guarda exasperado estreitou os olhos.

— Senhor! Senhorita! Se não são testemunhas oficiais ou funcionários, não podem entrar aqui.

Aidan levantou as mãos.

— Ok, ok. Vamos ficar na sala de espera. — O guarda deu uma última olhada feia para Lark antes de sair de vista com seus acompanhantes, Aidan guiando Cielo com uma mão na lombar dela.

— Lo estava flertando com o guarda como uma distração enquanto eu entrava de fininho — explicou ela baixinho. — Só que eu não sou muito sorrateira.

A confusão ainda devia estar espalhada por todo o meu rosto, porque a boca de Lark se abriu em um sorriso largo e ofuscante. Como eu sentira falta dele.

— Aidan é advogado, lembra? Então me consultei com ele, e acho que ele encontrou um jeito de você manter a Refúgio do Salgueiro sem precisar se casar.

Será que eu devia ter a ousadia de acreditar?

O advogado do meu avô por trinta anos não tinha descoberto uma brecha, e eu confiara totalmente nele.

Sim. Eu podia acreditar se Lark acreditava.

A euforia ameaçou me levantar do carpete industrial monótono. Num instante, estava assinando a papelada do casamento e engolindo a bile na minha garganta. No seguinte, estava segurando a mão da mulher que amava. Embora ela não estivesse fazendo nenhuma promessa, ter vindo interromper meu casamento com outra pessoa significava alguma coisa. Significava tudo.

— Você invadiu a m-m-minha casa? — foi o que disse. Não estava no meu momento mais eloquente.

— Nem a pau. Aprendi minha lição da primeira vez. Usei a chave reserva que você me deu, seu bobo.

Como um de nós poderia esquecer de quando ela invadira minha sala de preparação e sofrera uma concussão por bastão de *hurling*? Era verdade, ela não era sorrateira. Nada em Lark era sutil.

— Não quero que você seja o marido de ninguém. Por motivo nenhum.

O tempo parou enquanto a declaração pairava entre nós. Prendi a respiração.

A expressão de Lark se tornou mais gentil quando ela deu um passo à frente.

— Porque eu te amo.

Meus joelhos quase cederam com o choque.

— Você me ama?

— Tanto, Cal. E sinto muito pela maneira como te tratei. O que eu fiz não tem desculpa, e eu...

— Meu Deus, eu te amo tanto.

Enquanto os olhos dela se enchiam do que eu torcia para que fossem lágrimas de felicidade, ela começou a rir. Mesmo em uma cidade que transbordava música, a risada dela era o meu som favorito. Na vida.

— Posso beijar você? — perguntei. Poderíamos voltar ao pedido de desculpas depois.

Lark ficou na ponta do pé para segurar meu colarinho.

— É melhor fazer isso.

Aveludado no primeiro contato, o beijo começou comportado. Então ocorreu uma explosão no meu sangue. Eu a apertei contra o peito enquanto seus braços envolviam meu pescoço. Sua boca se abriu, buscando desesperadamente mais intimidade. Nós nos amávamos. Com uma simplicidade pura e elemental.

Deirdre nos interrompeu, querendo ter certeza.

— Mas como?

Com relutância, pus Lark de volta no chão. Levei um momento para voltar a mim depois daquele beijo. Não importava onde estávamos. Ou que eu ainda tivesse a vaga consciência de que havia uma plateia. Meu mundo inteiro se reduzira à necessidade de me conectar com a mulher que o tinha virado de ponta-cabeça com a sua chegada apenas seis meses antes.

— Aidan pode explicar melhor que eu, mas, Cal, você precisa ligar para o seu pai agora mesmo. — Lark segurou meu braço e me puxou em direção à porta. Tínhamos muito a resolver, mas eu a seguiria até chegar no Texas se fosse necessário. Eu até enfrentaria Pádraig. Com ela ao meu lado, tudo parecia possível.

Com um sorriso de orelha a orelha, Deirdre rasgou a papelada ao meio e a devolveu ao escrivão perplexo.

— Agradeço pelo seu tempo — disse ela —, mas acho que eles vão voltar outro dia.

—†—

NO DIA SEGUINTE, CONTRAÍ o maxilar diante da silhueta borrada visível através do painel de vidro jateado da porta. Pádraig reclamou do seu voo vindo de Edimburgo enquanto entrava sem cerimônias. Nenhum cumprimento, nenhuma pergunta sobre como estava sendo administrar a funerária sozinho.

Olhos verde-claros, parecidos com os meus, se fixaram em um retrato dos meus avós no corredor. O orgulho de Pádraig nunca permitira uma reconciliação de verdade, apesar das muitas tentativas da minha avó de curar a fratura na nossa família. A mesquinhez era uma motivação para suas ações na mesma medida que a ganância. Não era o bastante saber que seu pai se fora; Pádraig queria garantir que os desejos do homem não fossem realizados, mesmo que isso significasse me expulsar.

A pior parte era saber que ele tinha enganado meu avô nos seus últimos dias, prometendo cuidar da Refúgio do Salgueiro como era feito havia gerações. Tudo para roubá-la de debaixo dos meus pés. Pádraig tinha pulado no primeiro voo para Galway quando eu lhe pedira. É claro, isso não era em meu benefício.

Aidan esperava na sala de consultas em um terno conservador.

Depois das apresentações, ofereci ao meu pai uma xícara de chá, que ele recusou com um não resmungado, sem o "obrigado". Lá no cemitério, vó Gráinne se revirou como uma turbina no túmulo.

Então tá. Vamos direto ao ponto.

— Estou feliz que finalmente esteja ouvindo a voz da razão, Callum. Isso deveria ter acontecido meses atrás.

Eu me afundei na antiga cadeira de escritório de couro.

— Você tem uma cópia autenticada da oferta da O'Reilly?

Pádraig enfiou a mão em uma bolsa estilo carteiro e deslizou uma pilha de papéis pela mesa.

— Sua parte seria de doze por cento. Teria sido mais alta se você tivesse me ouvido antes.

Que generoso. Considerando que ele estava prestes a receber uma pequena fortuna pela empresa que eu ajudara a construir, era deploravelmente inadequado. Não que fosse possível colocar um preço em um legado de família e uma casa ancestral. Eu não passava de dano colateral para ele nessa busca mesquinha por vingança contra um homem morto.

— Ambos sabíamos que você não encontraria ninguém até o fim do prazo.

Eu *tinha* encontrado alguém. Por Lark, eu daria as costas a tudo isso, mas ela sabia como era viver com remorso. Talvez me arrependesse de abandonar o legado da família Flannelly, mas jamais poderia me ressentir dela. Com a ajuda dela, aprendera a criar espaço tanto para a luz como para a escuridão na minha vida. Eu queria trazer o mesmo senso de equilíbrio, de completude, para a dela.

Aidan examinou os valores e o selo do cartório, então pigarreou.

— De acordo com o testamento de Tadhg, os bens serão transmitidos apenas para Pádraig se não houver motivo para acreditar que Callum passará a Refúgio do Salgueiro para a próxima geração.

— Certo. E ele não se casou. Então...

Os papéis se agitaram com o movimento da minha mão.

— A mesma expectativa se aplica a você. Isso prova que você não pretende mantê-la na família.

A testa de Pádraig se franziu. Os olhos escuros de Aidan se desviaram para os meus, e ele assentiu uma vez.

— Os desejos do vô Tadhg eram simples — falei. — Ele preferiria deixar a funerária murchar no último galho da árvore familiar a tê-la leiloada para a concorrência. Uma vez que forneceu um compromisso de compra e venda, você abdica da sua reivindicação à herança.

Um vermelho furioso coloriu as bochechas dele.

— Nós tínhamos um acordo. Você me fez pegar essa papelada sob uma justificativa falsa!

Bem, a parte da justificativa falsa era verdade, mas eu não teria conseguido a cooperação dele de nenhuma outra maneira. De acordo com Aidan, o nome na oferta da O'Reilly tinha que ser dele para a prova valer no tribunal. Eu não ia correr nenhum risco. Uma cláusula no testamento dizia que se nem Pádraig nem eu pretendêssemos continuar o legado, então a posse da Refúgio do Salgueiro seria transferida ao irmão de Tadhg, meu tio-avô distante no Condado de Mayo, provavelmente para ser passada para suas filhas adultas, que eu mal conhecia. Mas entendia meu avô melhor do que isso: ele sempre quisera que eu assumisse o manto. Só não queria que eu fizesse isso sozinho, porque sempre teve a minha avó para apoiá-lo nos dias difíceis. Graças a Lark, sabia que alguém estaria lá quando a exaustão ameaçasse extinguir o meu senso de vocação.

— Eu disse que consideraria a oferta. Eu a considerei. A resposta ainda é não.

— Não seja burro, você é capaz de ver quanto isso vale!

— Eu disse que nunca venderia.

— A única razão para eu pisar nesse mausoléu abandonado foi finalmente lavar as minhas mãos — rosnou Pádraig. — Está me dizendo que eu vim lá da Escócia para nada?

Aidan e eu trocamos um olhar rápido. Ele era mesmo um advogado bom pra caramba, e o único especialista em planejamento patrimonial que recomendaria aos meus clientes dali em diante.

— Você não veio para nada. Você veio realizar o maior desejo de Tadhg: que a Refúgio do Salgueiro ficasse na família. Não é nada pessoal. São apenas negócios — falei.— Agora saia da porra da minha casa.

CAPÍTULO 48

Lark

ENQUANTO CALLUM SE ENCONTRAVA com o pai e lidava com sucessivas cerimônias no trabalho, Lo e eu tínhamos passado o dia no Westend. Eu finalmente estava conseguindo ser uma anfitriã decente, apresentando a ela todas as butiques, pontos turísticos e fritas com curry do Supermac's que ela conseguisse aguentar.

Depois que voltamos ao meu apartamento e eu estava esperando uma notícia de Cal, uma batida soou na porta. Eu a abri e encontrei um par de covinhas matadoras.

— Aidan? — perguntei. Não quem eu estava esperando.

Cielo pulou do sofá e correu até a porta, ajeitando o cabelo.

— Oi!

Eu conhecia aquela expressão no rosto da minha prima. Meu foco ficou alternando entre eles. Aidan não conseguia tirar os olhos dela. Resisti ao desejo de me esgueirar lá para dentro e evitar me intrometer.

Eu provavelmente devia ter notado essa conexão quando eles se encontraram, mas estava mais que um pouquinho preocupada com o futuro de Callum. Aidan estava mais próximo da minha idade do que dos vinte e dois anos dela, mas tinha sido um cavalheiro durante nosso encontro e salvado o legado da família de Callum. O advogado tinha a minha bênção. No fim, Aidan fora o herói do qual não percebemos que precisávamos até a última hora.

Lo riu um pouco sem jeito.

— Adivinha quem tem um encontro com seu próprio irlandês? Aidan me convidou para um jantar e um drinque. Num lugarzinho chamado…

— Deixa eu adivinhar: um lugarzinho chamado Toca da Lebre?

Ele deu de ombros.

— O melhor pub da cidade, se me permite dizer.

Eu tinha lido que Galway ostentava quase quinhentos pubs e, ainda assim, eu terminava sempre no mesmo, no nosso próprio bairro.

— Quer vir? Pelos velhos tempos? — perguntou ela de modo automático. Sua testa se enrugou em arrependimento imediato.

Eu não saía em grupo com Lo desde Reese, mas a lembrança já não doía tanto. A sensação era... ok. Não sem cicatrizes, mas também não dilacerada. Novas memórias poderiam se formar junto com as antigas.

— Você e Callum são bem-vindos — acrescentou Aidan.

— Não, Cal e eu precisamos conversar.

Ele ainda precisava ouvir tantas coisas que não haviam sido ditas... Acima de tudo minhas desculpas. Eu ia enlouquecer se não conseguisse ter uma conversa séria sobre a gente naquela noite.

— Eu entendo — insistiu Cielo. — Não me espere acordada. — Não pude deixar de rir quando ela arqueou a sobrancelha enquanto a porta se fechava. Ela e o advogado iam se divertir bastante.

Eu ainda não vira Callum desde a cartada desesperada no cartório no dia anterior. Ele tivera uma coleta tarde da noite que atrapalhara nosso plano de conversar sobre tudo. O dia inteiro eu tinha lutado contra a vontade de ligar para ele, não querendo perturbá-lo enquanto estava estressado com a chegada do pai e os velórios e as consultas agendados um após o outro. Nenhum descanso para o meu ímpio papagaio-do-mar.

Quando o sol começou a se pôr, recebi uma mensagem.

> Me encontra no jardim?

Um céu lúgubre cor de ametista recebia a noite quente de abril.

Alguém tinha desenhado uma caixa aberta em giz rosa na calçada em frente à minha porta. Uma seta saía das abas superiores. *Ladra de pacotes* estava escrito em belas letras garrafais. Arquejei, pensando na primeira vez em que nos encontramos.

Olhei para os lados, mas não havia ninguém por perto.

O poste iluminava outro desenho a giz de uma visão familiar: um rabecão. Segui a trilha até a Refúgio do Salgueiro, descobrindo outro desenho na calçada: um papagaio-do-mar. Então um camundongo. Ao lado da cerca viva e da placa de madeira, um único patim. Então um Band-Aid. Eram os momentos do nosso relacionamento. Primeiro contato. Primeira carona para o trabalho. Primeiro beijo.

O desenho de uma peça de xadrez decorava a entrada da casa dele. A primeira vez que fizemos amor. A adrenalina me encorajou à lembrança da boca deliciosa de Callum e de suas mãos desesperadas. Seu braço musculoso enganchado na minha cintura enquanto ele gemia no meu ouvido. Sua expressão de desejo quando nossos olhos se encontravam. Havia mais um desenho no caminho do seu jardim. A scooter de Maeve. Ele os deixara como uma trilha de migalhas, meu coração batendo mais forte a cada memória registrada em giz. Finalmente, no portão de madeira, ergui os olhos e encontrei o brilho suave de luzes entre os salgueiros e as roseiras.

CAPÍTULO 49
Callum

AJUSTEI MINHA CAMISA PELA quinta vez. Tinha feito o melhor possível para copiar as silhuetas simples do meu celular. Eu não era um artista, mas com sorte Lark reconheceria o formato alongado do meu rabecão e as curvas da Lambretta. Ou pelo menos acharia graça da minha ideia de usar habilidades medíocres para cortejar uma artista profissional.

O portão do jardim se abriu e ela enfim apareceu. O tecido vibrante abraçava suas curvas, e suas botas de caubói favoritas espiavam por baixo da calça jeans. Mechas loiras reluzindo ao crepúsculo voaram com a brisa do fim da primavera. Ela era a melhor obra de arte que eu poderia imaginar, mais preciosa que qualquer coisa no *Livro de Kells* ou na Galeria Nacional da Irlanda.

Salgueiros exuberantes cobertos com luzinhas de fada sutis ondulavam na brisa, fornecendo ao jardim uma atmosfera mágica. O toque suave de um violão saía de um alto-falante sem fio escondido. Uma manta e almofadas convidativas cobriam o banco de ferro. Um projetor que eu costumava usar para apresentações de slides nos funerais estava conectado ao meu notebook e apontado para um lençol esticado na cerca. Mais luzes de fada entrelaçadas nas roseiras emolduravam a tela improvisada.

Lark deu um passo na minha direção.

— Cal?

Meu Deus, eu amava como aquela boca perfeita formava meu nome. Aquela única sílaba esperançosa significava tudo.

— Oi, amor. — Aninhei seu rosto macio na mão enquanto seu

lábio inferior tremia. O aroma cítrico misturado a baunilha preencheu minhas narinas. — Desculpa, não sou um grande artista.

— É... a nossa história.

— Também é um pedido de desculpas por ter feito você se sentir pressionada a se comprometer. E um agradecimento por me ajudar a manter meu negócio mesmo quando você estava brava comigo. Eu não t-t-t... — Respirei fundo. — Eu não terminei de lutar por nós.

— A ideia de você com outra pessoa... acabou comigo, pensar em você se casando com outra pessoa, por qualquer motivo. — A emoção a fez perder a voz enquanto apertava minha mão. — Eu fui inconstante no jeito de tratar você. Meus comportamentos eram contraditórios. Eu surtei e abandonei você depois de você ter se declarado. Cal, sinto tanto por ter te machucado. Eu fiz um trabalho de merda demonstrando isso, mas eu te amo. De verdade.

— Eu sei, meu amor. Nós dois estamos aprendendo conforme as coisas acontecem.

— Eu vou ficar. — Lark umedeceu os lábios. — Prometo que vou ser melhor para você. Eu lutei pelo emprego. Por mim. Por você. Por nós. Você está olhando para a diretora de arte da primeira série da KinetiColor.

— Lark! Isso é incrível! — Passei as mãos no rosto dela. Ela merecia se sentir tão orgulhosa quanto soava. Tinha lutado pela própria carreira. Pelo que queria na vida. — Também sinto muito por arriscar seu emprego. Por todo o estresse que isso causou.

— Não, você não precisa mesmo se desculpar! Eu mesma queria ter dado um soco em Seán. Ele estava roubando as minhas ideias. Foi esse o motivo pelo qual tinha sido escolhido: ele copiou um conceito meu e apresentou ao tio como se fosse dele.

— Ele *o quê?* — Dessa vez, realmente colocaria o inimigo dela a sete palmos.

— Tudo bem, acabou. Seán foi demitido.

Soltei um suspiro. Era como se estivesse em uma montanha-russa de emoções.

— Já vai tarde.

— E Lo me convenceu a começar a ir a um terapeuta especializado em luto. A perda de Reese sempre vai doer, mas você está certo. Não posso continuar deixando meu passado assombrar nosso presente. Vou continuar trabalhando em mim mesma. Só tenha paciência comigo, tá bom?

— Podemos ir no ritmo que você precisar.

— E sei que você quer uma família, mas não sei se posso...

— É você que eu quero. — Uma lágrima escorreu pela lateral do meu nariz. — Tudo bem se eu não tiver filhos, se isso significar estar com você.

O alívio se espalhou pelo rosto dela. Eu só precisava dela ao meu lado. Incapaz de conter a onda de emoção, segurei sua nuca e rocei meus lábios nos dela. Foi como voltar para casa. A porra de um milagre. A língua dela traçou a divisa dos meus lábios, e eu me abri para ela, me deleitando na intimidade deliciosa.

— Cielo me ajudou a organizar uma exibição particular esta noite — admiti depois que nos separamos. Eu tinha acabado de beijar Lark por um bom meio minuto, mas não era o bastante. Nunca seria o bastante. — E Deirdre, que vai ganhar umas férias depois de todo esse transtorno. A mulher deveria ser canonizada.

— Mas a estreia de *A rainha pirata* é só daqui uns dois meses.

— Enquanto você estava no trabalho, a Cielo me trouxe o seu curta. Pensei que ele merecia sua própria estreia.

Invertendo os papéis, Lark levou um instante para responder. Ela deu um sorriso vacilante.

— Lo fez isso?

— Eu não sou o único que te ama. Você não ia me mostrar?

— Era pra ser um presente de despedida. — A boca se franziu nas últimas três palavras.

— Mas você não vai mais embora.

— Não. Temia que nomear meus sentimentos fosse torná-los reais, mas eles sempre foram reais. Esse tempo todo, estive envolvida demais na minha própria neurose mórbida, com medo demais de te machucar para te amar como se deve, e acabei te machucando mesmo assim — disse Lark. — Callum... Sinto muito. Quero passar todos os dias tentando te recompensar.

— Esse tempo todo, em cada porra de encontro que tive que suportar, eu fui seu. Completa, ridícula e desesperadamente seu. — Eu a espremi contra mim enquanto ela soltava uma risada soluçante e cheia de alívio.

— Espera aí. Você montou uma *cama*? — Ela arqueou uma sobrancelha para o banco com as almofadas e a manta.

— Ouvi falar que existe uma coisa chamada "sexo de reconciliação". Pensei que podíamos tentar. — Não era uma má ideia, mas não ali. Bem... talvez não. Eu não descartava completamente a possibilidade.

Lark riu.

— O que os vizinhos vão pensar se ouvirem gemidos vindos da funerária à noite?

Merda, eu era louco por ela. Não pude evitar me inclinar e beijá-la novamente.

Quando ela se afastou, farejou o ar.

— Isso é cheiro de pipoca?

— A noite do cinema não fica completa sem a nossa mistureba improvisada.

— É claro que não — concordou Lark com um sorriso.

Manteiga salgada e caramelo ondulavam na brisa, vindo do pote transbordante que eu escondera sob o banco. Era uma noite linda para um filme ao ar livre. Um céu de veludo estava cravejado de estrelas, e os salgueiros dançavam nas margens. Com alguns toques no teclado do notebook, o projetor ganhou vida. Um título cintilou no lençol branco esticado na cerca de madeira. Lembrava um quadro preto de diálogo de um filme mudo, com uma elegante borda branca e uma fonte serifada: *As aventuras mágicas de Havarti & Rato da Peste*.

— Não c-c-consigo acreditar que você chamou meu personagem de Rato da Peste.

— O que eu posso dizer? Você me inspira. — Ela deu de ombros. Ter me enfiado em uma roupa de laicra de segunda mão e tocado Bee Gees não chegava nem perto de criar um curta-metragem inteiro do zero sozinha.

— Você é incrível. Sabia?

Lark se aninhou sob o meu braço e enfiou o nariz no meu ombro. O cheiro dela era divino.

— Psiu...

Um charmoso camundongo branco inspirado na nossa amada Houdini apareceu na tela, prendendo placas de *Procura-se ajudante* na floresta. Só o Rato da Peste — um camarada alto e atraente que não acreditava em mágica — respondeu. Reconhecimento e admiração tinham me inundado antes quando percebi para o que eu olhava. Nós. Uma versão alternativa e bigoduda, mas éramos nós do mesmo jeito.

— Você vai ser meu assistente. Tudo o que precisa fazer é ouvir minhas instruções, ficar lá parado e parecer lindo. E vamos dividir os lucros de parmesão — disse ela.

— Não sei — objetou o Rato da Peste. — Fingir que a magia é real não é o mesmo que contar uma mentira?

— Ilusões não são *mentiras*. São presentes. Elas dão à plateia algo em que acreditar — respondeu ela. — Me ajude a colocar um pouco de magia no mundo.

Dada essa lógica, o Rato da Peste concordou. Havarti imediatamente o vestiu em um macacão de lantejoulas digno de qualquer show em Vegas. O pobre rapaz parecia verdadeiramente miserável nele. Ao meu lado, a expressão de Lark se encheu de alegria. Eu ri e a abracei mais forte.

Uma montagem dos roedores ensaiando ilusionismo se seguiu. Serrando um pedaço de queijo suíço ao meio enquanto o Rato da Peste engolia em seco e assistia com cautela. Tirando um grilo de uma cartola. A cada truque novo, o camundongo branco e fofo, e o rato preto e esguio, se aproximavam. Assistimos aos dois se apaixonando. O curta tinha apenas alguns minutos, mas trazia consigo uma pancada emocional.

— Houdini escapou, sabia? No dia em que a gente foi à Praia dos Corais — disse Lark. — E eu me senti tão culpada porque não percebi que a portinhola da gaiola estava solta.

— Ah, não.

— Mas eu a recuperei. E quando fiz isso, soube que tinha que recuperar você também.

Engoli em seco, e minha voz saiu frágil:

— Eu já sou seu.

— Nunca pretendi que mais ninguém além de você visse esse filme, mas depois que Seán o apresentou como sendo dele, Sullivan decidiu que queria expandir *Havarti & Rato da Peste* em uma coleção de curtas. Então, agora o mundo vai poder vê-los quando a série for ao ar. Você disse que eu te ajudei a encontrar sua voz, mas... você também me ajudou a encontrar a minha. Obrigada.

— Não consigo acreditar que você vai ficar.

— Você fez desse lugar o meu lar. Senti tanto a sua falta nas últimas duas semanas. Não seria capaz de te deixar pra sempre. — Os lábios de Lark roçaram meu pescoço. — *Mo chuisle*. Desculpe ter respondido de modo tão estranho a isso antes. É lindo.

— É verdade — murmurei. Minha pulsação martelava sob o seu beijo suave. O amor dela era a faísca que prometia incendiar minha alma por muito tempo depois que meu corpo se fosse.

— Você me ensina a dizer "Eu te amo"?

— Já ensinei. *Santaíonn mé thú* significa querer e amar.

Lark arquejou, então repetiu baixinho a frase para mim.

— *Tá mé i ngrá leat* é como se diz somente "Eu te amo".

As mãos dela tracejaram meu bíceps enquanto ela sussurrava:

— Mas eu também quero você.

— Só se passar a noite comigo.

CAPÍTULO 50

Lark

A PORTA DOS FUNDOS se fechou atrás de nós, e Callum me pressionou contra ela enquanto a trancava. Uma onda de excitação me atravessou.

— Me leva pro seu quarto.

Callum me pegou no colo, arrancando uma risada surpresa dos meus lábios, e subiu as escadas tão rápido que me perguntei se estava subindo de dois em dois degraus.

Ele me colocou na cama com gentileza. Eu nunca tinha passado a noite na casa dele; nunca tínhamos nem nos beijado na cama dele. Mas senti de imediato que aquele era o meu lugar.

O sabor doce do caramelo ainda persistia na língua dele quando levantou meu queixo para um beijo delicioso e profundo, cheio de promessas. Minha mente vagou para a ideia de acordar ali juntos, um dia depois do outro. Adormecer nos braços dele toda noite. Eu queria todo dia, toda noite com Callum. Eu não só queria um futuro juntos: eu acreditava nele.

Tirei primeiro os suspensórios dos ombros dele. Seu peito subia e descia com mais força a cada botão aberto. Querendo que ele se sentisse adorado, beijei sua barriga enquanto ele me assistia abaixar o zíper da sua calça. Os olhos de Callum estavam cheios do que só podia ser descrito como veneração quando ele começou a me despir. Sem pressa e se deleitando com a sensação de cada centímetro de pele exposta, depois de tirar minha calça jeans, ele traçou a parte interna do meu joelho, o ossinho do tornozelo, envolveu com as mãos minhas panturrilhas. A cada respiração entrecortada, a tensão crescia, até que se tornou uma coisa palpável, ocupando cada espacinho entre os nossos corpos nus. Tirei os óculos dele e os coloquei na mesa de cabeceira.

— Você é linda demais — murmurou ele.

— Você diz isso depois que eu tirei seus óculos? — Sorri.

— Não preciso deles pra ver você.

Meu coração se inflou. Ele me via, e isso parecia tão *certo*.

Callum me empurrou sobre o travesseiro. Ele era demais. Simplesmente o tamanho e o poder e a sinceridade dele. Pela primeiríssima vez, podia dizer que ele era meu e que tinha cada parte de mim. Corpo, alma, coração.

Ele pressionou os lábios na minha bochecha, onde a umidade se acumulava.

— Lark, por que você está chorando?

— Eu senti sua falta. Senti falta de nós.

— N-n-não se segure. Não esconda nada de mim — implorou ele baixinho, beijando a lágrima.

— Não vou.

Para provar, enfiei a mão no cabelo dele e o puxei para mais perto. Duas semanas tinham se passado desde que estivéramos juntos desse jeito, e eu precisava do toque dele. Meus lábios roçaram de leve sua pulsação forte, meus dentes mordiscaram o lóbulo de sua orelha. Um sibilo sensual escapou dos lábios dele quando enrolei a outra mão no seu membro duro. As mãos dele se tornaram possessivas, acariciando minhas curvas, não deixando nada intocado.

Com olhos reverentes, ele deslizou pelo meu corpo até ficar fora do meu alcance no pé da cama.

Ele apoiou minhas coxas nos ombros musculosos, então arrastou a língua pelo meu clitóris em uma única lambida torturante. Sua boca quente logo me fez derreter e puxar o cabelo dele sem nem pensar. Callum era voraz. Gemidos ressonantes saíam da sua boca e abalavam minhas estruturas. Mãos fortes me prenderam no lugar quando minha respiração entrecortada deu lugar a gritos de prazer. Com as pernas tremendo, chamei o nome dele de novo e de novo. Por mais deliciosa que fosse a sensação da língua dele, precisava de mais. Precisava dele dentro de mim. Então implorei por isso, estimulando-o, até que a pressão crescente chegou ao pico.

Gentilmente, ele colocou minhas pernas bambas de volta na cama.

Callum ficou olhando meu corpo. O calor irradiava dele, e seus lábios estavam inchados.

— Preciso ouvir você gemer meu nome de novo.

Meus tornozelos enlaçaram sua lombar. Eu queria me deleitar com o prazer dele, me alimentar dele até que nos dominasse. Estiquei um braço para baixo, alinhando-o à minha boceta encharcada. A expectativa nos percorreu como uma corrente pulsante quando nossos olhos se encontraram. Aquela não seria a primeira vez que faríamos amor sem nenhuma barreira entre nossos corpos, mas seria a primeira sem nenhuma barreira emocional. Eu sentia a diferença. Eu me sentia inteira. Coloquei a mão sobre o coração dele e senti o meu próprio batendo no mesmo ritmo.

— Eu te amo. — As palavras escaparam da minha boca por vontade própria. Queria dizer isso a ele mais mil vezes, e diria, todos os dias. — Callum, eu te amo.

Ele abaixou a testa contra a minha, o quadril mal tocando o meu quando murmurou:

— *Mo chuisle mo chroí. Grá mo chroí.* — *Pulsação do meu coração. Amor do meu coração.* Seus antebraços aninharam minha cabeça, e o peso delicioso do seu corpo me encasulou quando ele moveu o quadril para a frente, a pontinha do seu pau provocando a minha entrada.

Ele ergueu os olhos e encontrou os meus quando a resistência cedeu e ele deslizou devagar para dentro de mim. Não me atrevi a desviar o olhar do seu rosto vulnerável. Bastava de me esconder. Estava falando sério. Ele recuou e estocou de novo, e de novo, de alguma maneira ainda mais fundo, seu quadril acelerando. Enterrei os dedos nos ombros dele. Nessa posição, tudo que eu podia fazer era receber cada centímetro dele. Estava no limite de ser quase *demais*, mas ainda não era o bastante. Senti-lo era maravilhoso. Callum olhou para baixo, aproveitando a visão dos nossos corpos fundidos e o contato da nossa pele fumegante formando um ritmo carnal. Naquele momento, não dava para saber onde eu terminava ou onde ele começava, porque não importava: tínhamos nos tornado um em todos os sentidos da palavra.

Segurando a minha perna, ele a reposicionou até que meu tornozelo repousasse no seu ombro, a parte de trás da minha coxa totalmente esticada. Arquejei diante daquela demonstração física. Ele esticou os braços para apoiar o peso.

— Tudo bem assim?

— Sim. *Por favor*, não me provoque.

Ele entrou em mim com um único movimento suave. Um gemido subiu da minha garganta, abafado por um beijo apaixonado e caótico. Callum ia me fazer esquecer meu próprio nome. A intensidade queimava nos olhos dele enquanto ele estocava devagar e fundo, nossas testas encostadas. Ele estava em toda parte, no ritmo da minha pulsação e nos meus pulmões, quando respirei seu hálito quente. Estava entre as minhas pernas e inextricavelmente ligado à minha alma. Ele era o meu lugar.

— É agora, amor. Vou fazer você chegar lá.

— Termina dentro de mim — gritei, contorcendo os dedos do pé. — Eu preciso de você.

Seus olhos verdes ficaram sérios.

— Olha pra mim.

Desesperada por algo que me ancorasse enquanto a euforia detonava como uma bomba, apertei seus ombros beijados pelo suor. Minha visão ficou borrada de prazer. Arrebatado e incansável, Callum não parou até que suas sobrancelhas se juntaram e o calor inundou o espaço entre as minhas pernas. A sensação intensificava tudo. Seu gemido na minha orelha foi suficiente para me fazer ganir. Estiquei os braços para baixo, segurando sua bunda musculosa para mantê-lo em mim até que seu quadril enfim ficou imóvel.

Olhos com rugas nos cantos me olharam. A respiração ofegante soprava no meu peito úmido. De maneira gentil, ele me libertou da minha posição cativa. Eu ainda não estava disposta a ficar livre do peso reconfortante dele, então o puxei novamente para cima de mim. A barba por fazer de Callum raspou a pele macia do meu peito quando ele se ajeitou, e nossa respiração foi ficando mais lenta. Aquilo era satisfação absoluta. Confiança total.

— Cal — sussurrei —, quero isso para sempre.

— Então somos dois.

Graças à paciência e ao apoio dele, sentia que era possível honrar o passado e olhar para o futuro. Não precisava viver apenas no momento presente... mas que lindo momento era aquele, nos braços do homem que eu amava.

EPÍLOGO
Lark

Três meses depois

UMA FAIXA ONDE SE lia *Galway Film Fleadh* tremulava lá em cima na brisa úmida de julho. Flashes explodiam como fogos de artifício enquanto os fotógrafos gritavam para os dubladores de *A rainha pirata*, que cumpriam o dever de sorrir e posar. Mais cedo, os mesmos flashes haviam cegado Anvi, Rory e eu quando os fotógrafos cercaram a equipe da KinetiColor. Eu ainda via pontos cintilantes, mas pelo menos o acabamento de renda do meu vestido tomara que caia parecia opalescente sob os holofotes.

Embora tivesse sido convidada para a estreia de *Cadarço*, não parecia certo aproveitar aquele tipo de comemoração quando eu culpava aquele projeto por tantos problemas pessoais. Agora, porém, podia celebrar essa conquista sem culpa, e fazia isso cercada de pessoas com as quais eu me importava. Pessoas que se importavam comigo.

Minha mãe tinha ligado para me desejar boa sorte e perguntar se eu ia levar Callum para casa para receber a aprovação da família em breve. Cielo voltara para o Texas, mas havia sido aceita no programa de intercâmbio da Universidade de Galway no outono. Eu quase estourei o tímpano dela de tanto que gritei no telefone ao ouvir a notícia. Nosso plano era ela ficar com o meu apartamento e eu ir morar com Callum.

Meu olhar vagou pela multidão reunida à procura dele, mas, em vez disso, parou em uma mulher de vestido elegante e sombra esfumaçada aplicada de modo experiente. Fazia dois anos desde a nossa última interação, mas eu a reconheceria em qualquer lugar. Mesmo nunca tendo imaginado que ela apareceria ali em Galway.

Nossos olhos se fixaram uns nos outros em reconhecimento. De repente, parecia dez graus mais quente ali. Ela disse alguma coisa no ouvido de um homem antes de se separar do grupo e começar a andar até mim. Os canapés se calcificaram no meu estômago ansioso. Chega de fugir. Chega de se esconder.

Fui na direção dela, me preparando.

— Rachel. Oi.

Ela estendeu as mãos para um abraço por uma fração de segundo, então as abaixou de novo.

— Lark. Já... faz um tempo. Queria conversar com você.

— Agora? — Eu não podia exatamente dizer que estava esperando ser encurralada por Rachel no tapete vermelho de um evento profissional muito público. Distraída pela pré-produção da série e pela celebração do recente aniversário de Callum com uma viagem a Dublin, incluindo uma visita ao túmulo de São Valentim, não tinha notado a adição de última hora da Blue Star à mostra até dois dias antes. O festival de Galway era importante, mas não imaginava que um estúdio texano independente fosse bancar a viagem até a Irlanda. — Eu vi que a Blue Star tinha um filme, mas não achei que veria ninguém.

Rachel olhou por cima do ombro e recitou os nomes de dois colegas em comum que estavam presentes. Ela inspirou de maneira trêmula.

— Estou muito ansiosa para ver seu filme.

Curvei a boca em uma imitação de sorriso.

— Obrigada. Eu também pra ver o seu. O conceito é fascinante.

Um garçom se aproximou com uma bandeja de champanhe. Peguei uma taça e dei um gole generoso. Rachel levantou a mão em um gesto de *Não, obrigada*. Não era a cara dela rejeitar um drinque grátis, especialmente se fosse coisa boa. Instintivamente, meus olhos dispararam para o abdômen dela, onde encontrei um inchaço modesto sob o vestido. Um combo enorme de anel de noivado e aliança de casamento cintilou quando ela colocou uma mão protetora na barriga de grávida.

— Você se casou? Parabéns.

— Em junho. E estou de seis meses. Imagino que não tenha lido nenhum dos meus e-mails.

Desviei o olhar e dei outro gole.

— Ok. Tá, eu mereci isso — disse Rachel.

— Da última vez que nos falamos, você me disse que eu era responsável. Você disse isso pra todo mundo.

— Lark, eu errei...

— Você estragou a única coisa que eu ainda tinha depois do Reese: o meu trabalho. Eu amava a Blue Star.

— Olha, eu fiz muita terapia e... isso me fez perceber como fui cruel. Como descontei tudo em você porque não podia gritar com meu irmão. É por isso que tentei tantas vezes entrar em contato com você. Pra reparar as coisas. Eu não posso voltar no tempo, mas precisava pedir desculpas.

Ela havia escrito para se desculpar? Toda vez que eu via o nome dela, era um gatilho para lembranças do pior período da minha vida. Por covardia e autopreservação, eu havia me fechado. Se ao menos eu tivesse reunido a coragem para abrir os e-mails...

— Eu precisava da minha melhor amiga. — Minha voz tremeu. Por muito tempo eu evitara, mas agora ia falar a verdade. — Eu perdi vocês dois.

O queixo de Rachel estremeceu.

— Sinto muito por tudo. Tenho pensado muito em família desde que descobri que eu estava grávida. Como errei com você. Você não teve culpa. Lark, sinto muito.

Por tanto tempo havia imaginado ouvir aquelas palavras da minha acusadora. Será que soariam insinceras ou me encheriam de raiva? Era surreal ouvi-las sendo ditas de forma genuína... mas o mais surpreendente foi que não me importavam tanto quanto pensei que importariam. No fim, as desculpas dela não apagaram a marca que a acusação havia deixado em mim. Três meses de terapia tinham apenas começado a ajudar a aliviar o fardo que eu carregava, mas eu não precisava da permissão dela para me curar. Eu prometera a Lo e Callum que tentaria. Enfrentar aquelas emoções desconfortáveis de frente era desafiador, mas me abrir estava ficando mais fácil a cada sessão.

— Me parte o coração saber que Reese nunca vai poder conhecer o sobrinho — disse ela. — Especialmente considerando o quanto ele amava crianças.

Notas musicais saíram dos alto-falantes, e um locutor de voz suave anunciou que a exibição de *A rainha pirata* estava prestes a começar. As bolhas fizeram cócegas no meu nariz quando dei um gole no champanhe. Nada de Callum ainda.

— Você precisa ir?

— Ainda não — falei. — Só estou... procurando alguém.

Rachel gesticulou para um grupo de espectadores.

— *Ele* parece perdido.

Callum apareceu além do cordão de fotógrafos e jornalistas. Meu coração poderia ter explodido com aquela visão. Um terno de tweed feito à mão envolvia sua figura forte, finalizado com uma gravata-borboleta. A seda de um verde-floresta rico fornecia só o bastante de cor para complementar seus olhos à procura. Seu físico nitidamente lindo e forte abrigava o coração mais paciente e carinhoso. Eu o amava. E sabia que ele me amava.

Nunca havia feito o menor sentido tentar mentir para Rachel; ela me conhecia bem demais para isso. E não queria começar agora a fazer aquilo agora, porque não estava com vergonha.

— Isso. Ele mesmo.

Uma expressão de deslumbramento apareceu no rosto de Callum quando ele absorveu minha aparência glamorosa. Ondas de cabelo ao estilo antigo de Hollywood caíam sobre o meu ombro nu, e o tule do meu vestido longo cintilava no sol de verão. Sem se mover, ele sorveu os detalhes enquanto eu admirava sua aparência elegante. Não pude evitar sorrir de volta. Enquanto ele navegava pela multidão de cineastas e críticos, uma pontada de culpa fez meu sorriso esmaecer. Nesse ritmo, a turbulência emocional arruinaria minha maquiagem iridescente antes da foto em grupo oficial com a equipe da KinetiColor.

Rachel passou a mão na barriga distraidamente.

— Ei. Tudo bem. Nunca esperei que você fizesse um voto de celibato. Já faz dois anos e meio.

— Às vezes parece que faz duas décadas. Às vezes, só dois dias — admiti.

— Para mim também. Mas não é pecado encontrar luz de novo depois de ter passado por tanta escuridão. Foi o que minha mãe me disse depois que conheci Javier. Eu me sentia culpada por estar repulsivamente contente, apaixonada e grávida — disse Rachel. — Estava preocupada, sabendo que estava aqui sozinha.

— Ele nunca permitiu que eu me sentisse sozinha.

Finalmente, Callum nos alcançou.

— O pneu da van de transporte furou voltando de uma coleta. Sinto muito por não conseguirmos chegar juntos.

Tudo isso e ele ainda tinha dado um jeito de chegar. Eu passei os dedos pelo seu rosto recém-barbeado quando ele se inclinou para um beijo inocente.

— Está desculpado. Só porque está muito apresentável.

— Você está espetacular.

As borboletas no meu estômago ganharam vida. Eu tinha parado de matá-las, e agora as malditas estavam fora de controle, batendo as asas o bastante para me tirar do chão sempre que Callum soltava aquele sorriso devastador. Eu queria ficar sozinha com ele, mas o destino preferira me dar uma reunião não solicitada no lugar da privacidade. Passei o braço pelo dele e olhei para cima com adoração.

Anvi e Rory vieram na nossa direção, Rory em um smoking branco ajustado e Anvi em um sári adornado cor de açafrão que a fazia parecer da realeza de Bollywood.

— Callum, esta é Rachel. Minha cunhada — falei.

O choque atravessou o rosto dele.

— Rachel, este é Callum. Meu namorado.

Ele amoleceu, tocado por eu tê-lo assumido na frente da pessoa mais próxima do amor que eu tinha perdido. Ele olhou para mim com preocupação, uma verificação privada antes de oferecer a mão a ela. Respondi com um aceno quase imperceptível, e sua expressão para ela ficou cautelosamente mais calorosa.

— Olá.

O diamante dela reluziu sob as luzes quando Rachel o mediu e apertou sua mão.

— Prazer em conhecê-lo.

Callum envolveu um braço protetor na minha cintura, me puxando mais para perto. Depois do encontro inesperado, seu toque me ancorou. A fonte estável de força de que eu precisava.

— Rachel? Você tem muita coragem — disse Anvi.

Nós tínhamos nos tornado ainda mais próximas desde que eu compartilhara a história inteira da minha vida em Austin. Permitir que minhas amizades me conhecessem de verdade era libertador. Anvi estava mais que disposta a colocar qualquer um em seu lugar, mas eu havia aprendido que podia me defender. Só tinha levado trinta anos, uma crise do coração e o desemprego iminente, mas quem estava contando?

— Anvi, está tudo bem — garanti a ela. Havia muito a resolver, e agora não era o momento. — Rachel, essas pessoas são minhas amigas e colegas da KinetiColor. Anvi, nossa artista de storyboard. E Rory acabou de assumir como animador principal sênior.

— É um prazer. Vocês têm muita sorte por ter Lark na equipe.

— Bom, então, vai começar em um minuto. Me avisa se precisar de *qualquer coisa*. Refil de champanhe? Pá? Um álibi? — Anvi continuava a atirar adagas mentais no peito de Rachel. Era estranhamente tocante.

— Quer vir sentar com a gente? — perguntei com cautela, gesticulando para Rachel.

Para meu alívio, ela recusou, balançando a cabeça.

— Esse momento é seu. E a equipe da Blue Star tem ingressos. Mas vou torcer por você.

— Só guarde dois lugares para mim e Cal na sala, por favor — falei para Anvi. — Quero sentar com você e Rory.

— Pode deixar. — Rory fez uma saudação peculiar e arrastou Anvi na direção das bebidas antes que ela pudesse fazer uma ameaça mais direta.

— Você também trabalha no ramo da animação? — perguntou Rachel a Callum quando voltamos a ficar a sós.

— Não. Sou agente funerário.

O queixo dela quase bateu no tapete vermelho.

— Sério? — Rachel se virou para mim. — Lark, você costumava evitar passar pela Algodones Street porque odiava passar pelo cemitério velho! Dirigia quarteirões a mais só para evitar pensar na morte.

É verdade. E isso era *antes* de perder Reese.

Os olhos de Callum se voltaram para mim. Eu tinha evoluído muito, graças a ele. Eu ainda não queria ficar remoendo os aspectos mais sombrios da vida, mas não mais os evitava com horror. A tragédia só me fez apreciar ainda mais a serendipidade.

— Já escolheu o nome? — perguntei para mudar de assunto. — É um menino, certo?

O sorriso de Rachel fez sua primeira aparição. Meu Deus, eu sentira falta dele.

— Vamos chamá-lo de Reese Wyatt.

Sem pensar, joguei os braços ao redor dela e soltei o soluço que estava segurando desde o momento em que nossos olhos se cruzaram.

— Ele ia querer que continuássemos vivendo — murmurou ela no meu ombro. — Ia querer que você continuasse. Tenho certeza disso. Se está encontrando uma maneira de ser feliz de novo, então Reese ficaria feliz.

Meu olhar se voltou para Callum.

— Eu estou. Enfim estou me permitindo ser feliz de novo.

Bastava de fingir. Bastava de atravessar a dor com um sorriso. Alegria genuína, encontrada na pessoa mais improvável. Se alguém me dissesse nove meses atrás que um pacote de sacos para cadáver entregue errado me levaria ao homem pelo qual eu me apaixonaria, eu diria à pessoa que estava falando com a garota errada. Mas ali estava ele. Paciente. Bondoso. Sarcástico. Generoso na cama, ainda por cima.

Me apaixonar *não* estava na minha cartela de bingo do Recomeço na Irlanda, mas a vida sempre riria por último.

O aceno de Rory chamou minha atenção assim que o sinal tocou de novo. A estreia mundial de *A rainha pirata* começaria em breve. Anvi sorriu para mim enquanto Rory ajustava a lapela do smoking branco justo. Callum verificou a hora no relógio vintage do avô, usado apenas em ocasiões especiais.

— Estou feliz que tenha vindo — falei para Rachel. E era verdade.

— Quando soube que você tinha um filme no festival, soube também que tinha que me desculpar pessoalmente.

— Obrigada. Boa sorte com o seu filme também.

Seguindo o fluxo de pessoas para me juntar novamente ao resto da equipe da KinetiColor, dei o braço para Callum. Ele abaixou a boca até o meu ouvido, uma mão reconfortante repousando na minha lombar.

— Você precisa de um m-m-momento antes de entrarmos?

Nem precisei responder. Estávamos em sincronia. Callum se desviou da multidão que entrava na sala de cinema e me levou para a lateral do prédio. Olhos verde-arsênico questionadores encontraram os meus quando ele elevou meu queixo com gentileza.

— Estou bem — insisti. — Já era hora.

Callum beijou minha testa com tanto carinho que eu poderia chorar de novo.

— Estou orgulhoso da maneira como lidou com a situação.

Sabia que conversaríamos mais sobre Rachel depois, sabia que eu precisava disso, mas, naquele exato momento, estava satisfeita.

O amor dele tinha me convencido de que eu merecia ser genuinamente feliz, apesar dos arrependimentos do meu passado. Eu poderia ser uma pessoa melhor, uma parceira melhor. Sem ignorar seu valor ou guardar meus sentimentos. Uma vez, em uma entrevista, meu herói da animação, Hayao Miyazaki, disse que se esforçava para representar o amor como um relacionamento em que duas pessoas se inspiravam mutuamente a viver. Era esse tipo de fundação que Callum e eu compartilhávamos. Sua força discreta me inspirava, de todas as maneiras, a viver de maneira autêntica.

— Ter você lá tornou tudo mais fácil — respondi com honestidade.

— *Mo chuisle*, o mérito é todo seu.

Curvei os dedos ao redor da lapela dele e o puxei para um beijo de verdade. Lento e visível. Colocando nele minha gratidão, entrei no seu abraço com cheiro de chuva. Nossos narizes se roçaram e fiquei ali, pensando na expressão de Callum quando o assumi.

— Nunca negaria que pertencemos um ao outro, Cal. Para ninguém. Tenho orgulho de ser sua. Você sabe disso, né?

— Mas é bom ouvir, só isso. Principalmente depois de esperar que você fosse acabar comigo por chegar atrasado.

Eu sorri e coloquei a mão dele no meu esterno.

— Sou sua. Sempre vou ser.

Os olhos de Callum vagaram pelo meu rosto. Por um instante, não importava que a estreia estivesse a minutos de distância. Não importava quem mais estava lá na plateia. O que importava era que Callum sabia que eu o valorizava.

— Precisamos entrar — disse ele, roubando um último beijo. — Não quero perder seu momento.

— Tem razão. — Endireitei a gravata dele. Ele estava tão sofisticado naquele terno. Seria um prazer bagunçar seu cabelo perfeito e despi-lo peça por peça quando chegássemos em casa.

Entramos na sala escura, cambaleando por uma fileira de assentos reservados. Anvi estava sentada à minha esquerda, Callum à direita. Conforme as luzes diminuíam e a animação corria pela audiência, apertei as mãos deles.

Amava meu trabalho e o que nossa equipe tinha criado. Amava aquela cidade litorânea vibrante. E amava Callum Flannelly. O último homem por quem esperara me apaixonar tinha suturado o buraco no meu coração. Eu havia ajudado a animar o conto de uma heroína do folclore irlandês, mas ele era o meu herói da vida real. Meu porto seguro nas tempestades da vida. O vento nas minhas velas. A vida era imprevisível e magnífica, repleta de ironias e coincidências. E eu sabia que queria passar o resto da minha fazendo aquele homem corajoso, devotado e secretamente sentimental sorrir.

EPÍLOGO
Callum

TALVEZ GALWAY FOSSE UM lugar tendencioso para a estreia da reinterpretação de uma lenda nacional, mas Lark e sua equipe fizeram jus a Grace O'Malley. Com base na ovação que receberam da plateia em pé, o resto dos frequentadores do festival concordava. Minhas bochechas doíam de sorrir enquanto os assovios e os aplausos se estendiam por mais de um minuto. Lark parecia quase incandescente quando fez uma mesura com os colegas. Eu a levantei do chão e a envolvi em um abraço. Uma risada inebriada borbulhou para fora dela.

Eu nunca imaginei que a felicidade de outra pessoa pudesse me trazer tanta alegria.

Ela recusou com educação o convite para o *after* no Toca da Lebre, sabendo que minha bateria social já estava esgotada. Ela segurou minha mão no caminho para casa e abriu o portão do jardim em vez da porta da frente. A luz do crepúsculo capturava as camadas finas do seu vestido, e ela praticamente brilhava. Eu a segui.

Lark descartou suas sandálias de salto alto no caminho de pedra, suspirando quando pisou na grama.

— Quer dançar comigo?

Eu inclinei a cabeça.

— Fazer o *two-step* sem música?

Com um olhar desafiador, ela tirou o celular da bolsa de mão decorada com pedraria e uma música suave começou a tocar imediatamente no alto-falante. Um sorriso se espalhou no meu rosto. Eu me curvei para desamarrar os sapatos e os coloquei no caminho também. Lâminas frias de grama faziam cócegas na sola dos meus pés enquanto caminhava até ela.

— O pub está muito cheio — disse ela. — Mas ainda quero dançar com você.

Segurei a mão dela, roçando os lábios nos nós dos seus dedos antes de assumir a postura do *two-step*. Lark me olhava com adoração e carinho.

— *Tá mé i ngrá leat* — sussurrou ela quando começamos a nos mover. *Eu te amo.*

Eu a observei por um instante, atônito.

— O quê? Falei tudo errado?

— Não, não. Foi perfeito. — Eu a pegara ouvindo aulas de idioma mais de uma vez, mas ela nunca dissera aquelas palavras para mim em irlandês. Ela estava determinada a fazer de Galway seu lar.

— Tenho sorte de ter um tutor que me ajuda a acertar exatamente os movimentos da língua.

Passei o braço pelas costas dela e a puxei mais para perto.

— *Tá mé i ngrá leat.*

Meu coração estava mais vulnerável do que nunca. Batendo fora do meu peito, no corpo de outra pessoa. Sabia por experiência própria como cada momento era frágil, como cada momento era um presente. Lark também sabia.

Íamos apreciar a luz e honrar a escuridão, juntos. Eu faria tudo ao meu alcance para construir uma vida linda e vibrante para aquela mulher que tinha espalhado cor na minha existência monocromática. Nessa casa coberta de hera onde a morte era honrada, criaríamos uma vida transbordando de honestidade, amor e alegria.

EPÍLOGO
Callum

TALVEZ GALWAY FOSSE UM lugar tendencioso para a estreia da reinterpretação de uma lenda nacional, mas Lark e sua equipe fizeram jus a Grace O'Malley. Com base na ovação que receberam da plateia em pé, o resto dos frequentadores do festival concordava. Minhas bochechas doíam de sorrir enquanto os assovios e os aplausos se estendiam por mais de um minuto. Lark parecia quase incandescente quando fez uma mesura com os colegas. Eu a levantei do chão e a envolvi em um abraço. Uma risada inebriada borbulhou para fora dela.

Eu nunca imaginei que a felicidade de outra pessoa pudesse me trazer tanta alegria.

Ela recusou com educação o convite para o *after* no Toca da Lebre, sabendo que minha bateria social já estava esgotada. Ela segurou minha mão no caminho para casa e abriu o portão do jardim em vez da porta da frente. A luz do crepúsculo capturava as camadas finas do seu vestido, e ela praticamente brilhava. Eu a segui.

Lark descartou suas sandálias de salto alto no caminho de pedra, suspirando quando pisou na grama.

— Quer dançar comigo?

Eu inclinei a cabeça.

— Fazer o *two-step* sem música?

Com um olhar desafiador, ela tirou o celular da bolsa de mão decorada com pedraria e uma música suave começou a tocar imediatamente no alto-falante. Um sorriso se espalhou no meu rosto. Eu me curvei para desamarrar os sapatos e os coloquei no caminho também. Lâminas frias de grama faziam cócegas na sola dos meus pés enquanto caminhava até ela.

— O pub está muito cheio — disse ela. — Mas ainda quero dançar com você.

Segurei a mão dela, roçando os lábios nos nós dos seus dedos antes de assumir a postura do *two-step*. Lark me olhava com adoração e carinho.

— *Tá mé i ngrá leat* — sussurrou ela quando começamos a nos mover. *Eu te amo.*

Eu a observei por um instante, atônito.

— O quê? Falei tudo errado?

— Não, não. Foi perfeito. — Eu a pegara ouvindo aulas de idioma mais de uma vez, mas ela nunca dissera aquelas palavras para mim em irlandês. Ela estava determinada a fazer de Galway seu lar.

— Tenho sorte de ter um tutor que me ajuda a acertar exatamente os movimentos da língua.

Passei o braço pelas costas dela e a puxei mais para perto.

— *Tá mé i ngrá leat.*

Meu coração estava mais vulnerável do que nunca. Batendo fora do meu peito, no corpo de outra pessoa. Sabia por experiência própria como cada momento era frágil, como cada momento era um presente. Lark também sabia.

Íamos apreciar a luz e honrar a escuridão, juntos. Eu faria tudo ao meu alcance para construir uma vida linda e vibrante para aquela mulher que tinha espalhado cor na minha existência monocromática. Nessa casa coberta de hera onde a morte era honrada, criaríamos uma vida transbordando de honestidade, amor e alegria.

GUIA DE PRONÚNCIA E TRADUÇÃO DE TERMOS EM IRLANDÊS

fáilte / fóltcha / bem-vindo(a)
gaeilge / gwêilgh / idioma irlandês
sláinte / slóntcha / saúde (literalmente ou no brinde)
amadán / ômadon / bobo, tolo
tá tú go hálainn / tó tu gã rólin / você é adorável
tá mé i ngrá leat / tó mei í ngró liat / eu te amo
gnéas béil / gnêis bêil / sexo oral
ag bualadh craicinn / ég búlah crácan / sexo (literalmente "pele batendo")
bod / bád / pinto
tóin / tóin / bunda
brollach / brúlok / seios
faighin / fáin / boceta
púrsa te / púrsa tchê / boceta molhada
áilíosach / ólióssok / excitada (mulher)
féintruailligh / fáintruilig / tocar-se
le do thoil / le dã hol / por favor (literalmente "com a sua vontade")
tabhair póg dom / tur pôgui dam / me beije
Santaíonn mé thú / santían mei ru / quero você (com conotação amorosa)
braitheann sin go deas / brárrin chin gã jás / isso é incrível
níos moille / níás muília / vá devagar
tá tú chomh tais / tó tu côu tásh / você está tão molhada para mim
grá mo chroí / gró mã crí / amor do meu coração
mo chuisle mo chroí / mã cúshla mã crí / pulsação do meu coração

AGRADECIMENTOS

ANTES DE TUDO, OBRIGADA A *VOCÊ*, leitora e leitor, por dar uma chance a este livrinho esquisito. Espero sinceramente que tenha gostado.

Tenho uma enorme dívida com meu fantástico grupo crítico, as autoras Valerie Pepper, Alicia Wilder e Kat Saturday. Sou tão grata pela sua honestidade, sua amizade e seu humor. Time Pó de Cheetos para a vida.

Um agradecimento a minhas agentes fodonas, Caitlin Mahony e Suzannah Ball, da WME, por acreditarem neste livro. A minhas editoras, Tara Singh Carlson, da Putnam, e Lara Stevenson, da Transworld, por ajudarem a levá-lo a um público maior. Trabalhar com vocês para lapidar este manuscrito foi um prazer. A Jill Bailin, que me ajudou a desenvolver esta história. Também merece crédito a talentosa Epsilynn, pela charmosa ilustração da capa.

Agradecimentos especiais a Bre Brix por seu conhecimento da profissão de agente funerário. E à minha maravilhosa amiga Ashley, que respondeu a muitas mensagens relativas a embalsamamento e plugues anais para cadáveres. Muito obrigada a Carolann, Emily e Mollie, que graciosamente me ajudaram com as nuances da cultura e da língua irlandesas. E a minha querida amiga Krystina, que possibilitou toda essa jornada quando enviei a ela uma versão perturbada do encontro fofo e ela exigiu o resto da história de Callum e Lark.

Minha profunda gratidão aos leitores da primeira edição independente, que a enalteceram por meio de avaliações, recomendações e posts nas mídias sociais. Ainda estou absolutamente chocada com o seu entusiasmo.

Quero agradecer a Terry e a meu filho, Eero, por seu constante encorajamento (embora ele não tenha permissão para ler este livro até fazer cinquenta anos). Por último, obrigada ao meu marido, Moy, por ouvir meus desabafos sobre furos no roteiro e apoiar meu sonho. Eu não teria conseguido sem você, e encontro inspiração na nossa história de amor todos os dias.

SUA OPINIÃO É MUITO IMPORTANTE

Mande um e-mail para **opiniao@vreditoras.com.br** com o título deste livro no campo "Assunto".

1ª edição, jan. 2025
FONTES   Futura BT Bold 14/16,8pt
             Better Times Regular 50/50pt
             Adobe Garamond Pro Regular 12/16,1pt
PAPEL   Pólen Bold 70g/m²
IMPRESSÃO   Braspor
LOTE   BRA311024